可以悦读·人文视野

王春林 著

长篇小说的高度

茅盾文学奖获奖作品精读

浙江文艺出版社
Zhejiang Literature & Art Publishing House

图书在版编目(CIP)数据

长篇小说的高度：茅盾文学奖获奖作品精读/王春林著.—杭州：浙江文艺出版社，2022.9
ISBN 978-7-5339-6870-0

Ⅰ.①长… Ⅱ.①王… Ⅲ.①长篇小说-小说评论-中国-当代 Ⅳ.①I207.425

中国版本图书馆 CIP 数据核字(2022)第 091382 号

策划统筹	曹元勇
责任编辑	李　灿
文字编辑	苏牧晴　汤明明
责任印制	吴春娟　睢静静
装帧设计	周伟伟
营销编辑	耿德加　胡凤凡
数字编辑	姜梦冉　诸婧琦

长篇小说的高度：茅盾文学奖获奖作品精读
王春林　著

出版发行	浙江文艺出版社
地　　址	杭州市体育场路 347 号
邮　　编	310006
电　　话	0571-85176953（总编办）
	0571-85152727（市场部）
印　　刷	上海盛通时代印刷有限公司
开　　本	889 毫米×1240 毫米　1/32
字　　数	295 千字
印　　张	13.5
插　　页	6
版　　次	2022 年 9 月第 1 版
印　　次	2022 年 9 月第 1 次印刷
书　　号	ISBN 978-7-5339-6870-0
定　　价	79.00 元（精装）

版权所有　侵权必究

目 录

导 言 / 001

精读一：《推拿》
　"法心灵"的日常化叙事 / 001

精读二：《人世间》
　民间伦理法则与史诗性书写 / 023

精读三：《白鹿原》
　文化的自觉 / 046

精读四：《蛙》
　历史观念重构、罪感意识表达与语言形式翻新 / 062

精读五：《繁花》
　建构城市诗学的一种可贵努力 / 084

精读六：《春尽江南》
　时代现实的另一种直击与洞穿 / 111

精读七：《秦腔》
　乡村世界的凋敝与传统文化的挽歌 / 135

精读八：《主角》
　借一方舞台凝聚时代风云展示命运变迁 / 165

精读九：《应物兄》

权力与资本场域中的知识分子　　　　　/ 187

精读十：《生命册》

"坐标轴"上那些沉重异常的灵魂　　　　/ 238

精读十一：《这边风景》

沉郁雄浑的人生"中段"　　　　　　　/ 258

精读十二：《一句顶一万句》

围绕"语言"展开的中国乡村叙事　　　　/ 288

精读十三：《天行者》

良知是高尚者的墓志铭　　　　　　　　/ 304

精读十四：《额尔古纳河右岸》

哀婉悲情的文化挽歌　　　　　　　　　/ 317

精读十五：《抉择》

一部优秀的政治长篇小说　　　　　　　/ 325

精读十六：《北上》

以运河为中心的现实与历史书写　　　　/ 373

精读十七：《许茂和他的女儿们》

对一种小说观念与书写方式的反思与检讨　/ 398

精读十八：《黄雀记》

象征、隐喻与时代精神困境　　　　　　/ 411

导　言

王春林

　　作为一种特别重要的小说文体，长篇小说的定义尽管相对繁多，但在我看来，其中最值得注意的，其实有两种。一种来自M.H.艾布拉姆斯和杰弗里·高尔特·哈铂姆："'小说'这一术语现被用来表示种类繁多的作品，其唯一的共同特性是它们都是延伸了的、用散文体写成的虚构小说。作为延伸的叙事文，小说既不同于短篇小说，也相异于篇幅适中的中篇小说。它的庞大篇幅使它比那些短小精悍的文学形式具有更多的人物，更复杂的情节，更广阔的环境展现，对人物性格及其动机更持续的探究。作为散文体写就的叙事文，小说不同于杰弗里·乔叟、埃德蒙·斯宾塞、约翰·弥尔顿用韵文体写成的长篇叙事文。小说从18世纪开始逐渐取代了韵文体叙事文。"[①] M.H.艾布拉姆斯与杰弗里·高尔特·哈铂姆虽然看似在讨论小说这一文体，但

[①] M.H.艾布拉姆斯、杰弗里·高尔特·哈铂姆：《文学术语词典》，北京大学出版社，2014年版，第505页。

因为其中特别强调这一文体既不同于短篇小说,也不同于篇幅适中的中篇小说,所以,他实际上的所指,毫无疑问只能是长篇小说。关于长篇小说这一文学文体所应具备的特征,M.H.艾布拉姆斯他们主要强调了"更多的人物,更复杂的情节,更广阔的环境展现,对人物性格及其动机更持续的探究"这四个方面,以及更为本质的虚构性特点。

与此同时,我们注意到,苏联文学理论家波斯彼洛夫关于长篇小说这一文学文体也发表过非常精辟的见解。无独有偶,波斯彼洛夫也是在与短篇故事的比较过程中,来凸显长篇小说文体特征:"短篇故事是关于作品人物生活中的某个意外地得到解决的事件的叙述,而长篇小说从发展的趋向说乃是一部某个人(或一些个人)的个性与一定的社会环境相冲突的完整的发展史。""总之,长篇小说乃是这样一种叙事作品,(无论它们的叙事形式具有什么样的特点),它的主要主人公(或主要主人公们)通过自己相当长的一段生活经历,显示出自己的社会性格的发展,这种性格发展是由于主人公的利益与他的社会处境和社会生活的某些常规发生矛盾所造成的。这就是长篇小说性体裁的作品的内容方面。"①按照波斯彼洛夫的进一步考察,欧洲的长篇小说最起码先后经历了两个不同的发展阶段。早期的一种形式是冒险长篇小说,后期的则是有中心情节的长篇小说。"在这类小说(指后一类)的情节中,贯穿着一个统一的冲突,它有时是简单的,有时是复杂而多线索的,但总是集中在某种一定的,常常是很狭小的时空范围之内。""有中心情节的长篇小说的作者们

---

① 格·尼·波斯彼洛夫:《文学原理》,三联书店,1985年版,第335—336页。

对人的性格的认识要深刻和复杂得多。他们力求在自己的主人公的精神世界中,多少明确地揭示出人物的思想信念,他们在行动和态度上所依据的原则。因此有中心情节的长篇小说,无论过去或现在,通常总是建筑在主要主人公之间的思想和道德的对比的基础上,建筑在由此而产生的冲突的基础上。"①如果将两个类型做进一步的对比,一个可信的结论就是:后者,即具有中心情节的长篇小说,很明显要比前者也即那些冒险长篇小说在思想艺术方面有着更高的成熟度。大约也正因为如此,所以愈是随着时间的推移,就愈是会有更多的作家趋向于后一类型长篇小说的创作:"后来,在十九世纪至二十世纪的文学中,各国,主要是欧洲各国的最著名的大作家都写'有中心情节'的长篇小说。他们主要采用小说(广义的意思)的体裁形式,有时也用长诗体形式。这些长篇小说的题材开掘得更深了,情节线索,主要的和从属的,铺展得更复杂了,它们常常成了某些时期的民族生活的艺术'百科全书',在这方面完全可以与'风俗描写'体裁最著名的巨作相媲美。"②在进行了以上论述后,波斯彼洛夫的一种结论性观点是:"长篇小说是在与它同一组的所有体裁中,最大的和最重要的一种体裁,因此这种体裁可以称之谓长篇小说性体裁。"③

尽管说 M.H. 艾布拉姆斯、杰弗里·高尔特·哈铂姆他们与波斯彼洛夫的观点也难称完备,但相对来说,以上这两种关于长篇小说基本内涵及其重要性的认识,还是具有相当的合理性。

---

① 格·尼·波斯彼洛夫:《文学原理》,三联书店,1985 年版,第 337 页。
② 同上书,第 337—338 页。
③ 同上书,第 338 页。

也因此，我们更多地愿意在他们所定义的层面上来理解使用长篇小说这一概念。我们之所以一定要在这里引述M.H.艾布拉姆斯、杰弗里·高尔特·哈铂姆和波斯彼洛夫他们三位理论家关于长篇小说的基本认识，主要因为笔者在这部著作中的集中讨论对象，那些茅盾文学奖的获奖作品，其文体归属全都是长篇小说。与我们所处的社会文化语境紧密相关，无论如何，由中国作家协会主办的每四年一个届次的茅盾文学奖，都是国内最有影响力的文学奖项之一。这一方面，无法否认的一个客观事实就是，一部长篇小说作品，只要获此殊荣，便会在读者群体当中产生巨大的号召力，因而获得很好的市场前景。从根本上说，笔者之所以要不揣谫陋，关注研究这些茅盾文学奖的获奖作品，一方面固然与自己多年来对长篇小说创作的长期追踪有关；另一方面，也因为这些获奖作品相比较而言，还是能够代表一个文学时代最高的思想艺术水平。当然，也正如M.H.艾布拉姆斯、杰弗里·高尔特·哈铂姆和波斯彼洛夫他们三位所着重强调的那样，当我试图对这些获奖作品进行深度考察的时候，关注的重心肯定会更具体地落脚到思想的深刻性、对现实和历史以及人性的敏锐洞察力、人物形象刻画塑造的成功度，包括语言和结构在内的艺术形式的原创性等几个方面。

精读一:《推拿》

"法心灵"的日常化叙事

读完毕飞宇的长篇小说《推拿》,我满脑子充斥的都是两个字——"心灵",这就如同《收获》杂志编辑程永新在读了《平原》之后,脑袋里面所想到的画面只有"平原"一样(后来,毕飞宇正是受到程永新启发,将其命名为"平原")①,直觉让我本能地将《推拿》与心灵联系了起来。王大夫的心灵、小孔的心灵、沙复明的心灵、小马的心灵、都红的心灵、金嫣和泰来的心灵、张宗琪的心灵、张一光的心灵,这些"心灵"堆砌在一块儿,扭结在一起,为我们呈现出一个狭小却自足的盲人社会。他们虽然不能用眼睛"看"到世界,却能用心灵去感悟世界。这是一个特殊的群体、处于异态的群体,但毕飞宇却能"从最异态画面入手,写出常态来"②。在如流水般的日常生活画面中,让笔下人物的心灵世界得到最常态的展现,这使我颇有些似曾相识

---

① 参见《宏大叙事的既定背景——与毕飞宇谈〈平原〉》,小说中国网,2006年1月27日。
② 岳巍:《毕飞宇说〈推拿〉:我们一起走进没有光的世界》,《华夏时报》,2008年11月1日。

的感觉。由此再联想到毕飞宇以往的小说创作,我终于恍然大悟。原来这种独特的写作方式,并非是自《推拿》开始的,《青衣》《玉米》《平原》以及毕飞宇其他的一些以现实主义为主要价值取向的中短篇小说,又何尝不是如此呢?"毕飞宇掌握着每一波情感的脉搏,不疾不徐,娓娓道来,一如他以往的所有作品,《平原》如是,《青衣》如是,《玉米》亦如是,所以,近乎必然,这一次,《推拿》也不例外。"① 在这些作品中我们可以看到,毕飞宇的现实主义既不同于注重塑造典型环境中的典型人物、以宏大叙事见长的传统现实主义,又不同于真实记录底层小人物庸常琐碎的生活场景的新写实主义,即便与新世纪文坛上其他颇有些新颖的现实主义作品比较起来,毕飞宇的小说都堪称是一种独特的存在,比《兄弟》多了一份纯净,比《秦腔》又少了一份啰唆。那么,用什么词汇才能够较为准确地概括毕飞宇这种具有鲜明个人风格的小说文体呢?我想了一个词,叫作"法心灵的现实主义"。严格说来,这个词并不是我发明的,源头还得追溯到陈思和在渤海大学的一篇演讲稿,题目叫《新世纪以来长篇小说的两种现实主义趋向》②。在这篇演讲稿中,陈思和将《秦腔》所代表的现实主义趋向命名为"法自然的现实主义"。在他看来,《秦腔》是在"模拟社会,模拟自然,模拟生活本来面目",通过"大量的日常、琐碎、平庸的生活故事来铺展一个社会的面貌、记录一个时代的声音"。也就是说,《秦腔》所叙述的内容和

---

① 岳雯:《毕飞宇说〈推拿〉:我们一起走进没有光的世界》,《华夏时报》,2008年11月1日。
② 陈思和:《新世纪以来长篇小说的两种现实主义趋向》,《渤海大学学报》,2007年第3期。

人们日常的生活太像了，太贴近了，太分不出丁卯了，简直就是日常生活的翻版。而我在阅读毕飞宇的作品时，也产生了极为相似的感受，只不过焦点已经不再是日常生活，而是日常心灵。换一句话说，就是毕飞宇的叙述与文本中人物的日常心理流动过程达到了高度的契合，以至于你简直都辨不清还有生活场景和各种客观物事的存在。当然，这并不是说毕飞宇只是在一味地玩心理转换游戏，而是说日常的生活图景早就融入了人物的心灵流动过程当中，或者也可以说被毕飞宇的独特叙述所遮蔽了。我们所能看到的只有"心灵"两个字，而这也正是毕飞宇的作品之所以受到读者青睐的最主要原因——将人物的心灵以日常化叙事的方式展开，在不同人物心灵的缓缓流动中完成对整部小说的建构，从而达到了一种"羚羊挂角，无迹可寻"的境界。因此，我尝试用"法心灵的现实主义"来描述这样的一种文体样式。

单线人物结构

叙述结构一般是就小说的整体架构而言，现实主义小说中最常见的做法就是按照时间顺序，采用单线条的叙述方式一贯而下，这样的叙述方式既符合事物发展的逻辑顺序，也符合人们日常的阅读习惯。毕飞宇的小说也是如此，他几乎没有在叙述结构上大做文章，而是遵从自然的逻辑表达顺序，缓缓道来。可是所谓自然的逻辑顺序本身的内涵又是极为丰富的，有时候是情节发展的先后顺序，有时候是历史沿革的时间顺序，有时候又是一个人或者一群人的生活历程。依从不同的逻辑顺序所表现出来的文本形态，自然会大相径庭，给人的感受也会很不一样。那么，毕飞宇小说的逻辑顺序到底是怎样的呢？从《玉米》这部中篇小说中，我们就可以略见其端倪所在。玉米是小说的主人公，她的人生命运和整个家庭的盛衰起伏有着紧密的联系，在小说中，玉米先后经历了三次对她影响颇深的大事件。第一次是弟弟小八子的出生。由于母亲施桂芬前七个生下的都是女儿，而在重男轻女的农村，女人只有生下男孩才会得到应有的尊重，才算为这个家庭完成了传宗接代的任务，所以玉米为小八子的出生感到由衷的兴奋。在她的眼里，小八子的出生就意味着母亲的苦难命运暂时可以告一段落了。很显然，母亲为这个家庭所做的一切已经深深地烙入了玉米幼小的心灵之中。当母亲因长期为生育而生育，对照顾小八子已经力不从心之时，玉米毅然承担起了照顾小八子的责任，并主动担当起了一家之长的角色。应该说，小八子的出生使玉米完成了第一次心灵的蜕变，迅速成熟起来。然而，玉米毕竟只是一个未出嫁的女孩子，随着生理和心理的逐步成熟，她开始"憧憬起自己的终身大事"，有了对爱和被爱的渴望，待到飞行员彭国梁出现，彻底征服了这个情窦初开的少女之后，她便不顾一切地爱上了彭国梁，她的心灵也就开始经历一生中最刻骨铭心的，也是唯一的一次爱的洗礼了。然而，好景不长，由于父亲王连方被捉奸在床并被免去了支书的职务，这个家庭突然坍塌下来，两个妹妹也被报仇心切的村人强奸了。如果说家庭中发生的一系列变故对玉米来说还不算什么的话，那么，让她最不能承受的打击，恐怕就是她唯一的心灵支柱——彭国梁突然宣布退亲。从某种意义上说，也正是退亲事件的发生打消了玉米对于美好幸福人生的念想，以至于后来做出了嫁给"权力"的出格举动。关于退亲,有许多评论并没有予以应有的重视,有的文章虽然有所提及,却只是简单地归结为是王连方的失势导致的结果。但是在文本中,我们却无法找到符合这种观点的丝毫痕迹。相反,作者在交代退亲这一事件时,是沿循着这样的一种发展脉络而展开的,即王连方失去权力——妹妹被强奸——村人给玉米造谣——彭国梁解除婚约——玉米极度失望并转而追求权力。从这里,我们起码可以得到这样三条信息。首先,父亲王连方失去权力固然是造成玉米后来疯狂追求权力的诱因,却并不是决定性因素。其次,彭国梁解除婚约主要是因为怀疑甚至确信玉米已经失身。其三,王连方被免职与彭国梁提出分手之间并没有直接的联系,即使有联系,也是间接的。因此,造成玉米第二次命运转折的真正原因是"爱情"而不是"权力"。玉米的心气跌落到谷底的时候,也就是她心态开始扭曲的前奏。在经过一番痛彻心扉的煎熬之后,她才似乎如梦方醒,最终决定嫁给一个有权力的人,以拯救这个摇摇欲坠的家庭。这样,她的选择也就具有了某种悲壮的意味。通过王连方的联络,她草草地嫁给了刚刚丧妻的公社革委会副主任郭家兴,开始了自己虽然屈辱变态却心甘情愿的生活。这完全可以视作是她人生中第三次大的转折,同时也是根本性的转折。她与郭家兴之间并没有丝毫爱的成分,有的只是一种交换的关系。她的曲意奉承,她的委曲求全,她所做的一切都是为了自己的家庭、自己的兄弟姊妹。从这一点来看,她对郭家兴乃至郭家都没有任何温情或者眷恋,她的心早已经死了。可是她的心却又是活的,她唯一没有泯灭的,就是对家人尤其是每天都要面对的"死敌"——玉秀的同胞亲情。分析到这里,《玉米》的叙述结构也就呼之欲出了。可以说，玉米命运的三次转折，都源于她主观上的心理律动，源于对母亲的爱、对彭国梁的爱以及对妹妹的爱。正是这样的爱，让她在人生道路上一次次品尝着酸甜苦辣的滋味，一次次经历生命的洗礼。正是发自心灵深处的那种爱、那种感情驱使着她做出了艰难痛苦的选择，在人生的十字路口不住地落泪但又坚定地前行。

《推拿》更是如此。相对于健全人而言，盲人主要的生理特殊之处在于眼睛看不到，而眼睛恰恰是健全人与外界沟通交流的最主要工具。从这个意义上来说，盲人是有生理缺陷的。然而，换个角度来讲，也正因为盲人的眼睛看不到，所以他们只能通过除视觉之外的其他感觉与外部世界沟通。这样一来，听觉、触觉、嗅觉、味觉等感觉就要分担视力上的障碍所带来的不便，这些感觉自然要比常人更为灵敏和发达。然而，这些感觉终究不能完全替代眼睛的作用。这也就是说，他们既然无法为其他器官感受到的东西找到一个连接外部世界的通道，结果便只能向内部世界转移，在隐秘的内心深处体察和回味曾经感觉到的一切。因此，盲人的心理自然要比健全人更为幽微、细腻。《推拿》的整体结构也正是依循着"沙宗琪盲人推拿中心"这一特定场景中几位盲人推拿师的心理变化而逐步展开的。小说中的主要人物总共有九个，他们虽然都是沙宗琪盲人推拿中心的盲人推拿师，身份相同，但是作为独立的个体，他们在性格、生活习惯以及阅历上却又有着很大的差异性，尤其是当这些因素作用于他们的内心世界时，就更是突显出个体心理特征。但是，他们又因为各种各样的缘故不得不生活在一个相对封闭的空间之内，这样自然也就免不了要频繁地接触，相互之间产生联系也是必然的。因此，怎样安排文本的叙述结构才能更为熨帖地反映盲人的生活现状，应该是作者需要考虑的首要问题。在小说中，毕飞宇采用了一种与《水浒传》颇为类似的小说结构形式，前几章先分别交代几个主要人物来到推拿中心前后的人生历程，后几章则将叙述重点转移到不同人物之间错综复杂的关系上，从而引出了推拿中心发生的诸多变故，直到"尾声"，所有人物悉数登场，共同见证了他们的"兄弟"，推拿中心的老板——沙复明胃病发作，几乎丧命的凄婉一幕。

当然，如果仅仅分析到这里就未免显得有些简单化了。事实上，小说还存在着一种更为深层的结构形式，那就是人物的心理结构。前文已经谈到，由于盲人存在视觉上的缺陷，所以他们的心灵世界才更为纤细和敏感，他们的行为也就更容易受到自我心理的驱动。从这个意义上说，活跃在小说中的盲人的生活世界归根结底源自他们的心灵本身，所谓人物与人物之间的关系完全可以被看作是心灵与心灵之间的关系。而且，更为重要的是，毕飞宇在展示笔下的盲人世界时，大多数文字均着眼于对人物心理世界进行精细入微的刻画和描绘。无论是王大夫与小孔既带有几分羞涩而又孤注一掷的恋爱历程，还是小马被"嫂子"的气息所吸引，整日里的惆怅徘徊、辗转反侧；无论是都红在众人掌声中所感受到的歧视和羞辱，还是沙复明和张宗琪为争夺权力而展开的激烈心理交锋；无论是金嫣为追求泰来所表现出的执着和冲动，还是张一光在矿难中死里逃生后的微妙心理变化，都得到了具体而微的充分铺展。与他们心理上的波澜跌宕比较起来，语言和动作的描写则要少得多，也要安静得多。这种叙事策略的运用，一方面，是因为盲人自身生理结构的特殊性决定了他们更多的时候不愿或不能用言语、动作来表达自己内心的想法；另一方面，也是作者擅长通过人物的心理活动去刻画人物使然。而且，在《推拿》中，毕飞宇的心理表现技巧也显得更为纯熟和精到，更为切合盲人自身的实际情况。可以看到，在小说中，每一个人物的出场就是一颗融坚强与脆弱为一体的心灵的展示过程，众多盲人的心灵最终汇聚成一种互帮互助、生死同依的汩汩暖流，滋润着在场的每个人，使他们切身感受到了作为普遍意义上的人类的一分子所应该具备和拥有的那种友谊和同情的力量。

叙述节奏与心理节奏同构

现实主义小说一般都有一个基本的特征，那就是文本的叙述节奏和故事发生的节奏几乎是完全吻合的，故事发生到哪里，文本就叙述到哪里，开端、发展、高潮、结尾，有条不紊，叙述节奏会随着故事发展的轻重缓急而产生相应的变化。毕飞宇其实也不例外，而且他在叙述故事时几乎是严格地遵循这样一种已经被视为颠扑不破的创作法则而进行的。比如《平原》前后两部分叙述节奏的安排就鲜明地体现了这一原则。《平原》的前半部分节奏舒缓拖沓，描写事无巨细，而到了后半部分，叙述节奏倏然加快，让读者几乎没有任何的喘息之机，必须跟随着作者的快节奏，迅速进入阅读状态之中完成自己的阅读行为。针对这一点，作者曾解释说："我在写之前对自己有一个设定，我特别想把它写成一部具有强烈加速度的小说。小说的一开始，我让它非常非常缓慢地进入，我要让它和农业文明，和农业时代的基本的生存相吻合，因为农业时代的特征，它和信息时代最基本的区别，就是速度慢，它一年有四季，庄稼栽下去以后慢慢慢慢地生长，肉眼都看不见，但是进入小说之后，很快就进入了人的际遇，人的命运，那么在这样一个情况底下呢，我就想，这个小说最好能够像一个火车启动一样，开始是吃力地、缓慢地，然后越来越快，越来越快。"① 可见，文本前后不一的叙述节奏是作者刻意为之的，而在他的解释中也明确表示了之所以要采用这种"越来越快"的叙述节奏主要还是考虑到小说本身叙述内容的差异。农业文明的缓慢拖沓和人际关系、人物命运的场景变换之间节奏的不同，决定了毕飞宇在创作时必须紧扣这样的节奏变化，并体现在文本的叙述节奏中。但对于擅长描摹人物心理流动过程和人物之间心理交锋的毕飞宇来说，仅仅做到这一点很显然还是不够的。质而言之，他的叙述节奏更多且更好地体现在对人物心理的细节刻画上，与其说他的叙述节奏与故事节奏是呈平行状展开的，毋宁说他的叙述节奏是依循着小说中人物的心理变化节奏而设计的。在《青衣》中，当筱燕秋在时隔二十年后准备重新登上舞台饰演"嫦娥"时，有这样一段十分精彩的描写：

> 筱燕秋望着镜子里的自己，慢慢地调息。她细细地端详着自己，突然觉得自己今天是一个古典的新娘。她要精心地梳妆，精心地打扮，好把自己闪闪亮亮地

---

① 《宏大叙事的既定背景——与毕飞宇谈〈平原〉》，小说中国网，2006 年 1 月 27 日。

嫁出去。她不知道新郎是谁，尚未拉开的红色大幕是她头上的红头盖，把她盖住了。一阵慌张十分突兀地涌向了筱燕秋的心房，筱燕秋慌张得厉害。红头盖是一个双重的谜，别人既是你的谜，你同样又构成了别人的谜。你掩藏在红头盖的下面，你与这个世界彻底变成了互猜的关系，由不得你不紧张，不心跳，不神飞意乱。

筱燕秋深吸了一口气，定下心来。她披上了水衣，扎好，然后，筱燕秋伸出了手去。她取过了底彩。她把肉色的底彩挤在了左手的掌心上，均匀地抹在脸上，脖子上，手背上。抹匀了，筱燕秋开始搽凡士林。化妆师递上了面红，筱燕秋用中指一点一点地把自己的眼眶、鼻梁画红了，左右研究了一回，满意了，拍定妆粉。筱燕秋开始上胭脂了。胭脂搽在了面红抹过的部位，面红立即出彩了，鲜亮了起来，镜子里青衣的模样顿时就出来了一个大概。现在轮到眼睛了。筱燕秋用指尖顶住了眼角，把眼角吊向太阳穴的斜上方，画眼，画眉。画好了，筱燕秋松开手，眼角的皮肤一起松垮垮地掉了下来，而眼眶却画在了高处，这一来眼角那一把就有些古怪，妖里妖气的。

化完妆，筱燕秋便把自己交给了化妆师。化妆师湿好了勒头带，开始为筱燕秋吊眉，化妆师把筱燕秋的眼角重新顶上去，筱燕秋感到有点疼。化妆师用潮湿的勒头带把筱燕秋的脑袋裹了一圈又一圈，勒住了眼角的皮，紧绷绷的，吊上去的眼角这一回算是固定住了,筱燕秋的双眼呈倒"八"字状,看上去有点像传说中的狐狸,妩媚起来了,灵动起来了。吊好眉,化妆师为筱燕秋贴上大片,左腮一个,右腮一个,筱燕秋的脸型一下子变了,居然变成了一只剥了壳的鸡蛋。上好齐眉穗,盖好水纱,戴上头套、假发,一个活灵活现的青衣立时就出现在镜框里了。筱燕秋盯着自己,看,她漂亮得自己都认不出自己来了。那绝对是另一个世界里的另一个人。但是,筱燕秋坚信,那个女人才是筱燕秋,才是她自己。筱燕秋挺起了胸,侧过头,意外地发现化妆间里挤了好些人。他们一起愣在那儿,专心地看着她,用一种疑惑的眼光研究着她。筱燕秋看到了春来,春来就在身边。春来一直就站在筱燕秋的身边。春来呆在那儿,她不敢相信面前的女人就是与她朝夕相处的老师筱燕秋。筱燕秋简直就是变魔术,突然变出一个人来了。筱燕秋睃了春来一眼。她知道这个小女人此时此刻的心情,她看得出,这个小女人妒忌了。筱燕秋没有开口,她现在谁也不是。她现在只是自己,是另一个世界里的另一个女人。是嫦娥。

从这段心理描写中,我们可以明显地看到毕飞宇叙述节奏上的突出之处。当筱燕秋郑重其事地坐到化妆镜前的时候,她心里既紧张又慌乱,所以叙述节奏也比较急促,"突然""突兀地涌向""慌张得厉害""不紧张,不心跳,不神飞意乱",这样的词汇一下子就把筱燕秋那种心理的压迫感道了出来。待她从紧张的状态中恢复过来,开始镇静地给自己化妆时,速度也随之舒缓下来，作者在按部就班地叙述她化妆的细节之外，开始有余裕去形容化妆的效果以及对主人公心理所产生的微妙影响，篇幅也明显增多。筱燕秋化完妆后，最后一道工序由化妆师来做，这时，筱燕秋不仅心情是放松的，而且也不用自己亲自动手了，只需要坐在那里任由化妆师捣鼓即可，身心都闲下来的她所关注的重心，自然也就完全转移到了自己究竟会被化妆成什么样子，还能不能依旧像当年一样惊艳绝伦上了，毕竟，她的青春年华已经随着岁月的流逝而不复存在了。因此，她必然会特别注重化妆师的一举一动，生怕哪一个细节做得不到位导致化妆失败。正因为如此，小说在叙述化妆师的动作时，进行得相当缓慢，每一道工序甚至其中的每一个微小的细节都不放过，吊眉、贴大片、齐眉穗、盖水纱、戴头套和假发……尤其是在吊眉和贴大片这两个细节上，作者颇费了一些笔墨。之所以这样，是因为这两个环节是决定化妆成败的关键因素，如果化不好，很可能前功尽弃。而齐眉穗、盖水纱等环节相对来说，并不是很重要，所以一带而过，这也同时反映了筱燕秋心理上对各种工序的重视程度不一。而后，毕飞宇用了一半的篇幅叙述筱燕秋化好妆后，她自己和周围人的反应，最为突出的是春来的反应。其实当春来看到筱燕秋"脱胎换骨"之后，她的外在反应是最少的，也是最不容易让人察觉的。可是在筱燕秋看来，这却是最重要的，筱燕秋最关心的，就是这个她亲手培养出来的心高气傲的徒弟究竟是如何看待自己的，所以小说中的叙述强度和叙述长度便在无形中增加了。可见，作者并不是仅仅根据故事的节奏而处理叙述节奏的，这样理解未免有些简单化且不切合文本的实际状况，在大多数情况下,毕飞宇更看重的是人物的心理节奏变化。这样,我们便可以得出这样一个结论来,那就是,作者的叙述节奏通常是围绕着人物的心理节奏而铺展开的。尽管在某些情形下,叙述节奏也和故事本身的节奏相契合,但我们丝毫不能否认,更深层次的节奏来自人物的心理,来自人物内心世界丰富而微妙的变化与感受。

  在《推拿》中,这一点表现得更为明显。客观地来讲,盲人是整个社会中的一个边缘性群体,他们的生活和健全人比较起来,显得单调和乏味一些,相互之间的实质性交往也比较有限。当然,这种单调和乏味仅仅只是一种表面现象,他们自有打发时间的方式,那就是充分调动内心的情感和思维,去一门心思地"想"。这里的"想"包含的意味比较多,可以是冥想,比如小马将"时间"当作一种具体事物而天马行空地想;也可以是狂想,比如金嫣对婚礼夸张而不切合实际的想;更可以是日常生活中因某事的触动而偶然引起的一系列联想,比如王大夫和小孔之间波澜不惊的恋爱过程所激起的某些不必要的,但对他们来讲却是必须为之的想。总之,在盲人的世界中,"想"占有举足轻重的位置,"想"已经深入到了盲人的日常生活之中。因此,作者在考虑叙述节奏时,就不能像描写健全人生活那样,只要遵循人们日常的心理轨迹前行就可以了。他要写出盲人生活的"常态",就不得不表现出盲人心理的常态,这也是最难以把握的一个方面。而正因为其难以把握,毕飞宇才勇敢地接受了这一挑战,"我没有见到过一本真正把盲人作为描述对象的书,无论中国的还是外国的我都没见过。那种真正切入他们内心,走入日常画面的小说,我没见过,那我就要写。"① 事实证明,他的确做到了,而且做得非常好。其实,《推拿》的叙述节奏与盲人的日常生活节奏同样是一致的,只不过由于盲人的心理活动在日常生活中所占的比重较大,所以,作者看起来似乎在故意延宕小说的叙事进度。这只是因为我们看惯了健全人的生活状态,对盲人的生活状态不很熟悉罢了。在这一点上,可以说,毕飞宇并没有背离他一贯以来的基本写作态度。另外,就小说的整体叙述节奏而言,《推拿》呈现出了一种循序渐进、逐步加快的特征,这也和小说中设置的人物以及人物的心理变化有关。前半部分出场的人物不多,基本上是在前一章着重叙述了一两个人物之后,又在下一章牵出另外的人物,按照这样的顺序,将人物一一呈现在读者面前之后,才开始以"沙宗琪盲人推拿中心"作为主要的叙事场所,展开众多人物之间的纠葛。由于前半部分对人物的介绍相对比较独立,他们之间的关联也并不多,所以他们还是有充分的余裕去独自遐想的,但是到了后半部分,随着众多人物的出场以及人物之间的各种感情纠葛越来越多、越来越复杂化,他们心理和情感上碰撞、磨合的力度也就随之加大,叙述节奏必然会相应增强。不过,即便是这样,小说整体的叙事速度还是相当缓慢的。毕飞宇正是想通过这种静静流淌的柔性线条,为生活在健全人视线之外的盲人世界描绘出一幅最为生动流畅的工笔图画。

---

① 岳巍:《毕飞宇说〈推拿〉:我们一起走进没有光的世界》,《华夏时报》,2008年11月1日。

细节描写的心灵化

很多论者在谈到毕飞宇的小说创作时,总是津津乐道于他细致入微的细节描写。这种日常化的描写方式,的确是毕飞宇不同于旁人的独特之处。他能够将生活中的每一个细节通过一定语言形式的排列与组合,出神入化地表现出来,达到形神兼备的状态,这是许多现实主义作家无法与之比肩的。但大多数人对这种细节描写的分析还仅仅停留在语言、动作的层面,更多地强调它与中国古典小说传统写作方式的渊源关系。当然,不可否认的是,毕飞宇的创作观念的确受到中国古典小说的某些影响,尤其是以《红楼梦》为代表的明清传统小说,这在他的创作过程中都或多或少地有所反映。但是,毕飞宇在前期创作中毕竟尝试写作了一批具有鲜明的先锋意味的作品,尽管从《青衣》开始,他就在有意识地逃避先锋写作,希望自己的创作能够真正达到一种所谓的"最朴素"的现实主义高度。① 可事实上,任何人的思维都具有一定的连贯性,试图完全割断与过去的联系几乎是不可能的,毕飞宇也是如此。表面上,他的作品似乎在有意地与西方的现代主义创作方法拉开距离;实质上,我们还是能够看到诸多无法隐匿的痕迹,比如荒诞、象征、反讽等手法在他的小说中依旧保持着一定的生命力。更为令人称奇的是,他在细节刻画中往往将心理描写,语言描写、动作描写和肖像描写汇集于一体,从各个方面对所述对象进行观照,以求精致深入地刻画

---

① 参见毕飞宇:《答贾梦玮先生问》,《沿途的秘密》,昆仑出版社,2002年版,第45页。

人物和人物的日常生活，从而形成了一种具有极大包容性、不拘于成法的细节描写方式。

首先，语言、动作描写服务于人物的心理描写。在有关日常生活细节的表述中，毕飞宇的突出之处，是那种以语言、动作描写折射人物心灵律动的写作方式。在这些描写中，他并非像林白、陈染等作家一样，用大段大段的心理独白来表现人物内心世界的波澜起伏，而是将注意力更多地放在了人物的语言和动作上，心理描写虽然也有，但相对来讲并不多。这就给我们造成一个假象——语言和动作似乎占据了描写的中心位置，而人物的心理独白、意识流动反而居于次要地位，这也是许多评论家简单地将其细节描写的方式定位在语言、动作层面上的根本原因。其实，这完全是一种误解。在这里，我们可以将其细节描写的方式分为两个层次：一是语言、动作描写，属于显性层次；二是心理描写，属于隐性层次。隐性层次的心理描写不一定就必须用书中人物的口吻直接表述出来，这样一来反而会变得索然无味。毕飞宇似乎也看到了这一点，所以他在对生活细节进行刻画时，才有意地调整了心理描写和语言、动作描写的比例，试图通过人物的语言和动作更加完美地表现人物的心理变化，再加上恰到好处的心理独白，以及作者有意识地站在全知全能的角度上对人物进行的心理刻画，从而使语言、动作、心理达到了高度的契合，相得益彰。前文中已经提到，毕飞宇作品中的叙述节奏是依循着人物的心理节奏而改变的，这也就意味着人物的语言和动作也都是为了表现人物的心理服务的。其中关键的一两句心理描写往往会起到画龙点睛的作用，并成为细节刻画的重心所在。例如，在前文中，筱燕秋给自己化妆的那段细节描写，就是在她动作的间隙用"定下心来"和"满意了"两处极简洁的心理描写短语，将人物的所有动作定位在这样的心理之上。这就说明，语言、动作描写在无形中已经沦为心理描写的附属物，它们仅仅起到修饰和润色的作用而已。在毕飞宇的小说中，处处可以见到类似的情况。比如在他的短篇小说《哺乳期的女人》中，旺旺突然吸吮惠嫂乳汁的那一段，是这样描述的：

> 惠嫂坐在石门槛上给孩子喂奶，旺旺坐在对面隔着一条青石巷呢。惠嫂的儿子只吃了一只奶子就饱了，惠嫂把另一只送过去，她的儿子竟让开了，嘴里吐出奶的泡沫。但是惠嫂的这只乳房胀得厉害，便决定挤掉一些，惠嫂侧身站到墙边，双手握住了自己的奶子，用力一挤，奶水就喷涌出来了，一条线，带着一道弧线。旺旺一直注视着惠嫂的举动。旺旺看见那条雪白的乳汁喷在墙上，被墙的青砖吸干净了。旺旺闻到了那股奶香，在青石巷十分温暖十分慈祥地四处弥漫。旺旺悄悄走到对面去，躲在墙的拐角。惠嫂挤完了又把儿子抱到腿上来，孩子在哼唧，惠嫂又把衬衣撩上去。但孩子不肯吃，只是拍着妈妈的乳房自己和自己玩，嘴里说一些单调的听不懂的声音。惠嫂一点都没有留神旺旺已经过来了。旺旺拨开婴孩的手，埋下脑袋对准惠嫂的乳房就是一口。咬住了，不放。惠嫂的一声尖叫在中午的青石巷里又突兀又悠长，把半个断桥镇都吵醒了。要不是这一声尖叫旺旺肯定还是不肯松口的。旺旺没有跑，他半张着嘴巴，表情又愣又傻。

旺旺看见惠嫂的右乳上印上了一对半圆形的牙印与血痕……

这段文字最突出的一点就是没有任何直接的心理描写，可是细细品读，我们却又能真切地感受到人物的心理律动。一开始，写了惠嫂给孩子喂奶的情景，从惠嫂的儿子"吐出奶的泡沫"到惠嫂挤出多余的奶时"挤""握"等动作，再到奶汁喷涌而出形成"一条线，带着一道弧线"，交代得都非常细致。为什么要如此啰唆地描述这个本来非常简单且无聊的场景呢？因为"旺旺一直注视着惠嫂的举动"，因为在从来没有吃过母亲乳汁的旺旺的眼中，惠嫂的奶水就不再仅仅是"奶水"了，它具有特殊的意义，它代表着母亲，代表着母爱；在旺旺看来，唯有这"奶水"才是维系母子联系的纽带。所以，旺旺才看得相当仔细。也正因为这样，这段细节描写才具有了其应有的表现价值。而后，对旺旺的一连串动作描写，都无不清楚地表明了他当时微妙的心理变化。先是"闻到奶香"，说明他十分陶醉；然后是"埋下脑袋对准……咬住了，不放"，说明他想吃到奶水的急切心情；接着又因为惠嫂的尖叫而"半张着嘴巴，表情又傻又愣"，说明他对惠嫂的举动感到不可思议，摸不着头脑。这样，作者就在细节描写中将人物的心理动态深入透彻地呈现在了读者的面前。

其次，要特别强调的是毕飞宇对于人物性心理的描写。在毕飞宇的小说中，性描写占有非常突出的位置，已经变得日常化了。筱燕秋对性的坦然、王连方对性的贪婪、顾先生对性的恐惧、玉米对性的憧憬、端方对性的懵懂到亲身体验后的快感、小马对性的渴望……毕飞宇几乎在他的每一部小说中都不厌其烦地提到这个话题，并且频繁地运用精细的场景描写来表现人物的性心理。这也就从一定程度上说明，毕飞宇已经将性融入了小说的日常叙事之中，性已成为日常叙事不可或缺的一部分。然而，比较起来，毕飞宇笔下的性描写却自有其独到之处，它既不同于贾平凹赤裸裸的、甚至让人感到有某种污秽存在的单纯叙述，又不同于陈忠实专注于对交媾前后及交媾过程中琐碎细节的描摹与煽情，而是将人物当时的真实心理情感作为性描写的首要因素，描述性事过程成为表现人物心理的手段，性事的疾徐缓促完全取决于人物现时态的心理变化。而且，在进行描写时，时常要对人物的心理做一番探究，暗示人物心理某种微妙的起伏变动。这样一来，读者的关注重点不可避免地就要发生转移，由性而及人，而及人物的心理，甚至是一些与性完全无关的东西。这种极富艺术分寸感的性描写，自然也就显得更朴素、更纯净了。

比如在《推拿》第一章中，王大夫因弟弟和弟媳在父母家中吃白饭感到悲愤交加却又难以启齿的那天夜晚，有这样一段关于他和小孔的性描写：

没法说也得说，起码要对小孔说明白。蜜月只有以后给人家补了。夜里头和父母一起在客厅里"看"完了"晚间新闻"，王大夫坐在床沿，拉住了小孔的手，是欲言又止的样子。小孔却奇怪了，吻住了王大夫，这一来王大夫就更没法说了。小孔一边吻一边给王大夫脱衣裳，直到脱毛衣的时候王大夫的嘴巴才有了一些空闲。王大夫刚刚想说，嘴巴却又让小孔的嘴唇堵上了。王大夫知道了，小孔想做。可王大夫一点心情也没有。在郁闷,就犹豫。小孔已经赤条条的了,通身洋溢着她的体温。小孔拉着他躺下了,说:"宝贝,上来。"王大夫其实是有点勉强的,但王大夫怎么说也不能拒绝小孔,两个人的身体就连起来了。小孔把她的双腿抬起来,箍住了王大夫的腰,突然间问了王大夫一个数学上的问题:"我们是几个人?"王大夫撑起来,说:"一个人。"小孔托住王大夫的脸,说"宝贝,回答正确。你要记住,永远记住,我们是一个人。你想什么,要说什么,我都知道。你什么也不要说。我们是一个人,就像现在这个样子,你就在我里面。我们是一个人。"这些话王大夫都听见了。刚想说些什么,一阵大感动,来不及了,体内突然涌上了一阵狂潮,来了。突如其来。他的身子无比凶猛地顶了上去,僵死的,却又是万马奔腾的。差不多就在同时,王大夫的泪水已经夺眶而出。他的泪水沿着颧骨、下巴,一颗一颗地落在了小孔的脸上。小孔突然张大了嘴巴,想吃她男人的眼泪。这个临时的愿望带来了惊人的后果,小孔也来了。这个短暂的、无法复制的性事是那样的不可思议,还没来得及运作,什么都没做,却天衣无缝,几乎就完美无缺。小孔迅速放下双腿,躺直了,顶起腰腹,一下子也死了。却又漂浮。是失重并滑行的迹象。已经滑出去了。很危险了。就在这千钧一发的时刻,小孔一把拽住了王大夫的两只大耳朵,揪住它们,死死地揪住它们,眼见得又要脱手了。多危险哪。小孔就把王大夫往自己的身上拽,她需要他的重量。她希望他的体重"镇"在自己的身上。

"——抱紧,——压住,别让我一个人飞出去——我害怕呀。"

在这段描写中,我们可以看到,在小孔一边吻王大夫一边给他脱衣服时,在小孔对王大夫倾诉衷肠时,在王大夫的泪水落到小孔的脸上时,在性事结束后小孔放下双腿时,在小孔死死揪住王大夫的耳朵时,均出现了作者对人物心理状态的描写和分析。这些描写有效地消解了读者对性本身的关注,同时凸显了人物当时的心理情感变化,使性和人物心理处于某种相对平衡的状态。事实上,这里是要通过对人物性心理的表现,说明王大夫在受到家庭排挤后的愤懑心情以及他和小孔之间生死相依、患难与共的真挚爱情。

二十一世纪以来,中国的小说家和小说作品的数量始终呈几何倍数增长,但质量却参差不齐。从文体上来讲,现实主义文体重新受到许多作家的重视运用,毕飞宇便是这众多现实主义小说家中的一位,却是具有鲜明写作风格的一位。他在文体上的建树虽然仍局限于现实主义的范畴之内,却依然闪烁着熠熠光彩。"法心灵"的日常化叙事其实并不能完全概括他所有的小说创作,事实上,作为一位优秀的作家,他在文体上的拓展是多方面的,比如人物形象的塑造,比如典雅精致的语言运用,比如其叙述视角的潜隐与显现等等,不一而足。评论家洪治纲在谈到毕飞宇的小说创作时就曾说过:"毕飞宇的小说始终洋溢着极为灵动的曼妙气质。无论是对叙事内蕴的巧妙处理,还是对潜在人性的冷静逼视;无论是对叙述节奏的有效控制,还是对叙事细节的精致化临摹,都体现出一种轻盈而又舒缓、丰沛而又沉郁的审美内涵,呈现出卡尔维诺所推崇备至的那种'以轻取重'的叙事智慧,也体现了毕飞宇作为一个南方作家特有的艺术智性。"① 而作者本人则更是坦言:"我们就这样处在了飞奔的路上,带着我们的表情。我一点也不担心风驰电掣,——再快的速度也不能把我们的表情扔出窗外,因为表情在我们的脸上。它从容,镇定,最终会回溯到我们的心灵。"② 或许,这句话才真正道出了毕飞宇小说创作的真谛之所在。

---

① 洪治纲:《谈毕飞宇的小说》,《南方文坛》,2004 年第 4 期。
② 毕飞宇:《〈推拿〉序:我们脸上的表情》,新浪读书,2008 年 10 月 10 日。

精读二:《人世间》
民间伦理法则与史诗性书写

说一点不好意思的实在话,收到朋友寄来的梁晓声长篇小说《人世间》(中国青年出版社,2017年11月版),已经很有一段时间了。或许与作品那长达百万字的篇幅所形成的压迫感紧密相关,即使如我这样日常以阅读长篇小说为业的专业读者,面对如此一部皇皇巨著,竟然也产生了某种莫名其妙的畏惧心理,一直没有足够的勇气打开这部作品。然而,一旦我真的打开这部多达一百一十五万字的长篇小说,却不无惊讶地发现,《人世间》其实充满了十足的思想艺术魅力。小说的阅读过程可以说是越读越有滋味,渐入佳境。就这样,在不无认真地先后阅读了两次之后,得出一个无法回避的结论——这部耗费了梁晓声多年心血的长篇小说,不仅可以被看作是梁晓声迄今为止思想艺术完成度最高的一部作品,而且也毫无疑问是中国文坛进入二十一世纪以来,长篇小说领域最具代表性的作品之一。正因此,对《人世间》展开相应的思想艺术深度分析,也就自是题中应有之义。

放眼当下时代的中国长篇小说创作,我个人认为,从文体的角度,最起码可以把它们区分为"百科全书"式、"史诗性"与"现代型"这样三种不同的艺术类型:"所谓'百科全书'式的长篇小说,更多地与中国本土的艺术传统相关联,乃是一种具备海纳百川包罗万象般阔大气象的,具有类似于'百科全书'性质的长篇小说。所谓'史诗性'长篇小说,我更多地采用洪子诚先生的说法:'史诗性是当代不少写作长篇的作家的追求,也是批评家用来评价一些长篇达到的思想艺术高度的重要标尺。……"史诗性"在当代的长篇小说中,主要表现为揭示"历史本质"的目标,在结构上的宏阔时空跨度与规模,重大历史事实对艺术虚构的加入,以及英雄形象的创造和英雄主义的基调。'至于所谓'现代型',则是我自己的一种真切体认。从其基本的美学艺术追求来看,这一类型的长篇小说,不再追求篇幅体量的庞大,不再追求人物形象的众多,不再追求以一种海纳百川式的理念尽可能立体全面地涵括表现某一个时段的社会生活。与此相反,在篇幅体量明显锐减的同时,与这种'现代型'长篇小说紧密联系在一起的,就极有可能是深刻、轻逸与快捷这样的一些思想艺术品质。唯其因为这种类型的长篇小说,很明显与现代生活,与现代主义的文学观念相匹配,所以,我更愿意把它界定命名为一种'现代型'的长篇小说。"①倘若我们承认以上看法还有那么一点道理,还能够成立,那么,梁晓声的《人世间》就毫无疑问可以被归入到"史诗性"一类,可以被看作是当下时代难得一见的优秀史诗性长篇小说。

---

① 王春林:《多种艺术类型的兼备与共存——对 2018 年长篇小说的一种理解与分析》,《中国艺术报》,2019 年 1 月。

无论如何都必须强调,《人世间》所具备的"史诗性",所依循的理论标准来自洪子诚在《中国当代文学史》中早已为大家所熟知的相关论述。然而,借用洪子诚的相关论述来衡量评价梁晓声的《人世间》,唯一可能引起争议的就是第四点,即"英雄形象的创造和英雄主义的基调"。一般来说,一旦提及英雄,我们马上就会联想到战争,似乎只有在那血雨纷飞的战场上才能够产生所谓的英雄。但现在看来,这样的一种看法还是多少显得有点狭隘了。我想,我们应该充分认识到,在漫长的人类发展历史中,相对于非常态的战争,更长的时段恐怕还是处于常态的和平时期。既然人类更多的还是生活在一种常态的和平时期,那一个不容回避的问题就是,在这样一种常态的和平生活阶段,是否也同样会有英雄生成。答案自然是肯定的,只要是拥有相对丰富生活经验的朋友就都知道,在看似寻常的日常生活中,要想做一个超乎于一般生活之上的英雄,其实是非常困难的一件事情。尤其是在很多时候,当历史形成了一种浩浩荡荡的蛮力向某种未必正确的方向涌进的时候,那些不仅有幸掌握了真理并且有足够的勇气与这历史的蛮力相对抗的个体,就绝对称得上是日常生活中的英雄。这一方面,曾经逆当时的历史潮流而动,但在事后却被充分证明的确属于真理拥有者的林昭与张志新,就毫无疑问可以被看作是极其难能可贵的生活英雄。也因此,我们一定要设法破除只有战场上才会有英雄生成的狭隘观念,在更广义的层面上,把那些日常生活中敢于逆错误的历史潮流而动的个体,也全都理解为生活英雄。如果我们以上的英雄观念可以成立,那梁晓声的《人世间》中"英雄形象的创造和英雄主义的基调"的问题,自然也就迎刃而解了。在这部先后出现过四五十位人物的长篇小说中,周氏三兄妹中的大哥周秉义,完全称得上是一位和平时期的生活英雄。

虽然小说一开始所讲述的,是二十世纪初叶十月革命后大量白俄贵族被迫迁居到远东大城市Ａ市的故事,但严格说起来,第一章的内容不过是小说的序幕。整部《人世间》主体故事的起始时间,是第二章故事发生的1970年代初期,具体来说,也就是1972年那个寒冷的冬季。从这个"文革"的中间时段开始,一直到进入二十一世纪后的所谓市场经济时代,这部长篇小说的叙事时间可以说差不多达到了半个世纪的长度。作家梁晓声对一个出生于Ａ市著名的贫民区光字片普通工人家庭的生活英雄周秉义的人生书写,自然也是从1970年代初期开始的。作为市一中高三年级的优秀生,他原本是一门心思要考大学的。没承想,他的大学梦想却因为"文革"的爆发而变成了泡影。"上山下乡"运动前,身为"逍遥派"的周秉义,"除了躲在家里偷阅禁书,就是与自己的同班同学郝冬梅恋爱。"(上部,25页)"周秉义与郝冬梅这对恋人,抵抗烦恼与闲愁的办法,只有读禁书和恋爱,那简直也可以说是他俩的绝招、法宝。除了毛泽东和鲁迅的书,其他书籍在中国似乎已不存在了,但也就是似乎而已。任何时代都有些不怎么怕事的人,周秉义和郝冬梅便总是能搞到以前不曾读过的书来读。有时还在周家拉上窗帘一个读,一个听;还讨论,甚至争论。"(上部,26页)无论如何,我们都不能不承认,在周秉义的成长过程中,"上山下乡"前这一段与女友相偕并肩读禁书的地下读书活动,的确发挥过举足轻重的启蒙作用。不管怎么说,我们都很难想象,如果不是在成长的关键时期曾经有过"躲进小楼成一统"一般的阅读禁书过程,从自己的家庭中根本就不可能获得充分精神营养的周秉义,能够迅速地成长起来,能够在"上山下乡"成为兵团知青后的第二年,就被"调到师部宣传股当上了宣传干事。"大约也正因如此,等到周秉义要离家前往兵团做知青的时候,才会指着书箱特别郑重地告诉小弟周秉昆:"你也别因为那些书不安。现在已经不是'文革'初期,我和周蓉走后,家里就剩下你和母亲了,咱们是工人阶级家庭,即使被多事的人发现了,举报了,也没什么了不得的,绝不至于把你和母亲怎么样。只不过,那些书在以后的中国,在一个不短的时期内将难以再见到,很宝贵。我希望咱们周家的后人还能幸运地读到那些书。一个人来到世界上,一辈子没读到过这些书是遗憾的。"(上部,131页)事实上,在那个政治畸形时代,把爱情作为自己的精神宗教,不管不顾地追随"右派诗人"冯化成到偏远的贵州山区艰难度日的妹妹周蓉,之所以要专门写信给周秉义,也正是因为曾经在一起读过禁书的她,坚信自己那看似一意孤行的所作所为,肯定会在大哥这里获得充分的理解。对于妹妹的行为,"他起初也震惊,可是收到妹妹从贵州寄给他的自白长信后,他理解了。"(上部,180页)在当时持有相似的精神价值立场的周秉义非常理解,在那个"除了相信爱情"外不可能再相信其他什么的政治畸形时代,妹妹周蓉也的确只能万般无奈地把爱情作为自己唯一的精神信仰。

某种意义上,正因为周秉义也更多地把自己和郝冬梅之间的爱情看作是一种类似于精神信仰的东西,所以,面对在当时殊为难得的,可以参军成为原沈阳军区谢副司令员秘书的机会,他才会最终做出坚守在郝冬梅身边的选择:"他固然也是个鱼与熊掌想兼得的人,如果说郝冬梅是鱼,要获得熊掌必须失去鱼的话,那么他是那种立刻会对熊掌转过头去的男人。这与某些爱情小说对他的影响有一定关系,那些小说赞美始终不渝的爱情,在他的头脑里形成了自己的道德律——但道德律的禁忌并非主要原因,更主要的原因其实也可以说是一种习惯,即他已经习惯了人生中不可无冬梅,如同基督教徒习惯了人生中不可无《圣经》。"(上部,298页)之所以能够养成如此一种习惯,根本原因乃在于他与郝冬梅之间其实有着太多共同的精神语言。唯其如此,他才会毅然在自己的政治前途与爱情之间做出守护在冬梅身边的决定:"我未婚妻的父亲现在仍是被打倒的'走资派',而这不符合入伍的政审条件,所以我只有放弃此次难得的机会。"(上部,298页)说实在话,面对如此难得的,一个可以改变自己命运的机会,周秉义的毅然选择放弃,一方面固然与那些爱情小说对他潜移默化的长期熏陶有关,但在另一方面,却更加充分地说明他对内心里的自我道德律令与正义感的坚守。正是从这一点出发,作家梁晓声才会借助叙述者的口吻,对周秉义做出这样的一些评判:"周秉义不是曹德宝(曹德宝是《人世间》中的一个人物),也不是于连,甚至没有弟弟秉昆那么一种蔫人的勇气。他更像《战争与和平》中的安德烈与皮埃尔。他本质上并不是那样的人,却很受这两个文学人物影响,在爱情方面尤其希望自己是绅士,很贵族。"(上部,309页)或许与天性紧密相关,实际上只是出生于一个工人家庭的"周秉义则是精神上的贵族,日常生活中不拘小节的平民。不拘小节才是他的本性,是他更为习惯的习惯。他的彬彬有礼是对四种外因所做的明智回应——学生时期一直头戴的好学生桂冠对他的要求,文学作品中绅士型好男人对他的影响,成为知青干部后机关环境和规矩对他的要求,和冬梅在一起时为了让她感觉舒服而设法适应。"(上部,311页)究其根本,梁晓声其实是在巧妙地借助这种方式给出周秉义之所以会显得那么"彬彬有礼",会成为"不拘小节的平民"与"精神上的贵族"几个方面的原因。

周秉义作为一位性格鲜明的生活英雄,《人世间》中有关他的以下几个细节的存在是非常必要的。首先,是身为兵团师部教育处副处长的周秉义想方设法帮助陶平摆脱了来自前女友夏季风的困扰。陶平与夏季风,曾经有过一段短暂的恋爱关系。很快地,陶平以两人性格不合为由,主动中断了这种关系。没想到,不甘心的夏季风却由此而对陶平怀恨在心,竟然千方百计地想要利用陶平的日常言行对他进行政治陷害。面对着如此棘手的一个难题,周秉义在女友郝冬梅的倾力相助下,最终以病退为由帮助陶平摆脱困境,顺利返城后成了一名优秀的教师。饶有意味的一点是,在尽心尽力地想方设法帮助陶平的时候,周秉义内心里竟然不由自主地浮现出这样一种多少显得有点莫名其妙的想法:"那时,周秉义不由得问自己:他对陶平的同情与拯救中,是否包含着对和弟弟一样的恋人本能的保护冲动?"(上部,326页)毫无疑问,这就涉及了弗洛伊德的所谓潜意识的问题。尽管从表面上看,周秉义在帮助可谓是萍水相逢的知青陶平,但这一行为在无意识中传达出的,却是内心深处对弟弟周秉昆的一种牵挂与关心。如此一个看似旁逸斜出的心理联想,实际上却极大地丰富了《人世间》作为一部优秀长篇小说的思想艺术内涵。

其次,是大学毕业已然成为国家干部之后的周秉义,曾经三番五次地拒绝利用手中的权力帮助弟弟周秉昆和他的朋友。一次,是周秉昆因为迫在眉睫的住房问题找到了大哥,他说:"反正在我听来就是那么一种关系!反正你是在他们面前能说上话的人!哥,我求你,我要求你,替我向他们反映反映我那事,房管所明明是有责任的。"(中部,188页)虽然内心充满着对弟弟的关切,虽然对周秉昆的不幸遭遇满怀同情,但周秉义从自己一贯的为官理念出发,最终还是拒绝出面为弟弟说项:"今天我给你的话只能是一句,我不好说你活该,但我要明明白白地告诉你这个弟弟——你只有自认倒霉!"(中部,189页)还有一次,是周秉昆为了好朋友赶超的事情央求大哥帮忙,没想到,原以为一定会出手相助的大哥又一次拒绝了自己:"秉昆说,据他所知,有几家医院正在私下招护士,希望哥哥能让赶超妹妹成为护士。她是护校毕业的,有各种证书。""不料,秉义沉下脸说:'你答应的事情你自己办,我帮不上那种忙。'"(中部,267页)对此,周秉义给出的理由是:"东三省一家家国有大中型企业都面临转产,千千万万工人即将失业,你周秉昆帮得了吗?你那种哥们儿之间的忧虑根本就不在我的考虑范围!我没心思管你的事!"(中部,267页)事实上,并不是周秉义没有人情味,而是说这个时候的他已经形成了自己的为官理念。对于周秉义的如此一种为官理念,或者也可以说是他所坚持的人生原则,他的妹妹周蓉曾经给出过相当到位的理解与阐释:"从根本上讲,他也不属于嫂子,不属于任何一位亲人,甚至也不属于他自己。"(中部,223页)面对着听了这番话倍感惊讶的周秉昆,梁晓声巧妙地借助周蓉之口给出了进一步的解释:"从根本上说,咱们的好哥哥,他是属于党的人。有的人思想上入了党,基本感情属于亲人。哥在感情上首先也属于党,凡是党交给他的工作,他认为对的，都会无比热忱忘我地去做，努力做到让党满意。如果他认为不对的，也会保留自己的看法，在适当时机点到为止提出意见，但绝不会公开反对，并且还会去做，只不过会以自己的方式去做，首先考虑也是对党有利。"（中部，223页）而这，很显然也就意味着，成为国家干部之后的周秉义，除了所谓党的利益之外已经不再有什么个人的利益存在，抑或说，在他内心深处，党的利益或集体利益，是远远大于个人利益而存在的。他个体的生命价值早已经完全融入了所谓党的或者国家的集体利益之中。他之所以会三番五次地一再拒绝利用手中的权力帮助周秉昆和他的朋友，根本原因恐怕正在于此。唯其如此，知识分子周蓉才会对周秉义做出如此一种断语："哥不是官迷，也不是政治投机分子。下乡前，哥看了那么多书，在北大时看书更多，而且学的又是历史，还经常旁听哲学课，是有些书让他变成了那样。他成了政治信徒，相信好政党好政治能让国家越来越好。这是现代社会发展的保障，他那么相信是对的。只是他太理想主义了，以为靠他的影响，像他那样的人会越来越多……我想他内心肯定有不少苦闷，不对人倾诉罢了……"（中部，224页）因为曾经和自己的哥哥有过长时间朝夕相处的机会，所以，只要是认真读过《人世间》的读者，大约便都会认同周蓉对周秉义的这样一种理解与判断。说到底，周秉义的的确确称得上是一位有着突出理想主义气质的党的信徒，或者说是政治的信徒。

无论如何，最能够见出周秉义生活英雄特质的一处核心故事情节，乃是出任A市副市长以后，主管城市住房改造的他对于贫民区光字片的积极改造。首先，一位从政多年的官员，竟然甘居人后地平调回A市来的这一行为本身，就已经充分凸显出了他那只要能够有机会为老百姓做事即可,根本不计较个人名位得失的理想主义政治信徒特质。其次,在进行拆迁改造的过程中,周秉义为了达到顺利拆迁的目的,曾经强力动员周秉昆以实际行动支持他的工作:"你们其实不相信我是吧?你们是我的亲人,我能让你们上当受骗吗?市政府支持的事能不靠谱吗?你们不要像别人一样只看眼前,两年之后那里会大变样!再以后,会一年一个样!五六年之后会成为本市居住环境最好的地方之一!一张白纸可画最新最美的图画!这么简单的道理你们不明白?光字片究竟有什么可留恋的?这里适合居住吗?"(下部,367页)在这里,借助于周秉义的这一番话,作家实际上达到了可谓是一箭三雕的多重叙事意图。其一,强有力的凸显出了周秉义意欲在 A 市的拆迁改造方面有所作为的强烈愿望;其二,之所以选择周秉昆而不是其他人作为首选的拆迁对象,一方面固然是利用亲情容易做通工作,另一方面却也多多少少存在着一丝借此合理机会关照一下多年在底层生活挣扎的弟弟的潜在意味;其三,通过光字片普通民众对于拆迁工作的观望与抗拒,作家更写出了当下社会民众对于政府一种普遍的不信任感。对于此种境况,叙述者不由感慨道:"拯救者一门心思工作,被拯救者集体等着看笑话、说风凉话;拯救者想要成功,还必须斗心眼,进行智力博弈——这也是人类历史上屡见不鲜的事。由于政府官员公信力存疑,这种现象就更不足为奇。"(下部,368页)

但不管怎么说,通过周秉义一番抱病工作的积极努力,到最后,不仅是光字片,即使是整个 A 市的城市拆迁改造工作也都取得了突出的成绩。然而,带有鲜明悲剧意味的一点是,即使是如同周秉义这样一位兢兢业业的政治信徒,一位踏踏实实工作的中共领导干部,到最后竟然也还会因为被人诬陷而被迫去接受调查。虽然说身正不怕影子斜,一番调查的结果只会更加证明周秉义的正义与清白,但周秉义那一番充满失败感的人生感慨却依然格外令人深思:"即便在落魄时代也不失淑女风范的郝冬梅,退休后简直判若两人,她愤世嫉俗,动辄骂娘。周秉义并不那么容易适应,一时的好情绪常常被破坏得一干二净。实际上,他也有满肚子委屈,也经常想骂娘——自己谨小慎微、辛辛苦苦工作三十多年,一心想通过自己的努力,让党在周围群众心目中的形象高大起来,却又哪里抵得过层出不穷的贪官污吏的负面影响呢?这种气馁的话,他无处可说,只能长期闷在心里,甚至终日郁郁寡欢。"(下部,409页)我们都知道,到后来,周秉义乃是因肺癌晚期不治而去世的。但在导致他罹患肺癌的诸多因素中,因政治理想受挫所致的郁郁寡欢情绪,其实也发生着不容忽视的重要作用。放眼当下的现实生活,如同周秉义这样一类国家干部形象,恐怕也不在少数。一方面兢兢业业地全身心投入工作,另一方面却因为社会大环境的缘故最终壮志未酬,只能够万般无奈地陷入一种落寞寡欢的精神状态之中。因其壮志未酬,所以"周秉义们"的人生悲剧性质便非常突出。某种程度上,周秉义悲剧性的人生道路,很容易就能够让我们联想到古希腊神话中那位不断地推着巨石上山的西西弗斯。西西弗斯无休无止地推石上山的苦役,悲剧色彩十足。政治信徒周秉义意欲实现政治理想而最终不得,其悲剧色彩同样不容否认。由以上论述可见,周秉义无疑是一位日常生活中带有突出悲剧色彩的生活英雄。如果说周秉义是一位当之无愧的生活英雄,那么,长篇小说《人世间》的"史诗性"问题自然也就迎刃而解了。

作为一部具有明显"史诗性"特质的长篇小说,梁晓声的《人世间》中一共出现了多达四五十位的人物。众所周知,人物形象的塑造是小说创作必不可少的一个艺术要素。尤其是对一部长篇小说来说,能否相对成功地刻画塑造若干有人性深度的人物形象,乃是衡量其思想艺术成功与否的一个重要标准。关于人物形象在小说创作中的重要性,著名作家白先勇曾经发表过格外精辟的看法:"写小说,人物当然占最重要的部分,拿传统小说三国、水浒、西游、金瓶梅来说,这些小说都是大本大本的,很复杂。三国里面打来打去,这一仗那一仗的我们都搞混了,可是我们都记得曹操横槊赋诗的气派,都记得诸葛孔明羽扇纶巾的风度。故事不一定记得了,人物却鲜明地留在脑子里,那个小说就成功了,变成一种典型。曹操是一种典型,诸葛亮是一种典型,关云长是一种典型,所以小说的成败,要看你能不能塑造出让人家永远不会忘记的人物。外国小说如此,中国小说像三国、水浒更是如此。"① 倘若我们用这样一个标准来衡量梁晓声的《人世间》,那么,所得到的答案就一定是肯定的。四五十位出场人物中,有很多都给读者留下了相对深刻的难忘印象。其中尤其值得注意的,分别是周秉昆、周秉义、郝冬梅、周蓉、"水英妈"(即曲秀贞)、冯化成、郑娟、唐向阳、关铃、春燕、吕川、蔡晓光等。更进一步说,周秉昆、周秉义与周蓉他们三兄妹的

---

① 白先勇:《白先勇细说红楼梦》(上),广西师范大学出版社,2017年版,第192—193页。

存在，对于这部《人世间》有着更为重要的结构性意义。作为具有突出结构性价值的三位人物形象，三兄妹可以说构成了小说文本中三条贯彻始终的结构性线索。这一方面，周秉义面对弟弟所讲述的一段话可以说有着不容忽视的重要意义和价值："社会上复杂的事很多，有些事注定会反映在家庭里。社会各阶层之间的矛盾，今后一个时期肯定会加大。咱们周家的三个儿女之间，既是手足，也有不同阶层之间的关系特征。我和你嫂子是调和主义者，周蓉有自由知识分子倾向，希望你那种草根阶层的脾气收敛收敛，不要把阶级斗争那一套言行带进亲人关系中。"（中部，469页）在这里，借助于周秉义的一番话语，梁晓声有意无意道破的，其实正是《人世间》艺术结构上的一大奥秘。具体来说，就是出生于同一个工人家庭的周家三兄妹分别代表着一个社会阶层。如果说曾经一度官至副市长的周秉义更多地与庙堂、官场或者说社会上层联系在一起，曾经一度担任过大学副教授的周蓉则属于带有一定自由色彩的知识分子，更多地属于所谓的"广场"，那么，不仅曾经一度在工厂工作，而且一直挣扎生活在社会底层的周秉昆，就毫无疑问隶属于"民间"。三个不同的社会阶层交叉并置在一起，自然也就使得这部《人世间》构成了一部多角度、多层面，全面呈现近半个世纪以来中国社会总体发展状况的优秀长篇小说。如果用一种更具准确性的话语来表达，那么，整部《人世间》所拥有的，实际上也就是以周秉昆、周秉义与周蓉他们三兄妹为中心的一种伞状艺术结构。

尽管说周秉昆、周秉义与周蓉分别贯穿着不同的线索，但相比较来说，三条线索中更具重要性的，其实是那位在日常生活中看起来并不起眼的周秉昆。我们之所以要打破年龄顺序来谈论他们兄妹三人，正是为了强有力的借此凸显出他们在小说中所处位置的重要程度不同。虽然说三兄妹都属于贯彻始终的主要人物，但严格说来，梁晓声却没有平均使用力量。相对而言，作家着墨更多、占有更大篇幅的，无疑是周秉昆这一条结构线索。更进一步说，与周秉昆这一人物形象紧密联系在一起的，还有一种我们姑且可以称之为民间本位的伦理价值立场。倘若我们承认当下时代的文学创作可以被区分为精英写作与平民写作这两种不同的类型，那么，梁晓声毫无疑问属于平民写作的阵营。一方面，我们必须强调，精英写作与平民写作二者之间，并不存在孰优孰劣的问题，但在另一方面，我们恐怕也应该认识到，从基本的创作态势来判断，当下时代占上风的，仍是那些持有精英文化价值立场的文学创作。正因为这是一个精英写作大行其道的时代，所以如同梁晓声所持有的这样一种从一开始就有所坚持的平民写作立场，就更是显得有点难能可贵了。但在具体展开讨论周秉昆以及由他所代表的民间文化价值立场之前，我们需要首先关注分析一下周蓉及其前夫冯化成这两位人物，因为他们展现出很有人性深度的人物形象。

  周蓉人性的大放光彩之处在于，她在"文革"那样一个不正常的政治畸形时代，竟然不合时宜且不管不顾地爱上了"右派诗人"冯化成这样一位早已被打入政治另册的知识分子。这样一来，才有了发生在他们两位之间的一系列人生悲喜剧。在身边已有如同蔡晓光这样的干部子弟紧追不舍的情况下，年纪轻轻的周蓉，竟然能够逆时代的大潮而动，竟然可以不顾父母的坚决反对，不仅爱上了冯化成这样一个"右派诗人"，而且还勇敢地追随他跑到真正可谓是蛮荒之地的贵州山区。这需要的,其实是一种非同寻常的精神勇气。在周蓉如此一种大无畏的精神背后所闪现着的,其实是俄罗斯十二月党人妻子的影子。又或者,周蓉的这种行为本身,就是深受她广泛阅读的那些文学名著感召的结果。某种意义上,与其说是她爱上了"右派诗人"冯化成,毋宁说是她爱上了那种大无畏的爱情本身。正因为内心充满着对一种理想化爱情的强烈追求,所以,她才会用自己的实际行动不管不顾地践行。令人遗憾的是,等到"文革"结束,周蓉考上北京大学,平反后的冯化成也一起返回北京之后,他却在不经意间暴露出了另一个面。仅通过一次看似寻常不过的诗歌朗诵会,生性敏感、叛逆的周蓉,就发现了丈夫身上不堪的一面:"周蓉从她诗人先生的脸上,发现了她最不愿意看到的一面——沽名钓誉,不择手段。"(中部,105页)不消说,如此一种令人震惊的发现,让周蓉一时间倍感恼怒:"她是那种眼里揉不进沙子的人,真像有些人说的,她冰雪聪明,仿佛天生就拥有'读心术'的本领。十多年来,他们夫妻间从未发生过什么龃龉,过的是一种与名利完全绝缘的日子。他们的生活词典中无非柴米油盐酱醋药——茶是不易享用的奢侈品。贵州产茶,他们却舍不得花钱买。夫妻俩身体都不好,药是家中必备。孩子和诗,在他们的生活中占有核心位置。孩子代表希望,诗是精神的维生素。那时,诗就是诗,写来也纯粹是诗,不可能有任何附加值。"(中部,105页)然而,随着艰苦生活岁月的逐渐远去,随着返城后冯化成社会地位的变化,他在暴露出沽名钓誉、不择手段的同时,竟然还"一而再再而三地出轨",总是与其他女性厮混在一起。尤其令人不可思议的一点是,在承认自己精神堕落的同时,他竟然还振振有词地给出了简直就是匪夷所思的理由:"我明白,只要我三年没有写新诗,人们就会彻底忘记我。或者,还能将我的名字与哪一首诗联系起来,但很可能会以同情的眼光看待我这个过了气的诗人,即使我实际上并没有过气。中国古代诗人们和他们的诗词将流芳百世,近代诗人和他们的诗也将被刮目相看。时代只给我们和我们的诗歌留了一道窄窄的缝隙,让我们暂时存在,而后自生自灭。别看现在诗歌还算热闹,但作为诗人,我明白自己的诗风太老派了,新诗正在积蓄力量,我这种诗人很快就会过气了。我江郎才尽了,枯竭了,激情耗光了,我快完蛋了……除了是丈夫和父亲,我再就什么都不是了。我怕这一天的来临,怕极了……"(中部,113页)一方面,我们应该承认,冯化成关于中国诗歌发展过程的认识,尤其是对自我写作才华极有可能枯竭的那样一种莫名的恐惧,都有一定道理。但在另一方面,所有的这些,不管怎么说也都不应该成为他再三出轨的理由。说实在话,当年周蓉不管不顾地爱上"右派诗人"冯化成的时候,无论如何都不可能想象得到,在未来的某一天,曾经一度落魄潦倒的冯化成,居然会以如此一番振振有词的理由,从肉体到精神都彻底背叛自己。人生处境明显好转后冯化成的堕落,在某种意义上,不折不扣地构成了对周蓉当年人生选择的巨大嘲弄。与此同时,我们也必须承认,局限于笔者有限的阅读视野,冯化成这一很明显凝结了梁晓声某种独到发现的知识分子形象,有着不容忽视的审美价值。

在数次三番地发现丈夫冯化成的出轨行为并屡劝不止的情况下,从来就眼里揉不得沙子的周蓉,所做出的选择,自然就是与他离婚,和他分道扬镳。没想到的是,过了若干年之后的

1990年代初期，女儿玥玥竟然稀里糊涂地跟着生父冯化成"流亡"到了法国："因为与表弟之间的事一时想不开，任性起来，她就偷偷跑到北京找到生父，原本可能只不过是想向生父诉诉委屈和苦闷，结果不知受到什么影响，竟跟随生父'逃亡'法国。"（下部，93页）由于众所周知的原因，在这部具有长河史诗性质的长篇小说中，梁晓声已然规避了若干不能不规避的历史事件。尽管如此，对此仍有所不甘的梁晓声，通过玥玥追随生父冯化成"逃亡"法国这一情节，最终也还是旁敲侧击地对此稍有指涉。《人世间》之所以要特别设定冯化成的"逃亡"这一故事情节，其根本意义恐怕在此。既然女儿玥玥已然追随生父"逃亡"法国，那爱女心切的周蓉进一步追随玥玥想方设法来到法国，也就是顺理成章的选择。关键在于，匆忙出国的周蓉，根本就不可能料想到，自己这一出国，竟然一去就是十二年之久。等到她再度回到中国的时候，已经是二十一世纪之后了。亏得有第二任丈夫蔡晓光这样一位痴情男子存在，周蓉方才有了自己的落脚之处。实际上，这位对周蓉一直保持着难能可贵真情的蔡晓光，也很有一些可说之处。一方面，一个突出的表现就是，他在长期痴情地等待着周蓉的同时，却也同多位女性保持着很难为道德所容的肉体关系。对此，他自己曾经给出过一番貌似振振有词的说辞："我是属于周蓉的。想当年她以我为幌子，真爱上的却是一个叫冯化成的北京二流诗人，也许连二流还够不上。当年，我无怨无悔……再后来，她因为女儿的事，一气之下匆匆出国。她至今仍非常爱我。一个男人如果指望一个非常爱自己的女人坚决与自己离婚，那不是白痴吗？而且，我也仍然非常爱她。她是我的文艺启蒙者。我有今天，是从喜欢阅读文学作品开始的，当年她的家是我的三味书屋,她和她哥周秉义如同我的私塾先生。我俩精神上早已连为一体,灵魂上不可分开。但我到底是一个男人,生理正常,雄性激素还相当旺盛,咱们男人那种需要我也是需要的,有时候很饥渴。关铃她很理解我的苦楚,也很尊重我对周蓉的感情。人家除了需要一份感情慰藉,其他什么想法都没有。"(下部,68—69页)难能可贵处在于,等到周蓉回国后,蔡晓光果然以实际的行动证明了自己所言不虚。也因此,蔡晓光的行为,尽管从表面上看,与当年冯化成的背叛行径相差无几,但从实质上说,却根本就不是一回事。问题在于,蔡晓光对周蓉的情感即使再真诚不过,也无法替代实实在在的生活本身。无论如何,从法国回来后的周蓉,也必须解决自己的工作与生计问题。万般无奈之下,这位曾经的北京大学高才生,地方大学的副教授,竟然屈尊担任了一所民办中学的数学老师,从当年义无反顾地追随冯化成的叛逆行为,到最后别无选择地成为一名中学数学老师。如此一种不无人生悖谬色彩的情节安排,多多少少可以让我们感觉到梁晓声对自由主义知识分子的一丝不屑与嘲讽。

好在,到最后,在周蓉退休后,作家网开一面地让饱经人世沧桑的周蓉走上了小说创作的道路:"七月,周蓉的小说《我们这代儿女》几经周折,终于出版了。最初,几家出版社先后退稿,因为她完全是一位毫无名气的新作者。万般无奈,她只好交给了一家文化公司,请求帮助。对方读后大加赞赏,如获至宝,出面说服了一家出版社。她还接受建议,将小说从三卷压缩成了上下两卷。"(下部,495页)但连同周蓉自己都未曾预料到的一点是,小说出版后,竟然在社会上一时大热,引起了强烈的反响与争议。对于周蓉小说大卖这一细节，我们不妨从以下两方面展开分析。其一，周蓉在小说创作的过程中，肯定极其充分地调动使用了自己的人生成长经验。"修辞立其诚"，从小说标题"我们这代儿女"来看，其中的核心内容，肯定是对周蓉、周秉义与周秉昆他们这一代人复杂人生经历的一种真切纪实。其二，很大程度上，梁晓声的《人世间》的核心内容，也是对周氏三兄妹复杂人生经历的一种真切纪实。从作家特意把周蓉的《我们这代儿女》的创作状况安排到主体故事结束后的"尾声"部分来判断，梁晓声其实是要强烈暗示读者，《人世间》与《我们这代儿女》之间，有着互文关系。直截了当地说，周蓉所创作的《我们这代儿女》，其实也就是梁晓声的这部《人世间》。在一部厚重的现实主义长篇小说中，以如此一种不无先锋意味的"元小说"方式进行自我指涉，所隐约透露出的，其实是梁晓声内心深处对这部作品的一种按捺不住的自我期许。也因此，某种意义上，我们完全可以把《我们这代儿女》理解为《人世间》的一种别名。

然而，尽管梁晓声特意安排自由主义知识分子周蓉创作了曾经大热的长篇小说《我们这代儿女》，但正如同我们在前面已经指出过的，作为一位平民写作的代表性作家，梁晓声自己其实还是站在了一直身处社会底层的周秉昆一边。他所持有的，乃是一种以民间为本位的思想价值立场。在《人世间》中，我们时不时就会读到这样一些带有议论性色彩的叙事话语。比如，关于人情关系有这样一种表达："人情关系乃人类社会通则，正如马克思所言：'人是社会关系的总和。'此种通则，古今中外，概莫能外。有些人靠此通则玩转官场、商场，平步青云，飞黄腾达，老百姓却是要靠人情保障生存权利。这看起来很俗，却也就是俗而已。在有限的范围内,生不出多大的丑恶。""丑恶的人情关系不在民间,不在民间的人情关系也没有多少人情可言。"(中部,194页)如此一种议论,其立足点很显然是民间立场。再比如,关于唐向阳及其校长父亲的一段议论性话语:"唐向阳经历的事让大家得出一个共识——还是尽量做好人,坏人也有遭遇不幸的时候,坏人不幸时拍手称快的人多,而好人不幸时总会有人同情帮助。做多少好事多大好事是能力问题,运用职权谋过私利整过人给别人穿过小鞋是人品问题。一个从没运用职权谋过私利的人,也可能运用职权整人,心狠手辣冷酷无情置对方于死地而后快——唐向阳的父亲在'文革'前后当校长期间,既与以权谋私四个字毫不沾边,也从没整过任何人,学校纪律严明、校风清正。他死后,师生们才逐渐意识到他是一位多么值得怀念的校长……"(中部,197页)人到底依照什么标准才可以被区分为好人和坏人?好人与坏人各自的人生遭遇究竟存在着什么区别?在讨论这些问题的过程中,"善有善报,恶有恶报"的推理逻辑,虽然是显而易见的一种事实,但不管怎么说,以上这种看法所具有的突出民间伦理色彩,都无法被轻易否认。与此同时,我们也还注意到周秉义曾经对周秉昆有过这样一种指责:"不管什么时候,'左'和'右'都必然是这么个界定法!政治有它的是非标准,你别总说你那套民间的是非标准,否则你一辈子也难成熟!实话告诉你,当初把他派到你们杂志社,就是去纠偏的!这一点他做到了!"(中部,247页)虽然只是简短的三言两语,但置身庙堂的周秉义与身处民间的周秉昆之间的差异却已经凸显无遗。事实上,通过周秉义的指责而得到充分证实的,反倒是周秉昆这一人物身上有一种无可否认的民间色彩。究其根本，也只有在这个层面上，我们才能够理解《人世间》最终落脚到周秉昆的那种结尾方式："他不由得回忆起了自己的一生，一个小老百姓的一生。他不是哥哥周秉义，做不成他为老百姓所做的那些大事情。他也不是姐姐周蓉，能在六十岁以后还寻找到了另一种人生的意义。他从来都只不过是一个小老百姓，从小到大对自己的要求也不过是应该做一个好人。尽量那么做了，却并没有做得多么好。"（下部，504页）从最早的木材加工厂工人，到后来的酱油厂工人，再到后来误打误撞地进入一家杂志社工作，一直到最后合伙开办一家酒楼，身为小老百姓的周秉昆，一直摸爬滚打在社会底层。梁晓声不仅借助周秉昆的视角打量、观察现实生活，更是强有力的凸显出了民间的思想价值立场，所以我们无论如何都不能忽视周秉昆这一人物形象在《人世间》中举足轻重的作用。

实际上，我们所谓的那种民间价值本位立场，更多地从周秉昆及其妻子郑娟的一系列人生行为中体现出来。比如，青年周秉昆对真正可谓是萍水相逢的郑娟一家的救助。小说伊始，就写到了周秉昆受瘸子他们的委托给郑娟一家送钱的故事情节。尤其是，当周秉昆曾经一度为此而犹豫的时候，郑娟的盲眼弟弟竟然跪在了他的面前。正是这一跪，促使周秉昆对人生对自己进行了一番认真而严肃的分析："他不再觉得好玩，而是感到了羞耻。当郑母向他伸手要钱时，他内心里除了理解，其实也生出了几分鄙视。他认为那老妪应该为自己的言行而感到羞耻，并奇怪她何以丝毫没有感到。在对自己进行了一番分析后，方知自己才是最应该感到羞耻的一个人。"（上部，99页）之所以会是如此，乃因为郑娟一家人的艰难处境让他生成了一种对人生和社会的顿悟:"那就是民间真的好凄苦,简直就是对'形势大好'的绝妙讽刺!"就这样,在"那一天,这光字片的青年补上了一堂他对社会的认识课——民间的种种无奈无助,原来并不在被他和春燕们形容为'脏街组合部落'的光字片!"(上部,99页)正是在这样一种悲悯情怀生成的基础上,生性善良的周秉昆决定不管不顾地向郑娟一家伸出援手:"既然对,他心里又一次决定了——那就应该做下去!何况,自己答应了郑光明那个瞎少年,自己要配那瞎少年的一跪啊!至于做下去会给自己带来什么麻烦,就不多考虑了吧!考虑来考虑去的,太累心了!"(上部,122页)就这样,出于一种朴素的民间伦理立场,周秉昆不仅义无反顾地承担起了给郑娟一家送钱的责任,而且在瘸子他们出事后,他竟然还自己承担起了这一重大的责任。其实,认真地想一想,除了周秉昆救助郑娟一家,不管是郑娟在关键时刻对于周秉昆母亲的悉心照料,抑或是周秉昆、赶超、国庆、吕川、曹德宝几位好朋友类似梁山好汉那样的彼此互助,皆可以被看作是民间价值本位立场的突出体现。

但在行将结束本文的全部论述之前,不管怎么说都必须提及的一个问题,就是潜藏在故事情节背后的"反"或者"非"的进化论叙事逻辑问题。《人世间》共由三大卷组成,上卷的时间背景是1970年代,中卷的时间背景是1980年代,到了下卷,时间背景就变成了二十一世纪以后。与这三个时间背景相对应的社会时代,分别是"文革"、"改革开放"以及"市场经济"。实际上,只要看到这样的一个时间顺序排列,你就应该敏感地意识到我的担忧所在。我所担心的,正是一种类似于"芝麻开花节节高"式的社会进化论的叙事逻辑的阴魂不散。庆幸处在于,梁晓声的创作在很大程度上已经自觉或者不自觉地规避了如此一种社会进化论的叙事陷阱。一方面,赶超的一段说法值得引起我们的高度关注:"我呗,怎么,要问罪啊?想当年咱们的老爸老妈都一样,过的都是一分钱恨不得掰两半花的日子。如今,我们过得是一元钱恨不得掰两半花的日子。'文革'结束快三十年了,对于普通老百姓来说,社会进步不就是这么回事吗?可物价也涨了十几倍了!你当然和我们不一样啊,我们过日子的难劲儿,你现在的吕川哪里体会得到!"(下部,283页)尽管这段话充满了对已然升入高位的吕川的抱怨,但我们无论如何都得承认,赶超道出的,很大程度上正是一种真实的社会境况。只要认真地读过这部《人世间》,你就不能不承认,这也正是梁晓声所描写展示出的社会实情。说实在话,能够超越社会进化论思维,能够以如此一种"反"或者"非"进化论的逻辑来建构《人世间》这样一部具有长河史诗性质的长篇小说,是作家梁晓声极其难能可贵之处。"兴,百姓苦;亡,百姓苦。"一部时间跨度长达半个世纪的长篇小说,能够让我们情不自禁地联想到这样的一种说法,也的确是够难为梁晓声的了。即使仅仅只是在这个层面上,我们也应该向梁晓声这样一位具有人道主义悲悯情怀的当代作家致以崇高的敬意。

精读三:《白鹿原》

文化的自觉

日前,李建军兄发来邮件,说《新文学评论》杂志要对历届茅盾文学奖进行一番学术的回顾与反思。其中,有关第四届茅盾文学奖的相关稿件由他来组织。于是,他便想到了我,要我写文章专门谈论一下陈忠实的长篇小说《白鹿原》。陈忠实是我非常敬重的作家,《白鹿原》是我特别喜欢的长篇小说之一。更何况,尽管我一直把《白鹿原》看作是中国当代文学史上相当罕见的一部具有经典意味的长篇小说,但颇为遗憾的是,我迄今都没有写过关于这部作品的批评文字。个中原因说来倒也简单,其实是一种畏难心理作祟的缘故。作为"陕军东征"中最具代表性的长篇小说之一,《白鹿原》1993年甫一问世,不仅在文学界,而且在社会上也都产生了强烈的反响。一个突出的标志,就是相关批评研究文章的大量涌现。可以说,从那个时候起,一直到现在,《白鹿原》长期居于当代文学研究界关注的核心地位。夸张一点说,在当代,恐怕还没有另外一部作品,能够如同《白鹿原》这样,成为众多研究者的关注重心。正因为《白鹿原》如此受国人关注推崇,所以,在小说发表问世近二十年来,有关《白鹿原》的批评研究文字可称得上汗牛充栋。既然已经达到如此程度，那么，要想在研究过程中有新的见地，就是一件异常困难的事情。我之所以一直都没有涉足《白鹿原》的研究领域，主要原因正在于此。现在，李建军兄特来邀我写一篇重读《白鹿原》的批评文字，我内心颇觉惶恐，于是便有所推脱。然而，李建军兄不仅坚持不肯放弃，还对我多有激励之词。回头一想，我有志于当代长篇小说研究，确实已有很长的一段时间。要想能够更深入地研究当代长篇小说，陈忠实这部堪称经典的《白鹿原》便无论如何都是一个绕不过去的存在，迟早我都得面对《白鹿原》，都得写出我对于《白鹿原》的理解与判断。既然如此，何不趁此机会，既了却欠李建军兄的文债，又能够强迫自己再度深入《白鹿原》，力争写出一点对于《白鹿原》新的心得体会呢？正是在这样一种心理状态的主导下，一番犹豫后，我终于还是接受了李建军兄的盛情邀请。

那么，我们的话题又该从何说起呢？此前关于《白鹿原》的诸多研究文字中，给我留下颇深印象的，就是批评家南帆那篇颇带有几分否定意味的《文化的尴尬》。于是，在重读《白鹿原》的同时，我也重新找出了南帆的那篇文章，再度进行细读。细读的结果，一方面是发现南帆的文章中确实有很多真知灼见，但在另一方面，却也觉得其中一些看法恐怕有可商榷之处。明眼人一眼就可看出，我这篇文章之所以要命名为"文化的自觉"，正是相对于南帆"文化的尴尬"而来的。那么，究竟何为"文化的尴尬"呢？南帆写道："显然，这种主题再度维护了传统文化的威信。历史从一批时髦的现代语汇之中拉了出来，重新回到了儒家文化的范畴之中。虽然'五四'新文化运动对于孔孟之道的讨伐锐不可当,但是,儒家文化仍然作为一种文化无意识顽强地存在。无论是'耕读传家'的祖训还是铭刻在祠堂墙上的'乡约',人们立即会察觉到一种久违的熟悉。然而,这种主题是否可信?不可否认,儒家文化提供了一整套异于西方文化的范畴,尤其是与西方文化之中的个人主义话语格格不入。可是,人们不得不怀疑的是,儒家文化与现代性话语可能存在的深刻矛盾。历史的脚步有没有可能从现代性的门槛上缩回去?儒家文化有没有能力评价乃至主宰近现代历史?《白鹿原》似乎无法解除这些质疑。毋庸置疑,陈忠实对于儒家文化信心十足。然而,对于文学说来,仅有信念是不够的。信念和经验的分裂时常在文本之中形成致命的伤口。在这个意义上,《白鹿原》的文本特征即是深刻矛盾的表征。《白鹿原》的文本分析表明,叙事结构的脱节恰恰源于儒家文化与现代社会的脱节。"① 很显然,南帆所谓"文化的尴尬",其具体内涵就是指《白鹿原》的主题意蕴中"儒家文化与现代社会"之间的脱节现象:"然而,不屑于历史不等于能够回避历史。白鹿村不是桃花源。'不知有汉,无论魏晋'只能是一个自欺欺人的幻梦。现代性所包含的全部历史冲突汹涌地卷过白鹿原,猛烈地摇撼这个小村庄。白鹿村的儒家文化与现代性之间发生了激烈的交锋,败北的结局显而易见。现代性拥有强大的改造能力,白鹿村无法避开现代性话语的吞并而据守特殊的一隅。"②

应该承认,结合二十世纪前半叶中国社会发展演进的实际

---

①② 南帆:《文化的尴尬》,《后革命的转移》,北京大学出版社,2005年版,第189、196页。

情况，就《白鹿原》的文本实际来说，南帆以上的描述与判断，确实是合乎实情的。放眼二十世纪前半叶的中国历史，现代性弥漫与席卷一切，诚然已是一种无法否认的客观事实。而且，我们还可以进一步发现，当南帆谈论儒家文化与现代性话语之间所发生的激烈冲突的时候，他的基本价值立场很明显是站在了现代性话语一边。那么，对于南帆所明确出示的基本精神价值立场，我们应该采取怎样一种评价态度呢？在这里，一个关键性的问题，恐怕就是究竟应该在怎样一种意义上理解儒家文化与现代性话语之间关系的问题。南帆之所以会对陈忠实所持有的精神价值立场颇有微词，根本的原因正在于此。很显然，在南帆看来，现代性话语伴随着"五四"新文化运动在中国登场发展，乃是一个具有充分合理性的历史演进过程。而在这个过程中，曾经长期影响中国社会的儒家文化的日渐式微衰落，同样具有历史的必然性。正是因为首先设定了如此一种不无政治正确意味的立论前提，所以南帆才会在文章中执意认定陈忠实实际上只是动用"叙事的权力"，通过关中大儒朱先生这一形象的设定来达到"挽回儒家文化历史地位"的根本意图。① 正因为认定了陈忠实的基本精神价值立场带有突出的逆历史潮流而动的特点，南帆才坚持要对《白鹿原》做出"文化的尴尬"的基本价值评判。

就客观的社会演进状况来说，正如同南帆所一力强调的，现代性话语在二十世纪前半叶的中国席卷一切，乃是一种不争的事实存在。但是不是由此就要求我们的作家必须在小说作品中

---

① 参见南帆：《文化的尴尬》，《后革命的转移》，北京大学出版社，2005年版，第197页。

做出顺应式的艺术表现呢?这也就是说,只要作家没有大力肯定所谓的现代性话语,那他就一定会被南帆理解为是一种"文化的尴尬"。在这里,一个无法回避的核心命题,恐怕就是我们到底应该如何理解现代性话语的问题。我们必须充分地意识到,所谓的"现代性"云云,究其实质,不过是被建构出来的一套叙事理论而已。"这套叙事背后是一套大理论,在英文里有一个专门的词叫'modernization theory',就是'现代化理论'。这一理论把人类社会分为传统社会和现代社会,所有的国家要从传统进入到现代,尤其是第三世界国家,必须改造自己的传统,你才能进入到现代,而且你要接受发达国家的援助。这一套理论是60年代美国社会科学界生产出来的。说起来很有意思,我们耳熟能详的、觉得非常'自然'的历史叙事与文化想象,其实都有它特定的政治背景和意识形态背景。……说它是'意识形态',就是人们不再觉得这种叙事是'政治'而是'常识',觉得它说的是'真理',而丝毫没意识到它是被建构出来的一套叙事。"[1]确实应该承认贺桂梅分析的合理性。关于这一点,只要稍加回顾一下我们自己的既往经验,就不难得到充分的证实。实际上,我们自己也往往沉迷其中,往往不自觉地把这种被建构出来的"现代性"理论当做本然的"常识"和"真理"。现在的问题是,既然所谓的"现代性"话语只是被建构出来的一套叙事理论,那么,南帆在《文化的尴尬》中对于所谓现代性话语的一味坚持,自然也就多少显得有一点虚妄了。"政治强权携文化强权同行。迄

---

[1] 贺桂梅:《开放文学研究——以"20世纪中国文学"为例》,《海南师范大学学报》,2012年第4期。

今为止的文化史和传世文本,基本由'体制'把持。它刻意制造的种种史迹、神话、名人典籍充斥每个角落,如加莱亚诺所言,'世界史基本是一部欧洲史'。这些由教科书传授、经人云亦云而流传的'文化'至今是令思想窒息的压顶磐石。"① 那么,面对着如此强大的"文化"霸权,我们该怎么办呢?加莱亚诺坚定地说:"我是一个希望为抢救记忆做贡献的作家,抢救整个美洲被劫持的记忆,尤其是拉丁美洲——这块我深爱着而被人歧视的土地——被劫持的记忆。"② 我想,只要认真地参照一下拉美作家加莱亚诺针对欧洲或者西方话语霸权的上述论述,就会在很大程度上帮助我们理解南帆所一味坚持的现代性话语理论。其实,关键的问题恐怕还并不仅仅在于南帆对于现代性价值立场的过于坚持,而更在于他对于《白鹿原》基本矛盾冲突理解把握上的某种错位。如前所述,根据南帆对于"文化的尴尬"的具体界定表述,不难认定,在他看来,《白鹿原》的基本矛盾冲突主要体现为儒家文化和现代性话语之间的碰撞与交锋。尽管这样的理解也不能说就偏离了《白鹿原》的文本,但按照我自己的阅读体会,与其这样理解,反倒不如把小说的基本冲突理解为以儒家文化为核心的宗法文化谱系与所谓的革命现代性之间的碰撞交锋,这样似乎更加切中肯綮,更符合文本事实一些。

更为重要的问题恐怕还在于,经过了这样的一种转换之后,所谓"文化的尴尬"实际上就变成了"文化的自觉"。尽管说白嘉轩的精神支柱是朱先生,而朱先生是所谓的关中大儒,儒家文化显然在白嘉轩、朱先生的精神世界中占据着主导性的地位,但

---

①② 索飒:《重构世界史:〈镜子〉及加莱亚诺》,《读书》,2012年第8期。

结合那个特定历史时期的实际状况,把"儒家文化"的说法转换为"宗法文化谱系"显然更恰当一些。同样的道理,虽然我们也完全可以把"五四"之后在中国席卷一切的那种社会历史潮流笼统地称之为"现代性话语",但假若充分顾及中国的社会现实,那么,加上"革命"这一特定修饰语之后的"现代性",显然更切合实际的情形。这也就意味着,曾经一度遭到南帆强烈质疑的陈忠实在《白鹿原》中所出示的精神价值立场,反而因了如此一种转换而具有了某种足够超前的性质。只要是认真地读过《白鹿原》的人,恐怕就不得不承认,小说里只能以盘根错节称之的复杂矛盾纠葛背后,其实潜隐着两大文化价值观念根本对立的阵营。一方面是包括白嘉轩、鹿子霖、冷先生、鹿三等人(当然绝对少不了关中大儒朱先生)组成的中国乡村宗法文化阵营(在这里,有一点需要略加辨析的是,尽管说在围绕争夺白鹿村以及家族自身的统治权力方面,白嘉轩与鹿子霖之间存在着不无尖锐的矛盾冲突,但如果着眼于一个更为广阔的社会历史层面,那么,白嘉轩与鹿子霖显然还是属于同一个文化阵营的。明眼人对此不可不察)。另一方面,则是由鹿兆鹏、鹿兆海、白灵、黑娃、白孝文等人组成的革命者阵营(请注意,尽管他们之间确实存在着不同的党派之争,但如果与白嘉轩他们那个阵营相比较,他们显然能够被归入同一个革命阵营之中)。不能忽视的一点,是这两大对立阵营的构成中的亲缘关系。从血缘亲情的角度上,前一个阵营,可以被看作是"父一代",而后一个阵营,则可以被看作是"子一代"。熟悉中国现当代文学史的朋友都知道,"父—子"冲突,乃是新文学作品集中书写表达的重要主题内容之一。然而,同样是对于"父—子"冲突的艺术表现,陈忠实在《白鹿原》中的基本价值取向,却与中国现当代文学史上的绝大多数作品截然相反。如果说其他那些作品的基本价值立场主要是站在叛逆的"子一代"这边来反对保守传统的"父一代",那么,《白鹿原》就显然构成了一种反向书写。尽管说对于"子一代"的人生选择也不无"理解之同情",但相比较而言,陈忠实的价值立场,显然还是更多地站在了白嘉轩他们"父一代"的一边。进一步考察,即不难发现,其他那些作品之所以会站在"子一代"的立场上反对"父一代",潜隐其后的,显然是一种追新逐异的历史进化论逻辑,一种过于相信未来许诺的时间神话。相比较而言,陈忠实的《白鹿原》则反其道而行之,当他毅然决然地站在白嘉轩、朱先生他们的文化立场上,对于"子一代"的人生选择进行指斥的时候,实际上就是依托传统的文化资源对于所谓的革命现代性提出了真切深刻的质疑与反思。

那么,陈忠实为什么要依托传统文化资源而对于革命现代性进行真切的批判反思呢?要想回答这个问题,我们首先就必须对于十九世纪末二十世纪初以来中国社会的所谓现代化进程做一番简单的回顾。在现代化转型发生之前,中国一直都是一个以农耕文明为主体的典型的农业国家。长期以来,维持这种农耕文明的乡村意识形态,就是我们在前边已经一再提及到的所谓宗法文化谱系。对于这一点,曾经有学者做过深入的考察研究:"自先秦以后,中国是组织类型的社会,然而,它没有一竿子插到底。也就是说,这个社会没有从朝廷一直组织到个人,朝廷派官只派到县一级,县以下基本上是民间社会。因为组织社会的成本是很高的,也就是说要花许多钱,当时的经济发展的程度负担不了过高的成本。保留宗法制度,就是保留了民间自发的组织,而这种自发的组织又是与专制国家同构的,与专制国家不存在根本的冲突。而且占主流地位的意识形态——儒家思想,恰恰是宗法制度在意识形态层面的反映。"[1] 正是在宗法制度强有力的支撑之下,在中国乡村世界自然也就形成了极其有效的乡村民间自治传统。这种传统一直延续到了十九世纪末二十世纪初,延续到了小说《白鹿原》故事开场的那个时候。正如同陈忠实在《白鹿原》中所充分描写展示的,在所谓的革命现代性降临到白鹿原这块古老大地上之前,白鹿村依托于一整套传延已久的族规乡约,依托于如同白嘉轩这样具有道德楷模意味的乡绅阶层以及如同鹿三这样忠厚可靠的长工形象,呈现出的是一片充满祥和气氛的乡村景观。对于年轻的白嘉轩来说,唯一忧虑的,恐怕只是以怎样的方式完成传宗接代的根本任务。小说之所以要刻意地从"白嘉轩后来引为豪壮的是一生里娶过七房女人"写起,并不是要以如此一种不无色情暗示意味的句子吊足读者的阅读胃口,而是要以此凸显出乡村世界中宗法文化的特质。俗话说"不孝有三无后为大",对于特别注重血缘关系构成的宗法文化来说,祖先崇拜与传宗接代乃是非常重要的价值观念。白嘉轩之所以要孜孜不倦地反复娶妻,并非贪图床欲之乐,而是仅仅为了完成对于宗法文化而言异常重要的传宗接代使命。这样的一种开头方式,显然充满了象征意味。它所象征的,实际上正是乡村世界中的一整套宗法文化谱系。只要认真地考察一下陈忠实在《白鹿原》中对于白鹿村生活情形的生动描写,我们就不难确证,革命现代性发生之前的白鹿村确实维持着一种恬

---

[1] 王学泰:《游民文化与中国社会》(上),同心出版社,2007年版,第30—31页。

静自然而又特别稳固的乡村生活秩序。

然而，乡村世界所有的这一切恬静与秩序，却因为革命现代性的到来（在这里必须说明，所谓革命现代性，正是现代性话语极其重要的一个组成部分。尤其是在《白鹿原》所具体描写展示的二十世纪前半叶，南帆所一再强调的现代性话语，实际上正是以一种激进革命的方式呈现出的。我们之所以要用革命现代性置换南帆的现代性话语，根本原因正在于此）而被彻底打破了。作为白嘉轩与鹿子霖他们的"子一代"——鹿兆鹏、鹿兆海、白灵、黑娃、白孝文等人，在接受了所谓三民主义或者共产主义思想的影响之后，纷纷背弃了乡村世界传延已久的宗法文化传统，纵身一跃投入到了革命的滚滚洪流之中。必须看到，"子一代"的反叛行为确实受到了白鹿村人的强力抵制。比如，"更使黑娃恼火的是他自己在白鹿村发动不起来，他把在'农讲所'听下的革命道理一遍又一遍地讲给人家，却引发不起宣传对象的响应。"以至于，鹿兆鹏只能用这样的方式来安慰万分沮丧的黑娃："黑娃你甭丧气，那不怪你。咱们白鹿村是原上最顽固的封建堡垒，知县亲自给挂过'仁义白鹿村'的金匾。"鹿兆鹏与黑娃他们的革命行动之所以在白鹿村施展不开手脚，显然是白嘉轩他们所一力维护的宗法文化秩序发生作用的缘故。此处之所谓"仁义白鹿村"，凸显出的正是这样一种意味。然而，尽管革命现代性遭到了白嘉轩他们的拼力抵制，但正所谓历史的发展是不以个人的意志为转移的，白嘉轩他们的悲壮努力最终也没有能够抵挡住革命现代性的滔滔洪流在白鹿原上席卷一切。正如同陈忠实所展示在我们面前的，面对着革命现代性这样一个无法理解的陌生事物，白嘉轩最终只能是目瞪口呆、"气血蒙目"。"气血蒙目"发生在白嘉轩参加黑娃被处决的大会之后,是冷先生对于白嘉轩病症之诊断结果。在我看来,小说中的这一细节所具有的象征意味格外显豁。"气血蒙目"一方面表现着白嘉轩与革命现代性之间的巨大隔膜,但在另一方面更表现着他对于革命现代性的拒绝与排斥。尽管说白嘉轩肯定从理论上搞不清革命现代性是怎么一回事,但这个却并不妨碍他目睹带有鲜明暴力色彩的革命现代性对于白鹿原、对于乡村世界所造成的巨大破坏。对此,陈忠实在《白鹿原》中有着特别真切的记述。自打"交农"事件发生,乌鸦兵进入白鹿原,鹿兆鹏与黑娃他们闹腾着搞农会开始,曾经恬静自然的白鹿原便不再安宁,暴力就成为了一种笼罩性的巨大存在。请注意朱先生的这样一种感觉:"在不到一年的时间里,滋水县的县长撤换了四任,这是自秦孝公设立滋水县以来破纪录的事,乡民们搞不清他们是光脸还是麻子,甚至搞不清他们的名和姓就走马灯似的从滋水县消失了。"正所谓"城头变幻大王旗",在这里,陈忠实很显然是在借助于朱先生的感受,象征性地书写二十世纪前半叶风云变幻的中国历史。朱先生之所以要刻意地编撰县志,实际上正是为了把这风云变幻的历史真实地记录下来。在朱先生把白鹿原上的革命现代性形象地称之为翻来覆去的"鏊子"的精彩比喻中,陈忠实对于革命暴力所持有的批判否定立场,事实上也就得到了淋漓尽致的表现。也正是在这个意义上,我们应该充分地认识到,一部《白鹿原》所竭力展示在读者面前的,恐怕正是一幅面对着革命现代性的步步紧逼,乡村世界中的宗法文化谱系节节败退乃至于最终彻底衰败崩溃的整个过程。

现在的问题是,对于陈忠实依托传统文化资源而对革命现代性进行如此一种批判反思行为,我们应该做出怎样的理解与评判。一种态度,自然就是如同南帆这样,站在现代性话语的立场上,指认《白鹿原》的主题层面存在着某种突出的"文化的尴尬"。在这种明显顺应历史发展方向的价值评判背后,潜隐着一种"存在即合理"的推理逻辑。唯其如此,我们才要进一步追问,难道存在的就一定合理么?这里,明显牵涉到我们到底该如何看待传统与现代的根本问题。在《文化的尴尬》中,南帆曾经用不小的篇幅专门讨论儒家文化的现在与未来的可能性问题。他所得出的基本结论是:"后革命时代并未修正现代性话语设定的竞争逻辑,儒家文化并未改写竞争失败者的身份。《白鹿原》里的朱先生被现代性话语阻隔于历史之外,无奈地生活在人造的神话之中。朱先生不屑于趋炎附势意味着愤世嫉俗,独善其身;历史不屑于朱先生表明,现在远未到儒家文化东山再起之时。没有人可以否定儒家文化曾经拥有的高度,但是,这不能证明现在的高度。的确,《白鹿原》的叙事竭力为朱先生谋求一个举足轻重的位置,但是,历史叙事无意给予证实。无论存有多少遗憾,目前为止,这还是一个难以更改的事实。"[1]必须承认,如果就社会历史的现实演进状况而言,儒家文化似乎的确处于失败者的位置上。但我们是否就应该由此而对于儒家文化或者说中国的传统文化资源不屑一顾呢?不知道为什么,在南帆的论述逻辑中,我总是能够嗅到一些"成王败寇"的丛林法则意味。难道说仅仅因为在双方对峙竞争的过程中儒家文化处于下风,作家陈

---

[1]　南帆:《文化的尴尬》,《后革命的转移》,北京大学出版社,2005年版,第201页。

忠实就不能够依托传统文化资源完成对革命现代性的批判反思吗？如此一来，便是所谓"文化的尴尬"了吗？答案显然是否定的。在我看来，对于陈忠实的这部《白鹿原》来说，无论依托怎样的一种精神文化资源，只要能够真实地呈现出二十世纪前半叶中国历史演进变迁的复杂面貌，并对充满着暴力色彩的革命现代性做出足称深入的批判反思，就不能够被看作是"文化的尴尬"。

需要进一步追问的是，为什么是陈忠实能够在1990年代初期完成如此一部具有深刻的文化反思意味的优秀长篇小说？或者也可以这么问，陈忠实这样一种文化的自觉反思，为什么只有在1990年代初期才成为了可能？要想回答这样的问题，我们就必须返回到当时的历史语境当中去。只要我们简单地回顾一下"文革"之后所谓新时期文学的发展演进过程，你就不难发现，尽管文学界一直在强调呼吁一种文学的反思精神，但这种反思其实一直局限在所谓革命的限度内，可以说是一种有限的反思，并未能够触及革命本身存在着的致命缺陷。一直到那场重大的历史变故发生。必须看到，中国文学在1980年代末从兴致勃勃地以乐观的心态眺望未来，变为空前沉寂的状态。一时之间，曾经一度呈繁盛状态的中国文学，就进入了一个寒冷的冬天。从那个时候起始，一直到包括陈忠实在内的所谓"陕军东征"现象在1993年的出现，在长达四五年的时间里，中国文学一直处于一蹶不振的低迷状态。尽管由于某种意识形态的缘故，陈忠实在他出版于2009年的《白鹿原》创作手记《寻找属于自己的句子》[①]

[①] 陈忠实：《寻找属于自己的句子——〈白鹿原〉创作手记》，上海文艺出版社，2009年版。

中，并没有专门提及二十世纪八十年代与自己《白鹿原》的酝酿构思之间的内在联系，但毫无疑问，陈忠实的小说创作之所以能够在《白鹿原》中实现某种脱胎换骨式的根本转变，与作家对时代的深入思考存在着不容忽视的紧密关联。其实，并不只是陈忠实，可以说整个中国文学界、中国的知识分子在二十世纪八十年代末都陷入了对于现实与历史的沉思状态之中。正是在这种沉思的过程中，一些思想能力突出的中国知识分子对于二十世纪中国历史产生了全新的体悟和认识。在这一方面，一个标志性的现象，就是李泽厚与刘再复他们两位"告别革命"思想的提出。对于这一点，刘再复在接受采访时曾经有过概略的说明："在异国的土壤里，我反而比较冷静，性格中理性的部分增长了，诗人气质的部分减少了。相应地，思想观念也发生一些变化，这种变化最重要的是'两个告别'：一是'告别革命'，也可以说是告别激进主义；二是告别'后现代主义'。后现代主义也是革命思潮，只讲解构，不讲建构，基本点是批判的、破坏的。我对中国传统文化的阐释，基本点已转向'开掘'，转向'发现'。努力开掘、发现中国和世界古典文化遗产的资源，那些维系人类生存发展的最基本要素与道理。"[1]应该注意到，刘再复在"告别革命"、告别激进主义的同时，表现出了一种回归古典文化遗产、回归"那些维系人类生存发展的最基本要素与道理"的强烈愿望。很显然，假使不是在痛定思痛之后深入地回顾反思二十世纪的中国历史，李泽厚与刘再复他们就不可能对于弥漫于二十世

---

[1] 马国川：《刘再复：那是富有活力的时代》，《我与八十年代》，三联书店，2011年版，第139页。

纪中国的革命现代性进行理性的思考，不可能走向"告别革命"的理论。

从这个角度看来，陈忠实在《白鹿原》中通过对白嘉轩与鹿兆鹏所代表的两大对立阵营的生动描写，依托传统文化资源对于革命现代性所进行的批判反思，就与身处海外的李泽厚、刘再复他们的思考异曲同工。于是，一个不容回避的问题也就浮出了水面。那就是，陈忠实何以能够对于二十世纪中国历史、对于革命现代性形成一种如此深邃的思考和认识？根据我们常规的印象，结合陈忠实在《白鹿原》之前的总体创作情况，基本上可以断定，陈忠实并不是一个以理性思考见长的作家。假若说鲁迅先生可以被看作是一个以理性思考见长的思想型作家，那么，陈忠实就只能被看作是一个生活体验型的作家。更何况，由于客观历史条件的具体局限，陈忠实并没有能够获得上大学求知读书的机会。那么，这是不是就意味着陈忠实不可能对于历史形成自己独到深刻的体悟和认识呢？答案自然是否定的。在这里，我们必须注意到陈忠实特定的作家身份。假若说如同李泽厚、刘再复这样的理论工作者，要想提出"告别革命"的理论，必须拥有足够的理论储备与逻辑推理能力的话，那么，对于如同陈忠实这样更多地依靠自己的艺术直觉体验能力的作家来说，就未必需要具备以上的理论前提。熟悉陈忠实小说创作的朋友都知道，对于长期生活在乡村世界中的陈忠实来说，他最熟悉、最擅长于书写表达的，恐怕就是所谓的乡村题材。尽管缺乏相关的理论知识储备，但因对于乡村世界特别熟稔，陈忠实天然地亲近了解以儒家文化为主体的宗法文化谱系。而这样一种宗法文化谱系，实际上一直是维持中国广大乡村世界基本生活秩序的意识形态。正因为陈忠实对于宗法文化谱系存在着天然的亲近关系，所以，当他试图对于以打打杀杀的暴力为突出特征的革命现代性进行批判反思的时候，自然就会寻找到宗法文化谱系这样的一种传统文化资源作为自己的根本依托。不无巧合的是，陈忠实向传统文化资源的本能地皈依，与李泽厚、刘再复他们对于古典文化遗产的回归殊途同归。置身于不同社会文化语境中的作家与理论家，居然趋向某种共同的文化目标，这种文化现象的形成，显然意味深长，应该引起我们的高度注意。总之，陈忠实的《白鹿原》之所以在1990年代初期登场，并且成为了一部经典的长篇小说，与作家突出的艺术直觉能力，与他"文化的自觉"姿态，存在着极其紧密的内在联系。对于这一点，明眼人确实不可不察。

精读四:《蛙》
历史观念重构、罪感意识表达与语言形式翻新

早在具体阅读这部作品之前,我就已经通过媒体宣传,知道了莫言的《蛙》(载《收获》,2009年第6期)是一部关注表现中国六十年计划生育史的长篇小说。作为计划生育政策的一位真切体验者,我当时最突出的一种感受就是,这肯定是一种具有相当难度和挑战性的写作。我实在想象不出,天才作家莫言会以怎样的一种思想意识,怎样的一种语言形式来面对并处理实际上毫无诗意可言的计划生育问题。在我个人的记忆中,除了一些偶有涉及计划生育片段的作品之外,专门以一部长篇小说的规模思考表现计划生育史,莫言绝对应该是中国的第一人。而且,据我所知,在全球范围内,如同中国这样长期地以官方积极介入的方式推行计划生育政策的,也没有第二个国家。这样看来,计划生育自然也是具有中国特色的一个事物。在一个文化全球化态势直逼眼下的时代,选择这样一个本土化意味特别显豁的事物作为自己的艺术书写对象,莫言的某种良苦用心是显而易见的。

然而,只有在极认真地读过小说文本之后,我才知道,计划

生育这一故事线索固然贯穿于小说的始终，但莫言真正的创作意图，却很显然并不仅仅在于对所谓计划生育这一事物的表现。就我的理解而言，借助于对计划生育这一外在事物的描写，进而实现自己建立在对历史进行深入反思基础之上的历史重构，恐怕才应该被看作是莫言真正的艺术雄心之所在。在这个意义上，与其说莫言的《蛙》是一部表现六十年计划生育史的作品，倒不如说是一部对共和国的六十年历史进行沉思表达的长篇历史小说。只要简单回顾一下莫言的创作历程，就不难发现，莫言长期存在着一种强烈的历史情结。从1990年代末期以近百年的中国历史为书写对象的《丰乳肥臀》，到进入新世纪之后主要表现清末民初那一段历史的《檀香刑》，主要表现合作化运动以来中国历史的《生死疲劳》，都属于莫言表现历史的鸿篇巨制。

尽管莫言的《生死疲劳》是一部广受好评的作品，但他贯穿于作品始终的一种过于鲜明的意识形态立场，却还是引起了一些批评家的诟病。在对《生死疲劳》等作品进行了一番深入剖析之后，批评家邵燕君认为："像王葡萄这样的'一根筋'形象在近来的长篇创作中也并不鲜见。莫言《生死疲劳》中的蓝脸，余华《兄弟》中的宋凡平也都是一条道走到黑的'牛脾气'，他们能在一个特殊的历史时期坚持一种非常的生活方式，完全靠'本能'支撑。'本能'是固定的，生物性的，它似乎不受社会观念所左右，但实际上，这样僵硬的傀儡式人物恰是从理念里催生出来的，其纯之又纯的形象和一往直前的姿态其实很像当年芭蕾舞台上的白毛女、洪常青。接受这样的人物不仅需要理解、认同，甚至需要信仰。这提醒人们，意识形态果然是没有终结的。像当年的'革命历史小说'中那样鲜明的'规定性'，可以以任何一种新理念的形式在'重述'中重现,形成对历史新的遮蔽。"① 结合我自己对莫言的《生死疲劳》的阅读感受,就应该承认,邵燕君的上述说法并非空穴来风,而是在某种程度上切中了莫言此作的要害所在。实际上,也正是因为受到了鲜明的意识形态立场影响的缘故,莫言在《生死疲劳》中对历史的思考,自然也就被迫打了不小的折扣。

既然几年前那部透视表现合作化以来中国历史的《生死疲劳》存在着一定的遗憾,那么,在《蛙》这部差不多同样以六十年共和国历史为沉思表达对象的长篇小说中,莫言当然就要努力追求实现对于既往小说思想艺术的超越了。关键的问题在于,要想实现这种思想艺术超越,莫言自己首先就必须确立一种全新的历史意识观念。也就是说,莫言不应该再像《生死疲劳》中那样持有一种较为简单的,全盘否定共和国前三十年历史的观念立场。邵燕君在其文章中强调的来自意识形态立场的遮蔽,实际上指的正是这种情况。很显然,只有彻底打破单一意识形态立场的遮蔽,确立一种全新的历史观念,并以这样的历史观去烛照自己的历史小说创作,莫言的历史小说方才有可能实现某种真正意义上的思想艺术超越。我们注意到,关于作家对于历史的认识问题,曾经有论者进行过这样的论述:"那么,什么是历史本质?应该用怎样的历史意识去把握它呢?我以为,现代民族国家的崛起,中国人民改变自身命运的艰苦卓绝的努力等等,当然是历史本质的主要内容。除此之外,把握历史本质,更

---

① 邵燕君:《"宏大叙事"解体后如何进行"宏大的叙事"?——近年长篇创作的"史诗化"追求及其困境》,《南方文坛》,2006年第6期。

要立足于当前的现实。如俞吾金所言:历史的本质与当代生活密切相关,'在研究历史之前,先要研究领悟当代生活的本质。'在这个意义上,任何历史都是当代史。当前'市场经济和现代化所蕴含的客观的价值导向——市民社会、民族政治、独立人格、个性自由、基本人权、社会公正等等,正是历史意识首先要加以把握的思想内容。'所以,'确定某个历史事件、历史问题和历史经验是否有意义的钥匙隐藏在当代的思想意识和客观的价值观念中。'"①论者这一番话语带给我们的启示是,在面对业已长达六十年之久的共和国历史的时候,既不能够如同十七年期间的《创业史》那样,采取所谓历史偶像主义的肯定姿态,也不能够如同莫言自己的《生死疲劳》一样,采取某种历史虚无主义的否定姿态,而是应该在充分承认历史发展复杂性的基础上,采用恰当的艺术表现形式将历史本身的复杂性尽可能真实地呈示出来。

令人感到欣慰的是,莫言在《蛙》中具体呈现出来的果然是一种带有鲜明自我超越性的历史观。这一点,既突出地体现在作家关于前三十年的描写中,也清晰地体现在他关于后三十年的描写中。当然,莫言的以上这些描写,也都是依托于女主人公姑姑的妇科医生身份展开的。由于自己的父亲生前就是一个抗战期间八路军的名医,所以本来可以有其他人生选择的姑姑,便子承父业地进入专区卫生学校学习。等她十六岁从卫生学校毕业时,正好赶上县卫生局开办新法接生培训班,于是,姑姑就

---

① 杜国景:《"变脸"后的难题和可能——对一种批评方法的反思》,《文学评论》,2009 年第 6 期。

被推荐去班上学习新法接生。就这样,"姑姑从此便与这项神圣的工作结下了不解之缘","从一九五三年四月四日接下第一个孩子,到去年(二〇〇二年)春节,姑姑说她共接生了一万个孩子"。姑姑的新法接生,与如同田桂花那样只是一味蛮干的"老娘婆",自然形成了极其鲜明的对照。这一点,在小说关于陈鼻出生过程的描写中,就表现得十分突出。先看田桂花,"姑姑进门后,看到她正骑跨在艾莲身上,卖力地挤压艾莲高高的腹部。"再看姑姑,"姑姑虽是初次接生,但她头脑冷静。遇事不慌,五分的技艺,能发挥出十分的水平。""产妇艾莲……停止了哭泣,听着姑姑的命令,配合着姑姑的动作,把这个大鼻子婴儿生了出来。"二者对照的结果,自然是姑姑的新法接生理应得到大力的肯定。而隐身在关于姑姑的新法接生描写之后的,则正是莫言一种肯定时代进步的思想理念。

但与姑姑的新法接生相比较,更能体现出莫言历史观的,却是他笔下那些不无血腥气息的关于计划生育场景的描写。一方面,从中国人口的发展历史来看,如果不是从1960年代中期开始就借助官方的强制性力量,强有力地执行严格控制人口增长的计划生育政策的话,那么,拥有祖先崇拜心理以及传宗接代观念的中国人口的急剧膨胀,就实在是无法想象的一件事情。地球就这么大,地球上可利用的资源越来越枯竭,已经是一个不容忽视的重大问题。从这个意义上说,中国已经坚持差不多半个世纪之久的计划生育政策,不仅对中国的发展,而且对于世界的发展,更具有重要的意义和价值。在小说中,莫言借助姑姑之口,对这一点有过明确的强调:"计划生育不搞不行,如果放开了生,一年就是三千万,十年就是三个亿,再过五十年,地球都要被中国人给压扁啦。所以，必须不惜一切代价把出生率降低，这也是中国人为全人类做贡献！"

由于姑姑身为妇科医生，高密东北乡一带具体落实计划生育工作的重任，自然而然地落到了她的肩上。因为计划生育便意味着要不断地结扎、流产、引产，所以，姑姑也就由一个使用新法接生的菩萨，摇身一变成为戕害新生命的刽子手。姑姑本就是个极认真的人，大凡自己认定了的事情，就会不遗余力地去实行。建国初期的新法接生如此，计划生育工作就更是如此。她说："计划生育是基本国策，是头等大事。书记挂帅，全党动手。典型引路，加强科研。提高技术，措施落实。群众运动，持之以恒。一对夫妻一个孩，是铁打的政策，五十年不动摇。"正是因为有了姑姑对于计划生育政策不折不扣的坚决执行，所以，一幕幕戕害生命的悲剧自然也就逐一出现在了读者面前。无论是张拳的老婆之死，还是"我"的老婆王仁美之死，抑或是陈鼻的老婆王胆之死，都可以说是官方，或者说是官方的具体体现者姑姑，强制推行计划生育政策导致的悲剧性结果。这就是说，虽然制定执行计划生育政策确有其历史的合理性，但在另一方面，如果我们转换一种视角，从人道主义的立场上来看，由于计划生育政策的执行所带来的产妇以及新生儿生命的死亡，则无论如何都必须受到强烈的批判与谴责。小说让晚年的姑姑产生一种特别强烈的罪感情结，也是莫言突出的人道主义的悲悯情怀的体现。

就这样，围绕着计划生育这一特定时代产物的描写，莫言的复杂历史观，也就十分清晰地体现在了他的《蛙》这一小说文本之中。请注意，我们在这里更多地把计划生育这一特定事物，理解成了中国社会历史进程的一种象征性事物。这样，莫言对于计划生育这一事物所持有的态度，也就完全可以被看作是莫言对于中国社会的历史进程所采取的基本思想立场。

实际上，莫言值得肯定之处，并不仅仅在于对于共和国的前三十年历史以及横贯于两个三十年之间的计划生育这个特定事物进行了深入的辩证性的批判反思，还在于对所谓改革开放与市场经济的后三十年历史同样进行了非常深入的批判性反思。作为对于前后三十年的中国社会历史都有过真切体验的作家，莫言当然不可能愚蠢到断然否定后三十年的地步。"只几年的工夫，原先偏僻落后的高密东北乡就大变了面貌。大河两岸新修了美丽坚固的白石护坡，岸边绿化带里栽种着奇花异草。两岸新建起十几个居民小区，小区里有板楼塔楼，也有欧式的别墅。"只要读一下小说第四部开头处这样一段关于高密东北乡的景观描写，即可证明改革开放给高密带来的巨大变化。然而，应该引起我们高度注意的是，莫言在充分肯定后三十年中国社会进步的同时，也对这三十年来中国社会存在的负面因素进行了同样难能可贵的批判性反思。这一点，集中表现在小说中关于"我"的老同学袁腮一手创办的牛蛙养殖公司的描写上。从表面上看，袁腮的牛蛙养殖公司，是一个改革开放中出现的，以养殖经营牛蛙为主业的实体经济。但实际上，所谓的牛蛙养殖经营却不过是一个骗人的幌子，他们真正经营的却是代人受孕生孩子的生意。代人受孕生孩子倒也罢了，关键的问题是，在经营这项特别的生意的过程中，他们一直做着丧尽天良的勾当，无耻地剥夺了代人受孕者的物质与精神上的利益。

这一方面，一位最有代表性的被侮辱被损害者，就是"我"

的同学——陈鼻的女儿陈眉。天生丽质且具有出淤泥而不染品性的陈眉，在小说中曾经先后遭受过两次沉重的打击。第一次是在广东。当时，陈眉与姐姐一起来到一个名叫东丽毛绒玩具厂的工厂打工。那个时候，虽然已经有富人提出要出高价包养陈眉，她却严词拒绝，心高气傲、冰清玉洁的她，只愿意依靠自己的劳动维持有尊严的生活。没想到一场突然降临的大火，不仅无情地剥夺了姐姐陈耳的生命，而且还残忍地毁灭掉了陈眉美丽的容颜。对于一个正值妙龄的青春少女而言，容貌被毁对其心理世界造成的巨大打击，完全是可想而知的。然而，生活对陈眉的剥夺却并没有到此为止，更悲惨的命运遭际还在前方等待着她。这就是被毁容之后的她，回到高密东北乡之后，在袁腮的所谓"牛蛙养殖公司"所遭遇到的第二次打击。这一次的伤害，来自她代人受孕。按照事先的约定，陈眉的代人受孕行为完成之后，如果成活的孩子是个男孩，那么，她将获得五万元的报酬，如果是女孩，她将获得三万元的报酬。但谁知孩子生下来之后，贪婪无耻的袁腮他们却玩了一个现代的"狸猫换太子"把戏，谎称生下来的孩子没有能够成活，硬生生地赖掉了陈眉理应得到的四万元酬金，只给了她一万元的补偿费。然而，物质的剥夺还在其次，更为重要的是，因为孩子被抢夺使得陈眉顿时陷入了精神失常的状态之中。这样，陈眉自然也就成了精神与物质的双重被剥夺者。必须注意到，伴随着改革开放的进一步向纵深发展，其负面影响已经愈演愈烈。一方面是不合理的贫富差距逐渐拉大，另一方面则是社会总体的道德精神状况每况愈下。就这样，通过陈眉这一个体的悲惨遭遇，莫言从一种悲悯同情的人道主义情怀出发，对于当下中国社会不合理的一面提出了强有力的批判与抗议。

正因为莫言在《蛙》中从其深邃理性的历史观出发，对于共和国历史的前后三十年都进行了相当深入透彻的批判性反思，所以，我们也就完全可以说，他的这部《蛙》确实成功实现了对《生死疲劳》的全面超越，可以被看作莫言已经企及了一个新的思想艺术制高点的一部杰出作品。然而，一种深邃理性的超越性历史观的确立与体现，仅仅只为《蛙》更高的思想艺术成就奠定了一个坚实的基础，还不足以说明《蛙》是一部优秀的长篇小说。我们之所以认定莫言的《蛙》是一部难得一见的优秀的长篇小说，根本原因还在于作家对于人物形象的深度塑造与对于语言形式的创造性运用。

首先是对具有人性深度的人物形象的成功塑造。虽然在1980年代中后期，也就是先锋小说发展的鼎盛时期，曾经出现过在小说中放逐人物形象塑造的极端实验，但在时过境迁的现在看来，如此一种极端性的艺术观念实际上存在着很大的问题。只要我们简单地回顾一下自己的小说阅读记忆，就不难发现，在古今中外的众多小说作品中，那些但凡能够给我们留下难忘印象者，其中的人物形象往往塑造、刻画得很成功。一种普遍的情况是，我们往往会因为其中的若干鲜活丰满的人物形象而记住这部小说，却不会因为一部小说而记住其中的某些人物形象。最起码，在我的理解中，在小说，尤其是篇幅巨大的长篇小说中，能否塑造出若干个鲜活灵动的人物形象，应该被看作是衡量创作成功与否的一个重要标准。这实际上也意味着，人物形象的塑造，完全应该被视为小说这一文体的本质规定性之一。用这样的标准来衡量莫言的这部《蛙》，就可以确认，小说的一大思想艺术成就，正体现为对若干具有人性深度的人物形象的鲜活塑造。

认真地读过莫言的《蛙》之后，就可以发现，其中有许多人物形象都能够给我们留下相当难忘的印象。诸如陈鼻、陈眉、王胆、王仁美、王小倜、张拳、袁腮、小狮子等人物，不管出场所占篇幅大小，都属于丰满生动具有相当人性深度的小说形象。当然，其中最具有人性深度与美学价值的人物形象，还应该是姑姑与"我"即蝌蚪这两位主要人物。姑姑可谓是一个根红苗正的革命后代，早在她的幼年时期，姑姑就曾经和自己的母亲以及奶奶一起被侵华的日军抓到过平度城里，有过与日军司令杉谷斗智斗勇的传奇经历。作家之所以为她设定这样一种特定的出生身份，正是为了使她那样一种雷厉风行、说一不二、疾恶如仇，甚至多少带有一点草莽豪气的男性化性格特征具有说服力。姑姑的这种性格特征，在她刚一露面，接生陈鼻的过程中就得到了充分的体现。当"老娘婆"田桂花提出索要财物的要求之后，姑姑的反应是相当暴烈的。"姑姑飞起一脚踢中了老婆子的下巴。你还要毛巾、鸡蛋！姑姑又是一脚，踢在老婆子的屁股上，然后，一手拎着药箱，一手揪着老婆子脑后的发髻，拖拖拉拉，到了院子里。陈额跟出来劝和，姑姑怒斥：滚回去！照顾你老婆去！"很显然，莫言之所以要为姑姑设定如此一种性格，与姑姑后来所主要从事的计划生育工作，存在直接的关系。非常简单的一个道理，要想在高密东北乡这样的农村地区开展计划生育工作，只靠温文尔雅、心平气和的讲道理，是根本行不通的，必须要有一点果断粗蛮的杀伐之气，农村的计划生育工作才可能抓出一点成效来。后来的事实就充分地证明，只有如同姑姑这样忠心耿耿地投入计划生育工作之中的有勇有谋者,方才能够使得高密东北乡的计划生育工作真正有声有色地开展起来。小说中所详细描写的张拳老婆、王仁美以及王胆这三个乡村女性,哪一个都不是省油的灯,如果不是遇上了"魔高一尺道高一丈"的姑姑,那关于她们的计划生育工作是无论如何都不可能完成的。

实际上,这个时候姑姑的内在精神世界,其实很有一些被我们的国家机器扭曲异化了的意味。要想理解这一点,我们就必须注意到那位后来驾机投奔了台湾的飞行员王小倜,在他留下来的日记中对姑姑做出了"红色木头"的评价。按照小说中的描写,王小倜之所以要舍弃恋人姑姑投奔台湾,是因为偷听敌台广播时,迷上了那位"声音娇媚、富有磁性"的女播音员。应该注意到,作家借助于飞行中队长之口对姑姑进行过这样的评价:"你姑姑,当然不错,家庭出身好,模样端正,又是党员,按当时的审美观,那实在是太优秀了,我们都从心眼里羡慕王小倜呢。但你姑姑太革命太正派了,对王小倜这种中了资产阶级流毒的人来说,那就太不够味了。"如果将王小倜日记中的"红色木头",与中队长嘴里的"太革命太正派",以及小说中对姑姑不遗余力地推进计划生育工作的描写整合在一起,那么,自然也就不难认定,早年姑姑的精神世界确实存在被当时的红色革命文化所异化的问题。在此种甚为巨大的革命力量的影响与作用之下,性格本来就具有明显男性化特征的姑姑,就更是丧失了女性应有的温柔与娴静,真正地变成了一种丧失自身主体性的、异常驯服的革命工具。

然而,这只是姑姑性格的一个侧面,还并不足以构成所谓的人性深度。很显然,正是因为有了小说后半段关于姑姑晚年时强烈的罪感与忏悔意识的描写,才不仅使得姑姑这一形象具有了特别的复杂性,而且也具有了人性的深度。说到姑姑的罪感与忏悔意识,有两个互相联系在一起的细节是不容忽视的。细节之一,是晚年姑姑对于青蛙的莫名恐惧,而这同时也就可以解释莫言小说标题的来源问题。事实上,因为早年曾经长期从事计划生育工作,姑姑的双手沾满了许多未出娘胎就被迫夭折了的幼小生命——娃娃们的鲜血。而在汉语中,"蛙"字的发音,正同于"娃"字。这样看来,姑姑惧怕青蛙,其实折射出的正是她自己内心中对于既往岁月戕害幼小生命的一种本能忏悔。关于这一点,在小说中的话剧部分,作家借助于姑姑与蝌蚪之口有着明确的揭示。姑姑说:"不,姑姑手上,沾过青蛙的鲜血。姑姑在不知情的情况下,被他们蒙骗,吃过青蛙肉剁成的丸子,就像你大爷爷跟我讲过的,周文王在不知情的情况下,吃了自己的儿子的肉剁成的丸子。后来周文王逃出朝歌,一低头,吐出了几个丸子,那些丸子落地后就变成了兔子,兔子就是'吐子'啊!"蝌蚪说:"姑姑,其实,我知道您害怕青蛙的根本原因。我还知道,这些年来,您用多种方式来弥补您自认为的'罪过',其实,您并没有错;那些破碎的青蛙,其实是您心造的幻影。"非常明显,早年的计划生育工作经历,已经成为晚年姑姑根本无法释解的内心情结。莫言之所以要把他的这部长篇小说命名为"蛙",其主要原因正在于此。

由此,自然也就牵引出了第二个细节,这其实也就是姑姑要与郝大手结婚的根本原因所在。那就是,姑姑试图通过郝大手捏出的那些形象逼真的泥娃娃来弥补自己早年戕害生命的罪过。"姑姑捧着泥娃娃,先是远看,后是近看,远远近近地看过,慈祥的表情在她脸上漾开。对，就是这个样子，就是他。姑姑突然转变了口气，直接对着那泥娃娃说话：就是你，你这个小精灵鬼，你这个小讨债鬼，姑奶奶毁掉的两千八百个孩子里，就缺你了，你来了，就齐了。"从这样的一种描写中，我们不难感受到姑姑补偿救赎心理的存在。

我们必须充分认识到，如此一种罪感与忏悔意识的格外珍贵。之所以强调此种意识的格外珍贵，是因为从根本上说，这样一种意识在中国文学中一向都是极为罕见的。众所周知，中西文化的一大根本差异，就在于宗教观念的有无。西方文化有着一种可谓是根深蒂固的基督教背景，而中国文化，虽然也有所谓的儒道释三大文化流脉，但却缺乏一种严格意义上的宗教意识。西方人的基督教特别强调人性中一种原罪意识的存在，所以西方文化也就可以被称作是一种十分典型的罪感文化。相比较而言，中国文化便缺乏一种严格的宗教禁忌。在李泽厚先生看来，缺少宗教禁忌的中国文化其实可以被看作是一种乐感文化："作为论语首章，并不必具有深意。但由于首章突出的'悦''乐'二字，似可借此简略谈论《今读》的一个基本看法：即与西方'罪感文化'、日本'耻感文化'（从 Ruth Benedict 及某些日本学者说）相比较，以儒学为骨干的中国文化的精神是'乐感文化'。'乐感文化'的关键在于它的'一个世界'（即此世间）的设定，即不谈论、不构想超越此世间的形上世界（哲学）或天堂地狱（宗教）。它具体呈现为'实用理性'（思维方式或理论习惯）和'情感本体'（以此为生活真谛或人生归宿，或曰天地境界，即道德之上的准宗教体验）。'乐感文化''实用理性'乃华夏传统的精神核心。"① 一种严格的宗教禁忌意识的缺乏，所导致的一个直接后果，就是中国人的道德底线与罪恶感的普遍缺失。很可能是受制于这样一种本土文化影响的缘故，无论古今，中国的文学作品中便很少能够看到对于罪感心理与忏悔意识的深度表现。正因如此，我个人一种突出的感觉就是，中国文学中，大凡是明确表现出了罪感心理与忏悔意识的作品，就应该被看作是优秀的文学作品。这样一来，诸如曹雪芹的《红楼梦》、鲁迅的一系列小说，郁达夫的一系列小说，巴金的《随想录》、王蒙的《活动变人形》、张炜的《古船》、贾平凹的《废都》、铁凝的《玫瑰门》等，就都能够因为对罪感心理与忏悔意识的表现而被视为优秀的文学作品。以这样一个视点来回顾莫言的小说创作，就不难发现，作家此前的小说作品中其实是缺少此种意识的。在某种意义上，我们完全可以把《蛙》看作是莫言第一部明确地表现罪感心理与忏悔意识的小说作品。从这一点上来看，说莫言的这一部《蛙》实现了思想艺术上的一种自我超越，也是很有道理的。

行文至此，就必须提及莫言为什么要以给日本作家杉谷义人先生写信的方式来营构《蛙》这部小说了。除了形式上的考虑之外，我想，莫言之所以要在小说中特别引入杉谷义人先生，在某种意义上，也是为了能够在比较的意义上凸显出罪感心理与忏悔意识的重要性。"让我感慨万端的是，我在信中提到的那个日本侵华战争期间在平度城驻守的日军指挥官杉谷，竟是您的父亲。为此您代表已经过世的父亲向我的姑姑、我的家族以及我故乡人民谢罪，您正视历史的态度、勇于承担的精神，使我们

---

① 李泽厚：《论语今读》，生活·读书·新知三联书店，2004年版。

深深地受到了感动。按说,您也是战争的受害者。您信中提到,战争期间,您与您母亲所过的提心吊胆的生活以及在战争之后所过的饥寒交迫的生活。其实,您的父亲也是战争的受害者,如果没有战争,如您所说,他将是一个前途远大的外科医生,战争改变了他的命运,改变了他的性格,使他由一个救人的人变为一个杀人的人。"就我个人的理解,莫言的这一段叙事话语可以达到两种叙事意图。一是把以前的那位杉谷与姑姑进行类比。如果说是战争的发生,使得杉谷医生"由一个救人的人变为一个杀人的人",那么,我们也就完全可以说,正是计划生育的工作使得姑姑这位乡村医生同样"由一个救人的人变为一个杀人的人"。二是强调表达杉谷义人先生的罪感心理,并将先生的罪感心理,与莫言《蛙》中姑姑以及"我"的罪感心理,相互映射,以一种比照的形式再一次强有力地凸显出罪感观念与忏悔意识的重要性来。

  在姑姑之外,小说中另一位同样具有强烈罪感与忏悔意识的人物形象,是身兼叙述者重任的"我",即蝌蚪。按照小说中的描写,蝌蚪曾经有过一个十分饥饿的童年,"那是饥饿的年代,留在我记忆中最深刻的事件,大都与吃有关,譬如我曾讲过的吃煤的故事。"必须注意到,吃煤,乃是莫言自己亲身经历过的一个事件。在他的散文《饥饿和孤独是我创作的财富》中,他曾经绘声绘色地生动描写自己吃煤的经过:"1961年的春天,我们村子里的小学校里拉来了一车亮晶晶的煤块,我们孤陋寡闻,不知道这是什么东西。一个聪明的孩子拿起一块煤,咯蹦咯蹦地吃起来,看他吃得香甜的样子,味道肯定很好,于是我们一拥而上,每人抢了一块煤,咯蹦咯蹦吃起来。我感到那煤块愈嚼愈香,味道的确是好极了。"①成年后的蝌蚪有过参军入伍的特殊经历,然后又成为一名剧作家,正在搜集资料撰写一部可能永远都不会正式上演的话剧《蛙》。只要把蝌蚪的人生经历,与作家莫言的人生经历简单比较一下,就不难发现二者之间多有重合之处。现实生活中的莫言,也曾经有过饥饿的童年,有过当兵的经历,而且后来还成了一位著名的作家。这就是说,蝌蚪身上其实非常明显地体现了作家自己的影子。说实在话,如果我的记忆无误的话,莫言此前的小说作品中似乎很少出现知识分子形象,更不要说对知识分子形象的深度塑造了。在这个意义上,我们也就完全可以说,蝌蚪恐怕应该被看作莫言笔下第一位塑造相当成功的知识分子形象。

蝌蚪形象的最值得注意处,正在于其精神世界深处那样一种强烈的罪感意识。而且,很显然,在蝌蚪罪感意识形成的过程中,蝌蚪的精神偶像——日本作家杉谷义人先生的高贵精神世界起到了一种突出的感召作用。"您父亲驻守平度城时,您才是一个四五岁的少年,您父亲在平度城犯下的罪行,没有理由让您承担,但是您承担了,您勇敢地把父辈的罪恶扛在自己的肩上,并愿意以自己的努力来赎父辈的罪,您的这种担当精神虽然让我们感到心疼,但我们知道这种精神非常可贵,当今这个世界最欠缺的就是这种精神,如果人人都能清醒地反省历史、反省自我,人类就可以避免许许多多的愚蠢行为。"应该注意到,在小说的叙事过程中,"我"即蝌蚪不断地穿插进行着一种自我谴责。"我承认,我是个名利之徒。我嘴里说着想转业,但听说可以提

---

① 莫言:《小说的气味》,春风文艺出版社,2003年版。

前晋职,听说杨主任赏识我,心里已开始动摇。""我确实是个意志软弱的男人。""先生,尽管我用许多理由宽慰自己,但我到底还是一个胆小如鼠、忧虑重重的小男人,既然我已经意识到,那个叫陈眉的姑娘的子宫里已经孕育着我的婴儿,一种沉重的犯罪感就如绳索般捆住了我。"如果说,叙事过程中的这些言说都属于某种下意识行为的话,那么,从每一部分开头部分那些直接讲给杉谷义人先生的话语中,我们就可以知道,实际上,一种罪感心理以及随之而来的忏悔意识,已经变成了蝌蚪的理性自觉行为。"至于我自己,确实是想用向您诉说的方式,忏悔自己犯下的罪,并希望能找到一种减轻罪过的方法。您的安慰和开导,使我心中豁亮了许多。既然写作能赎罪,那我就不断地写下去。既然真诚的写作才能赎罪,那我在写作时一定保持真诚。""十几年前我就说过,写作时要触及心中最痛的地方,要写人生中最不堪回首的记忆。现在,我觉得还应该写人生中最尴尬的事,写人生中最狼狈的境地。要把自己放在解剖台上,放在聚光灯下。"

必须注意到蝌蚪这一形象身上鲜明自传性色彩。强调这一点,实际上也就是在强调,《蛙》中对于蝌蚪身上罪感意识的充分表现,可以被理解为作家莫言自己身上的某种罪感意识。也就是说,莫言其实是在借助于蝌蚪这一形象进行着某种深入的自我精神批判与自我精神反思。众所周知,在中国现代文学史上,鲁迅先生是凭借严格的自我剖析、自我批判精神而著称于世的一位作家。无论是他的《狂人日记》《祝福》,还是他的《在酒楼上》《孤独者》,我们从中读出的往往是一种特别强烈的自我批判与自我反思的意味。阅读鲁迅先生的这些作品,我们所从中感受到的正是一种特别严酷的自我解剖精神。正如鲁迅先生在

《墓碣文》一文中所写到的:"……抉心自食,欲知本味。创痛酷烈,本味何能知?……""……痛定之后,徐徐食之。然其心已陈旧,本味又何由知?……"① 说实在话,在中国当代作家中,能够如鲁迅先生这样以不无严酷的自我解剖精神面对自我精神世界,能够真正地做到所谓"抉心自食"者,确确实实是相当罕见的。在这个层面上,我们就不妨说写作《蛙》的作家莫言,其实也正是鲁迅自审精神的一位积极继承者。由于置身于中国"乐感文化"这样一种文化传统中的缘故,我们的作家在从事创作时,总是自觉或不自觉地"为尊者讳,为长者讳,为自己讳",很少能够以一种决绝的勇气来直面自己的人格缺陷、自己的人性弱点。即使从莫言自己的小说创作历程来看,他此前的作品中也很少进行一种近乎无情的自我剖析。从这个意义上说,《蛙》的出现,就真的具有了一种标志性的价值,它标志着作家莫言已经成为鲁迅精神的自觉传承者,说明莫言确实由此抵达了某种新的精神制高点。

在具有特别人性深度的人物形象的成功塑造之外,莫言的《蛙》值得引起我们高度关注的另外一个成功之处,就是对于语言形式的创造性运用。在某种意义上,我们也可以说,正是因为有莫言在语言形式方面做出的创造性努力,作家为自己确定的深刻思想意旨才得到了近乎完美的表现与传达。虽然一般来说,莫言并不被看作是一位特别重视形式探索的先锋作家,但只要简单地回顾一下作家的创作历程,我们就不难发现,莫言总在不停地探索小说艺术新形式。别的且不说,单就作家进入新世纪

---

① 鲁迅:《鲁迅全集》第二卷,人民文学出版社,1981年版。

之后几部长篇小说创作的情况来看，真可谓是一部有一部的特色与个性。无论是《檀香刑》叙事过程中对于地方戏曲茂（猫）腔的巧妙使用，还是《四十一炮》以一个炮孩子（地方方言，意为吹牛撒谎的孩子）罗小通来完成通篇的叙述，抑或是《生死疲劳》对于佛教所谓的"六道轮回"形式的成功借用，都给读者留下了极为深刻的印象。从某种意义上说，1980年代小说界曾经一度热衷的先锋实验，只有到了像莫言以及韩少功、史铁生、李锐、阎连科等一批实力派作家这里，才真正算得上修成正果。现在的问题是，作为一位总是具有自觉形式创新意识的作家，莫言在《蛙》中又会有什么样子的突破呢？

从客观的叙事实践来看，莫言的《蛙》采用了一种可谓是书信体的写作形式，通篇以"我"即蝌蚪写给日本作家杉谷义人先生的六封长信构成。这样看来，我们所读到的也就是身为剧作家的蝌蚪，面对着作家同道杉谷义人先生所做出的巨型内心独白。在我的理解中，这样的一种形式设计，最起码能够取得如下三方面的艺术效果。第一，从蝌蚪的介绍中可以得知，杉谷义人先生的父亲曾经在侵华战争中犯有难以饶恕的罪行，杉谷义人先生总是为此而感到惴惴不安，充满着鲜明的罪感意识。由此可见，杉谷义人先生乃是一位具有博大深邃的人道主义悲悯情怀的作家。蝌蚪之所以要动念创作一部以姑姑为主人公的话剧，正是接受了杉谷义人先生建议的结果。这就是说，正是在杉谷义人先生认真思考对待历史问题精神的感召之下，蝌蚪进入了对于中国当代历史的深入思考之中。而也正是在这个过程中，在杉谷义人先生强烈罪感意识的影响之下，蝌蚪自身的罪感意识被激发出来。这样，杉谷义人先生、姑姑以及蝌蚪本人的罪感意识，就彼此激发，相互交织，从而构成了整部《蛙》的思想主基调。

第二，对于创作主体自身罪感意识的挖掘与表达，无疑是莫言此部小说所欲抵达的一个主要艺术目标。那么，怎么样才能有效地实现一种自我批判反思的艺术追求呢？就我个人的感觉来说，在这一方面，鲁迅先生的创作很可能对莫言产生了某种极其重要的示范作用。只要粗略地回顾一下，就不难发现，鲁迅先生那些进行了严格的自我解剖的小说，比如《在酒楼上》《孤独者》《伤逝》《狂人日记》等，所采用的都是一种第一人称的叙事方式。鲁迅先生的叙事实践充分表明，这样一种叙事方式的采用，非常有利于作家展开自我的精神世界，从而完成一种不失严格的自我批判与自我反思。在我看来，或许正是在接受了鲁迅小说传统的影响之后，莫言方才在《蛙》中采用了第一人称的书信体形式。

第三，整部小说的叙事过程，在某种意义上也可以被看作是蝌蚪怎样收集相关生活资料，酝酿写作一部名字仍然被称之为"蛙"的话剧剧本写作的过程。前五封信，是蝌蚪在向杉谷义人先生介绍与姑姑、与计划生育问题有关的人和事。最后一封信，则是蝌蚪创作完成之后的话剧剧本本身。这样的一种设计，所体现出的正是如同西方的许多后现代主义作品一样的"元叙事"的意味。所谓的元叙事也叫元虚构、元小说，它通过作家自觉地暴露叙事类文学作品的虚构创作过程，产生间离效果，进而让接受者明白，叙事类作品本身就是虚构，不能把叙事类作品简单地等同于社会现实。这样，虚构也就在小说或者话剧等叙事类作品中获得了本体的意义。在我的理解中，莫言之所以要采用这样一种元叙事方式,一个根本的意图,也是为了能够帮助读者拉开与自己所再现着的历史场景的距离,进而同作者本人一起,以更加冷静客观的姿态来认识思考历史。除此之外,从小说结构的意义上说,在一部书信体的小说中,插入一部话剧,在话剧的进行过程中,再插入电视戏曲片《高梦九》的拍摄过程,实际上也很有一点俄罗斯套娃的意味。在一个大框架中套入一个小一些的框架,在这个小一些的框架中,再套入一个更小一些的框架。在我看来,如此复杂的小说结构本身,不仅寓言式地说明了历史本身的复杂性,而且也很巧妙地解决了一些叙事的难题。这其中,最值得注意的,便是关于电视戏曲片《高梦九》的神奇插入。莫言插入《高梦九》的基本意图,其实正是要借助于这位民国年间的政府官员,来最终宣判陈眉告状一案。借助于接受巨额贿赂之后的高梦九之手,来最终宣判被侮辱被损害者陈眉的败诉。陈眉的败诉,可以说是作家莫言对所谓的后三十年中国历史所做出的最为沉痛的一种批判。但从小说文本的实际来看,这样的一种沉痛批判,却正是只有借助于高梦九这一形象的巧妙插入,最后才得以有效实现的。这样看来,电视戏曲片《高梦九》的插入,一方面充分地体现了莫言超群的艺术想象能力,另一方面,却也十分有效地实现了莫言预先设定的某种叙事效果。这也充分地说明,如同莫言这样的实力派作家的形式的创新,并不只是一种简单的为创新而创新,而是一种更多地着眼于小说的思想精神内涵表达的形式创新。

在几年前一篇名为《捍卫长篇小说的尊严》的文章中,莫言曾经不无激动地写到:"我认为一个作家能否写出并且能够写好长篇小说,关键的是要具有'长篇胸怀'。'长篇胸怀'者,胸中有大沟壑、大山脉、大气象之谓也。要有粗粝莽荡之气,要有容纳百川之涵。所谓大家手笔,正是胸中之大沟壑、大山脉、大气象的外在表现也。大苦闷、大悲悯、大抱负,天马行空般的大精神,落了片白茫茫大地真干净的大感悟——这些都是长篇胸怀之内涵也。""伟大的长篇小说,没有必要像宠物一样遍地打滚,也没有必要像鬣狗一样结群吠叫。它应该是鲸鱼,在深海里,孤独地遨游着,响亮而沉重地呼吸着,波浪翻滚地交配着,血水浩荡地生产着,与成群结队的鲨鱼,保持着足够的距离。"① 莫言既然这么强调,那么,他很显然就是一位努力具备"长篇胸怀"的小说家。虽然不能说他的《蛙》就已经是一部"伟大"的长篇小说,但从如上的解析中不难看出,他的这部小说,凭借其思想艺术层面上的突出创新,在作家自身的小说创作历程中,占有着十分重要的地位。就我个人对于二十一世纪以来长篇小说创作总体情况的了解而言,他的这一部《蛙》,毫无疑问地应该被看作是二十一世纪以来最重要的长篇小说之一。

---

① 莫言:《捍卫长篇小说的尊严》,《当代作家评论》,2006 年第 1 期。

精读五：《繁花》

建构城市诗学的一种可贵努力

无论从哪一种意义上来说，金宇澄的长篇小说《繁花》（载《收获》增刊，2012年秋冬号）在2012年的出现，都具有某种横空出世的意味。至今犹记，身为文学杂志编辑的金宇澄，在1980年代中后期曾经发表过一些中短篇小说。尽管那时的金宇澄已经尽显谨慎异常的创作姿态，作品数量不多，却也以较为鲜明的艺术个性引起过批评界的关注。"金宇澄写得不多，甚至可以说低产，从1984年至今，总共只发表了十来个短篇和两个中篇。但在新时期小说家中，他当是不被忽略的独特的一个。……把他的小说归于'知青小说'行列是简单而勉强的，因为他的小说虽大多与'文化大革命'和知青有关，但那只是一个外壳，一种包装，在特指的时代和环境下，金宇澄讲的是最普遍的人们所过的最平凡琐屑的生活中的蹊跷故事，往往源于普遍又归于普遍。人们因之又将他的小说放在'新写实小说'旗帜下加以展出。不过我倒觉得，'写实'功夫在金宇澄小说中并不见长，虽然他的故事带有神秘色彩，但他所予笔墨最多也最富个人特点的并非情节和人物，而是氛围和基调，他以近乎'反小说的处理方式淡化了前者,强化了后者,创造出一种融神秘怪异与迷离恍惚于一体的风格。"① 然而,大约也就在自己的小说开始引起批评界关注的同时,金宇澄的小说创作却于不期然间戛然而止,他逐渐淡出了小说界。就此一去经年,直到二十多年后的2012年,金宇澄才又重出江湖,以一部字数达三十多万的长篇小说《繁花》"惊艳"中国小说界,引起了文坛内外的普遍瞩目。

必须注意到,金宇澄虽然隐伏多年,但这些年来,作为一线重要文学刊物的编辑,他其实一刻都未曾离开过文学现场。这就意味着,金宇澄实际上时时刻刻都在悉心关注揣摩着当下时代中国小说创作的思想艺术变化。所有这些,都在为他这部名为《繁花》的小说的写作进行着充分的准备。既然曾经有过小说创作的经历,那么,在我们读到《繁花》的时候,无法回避的一个问题,就是首先要对比观察一下作家现在的创作较之于从前发生了怎样的变化。假若以周佩红的分析结论为出发点,粗略地比较一下,我们就不难发现,金宇澄前后两个不同时期的小说写作,恐怕以下一些方面的变化值得引起我们的高度关注。其一,不仅上海取代知青经历成为金宇澄的关注重心,而且其关注表现普通人最平凡琐屑生活的特色也被保留了下来。其二,尽管金宇澄依然善于营造小说的氛围与基调,但一方面营造氛围与基调的艺术手段发生了明显的变化,另一方面在人物内在精神深度的揭示与展示上,作家也有着非常出色的表现。其三,相对于金宇澄前期小说写作中"写实"功力有所欠缺的问题,《繁

---

① 周佩红:《迷夜·光斑·人生观望——金宇澄小说漫评》,《当代作家评论》,1993年第3期。

花》的一大艺术特色，正突出地体现为"写实"方面特别引人注目。以上种种充分表明，到了写作《繁花》的时候，金宇澄的小说创作确实已经发生了堪称脱胎换骨的根本变化。唯其如此，无论是从金宇澄自己创作的角度而言，还是就中国当代小说创作的演化发展来说，我们都有必要对作家的这部长篇小说予以深入的思想艺术探究。

假若承认中国现代小说存在着所谓"宏大叙事"与"日常叙事"两种思想艺术传统的话，那么，金宇澄的《繁花》很显然应该被归入到"日常叙事"的行列之中。关于以上两种叙事方式，曾经有论者做出过如下细致辨析："平民生活日常生存的常态突出，'种族、环境、时代'均退居背景。人的基本生存，饮食起居，人际交往，爱情、婚姻、家庭的日常琐事，突现在人生屏幕之上。每个个体（不论身份'重要'不'重要'）悲欢离合的命运，精神追求与企望，人品高尚或卑琐，都在作家博大的观照之下，都可获得同情的描写。它的核心，或许可以借用钱玄同评苏曼殊的四个字'人生真处'。它也许没有国家大事式的气势，但关心国家大事的共性所遗漏的个体的小小悲欢，国家大事历史选择的排他性所遗漏的人生的巨大空间，日常叙事悉数纳入自己的视野。这里有更广大的兼容的'哲学'，这里有更广大的'宇宙'。这些大说之外的'小说'，并不因其小而小，而恰恰是因其'小'而显示其'大'。这是人性之大，人道之大，博爱之大，救赎功能之大。这里的'文学'已经完全摆脱其单纯的工具理性，而成就文学自身的独立的审美功能。""日常叙事是一种更加个性化的叙事，每位日常叙事的作家基本上都是独立的个体……在致力表现'人生安稳'、拒绝表现'人生飞扬'的倾向上,日常叙事的作家有着同一性。拒绝强烈对照的悲剧效果,追求'有更深长的回味',在'参差的对照'中,产生'苍凉'的审美效果,是日常叙事一族的共同点。"①在承认论者以上对于"日常叙事"特征概括准确性的同时,我们须得清醒意识到,中国现代文学史上,此类"日常叙事"最具代表性的作家,显然非张爱玲莫属。而张爱玲与金宇澄之间的交集,除了均属于"日常叙事"一脉之外,从小说书写对象的角度看,他们又都可以被归入到上海叙事的行列之中。

依我愚见,说到上海叙事,自有白话小说盛行以来,一直到金宇澄的《繁花》横空出世,大约有四位作家是绝对绕不过去的。按照时间顺序排列,他们分别是韩邦庆、张爱玲、王安忆以及金宇澄。更进一步说,假若暂且把同时代的王安忆排除在外,前两位作家与金宇澄的《繁花》之间传承影响关系的存在,绝对是一个无法被否认的客观事实。稍微熟悉文学史的朋友都知道,张爱玲对于韩邦庆纯粹使用吴方言写作的长篇小说《海上花列传》有着很高的评价。正因为特别喜欢这部作品,所以才不惜耗费时力,亲自动手把吴方言的《海上花列传》转换成为普通话的《海上花开》与《海上花落》。事实上,就张爱玲自己的小说创作而言,除了明显受到过《红楼梦》的影响之外,《海上花列传》影响的存在也是不容忽视的。尽管从题材上说,韩邦庆具体描写的只是他那个时代十里洋场上一群烟花女子的生存状貌,却旁涉其他社会阶层的种种人物,活色生香地表现出了初始殖民地化时期的上海的基本社会面貌。相比较而言,张爱玲在诸多中

---

① 郑波光:《二十世纪中国小说叙事之流变》,《厦门大学学报》,2003年第4期。

短篇小说中所描写展示的，则是二十世纪三、四十年代殖民化时期上海芸芸众生的生活情状。具而言之，张爱玲上海小说的一大特色，是擅长从人性，尤其是从不健全人性的角度来观照呈现上海市民生活。或许是因为受到过现代主义文学作品影响熏染的缘故，她的小说往往能够力透纸背，较之于韩邦庆更能传达出一种生命的苍凉之感来。非常明显，无论是对于上海生活状貌的书写，还是对于一种悲剧性生命底色的艺术表现，金宇澄的《繁花》确实受到了两位前辈作家的启示与影响。当然，他们之间的不同处也是显而易见的。进一步说，这区别一方面体现为金宇澄所描写展示的是他自己生活的时代上海的社会状况，另一方面则表现为具体艺术表现方式上的差异。

　　既然言及上海叙事，有一种情形的存在绝对不容轻视。那就是，除了所谓"日常叙事"，上海叙事其实也存有"宏大叙事"一脉。某种意义上，如同茅盾的长篇小说《子夜》、沈西蒙的剧作《霓虹灯下的哨兵》，就可以被看作是这一脉络的代表性作品。然而，尽管存在着这样一种以"宏大叙事"形式出现的上海叙事，但无论是就作品本身的思想艺术水准而言，还是就作品所产生的社会影响力而言，此类作品恐怕都无法与前述那些"日常叙事"作品相匹敌。个中缘由，大概需要联系上海这座城市的特性来加以理解。就我个人的感觉，假若说城市也能够被区分为阳性和阴性两种不同风格的话，那么，上海这座城市的性格显然就只能是偏重于阴性的。如此，与阴性的上海相匹配的也就应该是"日常叙事"了。我们前面所列出的，那些自有白话小说以来上海叙事最有代表性的作家，从韩邦庆起始，中经张爱玲，一直到当下时代的王安忆、金宇澄，他们之所以清一色地采用"日常叙事"方式,个中原因显然在此。需要注意的是,假若只是从题材的角度来看,自有新文学以来将近一百年的发展过程中,所谓的乡村叙事一直在与城市叙事的比较中占据着压倒性优势。即使到了当下这样一个城市化进程日益迅猛的时代,这种状况也仍然没有发生明显改观。这就使得如何振兴城市叙事成为一个不容回避的重要命题。从中国城市化的发展进程来看,上海无疑是最为充分的地域之一。这样看来,上海叙事在中国的城市叙事中所处地位的重要性,自然就是不言而喻的。实际上,在仍然不够发达的中国现代城市叙事的演进历程中,上海叙事一直扮演着排头兵的角色。就此角度来说,无论是过去的韩邦庆、张爱玲,还是现在的王安忆,都曾经为中国的城市叙事做出过相应的艺术贡献。假若确实存在着一种可以叫作城市诗学的东西,那么,以上这几位作家都以各自创造性的艺术劳动为中国现代城市诗学的建构做出过自己的贡献。然后,就是金宇澄这部《繁花》在2012年的横空出世。从一种中国现代城市诗学谱系建构发展角度来说,《繁花》之最值得关注处,就在于金宇澄以其长达二十多年的隐伏修炼,为中国现代城市诗学的建构做出了自己的一份可贵努力。

或许是因为多年隐伏修炼的缘故,就一种直接的阅读印象而言,金宇澄的《繁花》留给我最为突出的感觉,就是作品本身的沉静大气。当然,更重要的,恐怕是金宇澄自己的沉静大气。当年,郁达夫在谈到周作人散文创作的时候,曾经讲过这样一番话:"与此相反,周作人的文体,又来得舒徐自在,信笔所至,初看似乎散漫支离,过于烦琐!但仔细一读,却觉得他的漫谈,句句含有分量,一篇之中,少一句就不对,一句之中,易一字也不可，读完之后，还想翻转来从头再读的……"①尽管文体明显不同，尽管郁达夫谈论的是周作人的散文创作，但我以为，他的这样一段评价文字，却完全可以移用来评价金宇澄的这部《繁花》。阅读《繁花》，可能更多的人首先都会注意到，这是很多年来差不多唯一一部用吴方言写作的长篇小说。自打韩邦庆写出那部长篇小说《海上花列传》之后，虽然很多作家在创作过程中也会有对各地方言的穿插运用，但就整体状况而言，小说创作却基本上变成了普通话的一统天下。最起码，如同韩邦庆这样一种吴方言写作，是纯粹销声匿迹了。既然金宇澄是在韩邦庆之后很多年来又一位使用吴方言写作的作家，那么，他的写作实践最起码应该在这一点上具有特别的意义。然而，尽管金宇澄对吴方言的运用足够引人注目，但在我看来，与吴方言的运用相比较，金宇澄这部《繁花》在艺术上更值得注意处，首先在于叙事艺术上的成功。具体来说，《繁花》叙事艺术的成功主要表现在以下四个方面。

首先一点，就是作家对于叙事节奏的超稳定控制，表现为整个小说文本自始至终都不疾不徐、舒缓自如的叙事姿态。作为一位小说家，能够把篇幅如此巨大的一部长篇小说从头到尾都控制到这样一种不动声色的地步，认真想一想，其实是十分"可怕"的一件事情。如此一种超稳定的叙事控制，给读者留下的一种突出感觉就是，哪怕山崩地裂、山呼海啸，我也都岿然不动、稳如泰山。比如第十一章这样一段关于"文革"中死亡场景的叙述："沪生想开口，一部41路公共汽车开过来，路边一个中年男人，忽然扑向车头，只听见啪的一声脆响，车子急停，血溅五

---

① 郁达夫：《中国新文学大系·散文二集》影印本，上海文艺出版社，2003年版。

步。周围立刻是看客鲫集,人声鼎沸。沪生听到大家议论,究竟是向明老师,还是长乐老师。姝华目不斜视,拉沪生朝南走。沪生忽然说,这是啥。姝华停下来看。路边阴沟盖上,漏空铁栅之间,有一颗滚圆的小球。仔细看一看,一粒孤零零的人眼睛,一颗眼球,连了血筋、白浆,滴滴血水。姝华跌冲几步,蹲到梧桐树下干呕。沪生拉了一把,姝华浑身发抖,起身挪到淮海路口,靠了墙,安定几分钟。"一个鲜活生命的消失,自然是非常惨烈的事情。如此一种故事场景,若是在一般小说家笔下,必然会有非常突出的渲染夸张,到了金宇澄笔下,我们却只见特别克制的细致描写。除了"姝华浑身发抖"一句多多少少流露出叙述者的一种情绪状态之外,其他叙事话语均属于一种冷静到了极致的客观描述。在其中,我们很难感觉到叙述者有丝毫的情绪波动。这里,我们姑且不再追问死者究竟为什么要扑向车头寻死,单只是面对如此惨烈的死亡场景,叙述者能够以特别克制的姿态予以冷静呈现,所充分表现出的,正是作家在叙事控制上的一种超稳定状态。实际上,就一种艺术效果来说,作家越是冷静克制,就越是能够强有力地凸显出死亡本身的残酷意味来。最近十多年来,我一直关注跟踪长篇小说的创作轨迹,但能够如同金宇澄这样对小说叙事实现超稳定控制者,却是相当罕见的。说到金宇澄超稳定的叙事控制,一个不容忽视的现象,就是作家在《繁花》中对于标点符号的具体应用。尽管说标点符号有好多种,尽管说现实生活中人的情绪确实多变,这些多变情绪的表达也的确离不开各种各样标点符号的运用,但金宇澄的一大引人注目处,却在于除了偶一使用书名号之外,他自始至终都只是使用逗号和句号这两种标点符号。金宇澄之所以要这么做,显然是试图有效地控制故事的跌宕起伏,希望能够企及一种平静如水的叙事境界,写出一部"无高潮"的长篇小说来。在我有限的阅读经验中,在《繁花》之前,真还没有其他小说作品从头到尾只是使用逗号和句号这两种标点符号。别的且不说,单就标点符号的使用而言,金宇澄这样一种原创性的艺术努力就足够赢得我们充分的敬意。我们之所以强调他的小说能够让我们联想到郁达夫关于周作人散文创作的那一段评价,根本原因正在于此——作家对于整部长篇小说很好地实现了一种超稳定的叙事控制。这样,一个无法回避的问题就是,金宇澄的《繁花》何以能够抵达这样一种思想艺术境界呢?答案显然与他沉潜多年对于世事人生的悉心观察揣摩有关。人都说,世事洞明皆学问,人情练达即文章。某种意义上,正因为已经对于世事人生有了一种堪称老僧入定一般的透彻了悟,所以,金宇澄方才可能真正地淬尽浮躁气,以一种平静沉稳的方式不动声色地面对长达数十年的变幻人生。

其次是坚持以对话的方式推动故事情节的演进。只要是稍有写作经验的朋友,就会明白要想在小说中写好人物的对话有多难。人物之间的对话过分书面化,对话的内容和口吻与人物个性之间的脱节,是很多哪怕已经成名的小说家在实际写作时都难以避免的错误。就我个人有限的阅读视野而言,这些年来能够如同金宇澄这样具备出色的对话处理能力,能够通篇以对话方式完成小说叙事的作家,大约只有贾平凹一位。这一点,在贾平凹那部篇幅长达六十七万字的《古炉》中有着极其突出的表现。关于贾平凹对话处理能力的了得,只要统计一下《古炉》中的标点符号,就可以得到充分的证明。与金宇澄不同,《古炉》

中使用最多的，是冒号。表面上看起来是没有段落区分的大段叙事，如果你真的深入进去，就会发现，这些段落差不多全部都是由人物之间的对话构成的。与《古炉》相似，金宇澄的《繁花》中绝大多数段落，其实也都是由人物之间的对话组成的。通过人物之间的对话，在充分凸显人物不同个性的同时，渐次推动故事情节的演进发展，可以说是《繁花》的对话中最突出的特点所在。比如第十一章中还有这样一段："姝华说，据说准备要改反帝路，文革路，要武路了，好听。沪生笑笑。法国阵亡军人，此地路名廿多条，格罗西，纹林，霞飞，浦石，西爱咸思，福履理，白仲赛等等，也只此三条，有点意思。沪生说，真不如小毛抄词牌，清平乐，蝶恋花，姝华不响。沪生说，小毛认得姝华后，抄了不少相思词牌名，倦寻芳，恋绣衾，琴调相思引，双双燕。姝华面孔一红，起身说，我回去了。沪生说，好好好，我不讲了。姝华跟了沪生，低头朝前走。"虽然只是沪生与姝华两个人之间的一小段对话，但其中的意蕴却是十分丰富的。首先是对于时代特色的一种巧妙交代。那些原来以法国阵亡军人命名的街道要更名为具有时代气息的反帝、文革、要武路了。在交代时代特色的同时，把上海曾经被殖民的历史也连带进行了介绍。其次，是极其隐晦地讲述小毛在结识姝华之后对于姝华的暗中恋慕。需要注意的是，对话者之一的沪生自己，本就对于姝华暗存一腔情愫。由这样一位情场上的对手来向姝华转述小毛的暗恋，读者读来其实别有一番滋味。实际上，沪生是在借助小毛的故事委婉曲折地向姝华表达着自己的情意。很显然，如同道路改名、小毛抄词牌以及小毛、沪生暗恋姝华这样一些故事情节，都是借助两位人物的对话交代得一清二楚。

尤为值得注意的是，在小说的对话过程中，金宇澄非常明显地继承了中国本土小说传统不进行静态的心理描写的特质，把人物的心理活动巧妙地融入了对话的过程之中。说到作家对于人物心理活动的细微体察与表现，敏感的读者大约早就留意到，金宇澄特别擅长于使用"ｘｘ不响"这样一种语言表现方式。一部《繁花》，尽管不至于每页都要出现这样一种表现句式，但这种表现句式运用之普遍，却又是无法被否认的一种客观事实。借"不响"而写"响"，虽然表面看上去"不响"，实际上内心世界却如同煮沸了的水一样波浪翻滚。比如第五章的这样一段："蓓蒂说，是种橘子树。阿宝不响。蓓蒂说，我进来帮忙。阿宝说，不要烦我。蓓蒂说，看到马头，不开心了。阿宝不响。蓓蒂说，马头，过来呀。马头走过来，靠近篱笆。蓓蒂说，这是阿宝。马头说，阿宝。阿宝点点头。蓓蒂说，不开心了。阿宝不响。"阿宝比蓓蒂大四岁，他们两个是典型的青梅竹马。马头是蓓蒂结识的新朋友。因为阿宝特别喜欢蓓蒂，所以看到马头接近蓓蒂，他心里自然倍感不快。唯其如此，面对蓓蒂的几次主动搭讪，阿宝才会"不响"。虽然"不响"，但此时此刻的阿宝，心里边其实非常不舒服，相当不高兴。连着出现三个"阿宝不响"，成功传达出的，正是阿宝的难以言说的微妙复杂心态。再比如第八章中的这样几句叙述："徐总说，汪小姐有性格，看得懂的男人不多了。李李不响。汪小姐羞怯说，徐总懂我，就可以了，苏安不响。"这是发生在阿宝他们一行七八人前往常熟游玩时的一幕场景。尽管说现场的各色人物计有十多位，但金宇澄只是特别写到了李李与苏安两个人物的"不响"。那么，为什么只有李李与苏安两个人"不响"呢？原来她们各自内心中都有玄机存焉。当时的李李，正处于和汪小姐争风吃醋的一个时期。当徐总在这么多人面前夸奖汪小姐的时候，李李心里就实在不是个滋味。一丝怨恨、一点失落、一种不满，全都在这个"不响"之中了。同样的，作为徐总的得力部下，苏安从身到心，实际上早就是徐总的人。既然对于徐总心有独属，那么，在当众目睹徐总与汪小姐"调情"，在听到汪小姐对徐总的夸奖多少带有一丝夸张意味的时候，苏安与李李的心态，真的也就相差无几了。关键在于，在那样一种合众聚集的场合，无论是李李还是苏安，内心里不管有多大的波澜，都不能够直接流露出来。无法流露表达，所以就只能是"不响"了。就这样，对于人物的万千心思，金宇澄都非常巧妙地借助"不响"二字进行了相当到位的艺术呈现。必须强调的是，并不只是实际举出的这两处，稍加留心即可发现，如此一种表现句式的运用，其实是随处可见的。古人云，不著一字尽得风流。到了金宇澄这里，就变成了"不响"二字尽得风流。能够把文字揉搓拿捏到如此这般得心应手的程度，所充分显示出的，自然是金宇澄一种超乎寻常的艺术功力。

第三，是金宇澄对于小说叙事结构的一种特别营造。尽管说所有的文学作品都需要面对结构的问题，但相比较来说，叙事结构对于一部长篇小说的写作，可能是更为重要的一件事情。正因为如此，才会有不止一位作家公开强调长篇小说从根本上是一种结构的艺术。而这，也就意味着，是否拥有一个带有某种原创性色彩的合理结构，在很大程度上决定着长篇小说写作的成功与否。《繁花》描写的是1960年代一直到1990年代这数十年间的上海日常生活变迁，到小说结束的时候，实际的时间也就是2000年了。面对这前后长达四十年的故事时间，金宇澄究竟要采取怎样的一种叙事结构，方才可能达至期望中理想化的艺术效果呢？我们注意到，在具体的书写过程中，金宇澄既没有从顺序写起，也没有倒叙，他所采用的是一种把生活从中间截为两段的叙事方式。一段从1960年代说起，一直讲到1970年代末期，另一条则是从1990年代初期写起，一直讲到1990年代末。这中间，对于1980年代的十年时光，金宇澄所采用的是一种类似于现象学的"悬置"的方式，简单跳过，并没有展开详尽的精微叙事。为什么要"悬置"1980年代？为什么不对1980年代同样展开细密精微的叙事？这是我一直到现在为止都没有太想明白的问题。唯一一个勉勉强强的解释，恐怕就是只有从1990年代开始，中国才真正进入了以经济为核心的所谓市场经济时代。在一个市场经济的时代，欲望的空前喧嚣自然成为时代最突出的一种表征。如此一种欲望的喧嚣，与1980年代改革开放之前清心寡欲的中国，形成了极其鲜明的对照。金宇澄之所以要跳过1980年代，干脆直接切入关于1990年代的叙事，个中缘由，或许在此。具而言之，金宇澄采用的是一种交叉穿插进行的结构方式。其中，以繁体字专门标出的单数章，主要讲述的是1960年代至1970年代末过去岁月的故事；标示为简体字的双数章，讲述的则主要是起自1990年代以来的当下时代的故事。实际上，在认真地读过小说之后，我也曾经突发奇想。我想，其实好奇的读者也不妨进行这样一种阅读实验。那就是，先跳过双数章，只是沿着单数章一路读下来。待到单数章读完之后，再从头读双数章。即使如此，读者的阅读也都会顺畅无疑，不会遇到明显的障碍。那么，金宇澄为什么拒绝这样一种顺时序的叙事方式呢？在我的理解中，作家之所以要打破时间顺序，采用现在这样一种把生活从中间截为两段，然后穿插的叙事结构，主要原因正在于两个不同历史时期的生活本质存在着根本性的差异。唯其存在着根本性的差异，金宇澄的这样一种叙事结构才能够取得对比映照特别强烈的艺术效果。尽管我们一直强调《繁花》是一个典型的"日常叙事"文本，尽管说《繁花》从总体上也确实非常成功地剥离了政治的存在，主要聚焦于上海市民的日常生活，但关于当代中国的所有写作，实际上都是不可能离开政治的。略加思索，就不难发现，在金宇澄的如此一种结构分野中，我们还是能够明显感觉到政治的巨大存在。显然，金宇澄之所以要做出这样一种结构分野，正是因为两个阶段的生活有着某种本质性的差异。而造成这种明显差异存在的主要原因，就在于政治的根本制约与影响。需要注意的是，两条结构线索到了小说的第二十八章开始合流对接，然后一直顺序发展到了第三十一章。尽管说最后金宇澄还特别设定了"尾声"这一部分，但实际上到两条结构线索初始合流的时候，小说的主体故事已经结束。为什么小说发展到第二十八章的时候会实现两条结构线索的合二为一呢？一个重要原因就在于，与主要人物沪生、阿宝关系密切的另外两个人物的命运开始发生了交集。其中一个是小毛，另一个则是汪小姐。这两个人物本身并不相干，却都和沪生、阿宝存在着密切关系。汪小姐意外怀孕后与老公离婚，为了免除孩子将来报户口的麻烦，需要找一个男人和她假结婚。单身的小毛一时成为最佳人选。汪小姐与小毛的这样一种意外交集，就使得中断联系十多年之久的沪生、阿宝、小毛他们三位的人生轨迹再度发生交汇。在这样的结构处理方式背后，我们甚至能够非常强烈地感觉到某种人生无常、造化弄人的意味。

第四，是一种低姿态的说书人式叙事方式的设定运用。这一方面，我们首先应该注意到《繁花》的"引子"部分。之所以要在正文之外特别弄出一个"引子"来，其中显然蕴藏着一些事关我们到底应该怎样理解小说文本的奥秘。"引子"的主要内容，除了介绍沪生、阿宝两位与梅瑞之间的一段复杂纠葛之外，就是讲沪生因一个偶然的机会，与自己前女友梅瑞的邻居陶陶在菜场相遇。尽管沪生一再强调自己有事要走，但陶陶却硬是拖住沪生不放，非得给他讲述一个上海滩男女偷情的故事不可。故事的内容之外，值得注意的，尤其是一种讲述的姿态。"陶陶笑说，寿头，好故事为啥要分开讲，我不穿长袍不摇折扇，不是苏州说书，扬州平话《皮五辣子》，硬吊胃口做啥，碰得到这种人，我吃瘪。""看眼前的陶陶，讲得身历其境。沪生预备陶陶拖堂，听慢《西厢》，小红娘下得楼来，走一级楼梯，可以讲半半陆拾日，大放噱，也要听。"就这个"引子"而言，我以为，最起码有三点不容忽视。其一，陶陶所讲述的故事内容，暗示金宇澄《繁花》的关注点是上海普通市民的日常生活。其二，更重要的，是陶陶故事的讲法。尽管陶陶强调自己"不穿长袍不摇折扇"，但"听慢《西厢》，小红娘下得楼来，走一级楼梯，可以讲半半陆拾日"却告诉读者，作家在《繁花》中所采用的，正是这样一种类乎于中国传统民间说书人的低调叙事方式。我们注意到，在一次访谈中，金宇澄曾经刻意强调自己要做一个位置很低的说书人："《繁花》不说教，也没什么主张，位置放得很低，常常等于记录，北方话讲，基本是逗哏、捧哏的，牢骚。像这个多元时代的方式,宽容,有序,也很无序。"①金宇澄不仅如是说,实际上也如是做。一部《繁花》充分证实的,正是这种低调的民间说书叙事方式在艺术上获得的成功。其三,则是对于小说主体故事内容的一种悬念式预叙:"阿宝吃一口咖啡说,看见了李李,想到小毛以前的邻居大妹妹了。沪生说,是的。阿宝说,白萍有信来吧。沪生说,比较少。两个人闷声不响,吃咖啡。阿宝感叹说,大妹妹,还有小毛,已经多少年不见了,时间真是快呀。沪生不响。"就这样,由李李牵扯出当年的大妹妹,又由大妹妹牵扯出小毛。因为沪生、阿宝、小毛,正是《繁花》中不可或缺的三位主要人物,所以,整部小说的故事就此徐徐拉开了帷幕。此处尤其值得注意的,是阿宝关于时间的感叹——"时间真是快呀"。某种意义上,所谓人生,其实正是由时间构成的。舍弃了时间,人生便无法得到有效的丈量。唯其如此,法国作家普鲁斯特才会有皇皇巨著《追忆似水年华》问世。"子在川上曰,逝者如斯夫",所谓"似水年华"者,实际上也就是对于时间的一种感叹而已。对时间的感慨,究其本质,其实也就是对于生命存在的感慨。当然,除了对于小说主体故事的预叙之外,我们还不能够忽略"引子"与"尾声"之间一种对位呼应叙述方式的运用。"引子"中特别强调小毛已经很多年不见了,"尾声"中,最核心的故事就是小毛之死。以小毛始,以小毛终,是为对位呼应叙述也。

由以上四个方面的分析,即不难断定金宇澄的《繁花》确实

---

① 金宇澄、朱小如:《我想做一个位置很低的说书人》,《文学报》,2012 年 11 月 9 日。

是一部当下时代难得一见的,拥有叙事原创性的长篇小说。尽管从根本上说,金宇澄肯定不是小说的技术论者,但一个非技术论者的小说作品在叙事方面能够企及如此一种艺术高度,其实是非常难能可贵的一件事情。然而,就我自己的小说观念而言,优秀的小说作品固然需要有极好的叙事技术,但仅有技术肯定是不够的。技术之外,精神内涵的深厚与否,同样是衡量评价一部长篇小说非常重要的艺术标准所在。虽然就小说的叙事层面来说,金宇澄是一个对于中国本土小说传统多有继承与发扬的民间叙事者,但从文本所承载表现的思想内涵来说,金宇澄却毫无疑问是一个拥有知识分子精神价值立场的现代作家。虽然由于叙事的特别成功,由于小说故事情节本身的杂树生花、气韵饱满、汁液横流,《繁花》深层的思想内涵很容易被遮蔽。但只要联系几十年来中国社会历史的实际进程来做一番细致的考察,就能够于小说鲜活饱满的叙事中辨析出内在的思想风骨。从这个角度看来,金宇澄也毫无疑问是一位很好地把民间叙事与知识分子叙事结合在一起的优秀小说家。同样需要注意的是,"道德在土中,滋养花果——艺术品是土面上的花果。道德力量愈隐愈好。一点点透出来。""现代文学,我认为好的作品将道德隐得更深,更不做是非黑白的判断。"[①] 非常明显,木心此处的道德云云,也正是我们所谓的思想精神内涵。联系木心的这种言论反观金宇澄的《繁花》,我们当更能够体会《繁花》艺术表现形式上的真正佳处。

说到作品的深厚思想内涵,首先一个问题就是,《繁花》到

---

① 木心:《1989—1994 文学回忆录》(下册),广西师大出版社,2013 年版,第336 页。

底应该被定位成怎样的一部小说？如果从小说的艺术结构来说，《繁花》显然应该被切割为单数章与双数章两大部分。关于1960年代到1970年代末期的单数章的叙事内容，主要是三位主要人物——沪生、阿宝与小毛的成长历程以及他们成长历程中所遭逢的那些人与事。单就这一部分而言，《繁花》或许可以被看作是一部成长小说。尽管成长小说的定位肯定是不成立的一种说法，但一个无可否认的事实是，在这篇小说的写作过程中，金宇澄肯定非常充分地调动了自己的全部人生经验。同样不容忽视的一点是，《繁花》肯定不是一部自传体小说，你很难指认小说中的哪一位主要人物的原型是金宇澄自己，但必须看到的一点是，小说中最主要的三个人物——沪生、阿宝与小毛，都毫无疑问是金宇澄的同龄人。而这也就明显意味着整部小说所调动凝结的，实际上正是金宇澄他们这一代人的基本人生经验。从这一角度来说，《繁花》虽然不是自传体小说，但也应该被看作是一部准自传体小说。细致观察《繁花》即不难发现，小说先后写到过两代人的社会状况，其中的一代人，自然是沪生、阿宝与小毛他们这一代，另一代则是他们的父辈一代。我们之所以认定《繁花》是一部准自传体小说，与小说的观察视点显然是沪生他们这一代人存在着直接的关系。然而，在强调成长经验重要性的同时，我们也得清醒地意识到，即使是在成长意味极其突出的单数章部分，对于社会世相的观察与表现，依然是小说文本非常重要的组成部分。在这里，或许有一个可能的认识误区需要我们略加辨析。这就是，作为一部旨在观察表现数十年间上海市民生活的长篇小说，《繁花》到底能不能够被看作是一部市井小说？答案自然是否定的。原因在于，所谓市井小说，虽然从表现对象上看与金宇澄的《繁花》是非常一致的,但前者的一大特质,是对于各种民情习俗不厌其烦的描写与展示;而《繁花》,虽不能说就与民情习俗无关,但民情习俗没有成为作家的表现重心。既不是成长小说,也不是市井小说,那么,《繁花》究竟是一部怎样的小说呢?按照我的观察理解,对于社会现实状况以及人性实际情形的关注表现,一直是小说单数章最核心的内容所在。到了双数章中,成长意味被完全剥离之后,作家的关注重心更是落到了社会现实与人性内涵上。从这样的角度来看,金宇澄的《繁花》就只能够被看作是一种具有突出批判性色彩的社会世相小说了。当然了,更进一步说,其中显然也还含有对于生命存在的深切体悟与表达。

关于《繁花》的思想内涵,我们注意到,批评家程德培曾经表达过这样的一种看法:"《繁花》的叙事,立意揭露在思想后面起作用的那些卑微的不为重视的动机。在这些动机中,引人注目的不是观点的辩驳,而是人性。作者主动放低身段,重视被忽视的生态部分,着重市民意趣和价值观,不连贯是这部小说的叙事特色,轮番交替出现的场景可以让我们更容易辨认出这个地域的特征。欲望怎么可能从我们重视的目的转向使它变得浅薄和低下的目的,我们生活的社会,一方面迫使我们追求即时的满足,另一方面又强迫所有的人把满足的实现无限推迟。功利主义所持有的那种贫血的幸福观,从1980年代开始滋生并蔓延。在很多人眼中,幸福是指日可待、根本不成问题的概念,幸福就是快乐。但更多的时候却忘记了,有时为了得到幸福,必须终止短时的快乐。思维不能向房舍提要求,可是房舍却纠缠今天的思维。"① 既然是一部关注表现上海市民生活的长篇小说,《繁花》就少不了会有对于上海市民精神的艺术理解与表现。说实在话,虽然我们确实不知道程德培的阐释在多大程度上符合金宇澄的本意,但毫无疑问的是,对于特定时代上海市民精神的捕捉与表现,肯定应该被看作是《繁花》的思想艺术主旨之一。但作为一部在现代城市诗学的建构方面有着突出建树的长篇小说,《繁花》的思想内涵难道就只能够被理解为是对市民精神的捕捉与表现吗?很显然,这样的一种理解是相对偏狭的。我们在前面曾经指出金宇澄是一位很好地把民间叙事与知识分子叙事结合在了一起的优秀作家,假若说民间叙事一面更多地体现在作品的叙事层面的话,那么,其知识分子精神内涵的一面就主要体现在对于历史和现实的一种批判性反思上。

关于金宇澄的《繁花》对于历史和现实的批判性反思,我们可以从两个不同层面展开分析。非常明显,所谓对于历史的反省批判,对应于《繁花》,就主要体现在以单数章出现的所谓1960年代到1970年代的叙事之中。在这一历史时段中,最核心的社会事件就是席卷一切的革命,包括上海这样一向扮演着中国现代文明排头兵的大城市也都是无法幸免的。因此,如何呈现一种革命化年代上海市民的日常生存景观,实际上就是金宇澄所必须面对的一个问题。说到1960年代到1970年代的叙事,在这个革命时期,革命最典型化的表现,其实就是持续了长达十年的"文革"。就我个人一种真切的阅读体会而言,读过《繁花》

---

① 程德培:《我讲你讲他讲,闲聊对聊神聊——〈繁花〉的上海叙事》,《收获》,2012 年秋冬号。

之后，难以忘怀的艺术场景之一，就是金宇澄的"文革"叙事。以我愚见，若是谈论《繁花》而忽略其中的"文革"叙事，那肯定没有真正地读懂《繁花》。这里，一个关键的问题恐怕就在于，我们一定得认识到，对于上海滩上市民生活一种活色生香的艺术表现，与金宇澄知识分子的精神价值立场也即他对于"文革"历史的批判性反思，实际上完全可以并行不悖。说到《繁花》的"文革"叙事，最核心之处就在于金宇澄从一种人道主义的立场出发，对于"文革"的反人性本质进行了堪称尖锐的揭示与表现。这一点，首先集中表现在沪生、阿宝及其家人的"文革"遭遇上。沪生出身于一个军人革命干部家庭。如此一种本来在革命时代非常骄傲的出身，遭遇"文革"，自然只能够被打入另册。阿宝则出身于一个资本家的家庭，他的祖父可谓拥有家财万贯。这样的一种家庭出身，遭遇"文革"后，也不可能比沪生强到哪里去。就此角度而言，沪生与阿宝其实很有一些"同是天涯沦落人"的感觉。他们之所以能够成为一生好友，显然与这一点有关。具而言之，《繁花》对于"文革"反人性本质的洞穿与揭示，集中表现于阿宝父亲、姝华以及蓓蒂这三个人物形象身上。说到这里，我们便需停下来略微展开讨论一下《繁花》中的人物形象问题。从根本上说，《繁花》是一部极具繁复之美的长篇小说，不仅人物形象众多，而且人物之间的关系可谓互相勾连而呈盘根错节之势。约略计来，能够给读者留下深刻印象者，就有三十位之多。此处之所谓深刻印象者，就是指尽管作家面对不同人物确实存在着使用笔墨多寡不均的问题，但这些人物却都达到了活灵活现、生动饱满的程度。更进一步说，读过《繁花》，恐怕任何一位读者都无法对小说故事情节做出基本的提炼与概括。

一部长篇小说，能够达到如此一种难以被"复述"的地步，充分说明的，正是小说作品艺术表现上的巨大成功。

首先是阿宝父亲。阿宝父亲，人生经历相当复杂。身为资本家的儿子，他却积极投身革命，并因此不断承受苦难命运的折磨："爸爸是曾经的革命青年，看不起金钱地位，与祖父决裂。爸爸认为，只有资产阶级出身的人，是真正的革命者，先在上海活动，后去肃北根据地受训，然后回上海，历经浮沉。等上海解放，高兴几年，立刻审查关押，两年后释放，剥夺一切待遇，安排到百货公司做会计。""文革"开始，阿宝父亲更是在劫难逃，天天都得挂着认罪书，自觉接受思想改造。关键处在于，这种长期"被革命"的革命经历，在很大程度上扭曲了阿宝父亲的心性。如此一种被扭曲的状况，极其鲜明地表现在他"文革"后期对待自香港回来探亲的哥哥嫂子的态度上。面对着多年未见的骨肉亲人，他不仅断然拒绝了儿子带来的所有礼物，而且还把他们赶出了家门。唯其如此，才会有小阿姨的激烈反应："姐夫，神经病发作了，阿姐还未回来，亲骨肉还未看到，真是铁石心肠了，脑子让汽车轮盘轧过了。阿宝爸爸不响。"难道说阿宝父亲果然就是无视亲情的铁石心肠么？一句"不响"隐隐地透露出了他内心的些微悸动。但终归有一点不容否认，那就是，阿宝父亲对于亲情的决绝姿态，乃是所谓革命思维对正常人性的一种扭曲异化。

然后是姝华。作为沪生他们同龄人的姝华，属于"文革"时代少有的有自己独立思想的年轻人。她思想的形成，与她当时大量阅读老书、外国书有直接的关系。这种行为在那个时候自然是不合时宜之举，所以沪生才会要求小毛："沪生说，如果来信，小毛就回信，劝劝姝华，少看老书、外国书。"既然如此不合时宜，姝华在"文革"中的命运遭际也就可想而知了。到了知青下乡的时候，姝华就被发派到了遥远的吉林。在吉林，姝华嫁给了一个当地的男人，并且成为三个孩子的母亲。等到沪生在车站偶遇姝华的时候，姝华的精神已经出现了严重的问题。"沪生一看，一个披头散发的女人，手拎人造革旅行袋，棉大衣像咸菜，人瘦极，眼神恍惚。沪生定睛一看，叫一声说，姝华。女人一呆说，是我呀，这是啥地方。沪生说，我沪生呀，此地是上海。姝华张大嘴巴说，沪生来无锡了。沪生说，此地是上海公兴路。姝华说，无锡火车站关我进去，现在放我出来了。沪生闻到姝华身上一股恶臭。"尽管小说并没有交代姝华到吉林后有什么不堪的遭遇，但从沪生再次见到姝华时她精神错乱的状况看，我们完全能够想象得到那个反人性的时代对于有思想的青年的无情摧残。由姝华的悲惨遭际，我们自然就不难联想到蓓蒂的下落不明、不知所终。身为剥削阶级的子女，由于父母都被拘捕，年幼的蓓蒂只好与年迈的阿婆相依为命。对于自小就弹钢琴的蓓蒂来说，钢琴就是她的命。但"文革"开始后，偏偏就是蓓蒂的钢琴被抄家的造反派弄走了。请一定注意，钢琴在此处只应该被理解为与"文革"的野蛮相对立的文明的一种象征。正如同贾宝玉片刻也离不得那块通灵宝玉一样，蓓蒂也同样离不得钢琴。在这个意义上，蓓蒂与阿婆最后隐然失踪、不知下落，实际上正是对于"文革"的反人性本质提出的最强烈抗议。

《繁花》的现实批判，主要表现于以双数章形式出现的1990年代叙事之中。必须充分认识到，到了1990年代以来的所谓市场经济时代，物欲喧嚣已经成为最突出的一种时代特征。对于这一点，金宇澄有着格外清醒冷静的理解把握。只要认真地读一读《繁花》，你就不难发现，到了1990年代的叙事中，金宇澄描写最多的场景，就是一场接一场似乎没完没了的饭局。之所以会有这么多饭局出现，一方面当然是物质极大丰富的一种具象呈现，另一方面，饭局是谈生意的最佳场所之一。在一个完全商业化的时代，有多少合作项目都是借助于饭局才能够搞定的啊。自然，物质的极大丰富也严重地刺激了人的各种心理欲望，这其中不容忽视的一个重要方面，就是男女之间的情欲。而各式各样的饭局，又恰好是男女之间感情交流最恰切的温床之一。从这个角度来说，金宇澄以饭局为中心而细致展开《繁花》中的1990年代叙事，就绝对是一种特别睿智的选择。但一个不容忽略的问题是，这么多次的饭局描写，其实也意味着金宇澄给自己制造了一个不小的艺术难题。从文本的实际情形来看，金宇澄很好地克服了这个艺术难题，每一次饭局的具体处理都各不相同，非常有效地避免了雷同的问题。然而，与饭局的描写相比较，更为重要的是金宇澄在关于1990年代的叙事中，对于物欲喧嚣所持有的那样一种难能可贵的批判立场。这一方面，最不容忽视的一个人物形象，就是那位长袖善舞的梅瑞。梅瑞最早的男朋友本来是沪生，但是，在与沪生的好朋友阿宝结识之后，或许因为阿宝是一家私人公司老总的缘故，她又对阿宝产生了浓烈的兴趣。但阿宝内心里却深藏着早年的蓓蒂，最终无果。此后，梅瑞虽然与北四川路的男朋友结婚成家，却也曾经和康总发生过一番情感的纠葛。最后，梅瑞彻底地卷入了与自己的姆妈、小开三人之间感情与生意的双重复杂缠绕之中。小开是梅瑞姆妈的前男友，二人在1980年代久别重逢，旧情复燃，梅瑞姆妈和丈夫离婚后嫁给了小开。没想到的是，与梅瑞姆妈成婚后的小开，却对梅瑞产生了浓烈兴趣。就这样，梅瑞母女二人与小开就发生了某种感情与生意的复杂纠葛。但这所有的一切努力到头来却是白茫茫大地真干净："梅瑞说，沪生，梅瑞我现在，已经全部坏光了。西北流水线，加上连带项目，小开融资，圈铜钿的情况，已经漏风了，捉了不少人，估计要吃十多年牢饭。沪生一吓。梅瑞抽泣说，现在，我全部坏光了，我的面子衬里，样样剥光，等于一个赤膊女人了。"细察梅瑞的人生与情感历程，即可发现，其中最核心的因素恐怕就是一种强烈的物质欲望。如同梅瑞这样一个执着于物欲的追求者，到头来面对的只能是一种"样样剥光"的悲剧性结局。这样的情节设定所最终传达出的，正是金宇澄对于喧嚣不已的欲望世界持有的一种批判立场。

同样承载着金宇澄现实批判立场的人物形象，除了梅瑞之外，是李李。需要特别强调的是，承载体现作家批判立场的同时，李李这一人物更为重要的价值，在于她的存在强有力的凸显出了金宇澄塑造人物时所具有的一种精神分析学深度。虽然年龄不大，李李却有过被自己的小姊妹诱骗拐卖的悲惨经历。被小芙蓉诱骗到澳门后，尽管李李百般反抗，终于还是被强制性地在身上刺了青："李李说，脐下三寸，一行刺青英文，'FUCK ME'。翻译过来，我不讲了，另外一枝血血红的玫瑰花，两片刺青叶子，一只蝴蝶。"非常明显，正是因为有过这样一种惨痛的经历，李李此后才再也见不得玫瑰："我拿起台子上一瓶血血红的玫瑰花，交到工人手里说，不许再让我看到玫瑰花，不管啥人，不许送玫瑰花进入这个房间。""李李说，我怕结婚，是因为心里有玫瑰。"不仅如此，李李还对小芙蓉采取了极端的报复手段:"前十天的清早,我已经得知,小芙蓉彻底消失了,据说是浇混凝土,小芙蓉已经浇到地底深处,不会再笑,再吃香烟,再说谎了。"用这样一种惨烈的手段对小芙蓉施以极端报复,强烈表现出的,正是李李自身内心深处的一种残忍。好在李李后来意识到了自身难以救赎的罪:"当然,这是我一生中最大罪孽,但问心无愧,我必须让小芙蓉彻底消失。"一方面意识到自身的罪,另一方面却"问心无愧",说明此时的李李尚未完全顿悟。她彻彻底底的顿悟,要等到再经历更多的人生,等到小说的"尾声"里才会真正到来。在我看来,李李最终的剃度出家,一方面固然是对于物欲喧嚣的一种强烈批判,另一方面却又应该被看作是她对于当年极端报复小芙蓉的罪过的一种真正意义上的忏悔。必须看到,正因为金宇澄具备着十分深厚的艺术功力,所以他才能够在《繁花》中刻画出如同李李这样具有精神分析学深度的人物形象来。

实际上,更进一步地说,在李李幡然悔悟断然出家的行为背后,显然也还有着金宇澄一种生命层次上人道主义悲悯情怀的突出表现。应该注意到,到了小说快要结束的第二十九章,金宇澄曾经借助小毛之口讲过这样一段话:"小毛说,世界变化快。老毛讲,弹指一挥。挥就是灰,一粒灰尘。理发店,大自鸣钟,所有人,是一粒灰尘,有啥呢。"世界变化快,弹指一挥间,所有的人,甚至于物,都是如同灰尘般的存在。讲出这样一段充满人生顿悟色彩的话语的时候,已经距离小毛因病而彻底离开这个世界的时间不远了。毫无疑问,与其说这是历经人生沧桑之后的小毛对于人生的一种真切体会,反倒不如说是作家金宇澄在借助小毛的口吻来传达自己对于生命的一种深邃见解。金宇澄之所以能够生发出如此真切深刻的人生顿悟来，显然与他全部的人生经验有关。或者也可以这么说，正是因为金宇澄目睹了《繁花》中芸芸众生充满苦难的人生历程，所以他最后才能够以这样一种人道主义的悲悯情怀去描写表现小毛、李李、梅瑞他们悲剧性的人生结局。非常明显，《繁花》一种如此骄人的思想艺术成就的最终取得，与金宇澄这种人道主义悲悯情怀之间的内在紧密联系，无论如何都是不能忽略的。

精读六:《春尽江南》

时代现实的另一种直击与洞穿

小说是细节的艺术。关于小说中细节的重要性,陈忠实曾经发表过精辟的见解:"记不清哪位大家说过,情节可以任由作家编造,而细节却必须真实。……细节在现实主义文学创作中,对于人物刻画是至关重要到致命的关键环节。一个个性化细节对人物心理隐秘的揭示,胜过千言的平面介绍。……好的细节的艺术效应甚至是多层面的。"① 细节对于一部小说的重要性,由此可见一斑。很显然,如果一部小说缺少了有内涵的精彩细节,那就无论如何都很难被看作是优秀的小说作品。格非的长篇小说《春尽江南》(上海文艺出版社,2011年8月版)在我头脑中留下的深刻印象,首先就是细节的精彩。比如在小说第四章"夜与雾"的第10节,就曾经出现过一个非常精彩的细节。"他在上海读大学的时候,正是'朦胧诗'大行其道的年月。在端午的笔下,'雾'总是和'岚'一起组成双音节词:雾岚。这是哥哥的馈赠。这个他所珍爱的词,给那个喧闹的时代赋予了浓烈的抒

---

① 陈忠实、和歌:《伟大的风格隐藏在看不见的地方》,《黄河文学》,2011年第9期。

情和感伤的氛围。""如今,当雾这个意象再次出现在他的诗歌中时,完全变成了一种无意识的物理反应。只要他提起笔来,想去描写一下周遭的风景,第一个想到的词总是'雾',就像患了强迫症一样。与此同时,雾的组词方式也已悄然改变。""雾,有了一个更合适的搭档,一个更为亲密无间的伙伴。它被叫作霾。雾霾。它成了不时滚动在气象预报员舌尖上的专业词汇。雾霾,是这个时代最为典型的风景之一。"那么,究竟何以为"霾"呢?"在无风的日子里,地面上蒸腾着水汽,裹挟着尘土、煤灰、二氧化碳、看不见的有毒颗粒、铅分子,有时还有农民们焚烧麦秸秆产生的灰烟,织成一条厚厚的毯子。日复一日,罩在所有人头上,也压在他心里。雾霾,在滋养着他诗情的同时,也在向他提出疑问。"端午是小说的主人公,他的身份是一名诗人。诗人就要写诗,写诗,自然也就少不了需要眺望描写自然风景。而"雾",正是最具诗情的自然意象之一。那么,这"雾"又应该和什么样的词语进行组合呢?对于如同端午此类诗人而言,如何合理地组配词语,实在是一个无法回避的重要问题。因为,在某种意义上说,所谓诗歌创作,实际上也就是一个组词的过程而已。我想,作家格非恐怕也正是从这一点出发,才极其巧妙地构想出了我们这里所具体谈论着的精彩细节。

在这里,我们必须充分地注意到从"雾岚"到"雾霾"之间虽然看似细微,然而存在着本质性区别的词语组合方式的变化。只要是对于汉语稍有理解的人,都不难明白"岚"与"霾"这两个不同语词之间的褒贬区别。"岚"虽然从语义上看,似乎只是"雾"的一种重复性表达,然而,当它们合并在一起变成"雾岚"之后,一种诗意的美好,也就油然而生了。而"霾",无须再去引证什么，只要认真地品味一下格非在小说中关于"霾"的精细描写，那样一种压抑沉重的不洁肮脏之感，也是十分明显的。很显然，格非在小说中绝对是在一种对比的意义上使用这两个语词的。按照我的理解，格非在小说中对这两个语词的并置使用，很可能有着写实与象征双重层面的意味。从写实的层面上看，端午热衷于使用"雾岚"入诗的大学时代，也即1980年代，由于中国的现代化进程尚且处于初始阶段，现代化所必然带来的对于自然环境的破坏并不明显，所以，这个时期故事的主要发生地——江南小城鹤浦可以说还是山清水秀、阳光明媚的。唯其空气清新透明，端午眼中才能遍地是美好的"雾岚"。这"雾岚"看似是对于自然景观的一种描摹，实则是诗人主体心境的一种表现。同样的道理，等到端午开始使用"雾霾"写诗的当下时代，在所谓的市场经济走过了差不多已有二十年之久的发展历程之后，由于受到工业化必然戕害的缘故，曾经秀美异常的江南小城鹤浦已经不复有美好的"雾岚"存在，取而代之的，只能是杂糅有众多负面物质成分的一片"雾霾"了。满目"雾霾"，自然也可以被看作是诗人端午在当下时代一种主体心境的曲折体现。

然而，仅仅从写实层面来理解"雾岚"和"雾霾"肯定是不够的。如果仅仅如此，那么，格非根本不必要为此花费那么多的笔墨。我们只有更深入一步，只有从更为普遍的象征性意义上来理解格非的相关描写，才可以说是切中肯綮的。这样，我们就不能仅仅只是在自然风景的意义上，而更应该在社会现实的层面上思考认识格非的相关描写了。很显然，如果把"雾岚"与"雾霾"同社会现实联系起来，那么，这两个语词当然就可以被看作是对于不同时代社会现实的一种隐喻性表达。在这个层面上来看，端午上大学的 1980 年代，中国刚刚从一向被称为十年浩劫动乱的"文革"时代走出，一切都百废待兴，一切都刚刚开始，一切都充满着阳光和希望。当时的人们对于未来生活普遍充满着美好的憧憬，觉得只要自己积极努力，就会有现代化最终实现的一天。一句话，当时的人们是由一种社会进化论的心态出发而普遍相信一种未来承诺的。所有的这些，体现在人们的精神层面上，当然就是一种生机勃勃，就是一种意气风发，是一种理想主义精神的高扬。置身于这样的一种时代氛围之中，身为诗人的端午不可能不激动异常。这样看来，他在自己的诗歌创作过程中之所以热衷于使用"雾岚"这样的语词，实际上乃是深受一种昂扬向上的时代精神鼓舞感染的结果。然而，等到中国社会又"发展演进"了二十多年，在我们进入二十一世纪已经长达十年的时间之后，认真地端详审视当下时代的中国社会，内心敏锐异常的格非却不无惊诧地发现，自己所置身于其中的现实中国实际上并非自己的当年所愿。或者也可以这么说，社会发展的现实，已经在很大程度上背离了格非自己原初的期望与愿景。正因为当下的社会现实，尤其是人们的精神世界在物化力量的强烈挤压下已经发生扭曲变异，足以让端午有触目惊心之感，所以，他才会特别地用"雾霾"一词来传达自己对于当下社会现实的真切感受。就这样，仅仅只是抓住了"雾岚"和"雾霾"这两个语词，仅仅只是通过这两个语词一种微妙的对比性运用，格非就非常准确到位地提炼出了两个不同时代的本质性特征，从而极其巧妙地暗示传达出了《春尽江南》这部小说深刻的思想主旨。精彩细节对于一部小说艺术上是否成功的重要性，在以上的分析过程中实际上早已凸显无遗了。某种意义上，我们完全可以说，正是依赖于如同"雾岚"和"雾霾"这样一系列精彩细节的构想和运用，格非的这部以挖掘表现现实生活为主旨的长篇小说《春尽江南》才能够给读者留下殊难磨灭的深刻印象。

按照格非自己的艺术构想，《春尽江南》是他探究表现一个世纪以来所谓"乌托邦"精神的系列长篇小说中的最后一部。第一部《人面桃花》的故事发生时间是十九世纪末叶，第二部《山河入梦》的故事发生的时间是二十世纪的中期，到了这部《春尽江南》，故事发生的时间，就变成了当下这个正在变迁的时代。谓予不信，有细节为证。"客厅里剩下的几个人，正围着两个军迷，讨论歼-14的挂弹量，未来航母的舰载机型号，99型主战坦克的作战性能，以及万一南海发生战事，是先打越南，还是先打菲律宾。"南海的局势骤然紧张升级，是最近一段时间以来才发生的事件。格非让这样的对话，出现在笔下人物的话题之中，所明确昭示的，正是故事的发生时间问题。其实，也不只是如同南海这样的话题，同样需要引起我们关注的，还有格非在小说叙事的过程中，曾经多次提及当下一些文学界的同道同仁，比如唐晓渡、翟永明，比如苏童、欧阳江河等等。格非之所以要刻意这么做，大约有两个方面的原因。其一，端午的身份是一位当代的优秀诗人，既然是优秀诗人，当然就少不了要和作家同行有所交往。如此一种描写，带给读者的便是一种强烈的真实感。其二，《春尽江南》是一部以对当下时代的关注表现为突出特征的长篇小说，这些真实的作家名字的出现，也正如同前面提到的南海局势一样，格外有力地强化着小说本身的现实感。

从以上所提及的几处细节处理就不难看出，以长篇小说的方式切入表现当下时代中国的现实生活状况，恐怕确实是格非创作《春尽江南》的根本初衷所在。在这个意义上，我觉得，与其把《春尽江南》看作是所谓"乌托邦"三部曲中的一部，还不如把它看作是一部勘探表现现实生活的独立长篇小说更恰当一些，更能够充分显示出这部小说所独具的思想艺术价值来。虽然说，《春尽江南》中仍然草蛇灰线地和前两部长篇小说存在着一些隐隐约约的联系。比如，小说中曾经数次提及的谭功达，也即端午的父亲，就是《山河入梦》的主人公。再比如，小说中一个非常重要的故事发生地花家舍，就是贯穿整部"乌托邦"三部曲一个不可或缺的基本要素。某种意义上，《人面桃花》《山河入梦》和《春尽江南》之所以能够构成所谓的小说三部曲，花家舍可以说是极其重要的因素之一。除此之外，三部曲中另外两个连续性因素分别是谭氏家族的命运沉浮以及作家格非对于所谓"乌托邦"问题的持续性思考。然而，尽管《春尽江南》依然保持着与前两部长篇小说之间的某种内在联系，尽管格非依然在《春尽江南》中延续着自己关于"乌托邦"问题的一贯思考，但是，相比较而言，《春尽江南》更为重要的价值，却非常突出地体现在格非对于当下时代现实生活极其锐利有力的直击和穿透上。我们之所以执意地要从"雾岚"和"雾霾"这两个语词的运用来切入分析这部《春尽江南》，根本原因也正在于此。根据我自己多年来跟踪研究长篇小说创作的真切体会，或许是因为现实生活过于庞杂难以理清头绪的缘故，也或者是由于靠得太近难以拉开必要距离进行深度观照的缘故，在当下出现的诸多长篇小说中，真正优秀的作品实际上是极其稀罕、难得一见的。正因为如此，有很多作家干脆就知难而退，遁入了遥远的历史当中，去创作所谓历史题材的长篇小说了。虽然说运用任何题材都可能创作出足够优秀的长篇小说来，虽然说历史题材的创作者同样应该得到我们充分的尊重，但是，相比较而言，那些知难而进的，仍然以极大的勇气关注表现着变动不居的现实生活的作家们，却毫无疑问理应获得更大程度的尊重。如果说那些有勇气关注表现现实生活的作家应该得到充分尊重的话，那么，如同格非这样不仅有勇气关注现实生活，而且小说本身也还取得了不俗思想艺术成就的作家，就更应该获得高度评价了。

在这里，一个无法回避的重要问题，就是格非如何对现实生活做出基本判断定位。虽然说，在前面我们关于"雾岚"和"雾霾"两个语词进行对比谈论的过程中，对这一点已经有所触及了，但需要注意的是，在小说中，格非对于当下这个时代的污浊不洁本质，还进行过多次强调。"他们正在探讨养生经，水不能喝，牛奶喝不得。豆芽里有亮白剂。鳝鱼里有避孕药。银耳是硫黄熏出来的。猪肉里藏有β2受体激动剂。癌症的发病率已超过百分之二十。相对于空气污染，抽烟还算安全。""久而久之，在县志办，端午渐渐成了一个地位十分特殊的人物。在这个恶性竞争搞得每个人都灵魂出窍的时代里，端午当然有理由为自己置身于这个社会之外而感到自得。""你看哦，资本家在读马克思，黑社会老大感慨中国没有法律，吉士呢，恨不得天下的美女供我片刻赏乐。被酒色掏空的一个人，却在呼吁重建社会道德，滑稽不滑稽？难怪我们的诗人一言不发呢。"够了，无须再加征引，只要我们认真地揣摩一下格非或借助小说人物，或借助叙述者，对于当下时代进行的以上种种描写，所发出的以上种种议论，我想，我们对于当下这个时代的污浊不洁本质，就已经有足够清醒的认识了。而且,恐怕也只有在这个基础上,我们才能够理解格非为什么一定要让他的诗人主人公没完没了地阅读欧阳修修撰的那部《新五代史》。"他终于读完了欧阳修的那本《新五代史》。这是一本衰世之书,义正而词严。钱穆说它'论赞不苟作'。赵瓯北在《廿二史札记》中推许说:'欧公寓春秋书法于纪传之中,虽《史记》亦不及。'陈寅恪则甚至说,欧阳修几乎是用一本书的力量,使时代的风尚重返淳正。""端午在阅读这本书的过程中,有两个地方让他时常感到触目惊心。书中提到人物的死亡,大多用'以忧卒'三个字一笔带过,虽然只是三个字,却不免让人对那个乱世中的芸芸众生的命运,生出无穷的遐想。再有,每当作者要为那个时代发点议论,总是以'呜呼'二字开始。'呜呼'一出,什么话都说完了。或者,他什么话都还没说,先要酝酿一下情绪,为那个时代长叹一声。"只要对中国历史稍有了解的人,就都知道五代乃是中国历史上一个特殊的、朝代频繁更迭的时期,是中国历史上最为混乱的历史时期之一。很显然,格非之所以安排他的主人公翻来覆去地阅读以"五代"为描写表现对象的《新五代史》,应该是有其特别用意的。按照我的理解,通过这样一种细节设计,格非其实是在借助"五代"来暗指当下一种污浊不洁、精神沦落、令人失望至极的社会现实。

其实,不仅仅是《新五代史》的阅读这样一个细节,同样强烈表现出当下时代精神沦落现实的,还有花家舍的变迁以及端午大哥王元庆的悲剧性遭际。作为一个贯穿于"乌托邦"三部曲的重要因素,如果说花家舍在《人面桃花》中与革命紧紧维系在一起,可以说是革命的某种象征,在《山河入梦》中与一种"乌托邦"实验存在着密切关系,可以说是"乌托邦"精神的某种体现，那么，到了《春尽江南》里，面对着巨大的资本力量，面对着无法回避逆转的市场经济大潮，花家舍已经彻底地沦落成了"天上人间"，沦落成了男性的乐园，沦落成了所谓的"温柔富贵乡"。从革命到"乌托邦"，再到销金窟"天上人间"，其中的距离却又哪里是能够以道里计的。尤其值得注意的是，由端午、吉士他们操持主办的诗歌研讨会，居然是在花家舍商贸集团的董事长张有德慷慨解囊的支持下，在花家舍召开的。某种意义上，诗歌绝对是一种高贵纯洁的精神象征。然而，颇具讽刺意味的是，如此一种高贵纯洁的精神活动，却只有依赖于彻底沦落之后的花家舍才能够举办，才能够变成现实。格非的这样一种设计描写显然辛辣至极，但在辛辣的背后所深深掩藏着的，却是格非一种无奈而又格外凄绝的精神伤痛。同样不应该被忽略的，还有端午同母异父的大哥王元庆悲惨的命运遭际。王元庆本来是一位具有强烈理想主义情怀的知识分子，是花家舍最早的设计开发者之一。与张有德试图把花家舍变成以娱乐业为主体的销金窟不同，在王元庆的构想中，未来的"花家舍公社"将是一个可以"大庇天下寒士"理想化场所。事与愿违的是，王元庆的设想因其不合时宜而遭到了合伙同事们的坚决反对，最终功败垂成。花家舍项目失败之后，王元庆的又一惊人之举，就是颇具前瞻意识地投资建造了一个现代化的精神病治疗中心。"他认为，伴随着社会和经济的发展，精神病人将会如过江之鲫，纷至沓来，将他的中心塞得满满当当的。"然而，具有强烈反讽意味的是："精神病疗养中心落成的同时，他本人就不失时机地发了病，成了这所设施齐全的治疗中心收治的第一个病人。"精神病治疗中心的建造者，居然成为精神病治疗中心的第一个病人，如此一种不无戏剧性色彩的情节设计所透露出的，实际上正是格非的一种颇具深意的良苦用心。很显然，具有强烈理想主义情怀的王元庆，可以被看作一位高远精神境界的积极追求者，或者干脆就被看作是精神的化身。这样一位高远精神境界的追求者，居然被看作精神病人而被送进了精神病院之中，隐喻的其实是当下这个具有突出物化特征的时代本身出现了非常严重的问题。王元庆的悲惨遭际，完全应该被看作是精神在当下这个时代的真实境遇。

  当然了，更能够说明这个时代污浊无耻本质的，恐怕还是作为主题故事存在的那一场房屋风波。端午他们在唐宁湾有一套住房，因为一时无人居住，所以就想租出去得一些租金收入。由于女主人庞家玉正好在北京学习，租房的任务就落在了书生气十足的诗人端午身上。没想到，过分粗心的端午却在联系租房业务时，无意间把自家的房产证落在了颐居公司。这一落不要紧，没想到的是，这个颐居公司居然好几年都没有到工商局检验过，长期处于非法经营状态。因此，等到端午三个星期之后想要去取回自己房产证的时候，颐居公司居然莫名其妙地失踪了。更为荒唐的是，到了这个时候，当端午感觉不妙、试图用钥匙打开自家的房门，他的钥匙竟然已经无法使用了。打不开房门还不说，等到端午他们找到租房的房客时，身为医生的房客居然以自己已经给了颐居公司两年租金为由，拒绝从房中搬出。最后，在采取了各种手段都无法奏效、无法要回住房的情况之下，端午与家玉只好动用了黑社会。在"国舅"的黑社会力量介入之后，房客才被迫搬走，把这套房子物归原主。如果时间倒退十年或者二十年，我们都会觉得这样的一个故事充满了荒诞色彩，是根本就不可能发生的天方夜谭。但到了当下这个时代，类似故事的发生，居然成了正常不过的事情，成了活生生的社会普遍现实。如此一种荒诞的现实，尖锐有力地说明我们这个社会的诚信度已经堕落到了怎样一种令人触目惊心的地步，我们的精神确实已经沦落到了一种无以复加的地步。都说格非是一位特别严重的悲观主义者，你说，面对这样一种实在令人触目惊心、无法接受的污浊现实，一贯具有精神操守的格非又如何能够乐观得起来呢?! 在我看来，能够如实地把自己真切感受体验到的社会现实状况毫无讳饰地描摹传达出来，正应该被看作是《春尽江南》这部长篇小说最为突出鲜明的思想艺术成就所在。

  然而，仅仅把污浊不堪的社会现实如实呈现在广大读者面前，还不足以全部涵盖《春尽江南》的深刻思想内涵。我们注意到，在批判反思当下时代污浊不堪现实的同时，格非更把批判反思的矛头不无尖锐地指向了自己也归属于其中的知识分子群体。知识分子在当下这个精神彻底沦落的污浊时代究竟何为？这是格非在《春尽江南》中提出来的另外一个极其重要的核心问题。说到这个核心问题，就必须对谭端午和庞家玉（李秀蓉）这两个小说的中心人物形象展开一番深入的剖析。有必要强调的一点是，正是在尖锐地追问知识分子在当下这个时代究竟何为这个核心问题的过程中，格非相当成功地完成了对端午和庞家玉这两个人物形象的刻画塑造。换言之，对端午和庞家玉形象的成功塑造，乃是《春尽江南》突出思想艺术成就的一个非常重要的方面。但是，在具体深入分析端午这一人物形象之前，我必须首先把自己在阅读《春尽江南》的过程中，对于端午的一种强烈认同感表达出来。认真地回想一下自己长期以来的小说阅读经历,在新时期以来出现的众多优秀作品中,能够在精神层面上引起我强烈认同感的,实际上是非常少见的。说实在话,曾经引起我强烈认同感的大约只有两位知识分子形象,一位是王蒙的长篇小说《活动变人形》中的倪吾诚,另一位则是贾平凹长篇小说《废都》中的庄之蝶。但相比较而言,或许是因为年龄相仿、人生经历基本相似的缘故,认同感最强烈的,恐怕就是格非这部《春尽江南》中的端午。在端午身上,我不无惊讶地发现了一种自我的镜像式存在。倘要进一步追问之所以如此的原因,我们大约只能说,格非之所以能够如此深入、如此一针见血地切入端午的精神世界之中去,恐怕也与创作过程中个人生存经验的充分调动存在着非常密切的关系。格非从事小说创作已经有二十多年的历史,虽然并非高产作家,但期间发表作品的数量也已经不少了,仅长篇小说就已经有六部之多。但如果与格非自己的人生经历联系起来加以考察,其中充分调动了格非自己的生存经验、具有鲜明自传性色彩的人物形象,实际上恐怕只有端午一人而已。某种意义上,《春尽江南》中的端午这一知识分子形象之所以能够被挖掘批判到体无完肤的地步,恐怕也与其中格非自我生存经验的强势介入存在着内在的联系。而我,之所以对端午产生强烈的认同感,根本原因就在于我和格非都出生于1960年代中期,因而有着大致相似的人生轨迹的缘故。

端午这一知识分子形象,留给读者最深刻难忘的印象,恐怕就是他的百无一用。人都说"百无一用是书生",这个特征最为突出、极其真切地体现在了诗人端午身上。只要略微回想一下,你就不难发现,在自己置身其中的日常生活中,端午是一个什么都不会干,即使干也干不好的文弱书生。好不容易自告奋勇承担了一回租房的日常事务，结果还酿成了一场声势颇为浩大的房屋风波。对于当下时代的中国家庭而言，孩子的教育和成长毫无疑问是非常重要的事情。然而，除了曾经去若若的学校为孩子们做过一次偶然的演讲之外，你根本看不出端午为了若若做过一些什么。不仅如此，每当妻子庞家玉因为要教育若若从而不可避免地和若若发生冲突的时候，端午所采取的态度就是视而不见、退避三舍，一个人躲到外边去散步。除了写诗，一直在写那部想不好开头的长篇小说，除了总是端着读那本《新五代史》，除了和几位朋友偶尔喝酒消遣，和小自己好多岁的绿珠姑娘谈情说爱，你可以发现，端午几乎不承担任何家庭责任和社会责任，不做任何事情。以至于你很难想象，假如没有生性泼辣、个性坚韧的庞家玉替他遮风挡雨，端午还能够很好地生活下去。对于端午在日常生活中的百无一用，最了解的，莫过于已经厮守二十多年的妻子庞家玉："去银行办理按揭，以及接下来的装修，都由庞家玉一手操办。她知道端午指望不上。用她的话来说，端午竭尽全力地奋斗，不过是为了让自己成为一个无用的人，一个失败的人。这是她心情比较好的时候所说的话。在心情不那么好的时刻，她的话往往就以反问句式出现，比如：'难道你就心甘情愿，这样一天天地烂掉？像老冯那样？嗯？'"都说哀莫大于心死，一个人、一个现代知识分子，居然心甘情愿地努力要成为一个"无用的人""失败的人"，根本原因何在呢？说实在话，在初始接触到端午这一人物形象的时候，他的百无一用，确实曾经让我联想到当年俄罗斯文学中影响巨大的"多余的人"形象。当年的这些"多余的人"，一向被称为"思想的巨人，行动的矮子"。他们虽然由于出身于贵族之家而形成了先进的思想认识，却因无法探寻到改变社会现实的合理化道路而徘徊彷徨，缺乏实际行动的能力。这也就是说，这些"多余的人"最起码从主观意愿上来说，还是愿意努力改变现状的。但对于端午来说，他的百无一用却是自己主动选择的结果。"他家在唐宁湾的房子被人占了。这件事虽然刚刚发生，但其严重程度却足以颠覆他四十年来全部的人生经验。他像水母一样软弱无力。同时，他也悲哀地感觉到，自己与这个社会疏离到了什么地步。"从端午能够清醒地意识到自己与社会现实之间的疏离程度这种描写来看，他的百无一用，确实是自己主动寻求的一种结果。

现在的问题是，知识分子端午为什么要自觉地疏离于时代之外，要以一种"生活在别处"的方式做一个"百无一用"的书生呢？要想很好地回答这个问题，我们就必须把端午的存在方式和他的诗友们进行一番简单的比较。端午、徐吉士、陈守仁，三位都是在1980年代的中国很有些影响力的青年诗人。那个时候的他们真可谓是热血澎湃，充满着青春朝气，昂扬着生命激情。"等到毕业答辩的那个学期，发生了一件席卷全国的大事。……他以为自己正在创造历史，旋转乾坤，可事实证明，那不过是一次偶发的例行梦游而已。"虽然是"梦游"，但这"梦游"却又无疑可以被看作是这些年轻人一种理想主义精神存在的明证。实际上，也正是因为当时的他们有着共同的理想追求和事业志趣，所以才会有徐吉士和陈守仁力邀端午到鹤浦暂住避难事件的发生。而端午一生的命运遭际，其实也正是那次在鹤浦招隐寺偶遇李秀蓉之后被彻底改变的。然后，很快地，这几位诗人伴随着时代大潮告别了理想主义的1980年代，进入了以经济活动为中心、以世俗功利为本质的时代。进入新时代之后，或许是受到时代文化语境强劲制约的缘故，几位知识分子的命运也随之发生了耐人寻味的分化。陈守仁摇身一变，成为腰缠万贯的商人，徐吉士如鱼得水地混迹于新闻界，先是担任《鹤浦晚报》的新闻部主任，后来又升官成为这家报社的社长。正如同格非为这个人物的命名（吉士的命名灵感，很显然直接地来自《诗经》中的"有女怀春，吉士诱之"一句）所强烈暗示出的，除了完成自己的本职工作之外，徐吉士日常生活最主要的内容，就是四处寻花问柳勾引小姑娘。而这也就意味着，曾经有着高远精神追求的两位诗人，已经完全放弃了自己的精神操守，彻底融入了污浊不堪的时代现实之中，与世俗功利的时代携手共舞、沉瀣一气了。如果说我们对徐吉士和陈守仁精神变迁的解读尚且合理的话，那么，端午之拒绝融入当下这个时代，端午之自觉地把自我放逐于时代现实之外，心甘情愿地做一个百无一用的书生，实际上也就意味着端午对于当下这个时代的一种批判和拒斥，意味着端午对于自我精神操守的一种坚持和维护。从这个层面上看来，端午与环绕在他周围的芸芸众生相比较，还真是很有一些浊世滔滔唯我独清、众人皆醉唯我独醒的感觉。一句话，借助于端午这一人物形象，格非格外强劲有力地传达出了自己对于时代现实一种独特而又激烈的批判声音。实际上，面对着来自现实生活的种种诱惑，要想真正地拒绝与时代合作，要想彻底地做到百无一用，也还确实是很不容易的事情，的确需要具备极大的勇气。

如果我们试图寻找一个语词来对端午的精神特质进行某种概括提炼，最恰当的恐怕就是一种突出的无力感。"已经不是第一次意识到这样的问题了：与妻子带给他的猜忌、冷漠、痛苦、横暴和日常伤害相比,政治、国家和社会暴力其实根本算不了什么!更何况,家庭的纷争和暴戾,作为社会压力的替罪羊,发生于生活的核心地带,让人无可遁逃。它像粉末和迷雾一样弥漫于所有的空间,令人窒息,可又无法视而不见。""当然他可以提出离婚。"然而,关键的问题在于:"如果没有外力的作用,离婚,实际上已经变得遥不可及。他知道自己无力改变任何东西。最有可能出现的外力,当然是突然而至或者如期而来的死亡。他有时恶毒地祈祷这个外力的降临,不论是她,还是自己。"在这里,格非入木三分地揭示出了端午精神性格上特别软弱无力的特点。如果说政治的、社会的问题尚且不至于那么切近直接地构成对于端午的压迫的话,那么,家庭内部和妻子的感情问题无疑直接影响着端午个人的日常生活。但是,身为知识分子的端午居然无力到了连离婚的勇气都彻底丧失的地步,以至于他只能祈祷,依靠如同死亡这样一种外力的作用来解决问题。既然连离婚这样与自己的生活幸福密切相关的问题都无力解决,我们自然也就无法奢望端午有能力去积极承担并完成更为重要的时代使命了。实际上,也只有在这个意义层面上,我们才能够更真切地体会认识到格非在端午这一人物形象身上的复杂深切寄托所在。一方面,借助于端午的不合作,借助端午的百无一用,格非固然尖锐深刻地对于当下这样一个污浊不堪的时代进行了强有力的批判性反思;但在另一方面,我们也必须注意到,如同端午这样一类软弱无力的知识分子形象,却又绝非是格非理想中的知识分子形象。因此,在充分肯定端午的百无一用所具深刻批判性的同时,格非却也同样对于端午此类知识分子的洁身自好、软弱无力、犹豫不决进行着深刻的自我反省和批判。这一点,主要借助于绿珠这个人物形象表现出来。在小说中,当绿珠真诚地向跟自己有着情感纠葛的端午询问自己未来去向的时候,"端午将手里的一根烟捏弄了半天,犹豫再三,最后道"。面对着端午犹豫再三的姿态动作,面对着他同样忐忑犹豫自相矛盾的话语内容,脾气向来直爽的绿珠一针见血地指出了端午的精神性格弱点:"'我简直不知道你在说什么!'绿珠不客气地打断了他的支支吾吾,从地上站起来,使劲地拍打着身上黏着的锈迹斑斑的锈屑和枯草,冷笑道:'你这人,真的没劲透了。'"很显然,绿珠在此处对于端午的态度,完全可以被看作是作家格非的一种姿态立场。在这里,作家的描写再一次促使我联想到了俄罗斯文学中那些"多余的人"。如果说多情少女强烈的爱情都无法彻底唤醒"多余的人"的生命热情的话,那么,端午的情况也差不多庶几近之了。尽管心里有着对于绿珠的强烈迷恋,但在面对绿珠的生命与情感召唤的时候,端午却又犹豫再三无法决断,从根本上丧失了行动的能力。以至于你很难想象,一个面对少女的爱情都犹豫不决的知识分子,他在社会上究竟还能够干什么?! 如同徐吉士、陈守仁那样与时代同流合污沆瀣一气,当然应该受到严厉的批判和指责,然而,如同端午这样干脆就彻底丧失了行动的能力,成为"生活在别处"的逃避者,也同样必须进行深刻的批判和反省。我们在前面曾经指出,端午乃是格非小说中一位少见的、具有鲜明自传性色彩的知识分子形象,这样看来,格非对于端午的批判性审视,实际上也就意味着一种强烈彻底的自我批判与反省。冷漠、自私且又不无邪恶,妻子庞家玉情急之下对端午所下的断语,认真地琢磨品味一下,真还是相当准确到位的。能够有勇气榨出自己皮袍下面藏着的"小"来,能够毫不留情地深入展开一种对于自我的批判反省,所充分凸显出的,正是格非非同一般的思想勇气和写作能力。

与端午的软弱无力形成了鲜明对照的,是他的妻子、小说的女主人公庞家玉(李秀蓉)的泼辣能干。说到这位女主人公,首先需要注意的,就是她名字的前后变化。少女时期与端午初始相逢的她,名叫李秀蓉,第二次与端午在商场相遇,最终和端午结婚的她,名叫庞家玉。用小说中的话说,女主人公的更名事件,异常鲜明地标示出了两个不同的时代:"当时,端午已经清楚地意识到,秀蓉在改掉她名字的同时,也改变了整整一个时代。"如果说"李秀蓉"标示的是已经一去不返的理想主义精神高扬的 1980 年代,那么,"庞家玉"积极介入其中的,就是当下这个物欲横流、世俗功利的时代。如果说端午永远是现实生活的疏离者和局外人,那么,庞家玉就毫无疑问是现实生活的热烈拥抱者。"她已经摸到了时代跳动的隐秘脉搏,认定和那些早已被宣布出局的酸腐文人搞在一起,不会有什么好结果。经过高人指点和刻苦自学,她如愿取得了律师执照,与人合伙,在大西路上开办了一个律师事务所。"然后,自家的家庭生活就如同被施了魔法一般,很快就发生了天翻地覆的变化。"与谭端午相反,家玉凡事力求完美。她像一个上满了发条的机器,一刻不停地运转着。白天,她忙于律师事务所的日常事务,忙于调查、取证和出庭;到了晚上,她把所有的精力都用来折腾自己的儿子。……她的人生信条是:一步都不能落下。"只要对小说稍有记忆的读者,就无法忘怀庞家玉为了自己的家庭,为了丈夫和儿子,付出了怎样巨大的代价,做出了如何巨大的牺牲,直到把自己操劳折磨到了身心交瘁的地步。道理其实非常简单,如果没有庞家玉的倾力支撑,又哪里会容得端午的逍遥自在和百无一用呢?

然而,庞家玉实际上也并不是一个多么完美的女性形象。比如说,她在北京学习期间与陶建新的偷情。再比如说,小说一再隐隐约约地向读者透露,为了解决儿子的上学问题,她曾经和教育局局长有过不可告人的私下交易。但是,反过来说,很可能也正是因为她的不完美,所以才愈发地凸显出了这一人物形象强烈的真实性。虽然从表面上看来,庞家玉如鱼得水、风光无限,但在实际上却只有她自己才知道自己为此而付出了多么巨大的代价:"丈夫之所以这样悲观,其实完全是因为他拒绝跟随这个时代一同前进;为自己的掉队和落伍辩护;为了打击她那点可怜的自信。他哪里知道,为了维护这点自信,为了让自己活得多少有点尊严,自己付出了多么惨痛的代价!"某种意义上,我们只有从庞家玉因病魔缠身而自杀前所留下的自白中才能够更准确地理解把握她的内在精神世界:"我曾经想把自己变成另一个人。陌生人。把隐身衣,换成刀枪不入的盔甲。一心走到自己的对立面去,去追赶别人的步调。除了生孩子之外,我所做的每一件事,都是自己厌恶的。好像只要闭上眼睛,就可以什么都不想。渐渐地就上了瘾。自以为融入了这个社会。每天提醒自己不要掉队,一步都不落下。"原来,李秀蓉变成庞家玉之后,庞家玉所从事的所有行业,所做出的所有事情,包括大把大把地拼命赚钱,包括死命地逼迫儿子提高学习成绩好出人头地,包括与端午有时候的故意争吵,都是从根本上违背她自己心愿的。请设身处地地想一想,一个人要努力地克服自己的厌恶心理,硬是强迫自己去做好每一件自己本来并不情愿的事情,到底需要拥有多大的牺牲精神。人都说佛的意愿是"我不入地狱谁入地狱",这种意愿很显然非常突出地凝结体现在了庞家玉的身上。要想实实在在地做到这一切,庞家玉所需要克服的困难,甚至还要明显地超过端午自觉地疏离于时代所需要的那种意志勇气。实际上,通过对庞家玉如此一种隐秘心理的揭示,格非再次把自己的批判矛头尖锐地对准了当下这个污浊不堪的时代。很显然,只有理解到了这样一种程度,我们方才算得上真正地进入了庞家玉的内在精神世界。

以上,我们对于格非的《春尽江南》的思想主旨与人物形象塑造进行了一番深入的探讨。然而,至为关键的一个问题在于,《春尽江南》是一部长篇小说,并不是思想的宣言书。无论作家格非对于当下这个时代的社会现实有着怎样独特深刻的理解把握,如果不能有效地以一种水乳交融的方式把这些纳入一种恰切合理的艺术形式中去,那么,这样的小说写作也还是不成功的。这样看来,采取怎样恰切的艺术方式才能够极其有效地把以上这一切思考认识成功地传达给读者,自然也就成了格非所必须思考解决的问题。小说是语言的艺术,我们实在无法想象一部优秀的小说,语言的运用方面会存在问题。格非从事小说写作多年,早已锤炼出了一种典雅、凝练、贴切、及物的语言特色。关于这一点,其实在我们前面分析细节所引述的叙事话语中,就已经有过非常真切的感受。这里不妨再来品味小说结尾处的一个小段落:"通常,有许多迹象可以让人清楚地感觉到春天的消逝。杏子单衫,丽人脱袄;梨院多风,梧桐成荫。或者一场突如其来的暴风雨,使刺目的繁华,一旦落尽。可是此刻,即便地处四季分明的江南腹地,岁时的变化也已变得呆钝而暧昧。

几乎就在一夜之间,天气已经变得燠热难耐了。从蒙古国刮来的黄沙,一度完全遮蔽了天空。端午站在卧室的窗前,眺望着节日的伯先公园,就如观看一张久远的发黄照片。"本书的标题为"春尽江南",假如要在文本中寻找一段直接对应于小说标题的文字,那就大约非这段文字莫属了。故事起始的时间是一年前的春天,仅仅过了一年的时间,一切在端午面前都已经发生了巨大的变化。庞家玉走了,陈守仁也走了,儿子若若也长大懂事了。在经历了如此一种物是人非的巨大心理变迁之后,端午的心态之灰暗无比,那就是一定的。正因为如此,所以出现在端午面前春夏之交的江南景致就只能是这个样子了。照常理说,江南的景致无论如何都不会黯淡如此的。在这个意义上,与其说格非的这一个写景段落是在客观地写实,反倒不如说是主人公端午一种主观心境的外化投射。王国维在《人间词话》中曾经有过这样两则议论:"境非独谓景物也。喜怒哀乐,亦人心中之一境界。故能写真景物、真感情者,谓之有境界;否则谓之无境界。""昔人论诗词,有景语、情语之别。不知一切景语,皆情语也。"[①] 格非小说中关于"春尽江南"的这一段描写,很显然就非常切合王国维所论的景语与情语的关系,可以说确实已经抵达了颇为高妙的一种艺术境界。细细地品味一下这个段落,我们便可以真切地体会格非小说的语言特色所在。

除了语言的成功运用,就我个人的阅读体会,《春尽江南》在艺术形式方面特别重要的一点,恐怕就是对于双重艺术结构的巧妙设定。是否具备一种合理恰切的结构,乃是衡量小说创

---

① 王国维:《人间词话》,上海古籍出版社,2008年版,第2、32页。

作优秀与否的重要标准。尤其是在一部篇幅庞大的长篇小说中，艺术结构对于小说的写作成功更是产生着至为关键的决定性作用。"当我们提到结构的时候，通常想到的是充满奇思异想的现代小说，那种暗喻和象征的特定安置，隐蔽意义的显身术，时间空间的重新排列。在此，结构确实成为一件重要的事情，它就像一个机关，倘若打不开它，便对全篇无从了解，陷于茫然。文字是谜面，结构是破译的密码，故事是谜底。"① 既然结构如此重要，既然格非为《春尽江南》特别设定了相当精妙的双重结构，那么，我们现在的任务，就是如何把这种精妙的结构寻绎辨析出来。具体来说，所谓的双重结构，其第一重指的就是从早一年的春天起始，一直到第二年春天的结束，这差不多一年的叙事时间。其第二重，指的是从1980年代末期开始，一直到现在为止，这差不多长达二十年的故事时间。以一种极其巧妙的方式不露痕迹地把长达二十年的时间跨度有机地嵌合到作为故事主体的一年的时间之中，所明显体现出的，正是格非艺术功力的深厚异常。当然，需要注意的是，二者之间所占比例大小也并非是平分秋色的。相对而言，当下一年间的故事以绝对的优势占据着叙事空间的主体地位。在这里，且让我们以第一章"招隐寺"为例，深入分析一下格非的这样一种双重嵌入式的艺术结构。虽然说当下的故事为小说的主体，但大约是出于和小说结尾处的那首名为《睡莲》的诗歌相照应的缘故，整部小说起始的第1节却是从二十多年前开始的。紧接着的第2节和第3节，叙事时间马上就回到了当下。第4节在很快地闪回到过去之后，又迅

---

① 王安忆：《雅致的结构》，《雅致的结构》，上海书店出版社，2011年版，第16—17页。

速地拉回到当下。第 5 节还是顺延当下,第 6 节则又很快地回到了过去。紧接着的第 7 节一直到第 14 节这样一个相对比较长的部分,叙述的可以说都是当下的故事。到了第 15 节,又回到了过去,主要回忆交代王元庆的故事。到了最后的第 16 节,叙事的视点自然又回到了当下时代。就这样,在主要叙述当下时代故事的过程中,格非不时地跳回到过去,进行必要的回忆性叙述。这样的一种结构方式,就如同两种不同乐器的合奏,其中的一种是主旋律,另一种则是不时地穿插于其间的副旋律。主副旋律互相嵌入对方当中,构成了一种形式上和谐的合奏。然而,必须指出的是,这样的双重合奏虽然从形式上看是和谐的,但如果从格非自己的写作意图来看,这样一种不时地互相缠绕在一起的双重结构,仍然是从现在与过去对比的意义层面上凸显思想主旨的。这也就是说,小说既是形式的存在,也是精神的存在。形式结构煞费苦心的设定,实际上仍然是为了精神更好地传达而服务的。具体到这部《春尽江南》,格非的主旨乃是要对二十年来的中国社会现实进行批判性的透视与表现。但是,从小说的结构上来看,一种顺时序的流水账式的叙事方式,显然是不被允许的。从这个角度来看,格非如此一种双重艺术结构的设定,根本意图正是要在当下与过去对比的意义上,进一步强有力的完成自己的主题表达。

当然,《春尽江南》在艺术表现层面上值得注意的,绝不仅仅只是结构的精妙。除了结构的精妙,格非一些特别成功的细部描写,也是应该被提及的。比如,在叙述到 1980 年代李秀蓉的故事时,曾经有过这样一段细微的描写。先是在毫不知情的情况下,李秀蓉看到了一张照片:"照片上是一个忧郁而瘦弱的青年，长得有点像自己在农村的表弟。"然后，李秀蓉被告知，那张照片上的人乃是著名诗人海子，于是，"她再次看了一眼墙上的照片，觉得这个人无论是从气质还是从眼神来看，都非同一般，绝不是自己那乡下表弟能够比拟的，的确配得上在演讲者口中不断滚动的'圣徒'二字。"你看，前后并没有过了很长时间，李秀蓉关于那张照片的看法，就发生了可谓是天翻地覆的变化。而这变化的发生，却只是因为李秀蓉知道了照片上青年的诗人身份。一个人身份的变化，就可以微妙地影响到另一个人对于他的理解判断。从这个角度来说，格非的确是洞幽烛微。再比如，当绿珠因为端午的"出卖"而被姨夫姨妈强行带回去的时候，心慌意乱手足无措中的端午，居然注意到了她的底裤和大腿："她的双腿仍然在不停地乱踢乱蹬。手忙脚乱之中，蓝色的裙子被搅翻了。端午不经意间看到了白色的衬裙中露出的底裤。尽管只是短短的一瞬，他还是能够清楚地分辨出她大腿根部的肌肤，颜色要深一些。"本来，端午正因为自己对绿珠的"出卖"而内心深感不安，但就在这个时候，他居然注意到了绿珠的一些身体部位。此处对于底裤与大腿根部肌肤的描写，所强烈折射出的，实际上正是端午对于绿珠一种异常强烈的隐秘欲望。关键的问题还在于，即使是端午自己，也并没有能够清楚地意识到自己这种欲望的存在。于细微处见艺术，于细微处见功力，从以上两个例证中，我们再次真切地感受到了格非艺术才能的超群出众和非同一般。实际上，也正是依凭着大量洞微烛幽的艺术描写，格非的这部《春尽江南》方才如其所愿地传达出了作家为自己设定的基本思想主旨。

精读七:《秦腔》
乡村世界的凋敝与传统文化的挽歌

一

首先应该承认,在阅读贾平凹《秦腔》(作家出版社,2005年4月版)的过程中,我的确曾经产生过如同批评家李建军一样的阅读感受。在李建军看来,贾平凹是一位热衷于在自己的小说创作中毫无节制地描写恋污癖和性景恋事像的作家。"贾平凹至少在《废都》《土门》《怀念狼》《病相报告》,中篇小说《阿吉》及短篇小说《猎人》中无节制地描写过大量的恋污癖和性景恋事像"。① 在罗列了小说文本中的诸多相关段落之后,李建军认为《秦腔》在这一点上的表现较之于前作只可谓有过之而无不及。"文学上的恋污癖,是指一种无节制地渲染和玩味性地描写令人恶心的物象和场景的癖好和倾向;而性景恋,按照霭理斯的界

---

① 李建军:《〈秦腔〉:一部粗俗的失败之作》,《中国青年报》,2005年5月18日 B_2 版。

定,即'喜欢窥探性的情景,而获取性的兴奋'。"① 在对文学上的恋污癖与性景恋进行了如上界定之后,李建军不无忧虑地指出:"然而,恋污癖与性景恋却是贾平凹的小说作品中的常见病象,一个作家以如此顽固的态度和浓厚的兴趣表现如此怪异的趣味,实在是一个令人惊讶的精神现象,一个值得认真研究的严重问题。"② 应该承认,李建军的感觉是敏锐的,其判断也是基本合理的。在阅读贾平凹的《秦腔》以及他的其他一些小说作品时,我也同样注意到了李建军所揭示的病象的醒目存在。就我个人的基本理解而言,频繁出现于贾平凹诸多小说文本中的如此引人注目的恋污癖与性景恋描写,所说明的正是作家贾平凹自身的一种越来越外显化了的病态审美心理。在我看来,类似的艺术描写其实并无必然存在的理由,以《秦腔》为例,删去这些艺术描写实际上并不能构成对《秦腔》艺术成就的损害。虽然,贾平凹自己很可能会以表现生活的完整性之类的理由来为自己的写作行为辩护。

从贾平凹的写作历程来看,在其《废都》之后的许多小说作品中,对于恋污癖与性景恋的一再重复的描写确实是一种无法否认的客观事实。这样一种小说病象的显豁存在,所说明的的确是贾平凹内心世界中潜藏着的一种顽固而突出的病态审美趣味。然而,强调贾平凹的病态审美心理的客观存在却并不意味着批判、否定他的创作。正如同每一个个体都是不同程度上的变态者一样,其实哪一个作家又能标榜自己没有丝毫的病态心

---

①② 李建军:《〈秦腔〉:一部粗俗的失败之作》,《中国青年报》,2005 年 5 月 18 日 B_2 版。

理存在呢？只不过更多的作家把它很好地掩盖起来，而贾平凹却极显豁地将其坦露于世人面前而已。更何况，如果仅仅局限于艺术领域，所谓病态的天才艺术家其实是不胜枚举的，而且通常，正是这些病态的天才艺术家才会有惊世骇俗的艺术创造。对于贾平凹，我更愿意将其作为这样的一位病态却天才的艺术家来理解。也正是在这样的意义上，我虽然认同李建军所指出的《秦腔》中确实存在着颇为醒目显豁的对于恋污癖与性景恋事像的并无必要的艺术描写，但同时又实在无法同意李建军仅仅从这一点就对《秦腔》做出全面否定。李建军是我非常敬重的一位文学批评家，对于他那样一种锐利的批评锋芒，那样一种非凡的批评勇气，我也往往会有一种虽不能至却心向往之的真诚肯定。然而，在究竟应该如何看待评价贾平凹的《秦腔》这一问题上，我却又实在无法接受李建军将其指称为"一部粗俗的失败之作"的最终结论。李建军说："由于拥有了这些基本的感觉形式，拥有了判断文明生活的基本理念和价值尺度，我们才怀疑，仅仅靠一部描写恋污癖和性景恋事像的书，一个作家是否能够为自己的故乡'树（竖）起一块碑子'，——即使能够竖立起来，那它又会是一块什么样的'碑子'呢？"① 在我看来，李建军在此处所做出的一种非常明显的，以局部代整体的判断有失偏颇。《秦腔》中固然存在着描写恋污癖和性景恋事像的情形，但此种情形在这样一部长达近五十万言的长篇小说中所占的比例其实是很小的。由此而断言《秦腔》是"一部描写恋污癖和性景恋事像的

---

① 李建军：《〈秦腔〉：一部粗俗的失败之作》，《中国青年报》，2005 年 5 月 18 日 B_2 版。

书"至少在我看来是一种难以成立的偏激结论。正如同我们泼脏水不应该将孩子一同倒掉一样，我们同样不应该因为《秦腔》中确实部分地存在着对恋污癖与性景恋事像的描写而对《秦腔》做出一种简单化的否定性评价。

恰恰相反，在我看来，《秦腔》不仅不应该被指称为"描写恋污癖和性景恋事像"的"一部粗俗的失败之作"，而且更应该得到一种高度的评价。我是贾平凹长篇小说的忠实阅读者，自《商州》以来，包括《浮躁》《废都》《土门》《白夜》《高老庄》《病相报告》《怀念狼》，一直到《秦腔》，这近十部长篇我都认真地阅读过，有的甚至还读过不止一遍。从我个人的阅读体验出发，我以为其中能够真正代表贾平凹迄今为止所达到的最高艺术水准者，实际上只是《废都》与《秦腔》。虽然我们也承认贾平凹的其他长篇尤其是《浮躁》和《高老庄》也都企及了相当高的艺术水准，但实在地说，将来很有希望在文学史上被重新提及的恐怕只能是《废都》与《秦腔》。虽然《废都》十年前的问世在文坛掀起一场轩然大波，虽然在当时文坛上更多的是对《废都》的诋毁与否定的声音，但是在时过境迁后的今天，在我们又经历了中国社会十年的变迁更迭之后，我们才有可能真正地认识到《废都》的价值与意义所在。如果说，在1990年代之初，仍然被裹挟在1980年代浓烈的理想主义氛围中的人们，还无法理解并认同贾平凹在《废都》中通过庄之蝶这样一个人物形象所表现出的知识分子精神的颓败与虚无的话，那么当人们真实地经历了十年来中国社会的沧桑变迁、整体上的道德崩溃与精神沦丧，当人们目睹了十年来中国知识分子于物的挤压之下几乎惨不忍睹的精神变形的真实境况之后，我们才可以真正地理解并认同贾平凹那带有明显的文化与精神先知意味的《废都》的写作价值。"春江水暖鸭先知",作家虽然不可能具有未卜先知的超常功能,但优秀的作家却往往具有一种常人未必会有的高度敏感。正是凭着这样一种高度的敏感,贾平凹才可以在1990年代初就写出现在看来确实带有突出的预言色彩的这样一部以知识分子精神为主要言说对象的《废都》来。从这个意义上来看,虽然当年的贾平凹曾经因《废都》一书而承受巨大的现实与精神压力,然而在看到十年之后能够有越来越多的人理解并认同《废都》深刻的思想艺术价值的时候,我想,贾平凹大约是能够释然地会心一笑的。

众所周知,贾平凹有着长期的乡村生活经验,这也就使得对乡村世界的关注与表现成为贾平凹小说写作最突出的一个特征。在这个意义上,完全可以说《废都》是贾平凹小说写作中的一个异数,可以被视为贾平凹小说写作历程中唯一的一部表现中国当代知识分子精神畸变的杰出作品。《废都》之外的其他长篇基本上都可以被划归于以乡村世界为主要关注对象的乡土小说之中,虽然这些长篇之间的艺术成就并不平衡。我们之所以认定《秦腔》的思想艺术成就要明显地高出于贾平凹其他的长篇小说,乃是因为虽然在其他乡土长篇小说中贾平凹也力图将真实的乡村景观呈现于读者面前,但是由于作家的视野被某种意识形态或者文化意义上的因素遮蔽影响的缘故,作家的这样一种写作意图实际上却又往往无法得到较为完美的实现。比如在写作《浮躁》时,虽然作家对农村改革有一定程度上的理性思考,但从总体上看,作家还是更多地对改革持有一种肯定性的政治姿态,而这样一种带有突出意识形态色彩的姿态当然会影响到作家对乡村世界更为深入透彻的洞察与表现。再比如《高老庄》的写作，虽然小说也的确在某种程度上还原了乡村世界的生态，但是贯穿始终、带有鲜明启蒙色彩的视角性人物高子路，在表达了某种鲜明的批判立场的同时也不可避免地妨碍着作家对于乡村世界一种完整与混沌性的艺术传达。从某种意义上说，作家只有在剥离了一切先验的，无论是意识形态的还是文化意义上的遮蔽之后方才有可能对真实的乡村世界（请注意，此种真实并非仅仅是一种外部图景的真实，而更指一种内在于人物精神世界之中的人性的真实）做一种深入透彻的艺术表现，而《秦腔》正是这样一部相当罕见的、深刻表现当下真实的中国乡村世界的优秀作品。在阅读《秦腔》的过程中，常常会有一种被作家所表现的，惨烈乡村生存图景猛然击中的疼痛感产生。我觉得，《秦腔》是一部有大绝望、大沉痛、大悲悯潜存于其中的优秀作品。贾平凹在小说中对于当下时代中国乡村世界的凋敝图景、对于传统文化在乡村世界日趋衰微情形的堪称入木三分的真切展示，正可被视作《秦腔》最深刻的思想艺术主旨所在。我们知道的一个事实是，自有新文学以来，艺术表现最充分、成就也最高的两个社会阶层便是"知识分子"和"农民"，而贾平凹则恰好凭借《废都》与《秦腔》这两部小说在这两个方面均取得了相当突出的成就。在我看来，《废都》与《秦腔》之所以能够成为贾平凹迄今为止最成功的两部长篇小说，最根本的原因之一便是作家写作时有着一种极其刻骨铭心的自我投入。《废都》中的庄之蝶绝对不可简单地等同于贾平凹自己，但其中极明显地投射了贾平凹诸多切己的亲身体验却也是一种不争的客观事实。我们虽然不能说贾平凹其他的乡土长篇小说中没有自我体验的投入，但只有在《秦腔》这样一部以作家生活了十九年之久的故乡为直接描写对象的、作家欲凭此而"为故乡树（竖）起一块碑子"的长篇小说中，贾平凹才会有一种更加切己也更加刻骨的亲身体验的全部投入。在这个意义上，我们也就完全可以说，《废都》与《秦腔》其实均是作家饱蘸着自己的血泪写出的真情之作。曹雪芹有句云："满纸荒唐言，一把辛酸泪。都云作者痴，谁解其中味？"写作《废都》与《秦腔》时贾平凹的精神心理状态庶几近之也。

二

其实，早在《秦腔》的后记中，对于自己的这部长篇小说所可能遭到的误解，贾平凹就已经有过相当准确的预言："如果慢慢去读，能理解我的迷惘和辛酸，可很多人习惯了翻着读，是否说'没意思'就撂到尘埃里去了呢？更可怕的，是那些先入为主的人，他要是一听说我又写了一本书，还不去读就要骂猪生不下狮子，狗嘴里吐不出象牙。"小说发表后部分人的反应与表现确也大致如此。虽然预感到了小说发表后可能的遭遇，但贾平凹还是以一种甚为决绝的态度推出了《秦腔》，其中所凸显出的正是作家一种极强烈的艺术自信。那么，《秦腔》艺术上的成功之处究竟表现在哪些方面呢？我认为我们首先应该关注的是小说的语言。小说是语言的艺术。虽然小说仅有语言是绝对不够的，但一部真正优秀的小说首先必须有一种充满艺术质感与艺术张力的、既充分个性化而又充分及物的小说语言，这的确是一种不争的事实。语言之于小说的重要性，对于已有近三十年小说写作经验的贾平凹来说，自然是十分清楚的。更何况，在中国文学界，贾平凹又一惯是以自己充满灵慧之气的语言而广为称道的。虽然贾平凹的小说语言在不同阶段也发生着不同的变化，但就此前作家的语言实践而言，断言贾平凹是当下中国文学界语言功力最为深厚的作家之一，恐怕还是能够得到大多数文学同道认可的。因此，对于贾平凹而言，顺乎自己此前的语言方式完成《秦腔》的写作似乎是一件十分顺理成章的事情。然而，本应顺理成章的事情却又偏偏发生了变化。就笔者对于《秦腔》的阅读而言，的确出现了一时无法接受贾平凹言语方式的变化，一时难以循由语言的渠道顺畅进入小说文本的情形，尤其是在阅读刚刚开始的时候。随之而生的自然是一个极大的疑问：贾平凹为什么要以这样的一种语言方式来建构《秦腔》的小说世界？这样的疑问当然随着对于小说文本逐渐深入的阅读理解而得以消除了。

事实上，正如贾平凹所言，《秦腔》的确是一部需要耐心阅读的小说。只有以这样一种姿态去面对《秦腔》，我们才可能真正地理解那弥漫于小说字里行间的贾平凹所谓"我的迷惘和辛酸"。其实，如我这样的阅读体验并非是独有的，据我所知，不仅仅是一般的普通读者，即使是如我这般专以阅读小说为业的其他一些批评家同道，也都曾经产生过如我一样的阅读感受。应该说，这是一种阅读贾平凹此前的其他小说作品时绝无仅有的阅读情形。贾平凹本来完全有能力写出顺应大众阅读心理的小说作品来，但他为什么一定要以这样的一种语言面目呈现在读者之前呢？我认为，这与作家在小说中所欲传达出的思想艺术主旨存在着直接的关系。我们注意到，还是在《秦腔》的后记中，贾平凹曾经讲过这样一番话："我的故乡是棣花街，我的故事是清风街,棣花街是月,清风街是水中月,棣花街是花,清风街是镜里花。但水中的月镜里的花依然是那些生老离死,吃喝拉撒睡,这种密实的流年式的叙写,农村人或在农村生活过的人能进入,城里人能进入吗?陕西人能进入,外省人能进入吗?我不是不懂得也不是没写过戏剧性的情节,也不是陌生和拒绝那一种'有意味的形式',只因我写的是一堆鸡零狗碎的泼烦日子,它只能是这一种写法,这如同马腿的矫健是马为觅食跑出来的,鸟声的悦耳是鸟为求爱唱出来的。"什么样的思想艺术主旨便需要有什么样的语言形式载体,既然"写的是一堆鸡零狗碎的泼烦日子",那么小说便只能是这样一种写法,便只能采用这样的一种语言方式,所谓"言为心声"的另一解大约也就是这样的一个意思了。通常的意义上,"言为心声"只应被理解为语言应该真实地传达内心的声音,但在此处,却应该反过来理解为具有什么样的内心想法就会同样具有什么样的一种语言形式,而且只有这一种语言形式才能够将真正的心声最为贴切地传达出来。那么,贾平凹为了传达自己苦心孤诣的"迷惘和辛酸",为了真正地写出自己心目中的故乡来,所采用的究竟是一种怎样的语言方式呢?在我看来,这是一种具有极鲜明地域化特色的语言方式,是一种在很大程度上逼近还原了作家所表现的乡村世界中农民日常口语的语言方式。贾平凹本来具有极高明的语言提纯能力,但他在《秦腔》中却执意地要以这样一种同样可以用"鸡零狗碎"称之的极端生活口语化的,甚至可以被看作相当啰唆累赘的语言方式来完成自己的写作,这其中肯定潜藏有一种作家深思熟虑之后的艺术追求。

应该说,这样的一种语言选择对于贾平凹而言是一种极富冒险意味的艺术行为。因为这是一种与当下时代普遍流行的时尚化写作的语言策略存在着极遥远距离的、极为个性化的语言书写方式，贾平凹此种语言方式的写作便很可能触犯众怒，很可能被大众读者坚决抛弃。在这个意义上，我们理应对贾平凹为了自己的艺术追求而甘愿冒天下之大不韪的行为表示充分的敬意。事实上，贾平凹的这样一种语言方式的选择设定是极为成功的。这成功主要体现在以下两个方面。其一，正是因为选择了这样的一种语言方式，贾平凹才成功地写出了那样一堆如他自己所言的"鸡零狗碎的泼烦日子"，才成功地表现出了乡村世界的凋敝与传统文化的衰微这样一种极为深刻的思想艺术主旨。其二，从《秦腔》正式出版之后的发行效应来看，到目前为止的发行量已达到了十八万册这样一个相当惊人的数字。[1] 如此巨大的发行量充分说明了这部小说在广大读者受众中的受欢迎程度。一部采用如此非时尚化语言方式的纯文学作品在很短的时间内能有如此之大的发行量，令我们在惊讶之余不能不面对这样的一个严肃问题，那就是我们总是能够不时地听到纯文学作家在抱怨读者阅读审美水平的低下，以至于他们作品的发行量总是那样低迷不振，但《秦腔》的成功却提醒我们，其实并不是读者大众的阅读审美水平有多么低下，关键还是看我们能不能真正地给他们奉献出足够精美的艺术精品来。只要我们的作家能够写出足够好的优秀作品来，那么广大的读者大众还是能够慧眼识佳作的。

然而，需要特别注意的一点是，虽然我们一力地强调《秦

---

[1] 小可:《当代乡土小说的创新之作》，《文艺报》, 2005年5月17日第1版。

腔》语言的口语化与地域特色的具备，但这却并不意味小说的语言就是粗鄙化的，就是缺乏一种充分的艺术品味的。实际的情形正好与此相反，贾平凹的《秦腔》中的语言艺术已经达到了一种堪以炉火纯青称之的高超艺术境界。关于这一点，只要我们随意地从小说文本中摘录几段或写景或状物或写人的文字即可得到充分的证明。"柳条原本是直直地垂着，一时间就摆来摆去，乱得像泼妇甩头发，雨也乱了方向，坐树下的夏天智满头满脸地淋湿了。"（275页）"秦腔的声音像水一样漫了屋子和院子，那一蓬牡丹枝叶精神，五朵月季花又红又艳，两朵是挤在了一起，又两朵相向弯着身子，只剩下的一朵面对了墙。那只有着帽疙瘩的母鸡，原本在鸡窝里卧着，这阵轻脚轻手地出来，在院子里摇晃。"（335页）"枝柯像无数只手在空中抓。枝柯抓不住空中的云，也抓不住风，风把云像拽布一样拽走了。"（379页）"老太太头发像霜一样白，鼻子上都爬满了皱纹，双手在白雪的脸上摸。摸着摸着，看见了白雪拿着的箫，脸上的皱纹很快一层一层收起来，越收脸越小，小到成一颗大的核桃，一股子灰浊的眼泪就从皱纹里艰难地流下来。"（378页）片段1和片段3旨在写景，以"泼妇甩头发"来形容说明狂风中柳条的神态，以"无数只手在空中抓"来形容说明树枝空疏，以"拽布一样拽走"写风把天上的云吹散，片段2重在状物，以"水""漫"来形容秦腔的声音，以"轻脚轻手""摇晃"来写母鸡出窝后的神态，片段4则是写人，通过老太太脸上皱纹的收缩变化，以致最后收缩"成一颗大的核桃"来写老太太哭泣的过程，形象生动而简洁传神，显示出了一种极高的艺术审美境界。在某种意义上，我们大约可以说这样的文字非贾平凹而不能写得出。然而，一个客观存在的事实却是，如以上所摘引的片段在《秦腔》中随处可见。这样看来，小说语言的炉火纯青与出神入化也就是一个不需要再加以论证的命题了。

三

与这样的一种语言书写方式相对应，我们还应该充分注意到《秦腔》总体情节叙事特色方面的不同凡响与个性独具。如果说《秦腔》的语言的确保持着与时尚化语言策略之间一种足够远的距离，那么同样也可以说这部小说在总体的情节叙事方面不仅与流行的时尚化写作保持着足够清醒的距离，而且对于新文学史上现当代乡土小说的写作也形成了一定程度上的艺术上的超越。时下极为流行的时尚化写作一个十分突出的特征便是对于一种充满巧合意味的完满式戏剧性情节的构建，所承载表现的也往往是能够迎合大众读者阅读心理的情欲化传奇或者是对于某些官场黑幕的揭露与展示。应该说，对于这样一种媚俗化倾向极为明显的写作趣味，不只是贾平凹，当下相当一批纯文学作家也都能够对此保持一种足够的清醒。与其他大多数的纯文学作家相比较，贾平凹的《秦腔》最具挑战性的一点是做到了故事情节与小说人物的"去中心化"。从当下中国小说总体的创作倾向来看，虽然亦有各种形式的实验探索行为存在，但基本上还都坚持着一种中心情节与中心人物的写作模式。这也就是说，在一部相对成熟的小说作品中，其小说的故事演进总是围绕一种核心情节与一个核心人物而运转的。而所谓故事情节与小说人物的"去中心化"，便是指一部具体的小说文本中，作家既放逐了中心情节，也放逐了中心人物。这样出现在读者面前的，就是一部既缺乏中心情节也不存在核心人物的小说文本。应该承认，类似这样一种情节与人物均"去中心化"的写法，一些作家曾经在中短篇小说中有过一定的尝试实验，但在篇幅巨大的长篇写作中，这样的情形却差不多是绝无仅有的。因为，采用这样一种情节叙事模式的长篇小说显然面临着很大程度上要被读者拒绝接受的风险。然而贾平凹的《秦腔》却正是这样一部采用了"去中心化"的总体情节叙事模式的长篇小说。

具体来说，《秦腔》中事无巨细地讲述了那么多发生于清风街上的故事，但我们却很难断言其中的哪一个故事是小说的中心情节，小说中同样出现了众多的人物，但我们却也很难确定哪一个人物就是作品中的中心人物。阅读《秦腔》的一个突出感受便是我们仿佛真的面对着带有疯傻气息的引生，听他将清风街的人与事娓娓道来。这一点，在以下所摘引的叙事话语中便不难得到有力的证明。"清风街的故事从来没有茄子一行豇豆一行，它老是黏糊到一起的。你收过核桃树上的核桃吗，用长竹竿打核桃，明明已经打净了，可换个地方一看，树梢上怎么还有一颗？再去打了，再换个地方，又有一颗。核桃永远打不净的"（99页）"我这说到哪儿啦？我这脑子常常走神。丁霸槽说：'引生，引生，你发什么呆？'我说：'夏天义……'丁霸槽说：'叫二叔！'我说：'二叔的那件雪花呢短大衣好像只穿过一次？'丁霸槽说：'刚才咱说染坊哩，咋就拉扯到二叔的雪花呢短大衣上呢？'我说：'咋就不能拉扯？！'拉扯得顺顺的吗，每一次闲聊还不都是从狗连蛋说到了谁家的媳妇生娃，一宗事一宗事不知不觉过渡得天衣无缝！"（26页）私以为，在以上所摘引的两段叙事话语中的确潜藏着一个对于理解《秦腔》而言十分重要的叙事诗学命题，对于这一点我们不能不察。所谓"拉扯得顺顺的"，所谓"一宗事一宗事不知不觉过渡得天衣无缝"所说明的正是事与事之间不仅不存在明确的主次之分，而且作家在一个故事与另一个故事的衔接处理上转换得极其流畅自如而不留斧凿之痕。这样一种"打核桃"式的叙事方法正是贯穿于《秦腔》始终的一种基本叙事方式。同时，也正是依凭了这样一种"打核桃"式的叙事方法，《秦腔》才真正地实现了总体情节叙事的"去中心化"。如果说二十世纪曾经产生过一种有极大影响的"意识流"的小说叙事方式，那么贾平凹的《秦腔》中的这样一种叙事方式则庶几可以被命名为一种"生活流"式的叙事方法。只要是活动于清风街的人、出现于清风街上的事，均可以用一种极平等的方式交织入这样一张"生活流"的叙事网络之中。在这个意义上，如果一定要为《秦腔》确定中心情节与中心人物的话，那么便可以说这"清风街"本身便是小说的中心人物，而这一年（《秦腔》的故事发生时间起自夏风与白雪结婚，而终结时白雪与夏风的孩子刚刚出生不久，持续时间约为一年）左右的时间里发生于清风街上的所有故事一起构成了小说的中心情节。

说到《秦腔》情节与人物的"去中心化"所体现出的原创性价值，我们便完全有必要将其与自有新文学以来的中国现当代乡土小说做一粗略的比较。在我看来，在已有近百年历史的中国现当代乡土小说的发展演进过程中，曾经形成过三种极有影响力的小说叙事模式，一为"启蒙叙事"，一为"阶级叙事"，一为"家族叙事"。所谓"启蒙叙事"，是指作家以一种极为鲜明的思想启蒙立场来看待乡村世界。这种叙事方式最有代表性的作家便是现代乡土小说的奠基者鲁迅先生,他的这种叙事方法曾影响了整整一代五四乡土作家,并对后来如高晓声这样的作家产生了很大的影响,贾平凹在某种程度上也曾经受到过"启蒙叙事"的影响。所谓"阶级叙事"是指作家以一种马克思主义的阶级斗争的立场看待乡村世界的生活,乡村世界中不同阶级之间的矛盾冲突成为小说最根本的中心内容。这种叙事方式的肇端当追溯至1930年代以茅盾为代表的一批左翼作家的乡土小说写作,其发展的鼎盛时期为"十七年"乃至"文革"期间,如柳青的《创业史》、周立波的《山乡巨变》,乃至浩然的《艳阳天》与《金光大道》均属于这样一种叙事方式的积极实践成果,甚至一直到新时期文学之初的一部分小说作品中,也都多少还残留着这样一种"阶级叙事"的痕迹。所谓"家族叙事",是指作家在叙述乡村世界的故事时将着眼点更多地放置在了盘根错节的家族之间的矛盾冲突上,家族之间的斗争与交融成为作家最为关注的核心内容。这种叙事方式主要兴盛于"文革"结束之后的新时期小说中,诸如张炜的《古船》、陈忠实的《白鹿原》、刘震云的《故乡天下黄花》、莫言的《红高粱家族》乃至于贾平凹自己的《浮躁》等小说,都突出地采用了"家族叙事"这样一种叙事方式。将《秦腔》与以上三种乡土小说的叙事方式相比较,其与"启蒙叙事""阶级叙事"之间存在着极明显的差异是一目了然的。在另一个方面,虽然《秦腔》中曾经提及夏白两大家族,但作者的根本着眼点却并不在这两大家族身上,或者说这两大家族均是作为清风街故事的一个有机部分而被加以叙述的。从这个意义上看,继续将其归之于"家族叙事"的传统便缺乏了充足的理由。在我看来,为了更准确地厘清界定《秦腔》在现当代乡土小说发展史上一种突出的原创性价值，不妨将其称之为一部采用了"村落叙事"模式的乡土长篇小说更为适宜。而也正是依凭了对于这样一种"村落叙事"模式的创造性运用，贾平凹的《秦腔》才在很大程度上实现了对于新文学史上现当代乡土小说写作的艺术超越。

四

同样值得注意的是贾平凹的《秦腔》中叙事视点的设定，也就是傻子叙事的问题。近五十万言的《秦腔》中所有清风街上的人与事均是通过张引生这样一个带有疯癫色彩的人物形象讲述展示在读者面前的。然而，同样应该注意的是，贾平凹虽然采用了傻子叙事的方式，但引生也仅只是一个视点人物而已。依照一种通常的叙事原则，既然小说中明确地出现了第一人称"我"，那么小说文本便应严格地讲述展示"我"的所见所闻，不可以将"我"所未见未闻的故事纳入叙事范围之中。然而，贾平凹的《秦腔》中虽然出现了"我"，但实际上却并未严格地遵循第一人称的叙事常规，其讲述展示的人与事常常逾越"我"所能见闻的范围。但这并不意味着贾平凹对于叙事学常识的有意冒犯，而是这样一个带有明显灵异色彩的半疯半傻的傻子引生赋予了贾平凹一种得以逾越叙事规范界限的特权。我们注意到，小说中经常会出现这样一些叙事话语，比如："我知道我的灵魂出窍了，我就一个我坐着斗'狼吃娃'，另一个我则攥着鼓声跑去，竟然是跑到了果园，坐在新生家的三层楼顶了。夏天义、上善和新生看不见我，我却能看见他们，他们才是一群疯子，……我瞧见了鼓在响的时候,鼓变成了一头牛,而夏天义在喊着,他的腔子上少了一根肋骨。天上有飞机在过,飞机像一只棒槌。果园边拴着的一只羊在刨蹄子,羊肚子里还有着一只羊。"(110页)再比如"现在我告诉你,这蜘蛛是我。……但我人在文化站心却用在两委会上。我看见墙上有个蜘蛛在爬动,我就想,蜘蛛你能替我到会场上听听他们提没提还我爹补助费的事,蜘蛛没有动弹。我又说:'蜘蛛你听着了没有,听着了你往上爬!'蜘蛛真的就往上爬了,爬到屋梁上不见了。"(302页)正因为张引生既可以随意地化身为蜘蛛或苍蝇,也可以随意地灵魂出窍,所以贾平凹便可以不再严格地遵守第一人称的叙事常规。因此,严格地说,张引生并不是《秦腔》中的叙述者,而只是一个意义十分重要的视点式人物而已。那么,现在的问题就是,贾平凹为什么要在《秦腔》中将这样一位处于半疯半傻状态的傻子作为视点人物呢?

首先应该承认,以傻子为叙述者或者视点人物,并非贾平凹的首创,在《秦腔》之前,中外小说中均已出现过一些类似的傻子形象,比如福克纳的《喧哗与骚动》中的班吉、辛格的《傻瓜吉姆佩尔》中的吉姆佩尔、阿来的《尘埃落定》中的土司二少爷、莫言的《檀香刑》中的赵小甲,等等。针对这样一种客观状况,或有批评者会对贾平凹此举做"重复"他人之讥。但我以为,这样的观点是难以成立的,问题的关键并不在于贾平凹也如同别的作家一样采用了傻子叙事的方式,而在于作家对于这一叙事方式的运用是否能够最恰当地传达出他欲表现出的思想艺术主旨来。从这个意义上说,贾平凹的《秦腔》中对于傻子叙事的运用是极为成功的。从叙事学的角度来看,叙述视角的设定对于小说文本的成功与否有着极重要的意义。叙述视角"是一部作品，或一个文本看世界的特殊眼光和角度"，也是"一个叙事谋略的枢纽，它错综复杂地联结着谁在看，看到何人何事何物，看者和被看者的态度如何，要给读者何种召唤视野"。①因此，成功的视角革新便"可能引起叙事文体的革新"。②在这样的一种理论前提下，有论者对傻子叙事的意义进行了相对深入的梳理与分析："傻子的非理性、悖于社会规范的乖张举动以及无所顾忌的超脱恰好使作家找到了一种绝好的面具，借助于这一合法化的面具，作家进行着更为深刻的主旨言说。""新时期以来，当代很多作家选择了傻子或白痴充当叙述者，选择傻子作为视角，其原因在于傻子在认知上表现为拒绝一切理性和道德判断，拒绝对事物的理性透视，也即巴赫金所说傻子具有'不理解'的特性。""傻子视角由于'不理解'的特点，在呈现世界时它好比一面镜子，能客观反射事物的原貌和人物的外在行为，借助于傻子视角，作家实现的是对世界的客观冷峻的呈示，而作家情感和批判立场是隐匿在客观化的叙事之中的。"③我以为，对于贾平凹《秦腔》中的傻子叙事，我们只有在这样的意义上去加以理解才可能更加契合作家的本意。

我们注意到，贾平凹在《秦腔》后记中曾经写下过这样一段话："我的写作充满了矛盾和痛苦，我不知道该赞歌现实还是诅咒现实，是为棣花街的父老乡亲庆幸还是为他们悲哀。那些亡人，包括我的父亲，当了一辈子村干部的伯父，以及我的三位婶

---

①② 杨义：《中国叙事学》，人民出版社，1997年版，第191、195页。
③ 沈杏培、姜瑜：《符号的艺术和艺术的符号》，《艺术广角》，2005年第2期。

娘,那些未亡人,包括现在又是村干部的堂兄和在乡派出所当警察的族侄,他们总是抢镜头一样在我眼前涌现,死鬼活鬼一起向我诉说,诉说时又是那么争争吵吵。我就放下笔盯着汉罐长出来的烟线,烟线在我长长的吁气中突然地散乱,我就感觉到满屋子中幽灵飘浮。"应该承认,我对《秦腔》的阅读直感与贾平凹的自述是相当吻合的。贾平凹在《秦腔》中所表现的乃是当下时代中国乡村的现实,而当下中国的乡村正处于强烈的现代化冲击之下,曾经在改革开放初期呈现出蓬勃活力的中国乡村正在日益走向衰颓与凋敝。面对这样一种残酷的乡村现实,贾平凹的确感觉到了言说的困难,感觉到了自己的确无从对于故乡、对于中国的乡村作出一种明晰清楚的理性化判断,确实不知道该赞颂现实还是诅咒现实,是为棣花街的父老乡亲庆幸还是为他们悲哀了。如果说贾平凹在《浮躁》《鸡窝洼人家》《腊月正月》中的确强有力地对于改革开放初期中国乡村的蓬勃生机做出过肯定,如果说一直到《高老庄》,贾平凹都还在借助高子路这一形象顽强地表达自己对于中国乡村世界的一种启蒙信心的话,那么到了《秦腔》之中,贾平凹的确既无力肯定也无力启蒙了。说到启蒙,我们便应该注意到小说中夏风这一人物形象的存在。应该说,这是一个多少带有一些贾平凹自身痕迹的、从乡村世界走出来的知识分子形象。熟悉贾平凹小说的读者应该知道,这不仅是一个经常出现于贾平凹小说中的人物形象,而且他往往会对贾平凹此前小说中的乡村世界施以一种颇为有力的启蒙干预,《高老庄》中高子路的形象便是如此。然而,到了《秦腔》之中,夏风虽然也不时地由大都市返回到清风街,返回到自己曾经生活过的乡村世界,但是他实在已经没有能力对这乡村世界施加什么强有力的影响。在我看来,由高子路到夏风的这样一种变化,正说明了贾平凹本人对于乡村启蒙的极度失望,因此夏风便更多地只能以一个现代文明象征的功能性人物形象出现于《秦腔》之中了。按照乡土小说的表现惯例,当然也按照贾平凹此前乡村小说的写作惯例,理应成为小说叙述者或者视点人物的本来应该是夏风而不是张引生这个半疯半傻的傻子。在我看来,小说叙述视点由夏风向引生的转移,所说明的其实正是作家贾平凹对于中国乡村现实基本认识的一种本质性变化。从根本上说,面对当下中国乡村世界衰败凋敝的客观现实,贾平凹确实已经无从做出理性的清晰判断了,对他而言,剩下唯一可以做的事情便是对这衰颓凋敝的乡村现实做一种客观的呈示与展现,而傻子叙事则正好能极有力地承担并实现作家的这样一种艺术意图。对于傻子叙事的叙事效果,论者曾有过这样的分析:"傻子作为一个不合社会规范的形象,他本身也构成了对现实的否定力量。傻子作为社会独特的'这一个',他的力量'在于他不受社会等级秩序的限制,他既作为局内人也作为局外人谈论事情,傻子居于社会秩序中却不使自己对之负有义务,他甚至能无所顾忌地围绕社会秩序谈论令人不快的真理'。"① 我认为,对于贾平凹《秦腔》中的傻子叙事,我们也庶几可以做这样的一种理解和认识。

除了可以对当下的中国乡村世界进行客观的呈现之外,我们还应该注意到《秦腔》中傻子叙事所具有的一种突出的灵异功能。按照小说中的描写,引生不仅可以化身为蜘蛛、苍蝇,可以

---

① 沈杏培、姜瑜:《符号的艺术和艺术的符号》,《艺术广角》,2005 年第 2 期。

灵魂出窍,而且还可以看到人身上的生命光焰,可以对未来事件的发展演进做出某种预言,可以看出人与物的前生与来世,比如引生曾经看出来运的前生是一位唱秦腔的演员,所以它便是一条连吠声都合着秦腔韵律的会唱秦腔的狗。对于傻子叙事所具有的这样一种灵异功能,我以为,我们不能以一种科学主义的态度轻易加以否定。正如同"女娲补天""太虚幻境"之类的故事穿插构成了《红楼梦》中的形上世界一样,我觉得《秦腔》中的灵异叙事也构成了《秦腔》中的形上世界,它的出现为小说文本提供了某种突出且必要的哲学背景,对于《秦腔》最终的艺术成功发挥着相当重要的作用。

五

然而,无论是具有地域化色彩的口语运用,还是总体情节叙事的"去中心化",抑或傻子叙事方式的选择设定,作家这所有艺术努力的最终目的还是为了成功地表现自己对于当下时代中国乡村现实的一种理解和看法,也即为了充分地表现传达乡村世界的凋敝与传统文化的挽歌这样一种基本的思想艺术主旨。且让我们先来看乡村世界的衰颓与凋敝。众所周知,中国的改革开放是从农村开始的,由于极大地解放了农村的生产力,所以1980年代的中国乡村的确曾经表现出过空前的蓬勃活力,这一点也正如贾平凹在小说后记中所说:"故乡的消息总是让我振奋,……那些年是乡亲们最快活的岁月。"然而,好景不长,由于国家政策的变化,更由于以市场化、城市化为标志的现代化的强烈冲击,在进入1990年代之后,中国乡村世界就不可避免地进入了它的凋敝时期,贾平凹笔下的清风街就是这样一个典型的标本。首先,由于中国城市化进程的加速发展,吸引了乡村中大量的劳动力,大量的农民流入城市。虽然农民进入城市之后的命运遭遇相当悲惨,要么做苦工出卖低廉的劳动力,但最后的结果却又难免是非死即伤,小说中写到的白雪的侄儿白路即是这方面一个突出的代表;要么便是青春女性出卖肉体,小说中的翠翠与韩家女儿即是这样的形象。即使进城后的遭遇如此悲惨,但农村凋敝的现实依然使农民大量流入城市成为一种必然,以至于在夏天智去世之后居然很难凑齐为他抬棺的男性农民,以至于君亭不能不发出这样的浩叹:"还真是的,不计算不觉得,一计算这村里没劳力了么!把他的,咱当村干部哩,就领了些老弱病残么!"(539页)俗话说,谷贱伤农,农民被迫离开土地直接地源于两方面因素,其一是粮食价格的极为低廉,其二则是各种高额税费的强行征缴。这两方面因素结合的结果便是土地的大片荒芜,便是农民的被迫出走。提及高额税费的征缴,就必须注意到小说中对于清风街一场声势浩大的农民自发抗税风波的逼真描写。从小说描写的情况来看,并不是农民不愿意缴纳税费,虽然也存在个别奸诈农民(比如三踅)的恶意抗税行为,但从总体上来看,大多数的农民还是因为手中无钱而被迫抗税的。虽然这次抗税风波被及时地平息下去了,但它却在很大程度上暴露了在当下的中国乡村世界中农民与管理者之间的矛盾已经达到了怎样一种尖锐激烈的程度,对于这一点,明眼人不可不察。

农民大量流入城市带来的一个直接后果便是大片土地的荒芜,这一点在清风街同样有直接的表现。正是在这样的背景之下,才有夏天义租种离乡者土地行为的发生,而君亭与夏天义、秦安关于到底应该先建农贸市场还是应该先在七里沟淤地的争执才有了一种深刻的现实意义。以传统的观念看来,土地为农民之本,作为一个农民无论如何也不应该抛弃土地,夏天义与秦安便是这样一种理念的坚决捍卫者。然而,如果着眼于乡村的现实情况,如果充分地考虑到土地的经营不仅无法改变农民的生存困境,反而还有可能使农民的生存困境进一步加剧的这样一种客观状况,那么君亭发展农贸市场的思路其实还是很有一些现实依据的。从小说文本的实际情况来看,虽然贾平凹无意于对君亭与夏中义、秦安的争执做出某种非此即彼的是非判断,虽然作家的本意是要对当下中国乡村客观的生存状况做一种尽可能真实的呈现,但从《秦腔》达到的艺术效果来看,小说中关于夏天义与土地之间那样一种血肉关系的展示,小说中对于夏天义这个人物形象的描写刻画,应该说还是小说中最能击痛并打动人心的地方。小说中的夏天义曾经在建国后相当长的一个时期内担任清风街的领导工作,在这长期的工作过程中,他对土地产生了一种相当深厚的感情。正因为如此,所以当312国道改造要侵占清风街后塬的土地的时候,身为村干部的夏天义才会组织村民去挡修国道,并为此而背了个处分。正因为对土地充满了感情,所以夏天义担任村干部时最大的一个愿望便是能够在七里沟淤地成功,因为在他看来:"土农民,土农民,没土算什么农民?"(95页)虽然"出师未捷身先死,长使英雄泪沾巾",虽然因为在七里沟淤地未能成功而被迫下台,但下台之后的夏天义却依然情系土地,依然希望能够靠个人的努力继续七里沟淤地的事业。小说中不无荒诞意味但更具悲壮色彩的一个情节便是年事已高的夏天义带着一个哑巴孙子,带着一个傻子引生在七里沟进行淤地劳动的动人描写。在夏天义充满悲壮色彩的淤地过程中,我们可以明显感觉到一种知其不可为而为之的愚公精神的存在。很显然,夏天义的淤地事业肯定只能以失败的结局告终,但这一人物对于土地的那样一种深情眷恋,他身上所体现出来的那样一种悲壮的抗争精神,给读者留下了极为深刻的印象。应该说,小说对于夏天义死亡过程的设计也是极富艺术意味的,因为夏天义一生致力于对土地的坚决保护,致力于七里沟淤地事业,所以作者便让夏天义在七里沟淤地过程中遭遇山体滑坡而死:"这一天,七里沟的东崖大面积地滑坡,它事先没有迹象,……它突然地一瞬间滑脱了,天摇地动地下来,把草棚埋没了,把夏天智的坟埋没了,把正骂着鸟夫妻的夏天义埋没了。"(556页)给视土如命的人一个天然土葬的结果,将这一结果与夏天义临死前不久喜欢吃土的行为联系起来,与小说中关于夏天义是土地爷再世的暗示联系起来,我们就简直可以说夏天义是一个土地的精灵了。这样一个极富象征意味的老农民的去世在很大程度上更有力地说明了当下中国乡村世界的衰颓与凋敝状况。

在小说的后记中,贾平凹曾经表达过对当下中国乡村状况的极度忧虑:"这里(棣花街)没有矿藏,没有工业,有限的土地在极度地发挥了它的潜力后,粮食产量不再提高,而化肥、农药、种子以及各种各样的税费迅速上涨,农村又成了一切社会压力的泄洪池。体制对治理发生了松弛,旧的东西稀里哗啦地没了,像泼去的水,新的东西迟迟没再来,来了也抓不住,四面八方的风方向不定地吹,农民是一群鸡,羽毛翻皱,脚步趔趄,无所适从,他们无法再守住土地,他们一步一步从土地上出走,虽然他们是土命,把树和草拔起来又抖净了根须上的土栽在哪儿都是难活。"于是,贾平凹不由得感叹道:"我站在街巷的石碾子碾盘前,想,难道棣花街上我的亲人、熟人就这么很快地要消失吗?这条老街很快就要消失吗?土地也从此要消失吗?真的是在城市化,而农村能真正地消失吗?如果消失不了,那又该怎么办呢?"很显然,贾平凹的这一系列问题正是从中国乡村世界的衰颓与凋敝的状况中生发出来的。贾平凹无法回答这样的问题,我们也同样无法回答这样的问题。无法回答问题的贾平凹所能做到的只能是对于当下中国乡村世界凋敝现状的客观呈示,而我们则必须直面这样的现状并对这样的现状继续进行深入的思考。

六

虽然从总体的情节叙事来看,《秦腔》的确是一部明显的"去中心化"了的长篇小说,但在其中我们还是能够梳理出两条基本的故事主线来。一条是与夏天义有关的关于土地、关于乡村世界凋敝现状的描写,另一条则是与夏天智有关的关于秦腔、关于传统文化不可避免地失落衰败的描写。而在某种意义上,我们也完全可以说,乡村世界的凋敝过程同时也正是秦腔,正是农村中传统文化日渐衰败的过程,二者是互为因果地同步进行的。小说的标题很显然正来自这样一条故事主线的充分展开。应该说,贾平凹在小说中对于秦腔这条故事线索所投注的精力是丝毫不亚于关于土地的那条故事线索的。

具体来说,《秦腔》中关于秦腔衰落这条线索的描写是围绕夏天智和白雪这两个人物而充分展开的。白雪是县秦腔剧团的演员，由白雪这一人物就自然而然地涉及了秦腔剧团的一波三折，最后却仍不免失败解体的悲剧命运。由于市场化与时尚化的猛烈冲击，秦腔剧团的命运在短短的一年时间内便发生了天翻地覆的变化。在白雪结婚时，县秦腔剧团还颇威风地到清风街演出，剧团中的名角王老师也还可以摆摆谱。然而，等到夏中星被任命为剧团团长的时候，剧团居然就准备一分为二成为两个演出队了。虽然夏中星行使团长的权威，将剧团再次合二为一并雄心勃勃地要到全县各乡镇巡回演出以重振秦腔雄风，但这在某种意义上也已经是秦腔的回光返照了——巡回演出中最糟糕的一次居然只剩下了一个观众，而这个观众事实上却是回剧场找丢了的钱的。因此，虽然夏中星个人依托剧团为跳板最后当上了县长，但等到他卸任剧团团长的时候，这剧团也就只能面临着自行解散的命运了。到最后，自行解散后的剧团演员便只能各自组成若干个乐班去走穴卖艺了，与夏风离婚后的白雪便以此为生计。然而，即使是这样的走穴也并不就是一个稳定的、受农民欢迎的举措，在清风街的一次演出中他们就明显地受到了唱流行歌曲的陈星的强烈冲击。与秦腔剧团的最终解体相联系的则是白雪与王老师这两个秦腔演员的不幸遭遇。王老师唱了一辈子秦腔，但就是想出一盘带有纪念意义的唱腔盒带而不得。白雪本来有机会调到省城去工作，却因为对秦腔事业的热爱而留在了剧团。然而秦腔的衰颓之势却并非靠个人的努力便可以改变的，热爱秦腔的白雪最终还是落了个被不喜欢秦腔的丈夫夏风遗弃的不幸结局。提及白雪与夏风这一对夫妻，我们应该注意到，如果说白雪是传统文化的象征的话，那么夏风便可被看作是现代文明的一种象征。这样，他们两人的结合与分手便象征着传统文化与现代文明从根本上互不相容、互相排斥。在这个意义上，他们结合之后，白雪所生的那个没有肛门的怪胎也就具有了鲜明的寓言意味。这一怪胎的出现在很大的程度上隐喻着传统文化与现代文明最终难以交融。

白雪之外，小说中另一个与秦腔有着更深的渊源关系的人物是夏天智。夏天智曾经担任过学校的校长，可以说是一位当下中国乡村世界中的知识分子形象。夏天智酷爱秦腔，只要有时间，不是在马勺上画秦腔脸谱，便是在大喇叭中播放秦腔唱腔。可以说，夏天智的整个生命都是与秦腔缠绕在一起的，或者说，秦腔就是夏天智全部的生命意义所在。与白雪相比较，夏天智对秦腔的痴迷与投入程度使得只有他才可以被称作是秦腔的精灵。然而，尽管夏天智对秦腔如此依恋和痴迷，尽管他也可以利用父亲的权威命令夏风设法出版自己的秦腔脸谱集，但是，他既无法彻底地阻止白雪与夏风婚姻的失败，也无法帮助王老师实现出一盘唱腔盒带的愿望，更无法从根本上力挽狂澜地阻止秦腔最终的失落与衰败的命运，最后只能无可奈何花落去地目睹这一切无法改变的事实的逐渐发生。然而，从一种象征的意义上来看，贾平凹在小说中所倾力描写的秦腔更应该被理解传统文化的象征。这样看来，与其说夏天智是秦腔所孕育的一个文化精灵，倒不如说他是在中国乡村世界绵延日久的传统文化的化身。如果把夏天智理解为乡村世界中传统文化的化身，那么小说中诸多艺术描写的意义也就一目了然了。比如，清风街上无论谁家发生了纠纷，只要夏天智一到，这样的纠纷马上就可以被解决，甚至在夏氏家族内部，夏天智在这一方面也拥有着超越乃兄夏天义、夏天礼的权威力量。从这样的角度来看,夏天智其实更应该被理解为是一种传统道德精神的象征性人物。细读《秦腔》文本,我们便不难发现在清风街的日常生活中,夏天智的为人行事总是恪守体现着扶危济困的传统道义,总是洋溢闪烁着一种迷人的人性光辉。不管是他对秦安的关心匡扶,还是他对若干贫困孩子的资助,都一再强化着夏天智作为一种传统道德精神载体所独具的人格魅力。结合贾平凹的《秦腔》后记来看,夏天智身上无疑闪动着自己父亲的影子,而夏天义身上则不时地晃动着那位当了一辈子村干部的伯父的影子,正因为作者在这两位人物身上倾注了满腔感情,所以他对这两个人物的塑造刻画才会格外地丰满动人,才会给读者留下无法磨灭的印象。然而,与夏天智对于传统道德精神的坚持与恪守形成鲜明对照的却是清风街在市场经济冲击下日渐的道德败坏。首先是在夏家的下一代人,尤其在夏天义的五个儿子之间,经常会因为赡养老人等家务事而大吵乃至大打出手,虽有夏天智的强力弹压,最终仍无济于事,其中尤以庆玉的表现为甚。其次是一些市场经济条件下的腐败现象开始出现在清风街并渐呈蔓延之势,其中最突出的一个标志便是丁霸槽酒楼上妓女卖淫现象的出现。第三则是曾经在夏家延续多年的、过春节时那种格外充满人情味的去各家轮流吃饭的传统最终消失。当四婶说出:"我看来,明年这三十饭就吃不到一块了,人是越来越心不回全了"的时候(511页),这样一种传统的终结也就是不可挽回的了。在这个意义上,如果说夏天智对于秦腔的失落衰败尚且无能为力的话,那么对于这样一种美好的传统文化、传统道德精神最终的必然终结就更加回天无力了。从这样一个角度看来,夏天智的死亡其实也就在强烈地预示标志着一个时代的结束。

七

无可奈何花落去，似曾相识燕归来。从中国社会一种必然的发展趋势来看，中国乡村世界的凋敝与寄寓于这乡村世界之上的传统文化、传统道德精神的失落，的确是一种无法改变的事实存在。虽然贾平凹对于自己生活了十九年之久的故乡充满了依恋之情，对于在故乡传延达数百年之久的秦腔充满了热爱之情，对于故乡那块土地上所生长的、体现着传统文化与传统道德精神的父老乡亲充满了敬仰之情，但一种忠实于现实的责任感还是促使他饱蘸着自己的血泪写出了《秦腔》，并在《秦腔》中格外真实且充满真情地为故乡、为土地、为传统文化与传统道德精神唱出了一曲哀婉深沉的挽歌。或许在读过《秦腔》之后，确也会有人给小说扣上种种不合时宜的政治帽子，对于这一点，贾平凹在小说后记中已说得很明白："但我是作家，作家是受苦和抨击的先知，作家职业的性质决定了他与现实社会可能要发生的摩擦，却绝没企图和罪恶。"实际的情形也确实如此，从对于当下中国乡村现状那样一种惊人的洞察与穿透而言，贾平凹的《秦腔》的确堪称一部极富思想与艺术勇气的决绝之作。还是在小说后记中，贾平凹说："树（竖）一块碑子，并不是在修一座祠堂，中国从来没有像今天这样渴望强大，人们从来没有像今天需要活得儒雅，我以清风街的故事为碑了，行将过去的棣花街，故乡啊，从此失去记忆。"的确应该承认，贾平凹以《秦腔》为故乡竖一块碑子的愿望成功实现了。如果说对贾平凹而言是"故乡啊,从此失去记忆"的话,那么对广大读者而言,则正是凭借着《秦腔》这样一部厚重沉实的长篇力作,才得以重建了我们对于棣花街,对于清风街,对于当下中国乡村世界的记忆。

精读八:《主角》

借一方舞台凝聚时代风云展示命运变迁

对作家陈彦略有所知,始自他的长篇小说《装台》。2016年初,在中国小说学会年度排行榜的评选现场,我亲自见证了陈彦的《装台》以一匹黑马的姿态出人意料地登上了2015年长篇小说排行榜的榜首位置。据相关权威人士的说法,目前中国长篇小说的年度纸质出版量已经达到了约略万部的规模。假若我们承认的确如此,那么,一部由一位小说界的"新人"创作的长篇小说,能够面对众多强劲的竞争对手,最终脱颖而出,登上中国小说学会年度长篇小说排行榜的榜首位置,其难度自然可想而知。其他不说,单只是这一点,就已经充分说明陈彦这部《装台》具有卓尔不群的思想艺术品格。陈彦进入我的关注视野,就在这个时候。实际上,也只有在注意到陈彦的存在之后,我才意识到自己视野多么狭窄、多么孤陋寡闻。原来,这位凭借一部《装台》而在小说界暴得大名的陈彦,是一位早就创作过很多部优秀剧作的成熟剧作家。他的戏剧作品曾经数度获得国内重要的戏剧文学奖项。了解到这方面的情况之后,我便恍然大悟。虽然说陈彦的《装台》荣登中国小说学会长篇小说排行榜榜首,的确称得上是出人意料,但对于一位已经写出过很多优秀剧作,有着极丰富的戏剧文学创作经验支撑的陈彦来说,他转而从事小说创作并且很快就在这一文类领域脱颖而出,其实倒也是顺理成章的事。但根据作家自己在《主角》(作家出版社,2018年1月版)后记中的交代,早在创作《装台》之前,陈彦就已经把一部名为《西京故事》的舞台剧的创作素材改换文体,改写成为"那种可包罗万象"的长篇小说,只不过,这部《西京故事》并没有产生如同《装台》这样巨大的社会影响而已。应该说,《装台》出人意料之外的巨大成功,对陈彦的内心世界产生了微妙的影响,进一步促使他一发而不可收地把创作的重心倾斜到了长篇小说这一文体之上。关于这一点,陈彦在后记中同样有所交代:"几次遇到批评家李敬泽先生,他建议说:'从《装台》看,你对舞台生活的熟悉程度,别人是没法比的。这是一座富矿,你应该再好好挖一挖。写个角儿吧,一定很有意思。'"[1]事实上,正是李敬泽的这一建议,重新勾起了陈彦强烈的创作欲望。原来,早在好多年前,他就曾经动笔写过一个以"角儿"为主人公的《花旦》,而且,已经写了好几万字。只不过,因为在写作的过程中,经常处于"茫然不见头绪"的状态而被迫停滞搁笔。很大程度上,正是《装台》意外成功后李敬泽给出的建议,引领着陈彦重新捡起了曾经的《花旦》。就此而言,这部曾经一度处于停滞状态的《花旦》,自然可以被看作是这部篇幅将近八十万字的长篇小说《主角》的"前世"。

一方面,陈彦本身是非常优秀的剧作家;另一方面,他不仅

---

[1] 陈彦:《〈主角〉后记》,《主角》,作家出版社,2018年版。

在陕西省戏曲研究院担任过二十五年之久的专业编剧，而且也还曾经交叉任职过十几年的团长和院长，在这期间，他所耳闻目睹的形形色色的戏剧人生可以说非常丰富。所有这些，最起码从深厚生活经验积累的角度上保证了陈彦以戏剧人为主要表现对象的小说创作的成功。但在很多时候，生活经验的过于丰富也会同时给作家带来"一部二十四史，不知从何说起"的创作困惑。陈彦之所以在酝酿创作《花旦》时曾经一度陷入"茫然不见头绪"的状态之中，其根本原因或许正在于此。虽然不曾从陈彦处得到证实，但以我的判断，他一时踌躇不前的创作困境的被打破，很可能得益于对作为小说标题的"主角"一词的发现与运用。原初的"花旦"，仅仅是包括秦腔在内的中国戏曲中的角色行当之一种。一部篇幅浩大的长篇小说，一旦以"花旦"为题，就很容易陷入到只是针对戏剧人具体生存状态的关注与书写上，很容易只见枝叶而不见树木，其艺术格局自然就会显得比较狭小。而"主角"一词的发现与征用，情况却明显不同。一方面，主角自然是一个司空见惯的戏剧用语，任何一部剧作，都少不了主角的存在。但在另一方面，主角一词的使用却又不仅仅只是局限于戏剧领域，而是更多地适用于人生与社会领域。这样一来，当作家以"主角"取代了曾经一度的"花旦"之后，其思想艺术视界与境界自然也就不仅仅局限于戏剧领域，也就豁然开朗了。我们注意到，在小说后记中，陈彦曾经这样谈论过《主角》所希望能够企及的一种艺术理想："总之，《主角》当时的写作，是有一点野心的：就是力图想把演戏与围绕着演戏而生长出来的世俗生活，以及所牵动的社会神经，来一个混沌的裹挟与牵引。我无法企及它的海阔天空，只是想尽量不遗漏方方面面。

这里是一种戏剧人生的进程,因为戏剧天赋的镜子功能,也就不可或缺那点敲击时代地心的声音了。"①这里所谓"围绕着演戏而生长出来的世俗生活",实际上也正是我们所强调着的那个超越于戏剧领域之外更为广阔的人生与社会领域。质而言之,以主角忆秦娥长达四十年的舞台人生为聚焦点,尽可能地把作家对时代、社会、人生、世界,乃至于同样堪称复杂深邃的人性的观察与体验融会贯通于其中,是作家陈彦一种高远的艺术理想之所在。

依照我个人的粗浅理解,陈彦的《主角》在思想艺术的成功集中体现在这样三个方面。首先,是一种史诗性艺术品格的追求。在中国当代文学史上,史诗性的追求曾经一度专属于所谓的"革命历史小说",在《中国当代文学史》"革命历史小说"那一部分,洪子诚曾经专门谈到过他对"史诗性"的理解与判断:"史诗性是当代不少写作长篇的作家的追求,也是批评家用来评价一些长篇达到的思想艺术高度的重要标尺。这种创作追求,来源于当代小说作家那种充当'社会历史家',再现社会事变的整体过程,把握'时代精神'的欲望。中国现代小说的这种宏大叙事的艺术趋向,在30年代就已存在。……这种艺术追求及具体的艺术经验,则更多来自19世纪俄、法等国现实主义小说,和20世纪苏联表现革命运动和战争的长篇。……'史诗性'在当代的长篇小说中,主要表现为揭示'历史本质'的目标,在结构上的宏阔时空跨度与规模,重大历史事实对艺术虚构的加入,

---

① 陈彦:《〈主角〉后记》,《主角》,作家出版社,2018年版。

以及英雄形象的创造和英雄主义的基调。"①在这里,关于"史诗性",洪子诚实际上给出了四个方面的具体标准。以这样的标准来衡量陈彦这部以戏剧人为主要表现对象的长篇小说,前面的三个方面都不存在什么问题,需要我们认真思考的,其实只是最后一个方面,亦即所谓"英雄形象的创造和英雄主义基调"的问题。

关于所谓的英雄问题,陈彦在小说后记中曾经做出过专门的辨析与解说:"当平均年龄只有十六七岁的一群孩子,以他们扎实的功底、靓丽的群像,演绎出一台走遍大江南北,甚至欧洲、北美、亚洲、港澳台地区都饱受赞誉的大戏时,我不能不常常用'少年英雄群体'来褒扬他们的奉献牺牲精神。说他们是'少年英雄',其实一点都未拔高。在最离不开父母时,他们撕裂了父爱、母爱;在最需要关心、呵护时,他们忍受着钻心的疼痛与长夜寂寞,让几近濒临失传的绝技,点点走心上身。尤其让人感动的是:在贪官、商奸、民风普遍失范时,他们却以瘦弱之躯,杜鹃啼血般地演绎着公道、正义、仁厚、诚信这些社会通识,修复起《铡美案》《窦娥冤》《清风亭》《周仁回府》这些古老血管,让其汩汩流淌在现实已不大相认的土地上。以他们的年岁,本不该牺牲青春,去承担他们不该承担,也承担不起的这份责任。但他们却以单薄的肩膀、稚嫩的咽喉,担当、呼唤起生命伦理、世道人心、恒常价值来。他们不是英雄谁是英雄?"②一般来说,一提及英雄,人们的思绪马上就会把这一语词与血雨腥风

---

① 洪子诚:《中国当代文学史》,北京大学出版社,1999年版,第108页。
② 陈彦:《〈主角〉后记》,《主角》,作家出版社,2018年版。

的战争岁月联系在一起,似乎只有在战火纷飞的战场上才能生成所谓的英雄形象。其实,在人类漫长的历史长河中,战火纷飞的战争岁月毕竟属于短暂的非常态,更长的时段还是属于常态的和平岁月。问题显然在于,一旦进入常态的和平岁月,类似于"英雄"这样的语词是否就失去了其存在的意义?是否就应该彻底退出历史舞台?到陈彦这里,答案只能是否定的。在他的理解中,和平时代当然存在英雄,而且这些为他所熟知的、为古老的戏曲事业默默做出奉献的戏剧人,完全可以被看作是和平时代的英雄,或者说是一种文化英雄。假若说这些戏剧人都应该被看作是文化英雄,那么,如同《主角》中的主人公忆秦娥这样带有突出悲情色彩的戏剧人中的佼佼者,就更应该被看作是难能可贵的文化英雄了。就这样,参照洪子诚所给出的"史诗性"四个方面的内涵,一旦英雄观与英雄形象的问题得到解决,那么,陈彦长篇小说《主角》史诗性品格追求的问题自然也就迎刃而解了。

其次,在女主人公忆秦娥跌宕起伏的人生历程中,作家相当出色地凝聚表现了社会与时代的风云变幻。"她叫忆秦娥。开始叫易招弟。是出名后,才被剧作家秦八娃改成忆秦娥的。""易招弟为了进县剧团,她舅给改了第一次名字,叫易青娥。"从叙述学的角度来看,小说一开始的这两段叙事话语带有非常明显的预叙色彩,以高度凝练概括的方式,把一部字数几近八十万字的长篇小说的主要内容,三言两语就提炼出来了。从土里土气的易招弟,到差强人意的易青娥,再到极富有诗意的忆秦娥,一个人的三个不同的名字所串联起的,正是女主人公数十年跌宕起伏的人生。很大程度上,一部《主角》乃可以被看作是这两段预叙性话语的充分展开。《主角》的故事起始于"文革"即将终结的1976年,那一年,尚且被称为易招弟的女主人公刚刚十一岁。从那个时候开始,陈彦的笔触一直延伸到了市场经济的当下时代,故事的时间跨度达四十年之久。到小说结尾处,忆秦娥已经年过半百。因为叙述者的聚焦点始终在忆秦娥身上的缘故,从小说类型学的角度来看,这部长篇小说首先可以被看作是一部成长小说,或者说教育小说。顾名思义,"成长小说"的要旨就在"成长"二字。具体到陈彦的《主角》,一开始的时候,易招弟还仅仅是九岩沟一位初通人事的青涩女子,被她的娘舅胡三元生拉硬拽着进入了宁州县剧团:"招弟也不知是高兴,还是茫然,头嗡的一下就木了。她可是连做梦都没想过,要到县剧团去唱戏的……她是个笨手笨脚的主儿。娘老说,招弟一辈子恐怕也就是个放羊的命了。可没想到,这事竟然是要让她去了。"到了小说结尾处,秦腔的一代名伶忆秦娥,无论是事业还是情感都已经饱经沧桑了:"她有种身心疲惫感。也有种百无聊赖感。自己还能干什么呢?只有唱戏。好好唱戏。唯有把生命全都投入到练功、拍戏、唱戏中,才感到自己是没有伤痛地存在着。要不然,她就会联想到很多很多:儿子、家人、刘红兵、石怀玉……几乎没有一件不让她不淘神挠心的事。尤其是石怀玉,还连婚都没离,就钻进深山,音信全无了。她忆秦娥到底算咋回事?就这样乱七八糟地活着人。不排戏、不练功、不一成一个多小时地在门背后平板支撑着,她还真不知日子该怎样打发了。"如同忆秦娥这样一位只晓得一心一意练功唱戏的"戏痴",竟然会对于人生生出一种身心疲惫感、一种百无聊赖感、一种强烈的厌倦感。由此出发,我们便完全可以想象得到,在长达四十年唱念做打的舞台生涯中,忆秦娥究竟受到了怎样严重的打击与伤害。从一位懵懵懂懂的无知山村少女,到名满天下的"秦腔皇后",尤其是到一种人生厌倦与茫然感不期然之间的生出,陈彦所真切写出的,正是秦腔一代名伶忆秦娥满蘸着血泪与汗水的成长过程。

但《主角》却又绝不仅仅只是一部成长小说。关于这一点,陈彦自己其实也有所自觉:"如果仅仅写她的奋斗、成功,那就是一部励志剧了,不免俗套。在我看来,唱戏永远不是一件单打独斗的事。不仅演出需要配合,而且剧情以外的剧情,总是比剧情本身,要丰富出许多倍来。"① 以我的理解,陈彦这里一再强调剧情以外的剧情,实际上就是在强调忆秦娥个人成长历程之外的社会、时代等因素。不仅如此,在很多时候,诸如社会、时代等这样一些剧情以外的剧情,在文本中所占的份额还往往会超过忆秦娥本身的份额。这样一来,再把《主角》仅仅看作是一部成长小说,就无论如何都显得有点牵强附会了。因为有了这样一些社会与时代因素的强势介入,《主角》就由一部成长小说而被作家进一步提升为思想艺术境界更为开阔的社会小说了。更进一步说,陈彦这部长篇小说最出彩处,正在于借一个秦腔名伶四十年的人生历程不无巧妙地写出了四十年来中国社会的发展演变情形。更准确地说,作家在一种人物与社会彼此互动的情形下,既写出了人物的命运变迁,更传达出了社会与时代的发展演变状况。整部小说共分为上中下三大部分,尽管中部与下部之间缺乏相对明确的时间界限,但依据文本内容,结合我们对中

---

① 陈彦:《〈主角〉后记》,《主角》,作家出版社,2018年版。

国社会四十年发展变迁过程的了解，我们认为，上中下三部分具体对应的，分别是1970年代末、1980年代以及1990年代，尤其是邓小平1992年南方谈话以来所谓的市场经济这样三个时代。在密切聚焦忆秦娥个人命运的同时，陈彦以其生动的笔触所真切写出的，其实更是特定时代背景下秦腔这一源远流长的传统剧种的命运遭际。其中，尤以上部的表现最为出色。

上部的主体故事时间，是1970年代后半期。这个时期，恰好是"文革"即将结束以及最终结束之后中国社会的重大转型时期。虽然说忆秦娥乃是整部长篇小说贯彻始终的一个主角、一个主人公，但在这一部分，能够最突出地体现那个转型时期秦腔与特定时代之间矛盾冲突的人物形象，其实是把忆秦娥引领上秦腔之路的她的那个娘舅，那个敲鼓佬胡三元。胡三元是一位视敲鼓、视秦腔为生命的戏剧人。且让我们先看一看少年时的忆秦娥眼中的胡三元形象："她舅在正规舞台上敲戏，显得比在山村更威风。乐队二十几个人，都平摆着。只有他，是坐在一个高高在上的架子上。架子方方正正，比农村老八仙桌还大些，但矮些。舅把大小四个鼓围着身子摆着。他一手操牙板，一手操鼓尺。他手上、嘴上、眼睛上的所有动作，都跟乐队、演员有关。后来易青娥才知道，敲鼓的，在西洋乐队里，那就是指挥，是卡拉扬，是小泽征尔。难怪她舅说啥话都那样冲，那样有底气。"请注意，这个时候的胡三元，是在给米兰敲戏。而这位米兰，正是和胡三元关系持续了很多年的红颜知己胡彩香的死对头。事后很多年，等到远赴美国的米兰回国探亲的时候，我们方才搞明白，原来米兰与胡彩香不仅是同村人，而且还曾经是可以割头换颈的好朋友。她们俩的交恶，与争当主角紧密相关。既然她们俩变成了"你死我活"的死对头,那胡彩香要求胡三元不要给米兰好好敲鼓,就自是顺理成章之事。而胡三元,之所以答应了胡彩香不会好好敲鼓,事到临头却依然在很用心地敲鼓,只是因为他觉得米兰的戏演得不错,较之既往有不小的进步。当一位男人,竟然可以置自己的感情于不顾,只是一门心思地着眼于戏剧事业的时候,他内心深处对于戏剧事业、对于秦腔这一剧种、对于敲鼓这门技艺的热爱,显然就是无法否认的一种客观事实。

说到胡三元的热爱敲鼓,就不能不注意到,他所专注于敲鼓技艺的那个年代,正是"文革"后期,是一个政治挂帅、政治统领一切的畸形时代。在那个不正常的时代,他如此专注于敲鼓技艺,很容易就会被看作是业务至上的"白专道路"。缘于此,胡三元与时代政治之间矛盾冲突的发生,就是无可避免的必然结果。这一点,集中通过胡三元的两次"闯祸"而表现出来。第一次,发生在毛泽东刚刚去世的时候:"在全国人民沉痛悼念毛主席的时候,胡三元却偷偷在房里搞娱乐活动。为了逃避监督,胡三元压低声音,是用一本书当板鼓,在练着鼓艺的。他以为他做得很聪明,可再狡猾的狐狸也逃不过猎人的眼睛,早有群众把他盯上了。黄主任说,胡三元跳出来不稀奇。这种人迟早是要跳出来的。他早跳出来比晚跳出来好。"在当时那种政治气候下,毛泽东的去世,毫无疑问是很大的一个政治事件。胡三元在这个关键时刻仍然不忘敲鼓,自然会被诸如黄主任这样的极"左"分子看作是对时代政治的挑衅之举。事实上,身为县剧团敲鼓佬的胡三元根本就不可能有什么明确的政治意识,更不会自觉到要以敲鼓的方式刻意对抗时代政治的地步。很快地,在所谓的"四人帮"被粉碎之后,胡三元便从公安局放了出来。只有到这个时候，我们方才从愤愤不平的胡三元嘴里了解到事情的全部真相："啥东西，说我反对毛主席呢，我咋就反对毛主席了？你还是半地主出身，我正宗贫农。你黄正大戴的黑纱，我也戴的黑纱。你黄正大胸前戴的白花，我也戴的白花。我扎花圈架子，不比谁扎的少。你还背着个懒汉二流子手，到处胡球转哩。是有人看见的，说他腿转肿了。可你毕竟是在躺着享受啊！还是异性在捏哩。那不算搞娱乐活动？我回家轻轻敲几下鼓，舒舒筋骨，又没敲'欢音'，还敲的是'苦音'慢板哩。那哀乐都能放，'苦音'咋就不能敲呢？更何况我是在书上敲，又不是在鼓上敲的。人家公安局的人都说，我说的不无道理呢。"由胡三元以上的辩解之词可见，一方面，从主观动机来看，他的敲鼓行为的确不存在故意冒犯时代政治的问题；但在另一方面，他在给毛泽东治丧期间如此一种下意识敲鼓的行为，却又充分说明他对于敲鼓技艺的热爱已经达到了无法自控的地步。更深入地追究下去，我们就不难发现，胡三元之所以会因为热爱敲鼓技艺而屡屡与县剧团的黄正大主任发生不无激烈的尖锐冲突，从更为纵深的层面来说，所真切反映出的，其实正是秦腔这一古老的传统剧种与以"破四旧，立四新"自我标榜的"文革"时期时代政治之间的水火不容。对于这一点，小说中晒老戏服装这一细节表现得非常突出："1978年农历六月初六那天，剧团院子里，突然晒出了几十箱稀奇古怪的衣裳。伙管裘存义说：那就是老戏服装。"按照裘存义的说法，这些老戏服装从1964年底起，已经封箱整整十三年了。只有到这个时候，借助渐次开展的思想解放运动的力量，这些曾经在很长时间内被视为牛鬼蛇神的老戏服装才有了重见天日的可能。很大程度上，这些老戏服装，包括视敲鼓如命的胡三元,其实都可以被看作是一种极富象征意味的文化符号。质言之,他们既可以被看作是中国传统文化或者干脆说是人类优秀文化的一种象征,也可以被看作是一种人性与生命本真力量的象征。如同胡三元之类的戏剧人对于秦腔的百般珍视,究其根本,乃因为在其精神深处早就把秦腔看作了自己的生命寄托之所在。就此而言,他们对秦腔的珍视与呵护,乃是其骨子里高贵人性的充分体现。从这个角度来说,如同胡三元这样一种并非自觉的敲鼓行为,毫无疑问可以被理解为,在一个生命的自由存在受到极度压抑的畸形政治时代,人性与生命对于这种畸形政治的本能对抗。一言以蔽之,能够把那个时代秦腔备受压抑的气氛真切地传达出来,能够把作为自由人性与生命之象征的秦腔与时代政治之间的对抗恰如其分地书写出来,正是陈彦的《主角》上部最值得我们珍视的一个地方。

胡三元的第二次闯祸,已经是万马齐喑的"文革"结束之后了。这一次的问题,出现在改编上演秦腔《洪湖赤卫队》的时候。在"文革"结束后的文化领域,曾经一度被封杀长达十年的《洪湖赤卫队》的重新上演,是一个思想解冻的标志性事件。或许也正因为如此,各个地方剧团纷纷以改编上演这部歌剧为尚。胡三元所在的宁州县剧团也不例外。那个时候,胡三元正处在因为第一次闯祸而接受处分、被剥夺敲鼓权利的阶段。由于这台戏的舞美工作量很大,正在赋闲的胡三元便被导演指派去参与舞美工作:"分给她舅的有四十个梭镖、二十把大刀、一门土炮,还有一串锁牢门的铁链子。"其他都好说,让胡三元最上心的,就是那门土炮:"舅最大的任务,就是那门土炮了。导演连住几个晚上来跟他商量,说土炮将来要能真打。说最后消灭白极会、彭霸天的时候，把土炮推出来，一炮要把彭霸天的府宅彻底轰垮。"导演不强调不要紧，他这一强调，可就把视戏若命的胡三元给害苦了："她舅生来就是个好表现的主儿，不让敲戏，总得有地方露露脸吧。他就把制造土炮当成大事了。"没想到，三次内部彩排都没有问题，到了正式演出的时候，由于胡三元求功心切地给土炮添加了过多的炸药，结果乐极生悲，在舞台上发生事故，炸死了一人，严重炸伤了两人，这两人中也包括胡三元自己。这一意外事件的发生，顿时给黄正大主任提供了整治胡三元的口实与理由："他一再给公安局的人解释说：'我是反复开会，反复强调，反复检查，反复叮咛，要注意安全，要注意安全，有人就是不听。这里面有阶级斗争新动向呢。'"一方面，胡三元即使因为求功心切，误伤了他人，也应该承担相应的罪责；但在另一方面，"文革"结束后黄正大仍然重弹阶级斗争的老调，就充分说明作为历史运动的"文革"消失易，但"文革"期间形成的惯性思维却消失难。正是因为受控于此种惯性思维的缘故，所以黄正大才千方百计地要借助公安的力量把自己的"眼中钉肉中刺"胡三元置于死地。好在公安部门还算明察秋毫，只是按过失犯罪判处了胡三元有期徒刑五年。通过胡三元与黄正大之间的这一次较量，陈彦试图写出的，其实是"文革"刚结束后余威犹在那样一种思想转型过程的艰难与曲折。对于这种情形，我想，用李清照的"乍暖还寒时候，最难将息"来形容，恐怕是最形象、最恰切不过的了。

其实，也不仅仅是胡三元。在他之外，陈彦通过对女主角忆秦娥那堪称一波三折的学戏过程的细致书写所真切映现出的，也是1970年代后半期那个"乍暖还寒"时节秦腔与时代政治之间必然的对抗与博弈。因为稍后会在讨论忆秦娥这一人物形象时专门提及,此处不赘。到了中部和下部,随着时代脚步的转换,虽然陈彦依然试图如同上部一样借一方舞台凝聚时代风云,但或许与时代精神内涵的理解捕捉与表现难度的加大有关,就总体感觉而言,秦腔这一传统剧种与社会、时代之间的互动性书写,较之于上部还是稍有逊色。进入 1980 年代之后,虽然曾经的那样一种政治的禁锢与压抑已经没有那么严重,但秦腔的存在、传承与发展,却很显然面临着新的压力与挑战。具而言之,八十年代,秦腔剧团所面临的,很可能是所谓的改制问题。正如陈彦已经写到的,在那个时候,省团也曾经被迫分为彼此之间存在一定竞争的两个分团。而到了 1990 年代之后的市场经济时代,来自市场的强劲挤压,仿佛一夜之间就变成了秦腔剧团必须设法解决的根本问题。文本中诸如忆秦娥被迫去茶社走场以及刘四团改头换面之后的重新出现,所有这些,都说明市场经济对于秦腔这一传统剧种的必然侵蚀。然而关键在于,意识到问题的存在,却并不意味着就可以在文本中把这些全都以艺术的方式呈现出来。也因此,倘若陈彦能够以更丰富饱满的生活细节,更犀利透辟的人性穿透力量,如同上部一样,把秦腔这一传统剧种在 1980 年代之后所遭遇的来自政治机制和商品经济的双重钳制,以及秦腔艺人们对这些钳制自觉不自觉的对抗充分地书写表现出来,那么,较之目前的文本,《主角》在思想艺术层面更上层楼,恐怕就是确凿无疑的一种理想现实。

第三,"写小说,人物当然占最重要的部分,拿传统小说三国、水浒、西游、金瓶梅来说,这些小说都是大本大本的,很复杂。三国里面打来打去,这一仗那一仗的我们都搞混了,可是我们都记得曹操横槊赋诗的气派，都记得诸葛孔明羽扇纶巾的风度。故事不一定记得了，人物却鲜明地留在脑子里，那个小说就成功了，变成一种典型。曹操是一种典型，诸葛亮是一种典型，关云长是一种典型，所以小说的成败，要看你能不能塑造出让人家永远不会忘记的人物。外国小说如此，中国小说像三国、水浒更是如此。"①白先勇是卓有成就的一位杰出小说家，由他来讲这样一番话，来强调人物形象的刻画塑造对于小说创作的重要性，是最恰当不过的。对于如此一种艺术真理，曾经在戏剧文学创作上取得突出成就的剧作家陈彦，自然心知肚明。这样一来，在深度透视复杂人性的基础上悉心刻画塑造人物形象，也就顺理成章地成为陈彦《主角》这部长篇小说艺术成就的一个重要方面。

根据陈彦在后记中的说法，《主角》一书中大大小小一共出现过上百号人物，其中诸如胡三元、胡彩香、刘红兵、楚嘉禾、黄正大、秦八娃、石怀玉、米兰、封潇潇、古存孝、乔所长等一众人物，都给读者留下了难忘的印象。但相比较来说，作家用力最多、给读者留下最深印象者，无论如何都应该首推女主角忆秦娥。忆秦娥最突出的一个性格特点，就是对唱戏、对秦腔的痴迷。尽管说忆秦娥一开始接触唱戏这一行当，乃是被她舅胡三元强迫的结果，细细想来，很是有些赶鸭子上架的感觉。好在一方面，这位懵懵懂懂的山村少女也还算得上有唱戏的天赋，另一方面，自幼便习惯了吃苦的她，能够受得了其他人很难吃得下

---

① 白先勇：《白先勇细说红楼梦》（上），广西师范大学出版社，2017年版，第192—193页。

的唱戏练功的苦。比如，踢腿扳"朝天蹬"："她最喜欢扳'朝天蹬'。这是腿功里难度比较大的动作。女生都不喜欢，好多都扳不上去。有的即使扳上去了，也是勾头缩胸，才勉强把一只脚扳到肩旁的。而另一只三吊弯的脚，是咋都立不住的，不是原地打转圈，就是来回蹦着寻找平衡点。""但忆秦娥行。她把一只脚扳过头顶，能控制五分钟。另一只脚，还跟钉死的木桩一样，始终保持端正、溜直、不晃的姿势。"原本的大名角儿、后来在老戏被封存后被迫看了大门的老艺人苟存忠，之所以不由分说地认定忆秦娥是一块唱戏的好料子，并且一门心思地要收忆秦娥为徒，将自己的一身戏艺倾其所有地传授给忆秦娥，其根本原因正在于此。为了不辜负各位老艺人对自己的那份信任，能够顺利地达到登台唱戏演主角的目标，忆秦娥可谓付出了巨大的代价。正因为她付出了这么大的代价，所以初始登台便不负众望地取得了意料之外的成功："这天晚上，易青娥感受到了一个主角非凡的苦累，甚至是生命的极端绞痛。但也体验到了一个主角，被人围绕与重视的快慰。这么多人关注着自己，心疼着自己，那种感觉，她还从来没有体味过。她觉得，脑壳即使勒得再痛些，也是值得的。"关键问题还在于，忆秦娥不仅一开始如此，到后来成为一代秦腔名伶，被普遍誉为"秦腔皇后"的时候，也仍然难能可贵地坚持练功而不松懈。只要认真地读过《主角》就可以知道，不只是"秦腔皇后"的称号，即使是她与刘红兵的婚姻，甚至那些关于她早年与廖耀辉、封潇潇之间根本就莫须有的流言蜚语，也都未能影响到她对秦腔、对练功的痴迷。对于她的这种敬业精神，作家曾经很巧妙地借那位向来只是知道偷奸耍滑的楚嘉禾做出过堪称精准的观察："忆秦娥这个碎婊子，结婚第二天,就到练功场来泡着了。前一阵楚嘉禾和她妈放出的那些风声,不仅没有影响到她和刘红兵的婚姻,竟然也没有影响到她的任何情绪。见天她还是来闷练着,傻站着,呆卧着,一副让人看不透的瓜表情。"一个"瓜"字,既写出了忆秦娥对秦腔的痴迷,同时却也映照出了楚嘉禾自己内心世界的肮脏与龌龊。

  与忆秦娥的"戏痴"紧密相关的另外一个特点,就是她在为人处事上的过于不通人情世故。当年曹雪芹在《红楼梦》中,关于贾宝玉,曾经借叙述者之口给出过一种"潦倒不通世务,愚顽怕读文章"的判语。与贾宝玉的"潦倒"有所不同,忆秦娥的"不通世务",反倒是因为她过于敬业、过于痴迷戏曲艺术的缘故。这一点,突出不过地表现在她和刘红兵的婚姻情感纠葛上。从真实的内心情感来看,忆秦娥真正喜欢的男性,是在宁州县剧团排演《白蛇传》的时候一直和自己配戏的英俊小生封潇潇。而生性低调内敛的封潇潇,也置出身门第颇为高贵的楚嘉禾的追求于不顾,一直以暗中默默关心体贴的方式,表达着自己对忆秦娥的满腔爱意。没想到,因为忆秦娥在北山地区会演时一炮走红的缘故,其父为地区副专员的纨绔子弟刘红兵竟然不管不顾地爱上了忆秦娥。这位刘红兵,在追求爱情上的张牙舞爪做派,与封潇潇只是一味地隐忍、内敛形成了极其鲜明的区别。为了得到忆秦娥,刘红兵利用父亲的权势,不仅如同泼皮狗一样从北山一直死缠烂打到了省城,就连忆秦娥所在的省秦腔剧团赴京会演,他也仍然死皮赖脸地追随在忆秦娥的身边。到最后,虽然忆秦娥仍然对封潇潇恋恋不舍,却毫无防备之力地被迫嫁给了无赖气十足的刘红兵。诸如此类的日常生活琐事,倘若换了别人,处理起来肯定不是什么问题,但到了一味痴迷于唱戏,过于不通人情世故的忆秦娥这里，类似的问题就变成了天大的难题。一方面，笔者非常理解陈彦试图充分凸显忆秦娥"戏痴"一面的良苦用心；但在另一方面，对于忆秦娥如此一种性格设定的必要性，我却多多少少还是有一点怀疑。尽管从个案的意义上看，《主角》中忆秦娥的形象无可厚非，但从更为普遍的角度来考虑，这样一位不通人情世故的、日常生活能力极差或者干脆说多少显得有一点弱智的秦腔名伶形象，恐怕还是存在一些问题的。也因此，我们不妨设想一下，假若作家把忆秦娥处理成一位既拥有日常生活能力同时又特别痴迷于秦腔的人物形象，那么，这一人物形象艺术审美价值的增加，就是无可置疑的一种客观事实。

说到忆秦娥这一人物形象的刻画塑造，无论如何都不容忽视的一点，就是陈彦在有意无意之间写出了她一种内在的精神分析学深度，这一点主要体现在她的感情生活上。不通人情世故的忆秦娥，最终没有能够抵挡得住无赖气十足的刘红兵情感上的狂轰滥炸，被迫答应和这位她其实谈不上喜欢的男人结婚。然而，尽管他们已经结了婚，但忆秦娥却一直在尽可能地逃避夫妻间正常的性爱生活。究其根本，忆秦娥之所以会对男女间的性爱倍觉反感，与她那不堪的童年记忆存在着格外紧密的关联。对此，叙述者曾经做出过明确的揭示："忆秦娥却咋都喜欢不起那事来。刘红兵一翻拾，就让她本能地想到廖耀辉；想到强暴；想到不洁；想到丑恶；甚至还想到了她舅跟胡彩香的偷情。有时，她甚至希望，在刘红兵干得正欢时，宋光祖师傅能突然出现，就像那晚砸廖耀辉一样，操起房里的椅子，照着他的屁股就是几下。"唯其因为忆秦娥幼年时曾经遭受过廖耀辉的欺辱，并且在不经意间曾经目睹过舅舅胡三元与胡彩香之间的性爱场景，在此基础上形成了某种难以摆脱的创伤性记忆，所以成年后的她才会形成一种排斥性爱、视男女性爱为不洁的极端心理。我们所谓忆秦娥的精神分析学深度，就突出地体现在这一点上。但与此同时，与忆秦娥如此一种性爱"洁癖"形成鲜明对照的一点，却是在后来她和石怀玉的婚姻中，这位曾经视男女性爱为洪水猛兽的秦腔名伶，竟然半推半就地接受了石怀玉种种包括性爱方面的怪癖："而石怀玉动不动就要拉她出去'野合'。有时还不分白天黑夜。见太阳好了，他也兴奋；见月亮圆了，他也把持不住性情地要到田野里吟诗、喝酒、做爱。可在她内心深处，对性，却是总在一种干净与不干净中徘徊……这个石怀玉，是个比刘红兵还猛的角色。他浑身充满了一股野性，并且还好强制。"一方面，作家依然没有遗忘忆秦娥的童年创伤记忆，但在另一方面，无论是石怀玉的热衷于"野合"也罢，还是他的"好强制"也罢，所有这些，实际上都离不开忆秦娥的配合。否则，我们就既无法理解忆秦娥为什么会丢下自己的两个孩子跟着石怀玉住到终南山脚下的民居里的行为，更无法理解她那个傻儿子刘忆的惨死。这样一来，忆秦娥性格的前后不一致性也就表现出来了。前一个不无激烈地排斥性爱的她，与后一个竟然配合着石怀玉满足各种性爱怪癖的她，多少显得有点自相矛盾。

更进一步说，在忆秦娥这一主角身上，陈彦还难能可贵地寄寓了某种形而上思考，写出了造化弄人、命运吊诡的一面。一开始，在懵懂无知的忆秦娥毫无准备的情况下，她就因为在北山地区会演时的一举成功而莫名其妙地成为万众瞩目的主角。岂不料，成为主角的时间一长，忆秦娥竟然逐渐地生成了某种对"主角"的厌倦感："忆秦娥要说自己不想排戏，不想演戏，可能别人还说她是装的。在剧团，谁不想排戏、演戏呢？即使削尖脑袋、跌打损伤，累得王朝马汉、咽肠气断，只要能上主角，谁又能舍得不去领受这份苦累和煎熬呢？可忆秦娥还真是不喜欢。她觉得自己已经够风光了，不需要再把命搭上，去一而再、再而三地证明什么了……可她觉得，宁愿不要这些，不要表扬，只要能让她跟别人一样，晚上跑跑龙套、列列队、站站班，心里没负担，上台不出力，不用功，也就阿弥陀佛了。"事实上，也正因为忆秦娥对当主角心存厌倦的缘故，所以，当楚嘉禾他们为了争当主角而斗得不可开交的时候，她才有勇气急流勇退，竟然在一个戏剧演员的黄金年龄，不管不顾地去生孩子了。然而，这个时候的忆秦娥根本就料想不到，若干年之后，当她的养女宋雨长大成人，即将取代她成为新一代秦腔主角的时候，她竟然会怅然若失到如此严重的程度："无论怎么说，省秦上一个原创新戏，主角已不是忆秦娥了，这让她还是突然感到了生命的致命一击。""尽管宋雨是自己的养女，其实也就是自己从来没有另眼相待的亲闺女。她也希望孩子既然唱了戏，就得唱好，就得唱成台柱子，唱成秦腔响当当的名角。可不是现在。不是今天就站出来和自己抢主角，抢名头，抢位置。自己才刚过五十岁，还有好多戏要唱呀！舞台中心她是会让出来的，尤其是让给自己的女儿，但不是今天。今天就让她退场、谢幕、下台……真是太残酷太残酷太残酷了。她觉得这是比那些毁灭她的谣言、'黑材料'，更让她深受伤害的事。"就这样，从十六七岁就已经习惯于在所有的演出中成为主角的忆秦娥，一旦被迫退出历史舞台，退出主角的位置，竟然心态严重失衡到了无法接受女儿宋雨成为主角的地步。一开始，还没有做好成为主角的精神准备的时候，忆秦娥就莫名其妙地被推到了主角的位置上；到后来，尽管她已经对成为主角心生厌倦，却被各种力量阻遏着必须成为主角；再到后来，当她已经习惯于主角位置的时候，却又因为被长江后浪推前浪地推离了主角的位置而心有不甘。粗略地回顾忆秦娥的一生，你就不难发现，很大程度上，她在每一个人生的重要阶段似乎都不自觉地走向了自我人生愿望的反面。我们所谓的造化弄人或者说命运吊诡，其实就突出地体现在这一点上。

其实，还不只是这一点，除了所谓的造化弄人、命运吊诡之外，作家在忆秦娥身上，也还格外鲜明地寄寓了某种可以用"相逢一笑泯恩仇"称之的人道主义悲悯情怀。这一点，突出地表现在忆秦娥与那些曾经不同程度地伤害过她的人们最终关系的处理上。比如，面对那位曾经千方百计阻挠她登台唱戏的黄正大："忆秦娥还能说什么呢，黄正大到底是患了健忘症，还是要故意颠倒黑白呢？这才过去多久，并且当事人都在，他就敢这样张口说瞎话了。她本来想客气地对他微笑一下，毕竟是一个耄耋老人了。但她终于没有笑出来。她只是心里想：那时，黄正大怎么就能那样跟她和她舅过不去呢？到底为啥来着？"本来应该满怀仇恨，没想到，到头来忆秦娥却只是深深地陷入了对既往的沉思之中。如此一种描写，让忆秦娥超越性品格的存在成为显而易见的事实。再比如，面对已然偏瘫在床的廖耀辉："忆秦娥远远地看着坐在木轮车上浑身颤抖，并且涎水四流的廖耀辉，看了很久很久。一刹那间，她好像突然原谅了一切：这终是一个可怜的生命而已。"正因为意识到了这一点，后来在离开宁州的时候，忆秦娥竟然以德报怨地留给了廖耀辉几千块钱，让他去买个轮椅坐。然后，忆秦娥哭了："她不是哭廖耀辉的可怜，而是哭人的可怜。包括自己,都是太可怜的生命!""人啊人,无论你当初怎样鲜亮、风光、荣耀,难道最终都是要这样可可怜怜地退场吗?"无论如何我们都得承认,当忆秦娥不再为某一个具体的人感到痛苦,而是在为天下苍生一哭的时候,一种难能可贵的人道主义悲悯情怀,就已经溢于言表了。在这里,需要我们思考的问题,反倒应该是如同忆秦娥这样一位没有多少文化知识的秦腔名伶,到最后为何能生成如此一种人道主义悲悯情怀。在很大程度上,与其说这种思想情怀是忆秦娥的,莫如干脆说它其实是属于作家陈彦的。

但不管怎么说,在一部旨在描写表现戏剧人跌宕起伏命运的长篇小说中,能够在忆秦娥这一主要人物身上既寄寓一种形而上思考,也寄寓一种人道主义悲悯情怀,都是值得予以充分肯定的。这些艺术因素在文本中的有机交融,在强有力地凸显出长篇小说这一文体本应具备的命运感的同时,也充分说明了作家陈彦某种深刻思想能力的具备。

精读九:《应物兄》
权力与资本场域中的知识分子

或许与我的孤陋寡闻有关,在我,最早知道李洱正在从事一部新长篇小说写作的时间,是2011年北京召开第八次全国作代会的时候。至今犹记,那次会议的某个晚上,李洱和作家出版社的编辑张亚丽,他们两位曾经在我的房间小坐。我最早知道李洱正在致力于一部新长篇小说的创作,具体时间就在那个时候。但实际上,按照小说完成后李洱自己关于这部作品耗费了整整十三年时间的说法来推算,他最早开始酝酿这部长篇小说写作的时间,最起码是2015年左右。应该是从2011年开始,或许与我长期阅读追踪当下时代的长篇小说创作紧密相关,每每遇到李洱的时候,我总是会不无讨嫌意味地追问他,新长篇小说的写作究竟进行到何种程度了,什么时候我们才能够读到这部期待已久的长篇小说呢。尽管总是无法从他那里得到一种确切的答复,但说实在话,由于此前他的长篇小说《花腔》和《石榴树上结樱桃》都曾经给我留下过极其深刻印象的缘故,所以在我的内心深处一直存有对这部未知作品的强烈期望,却是毋庸置疑的一种客观事实。就这样,当时间的脚步行进到2018年秋日的时候，我终于在《收获》杂志长篇小说专号2018年度秋卷的目录上，发现了李洱的长篇小说《应物兄》（载《收获》长篇小说专号，2018年秋冬卷）上卷的踪迹。当时那样一种长久期待之后终于要见到"金刚真身"的感觉，于今想来，恐怕的确多多少少有点"漫卷诗书喜欲狂"的意思。接下来的，便是拿到刊物后迫不及待的阅读，以及先后两次认真阅读之后更长时间的沉寂与思考。那么，我们究竟应该如何看待评价《应物兄》这部现象级的长篇小说呢？在认真地读完这部字数多达九十万字的长卷之后，笔者一时之间陷入了"一部二十四史，不知从何说起"的茫然状态之中，久久难以自拔。

首先，我们必须承认，作为一部以现代知识分子为主要表现对象的巨型长篇小说，《应物兄》的确拥有足够丰饶的知识系统。因为作品以济州大学筹建一个儒学研究院为主要的故事情节与结构线索，所以，自然会写到一众致力于儒学研究的知识分子，这样也就势必会旁涉很多相关的儒学知识，比如，关于孔子的《论语》、关于《诗经》以及相关的学术史谱系等，这一方面的例证，在小说中真正可谓不胜枚举，比比皆是。别的且不说，单是那位身兼视角功能的主人公应物兄，一部影响极大的学术著作，就是《孔子是条"丧家狗"》："他从美国访学回来之后，整理出版了一部关于《论语》的书，原名叫《〈论语〉与当代人的精神处境》，但在他拿到样书的时候，书名却变成了《孔子是条'丧家狗'》。他的名字也改了，从'应物'变成了'应物兄'。"首先，"孔子是条'丧家狗'"这个书名，很容易就可以让我们联想到前一个阶段曾经在学界产生过一定影响的北京大学李零教授的一部以《论语》为研究对象的学术著作《丧家狗——我读论语》。

尽管没有从李洱那里获得确证，但如此一种联想生成的合理性，却不管怎么说都是毋庸置疑的。其次，应物兄这部书的原名《〈论语〉与当代人的精神处境》，假如把《论语》置换为儒学或者儒学研究院，那么，这个标题也可以说庶几概括体现了李洱这部《应物兄》的创作主旨。

再次，更重要的一点是，借助一本学术著作的出版，作家也很巧妙地介绍了"应物兄"这一名号的由来。第一，从一种直观的角度来说，"应物兄"这三个字让我联想到的，就是唐代那位以恬淡高远的诗风著称于世的山水田园诗人韦应物。尽管我们根本搞不明白韦应物名字的具体由来。第二，如果把"应物兄"这三个字与儒学研究联系在一起，那么，正如同作家在小说中曾经明确提出过的，这三个字便可以让我们联想到"虚己应物，恕而后行"这样的古典名句。这句话典出《晋书·外戚传·王濛》。字面的意思是此人（即传主王濛）一贯特别谦虚，总是会以一颗仁爱之心待人接物。李洱特地征用这一语词来为自己学富五车的主人公命名，很显然是在借此暗示应物兄也具有类似王濛这种"虚己应物，恕而后行"的精神品格。本来他的名字只是"应物"二字，但不知道是出版人季宗慈出于有意还是无意的缘故，总之，根本没有征求他本人的意见，等到《孔子是条"丧家狗"》正式出版的时候，他的署名却莫名其妙地多了一个字，变成了"应物兄"。依照人物的性格逻辑来推断，季宗慈毫无疑问是有心之举，并且他的出发点肯定是对市场效益的充分考量。在他向季宗慈发火的时候，季宗慈竟然还给出了一番看似合理的解释："季宗慈说，虽是阴差阳错，但是这个名字更好，以物为兄，说的是敬畏万物；康德说过，愈思考愈觉神奇，内心愈充满敬畏。这当然是借口。他虽然不满，但也只能将错就错来。"没想到的是，从此之后，人们竟然以讹传讹地干脆把他叫成了"应物兄"。原来的"应物"，反倒不怎么被提起了。第三，联系应物兄的普通农民家庭出身，他的父亲肯定不可能给他想出"应物"这样一个很是有一些来历的名字。那么，应物兄的名字究竟从何而来呢？一直到第23节"第二天"这一部分，李洱方才借儒学大师程济世先生询问的方式，给出了这个问题的答案。原来，这个名字的命名者不是别人，正是他初中时的班主任朱三根："就是那个老师将他的名字'应小五'改成了'应物'——在家族的同辈人中，他排行老五。班主任姓朱，原名朱山，曾是个'右派'，早年在高校教书，据说在'反右'运动中肋骨被打断过三根，所以同事们都叫他朱三根。"没想到的是，这应物还偏偏不领情，一门心思想着把名字再改为"应翔"。面对应物拒不接受的情绪，朱三根老师专门给他写了一段话："圣人茂于人者，神明也。同于人者，五情也。神明茂，故能体冲和以通无；五情同，故不能无哀乐以应物。然则，圣人之情，应物而无累于物者也。今以其无累，便谓不复应物，失之多矣。"尽管应物兄肯定是那个时候的高才生，但即使如此，对于一个初中生来说，以上来自王弼《周易注》中的这段古文，也还是太深奥了，他无论如何都不可能读懂。但自幼聪慧的他，却能从老师的神情中看出师命不可违，看出了老师寄予自己的殷切期望，所以只能乖乖地接受了"应物"这个看似深奥的名字。那个时候的他根本不可能想到，到后来，在研究生面试的现场，正是因为他的名字，以及他在现场背诵出的王弼这段话发生作用的缘故，乔木先生方才以收扇子的方式点头首允，把他收到了自己门下。但请注意，与应物兄名字的由来紧密相关的一点，是他的初中班主任朱三根这个人物。尽管只是在小说中偶一现身便不复出现，但如果从知识分子命运的审视与表达这个主题的角度来说，这一形象的存在就并非可有可无。朱三根因为"右派"身份而惨遭毒打失去三根肋骨，并被发配到农村进行思想改造的经历，毫无疑问是二十世纪后半叶中国知识分子不幸命运的非常重要的一个有机组成部分。

其实，也不只是与儒学相关的各种知识，因为小说聚焦的乃是济州大学的一众知识分子，而这些知识分子又不仅仅以儒学研究为志业，所以，在儒学知识之外，李洱的这部小说也还旁涉了西方的各种知识，其中尤以哲学方面的最为引人注目。我们注意到，关于《应物兄》中的知识系统，曾经有学者做过这样一种概括："必须承认，李洱的学识学养令我钦佩不已，儒学、道学、佛学、哲学、生物学、环境学、建筑学、社会学、堪舆学等等，各种学科的知识在作品中不是炫技而是融会贯通，信手拈来。称其是'百科全书式'的小说当不为过。"① 既然是一部以知识分子为中心的鸿篇巨制，那么，以很大的篇幅旁涉描写各种知识系统，自然也就是题中应有之义。关键的问题在于，在当代其他那些题材相同的知识分子小说中，或许与作家另一种创作动机有关的缘故，我们却很少看到如同李洱这般对于各种知识系统的充分书写与表达。以我愚见，《应物兄》如此一种知识极大丰富的情形，很可能会招致两种截然相反的不同评价。赞之者会认为，既然是一部旨在描写表现当代知识分子的长篇小说，那

---

① 刘江滨：《〈应物兄〉求疵》，《文学自由谈》，2019 年第 2 期。

么，相关知识系统的丰富描写，就是一种必要的事情，而且，更进一步说，在这种描写中，我们或许还能够见出作家对世界与存在的基本看法。借用复旦大学教授郜元宝在《应物兄》研讨会上的发言来说，就是："李洱之所以有野心把那么多知识点囊括进十三年的写作，无非是想通过小说的形式追问中国今天知识分子到底处于何种状态。"① 而贬之者则很可能认为，小说作为一种主要关乎人性的艺术形式，其聚焦点理当更多地停留在人物的外在言行举止展示与内在精神世界挖掘上。从这个角度来说，过多的知识系统书写，因其对思想主旨的相对疏离，或者还会招致"掉书袋"的指责。尽管我们不仅更多地赞同前者的看法，而且还对李洱在写作过程中如同做学问一般的"穷经皓首"功夫充满敬佩之情，但说实在话，由于笔者自身的相关知识储备相对贫乏的缘故，所以无论是非臧否，并不敢轻易置一词。正因此，我还是更愿意把精力集中到其他方面，尤其是关于时代境遇中知识分子形象的研究与分析。

但在具体展开我们的讨论之前，首先需要对《应物兄》叙事形式方面的若干特质略加关注。先让我们从叙事人称的问题说起。一方面，《应物兄》所采用的很明显不是更具主观性特征的第一人称叙事方式，但在另一方面，主人公应物兄所承担的主观叙事视角功能，却无论如何都不容轻易忽视。某种意义上，我们完全可以说，在这部字数多达九十万字的长篇小说中，从应物兄始，到应物兄终，携带着视角功能的他，是唯一一位贯彻文本始

---

① 参见施晨露:《横扫年末文学榜单的90万字长篇〈应物兄〉是怎样一部作品，竟让评论家"掐"了起来》，《文化观澜》，2018年12月25日。

终的人物形象。然而，多少显得有点令人不解的是，伴随着故事情节的逐渐深入，竟然会在很多时候出现"我们的应物兄如何如何"这样一种句式。比如，就在小说刚刚开始的第1节中，就已经出现了这种叙事句式："打电话的同时，我们的应物兄就已经整理行头了。"比如，"我们的应物兄后来知道，那只铃铛其实是从汪居常他们家小狗的脖子上取下来的。"再比如，"我们的应物兄预感到栾庭玉即将发火，但他还是抽空想出了一个奇怪的比喻：那双耳朵，真的就像卤过了一样。通常情况下，如果有个奇妙的比喻涌上心头，应物兄都怀着愉快的心情欣赏一番的。""我们"？这个突然间冒出来的复数的"我们"，到底包括哪些人呢？应该说，对于这样一个重要的问题，作家李洱一直到小说结束的时候，都没有给出过明确的交代。问题在于，尽管这个"我们"的出现特别突然，但最起码就我个人的阅读感受而言，真实的情况是，我不仅没有感到丝毫突兀，反而还莫名其妙地生出了一种亲切感。为什么会如此呢？细细琢磨一番，其中的道理，极有可能是因为在阅读过程中应物兄这一人物形象早已渐次深入人心的缘故。正因为读者在阅读过程中已然对应物兄产生了强烈的认同感，所以在看到"我们的应物兄如何如何"的时候，才会毫无排斥，没有异样的感觉。事实上，严格从叙述学的层面上来说，类似于李洱这样一种悍然冒犯基本叙事法则的行为，是坚决不允许的。借用中国古代批评家金圣叹的说法，如同李洱的这样一种行为，或许可以被称为"犯"。按照我自己一种真切的阅读体会来加以揣度，李洱《应物兄》中时不时就会出现的这个"我们"，很可能既包含了活跃于文本内部的除应物兄之外的其他所有人物，也包括身为读者的我们，甚至干脆包括作者李洱在内。

一方面，我们明明知道李洱在"犯"，但在另一方面，我们却不仅能够接受，甚至还会纵容这种"犯"的行径存在，这充分说明的，也就是我们寻常所谓的"文无定法"。又或者，李洱正在以这样一种勇于第一个吃螃蟹的方式，在为未来的叙述学理论做出探索性的贡献。

接下来，需要注意的一点，就是作家李洱在叙事过程中对预叙手段熟练而普遍的使用。所谓"预叙"，直截了当地说，就是在故事情节还没有正式展开之前，作家借助于暗示等艺术方式将相关信息巧妙地透露给读者。这一方面，最典型不过的一个例证，恐怕就是《红楼梦》中贾宝玉梦游"太虚幻境"那个部分。在故事情节还没有发生之前，曹雪芹就通过判词的方式率先揭示了相关人物的命运，这正是"预叙"功能的突出表现。或许与《应物兄》篇幅的相对巨大有关，李洱需要通过预叙手段的充分使用，在制造艺术悬念的同时，更紧密地把前后的文本整合在一起。比如，第12节"双林院士"中就曾这样写道："至于做儿子的为何不愿与父亲见面，乔木先生不愿多谈一个字。应物兄无论如何也想不到，有一天自己会与双林院士的儿子相遇。"双渐既然是双林院士唯一的儿子，他为什么会与父亲结怨甚深，乃至于一直不愿意与父亲见面呢？真正的谜底被彻底揭开的时候，已经到了第85节"九曲"中了。曾经被打成"右派"、在桃花峪"五七干校"下放劳动的双林院士，在离开桃花峪回京之后，很快就被相关组织安排到了甘肃："那里有一个军事基地。所有进出基地的专家和战士，都曾向党宣誓：'知而不说，不知而不问；上不告父母，下不告妻小。'双渐的母亲自然也就不知道，丈夫这一走，两个人再也无缘见面。我国第一颗原子弹试爆成功的第二年，双林院士来过一封信。当双渐看到那封信的时候，母亲已经去世两年了。双渐还记得，信上留的地址是'（玉门）西北矿山机械厂'"这一年，可怜的双渐只有八岁。"母亲死后，双渐被小姨收养。双渐的小姨后来嫁到了桃都山。再后来的几年，双渐曾往'玉门西北矿山机械厂'写过两封信，但从来没有收到过回信。一九七七年，双渐考入北京林业大学。直到第三年，双渐才知道父亲还活着。"身为高级知识分子的双林院士，本不是一个无情之人。他之所以很多年与家人断绝音信，乃是因为恪守组织要求保守科研机密的缘故。能够严格地遵守组织纪律，从某一个角度来说，当然值得予以充分肯定。但一个关键的问题恐怕在于，对机密的保守是否已经严重到了毫无音讯乃至于死活不知的地步。在和平年代，如果说为了保守所谓的机密，竟然妻子去世两年都毫不知情，那如此一种制度中所蕴含的反人性性质，自然也就无须多言了。当一种制度竟然可以把一位高级知识分子的人性扭曲到如此一种地步的时候，我们应该加以警醒和反思的，肯定也就是这种制度本身了。正因为父亲虽然活着却多年不通音讯，所以才会有很多年之后双渐面对着应物兄的如此一种真切倾诉："他来看过我。我想跟他说话来着。话一出口，我就冒犯了他。我真是不该那么说。可是后悔有什么用？我说，你怎么还活着？活得挺好的嘛。他问我能不能吃饱？塞给了我二十斤粮票。北京粮票。班上还有两个同学，他们的父亲也与他们多年没了联系。等有了联系，发现父亲已经另有家庭了。我想，他肯定也是如此。我是在很多年之后，才从乔木先生那里知道，他依然孤身一人的。"既然父亲连母亲的去世都不知道，既然很多年父子之间都联系不上，那这样一位父亲的存在恐怕也就形同虚设了。面对着如此这般"绝情"的父亲，双渐不愿意见面自然也就可以理解了。关键在于，谁才应该为他们父子之间的"恩断义绝"承担根本责任呢？从表面上看，似乎更应该是身为父亲的双林院士，但更认真地想一想，如此一种情况的真正责任者，其实还应该是那个具有突出反人性性质的不合理制度。

如果说关于双林院士与双渐的这种预叙，属于一种外在表征很是有一点突出的"明预叙"的话，那么只要我们详加考察，就可以发现另一种姑且可以被称之为"暗预叙"的艺术手段的存在。具体来说，这一点集中体现在第11节"卡尔文"这一部分。在介绍来自非洲坦桑尼亚的黑人留学生卡尔文的汉语水平的时候，曾经出现过这样的一些叙事段落："闻知应夫子车祸，患了半死不死之病，我心有戚戚焉！""他叫我卡夫子，我叫他应夫子。孔子是孔夫子。他是应夫子。""上帝啊，老天爷啊，娘啊！应夫子醒来吧，别半死不死了。阿门。"在充分表现卡尔文汉语水平的同时，此处专门提及的应夫子也即应物兄的车祸，当指前面刚刚介绍过的"一次他开车送朋友去机场，在高速路上发生了碰撞，差点死掉。当他醒过来的时候，他看到了卡尔文在博客里写的那段文字。"我们在前面摘引的，正是这段文字的若干片断。但千万请注意，只有与小说结尾处的相关情节联系在一起，我们才能够发现卡尔文这段博客文字预叙功能的存在。小说的最后一节，也即第101节"仁德丸子"部分中写道："从本草到济州这条路，他开车走过多少次，已经记不清了。他不知道，这将是他最后一次开车行走在这条路上。""他最后出事的地点，与那个拄单拐者最初开设的茶馆不远。他曾坐在那里，透过半卷的窗帘,看着那些运煤车如何乖乖停在路边,接受盘查。"但这时的他,根本没想到,自己竟然会因这些运煤车而重蹈车祸的覆辙:"事实上,当对面车道上的一辆运煤车突然撞向隔离带,朝他开过来的时候,他已经躲开了。他其实是被后面的车辆掀起来的。他感觉到整个车身都被掀了起来,缓缓飘向路边的沟渠。"依照李洱那简直就如同草蛇灰线一般的缜密思维,小说开篇不久处借助于卡尔文那带有明显语病的博客文字,所遥遥指向的,正是结尾处这一富含深意的应物兄车祸细节。只不过其中深意,尚需等到我们展开对应物兄这一现代知识分子形象的分析时再详细道来。此处,我们且将关注点先转移到《应物兄》的开篇方式上。

我们都知道,一部长篇小说的开篇方式,对于作品思想艺术的最终成功与否,有着特别重要的作用。对此,曾经有学者以《红楼梦》为例发表过很好的意见:"开头之重要于此可见一斑也。尤其在《红楼梦》这样优秀的作品中,开头不仅是全篇的有机组成部分,而且能起到确定基调并营造笼罩性氛围的作用。至少,如以色列作家奥兹用戏谑的方式所说:'几乎每一个故事的开头都是一根骨头,用这根骨头逗引女人的狗,而那条狗又使你接近那个女人。'""假如《红楼梦》没有第一回,假如曹雪芹没有如此这般告诉我们进入故事的路径,假如所有优秀文学作品都不是由作者选择了自己最为属意的开始方式,或许,我们也就无须寻找任何解释作品的规定性起点。"[①]更进一步说,一个恰如其分的开篇方式,还有着足以涵盖统领全篇的象征性作用。正

---

① 张辉:《假如〈红楼梦〉没有第一回》,《读书》杂志,2014年第9期。

如同《收获》的编辑在"编者的话"中所说:"小说各篇章撷取首句的二三字作为标题,尔后,或叙或议,或赞或讽,或歌或哭,从容自若地展开。"① 不仅全书的总标题为"应物兄",而且小说的第 1 节也叫"应物兄",所以一开始就从应物兄这一人物形象落笔写起:"应物兄问:'想好了吗?来还是不来?'"什么想好了吗?谁来还是不来?一落笔,李洱即直指小说核心事件——济州大学儒学研究院的成立。原来,济州大学校长葛道宏在获知大名鼎鼎的儒学大师、时任哈佛大学东亚系教授的程济世先生即将回国讲学的消息之后,便试图利用应物兄与程济世先生之间的特殊关系(应物兄在哈佛大学访学时,程济世是他的导师),把籍贯为济州的程济世先生延请至济州大学任教。为此,葛道宏准备专门成立一个后来被命名为"太和"的儒学研究院。一方面,应物兄本人是儒学研究的知名学者,另一方面,他与程济世先生之间又有着如此一种师生渊源,所以他自然被校长委以重任,成为儒学研究院最主要的筹备人员之一。与此同时,他的同门师弟,原先一直在校长办公室写材料的费鸣,则被葛道宏校长专门委派来给他做助手。小说开篇处,应物兄的那句"想好了吗?来还是不来?"就是针对这件事而言的。

关键的问题在于,当应物兄讲出这句话的时候,只有他自己一个人正在洗澡。这样一来,"也就是说,无论从哪方面看,应物兄的话都是说给他自己听的。"实际上,如此一种自言自语,一直伴随着他洗澡过程的始终:"虽然旁边没有人,但他还是没有把这句话说出来。也就是说,他的自言自语只有他自己能听

---

① 《收获》编辑:《编者的话》,《收获》长篇小说专号,2018 年秋卷。

到。你就是把耳朵贴到他嘴巴上,也别想听见一个字。谁都别想听到,包括他肚子里的蛔虫,有时甚至也包括他自己。"依我所见,小说第1节的使命,固然是要给出儒学研究院的成立这样一个核心事件的发生缘起,但相比较来说,写出应物兄一贯自言自语的习性,恐怕才是这一节更重要的使命之所在。首先需要澄清的一点是,应物兄到底为什么会形成如此一种与众不同的习性。对此,李洱在接下来的第2节"许多年来"中,就给出了明确的答案:"许多年来,每当回首往事,应物兄觉得对他影响最大的就是乔木先生。这种影响表现在各个方面,其中最重要的方面就是让他改掉了多嘴多舌的毛病。当初,他因为发表了几场不合时宜的演讲,还替别人修改润色了几篇更加不合时宜的演讲稿,差点被学校开除。是乔木先生保护了他,后来又招他做了博士。"虽然说在小说叙事过程中,故事时间也曾经回到过二十世纪八十年代,乃至于更为遥远的五六十年代,但从叙事时间的角度严格来说,整部《应物兄》的叙事是从中国的社会已经开始进入所谓市场经济时代开始的。只要明确了这一点,我们自然也就会明白应物兄在那个时候为什么总是要"多嘴多舌",为什么总是会"不合时宜"。关于这一点,我们不妨把它与第8节"那两个月"中的一个细节联系起来加以理解。第8节曾经写到过应物兄回家上网搜索别人对自己的评价。在发现了自己二十多年前一篇评价李泽厚的《美的历程》的文章被贴出的同时,他更发现:"把文章贴到网上的这个人认为,他如今从事儒学研究,高度赞美儒家文化,岂不是对八十年代的背叛,对自我的背叛?背叛?哪有的事。我没有背叛自己。再说了,在八十年代又有谁拥有一个真正的自我呢?那并不是真正的自我,那只是不管不顾的一种情绪，就像裸奔。"请注意，这里的一个语焉不详处，乃在于对八十年代时应物兄所从事专业或学科的具体介绍。毫无疑问的一点却是，在人们普遍的印象中，八十年代可以被看作是一个"新启蒙"的时代。如果说启蒙思想来自西方，那么，应物兄后来所从事的儒学研究，则很显然来自中国传统。由此可见，从八十年代到后来的九十年代，知识分子应物兄的确存在着一个由启蒙向儒学研究转型的问题。即使关于应物兄是否背叛了八十年代、背叛了自我的问题，我们可以暂且置而不论，但在中国学界，一种无法否认的现实是，在进入了市场经济也即所谓"后改革时代"后，知识分子群体中的一大部分，的确存在着由启蒙向儒学或者说传统文化的转型现象。这一方面，一个标志性的人物就是那位大名鼎鼎的刘小枫。曾经以积极倡导所谓"诗化哲学"而一时名声大噪的刘小枫，八十年代特别醉心于西方文化神学的引进、介绍与阐释。因为这方面成绩的突出，他几乎变成了文化神学的代名词。但任谁都难以预料，就是如此一位沉浸于西方文化神学很多年的知识分子，进入九十年代后，竟然发生了令人瞠目结舌的转型，竟然由西方神学转向了儒学研究。尽管无法确证李洱的相关描写是否与刘小枫他们有关，但我在读到小说中关于应物兄的相关描写时，却马上联想到了刘小枫他们。尽管说应物兄曾经为自己的转型进行过相应的辩解，但在我看来，他的如此一种辩解却显得有点苍白，并不具备充分的说服力。然而，从小说的叙事逻辑来说，有了第8节应物兄转型这一细节的存在，第2节中关于应物兄在"九十年代来临的时候"曾经"多嘴多舌"与"不合时宜"的描写也就获得了相应的事理支撑。毫无疑问，应物兄当年的"多嘴多舌"与"不合时宜"，不仅指向了他曾经坚持的启蒙思想立场，而且也更进一步地指向了那个非常重要的历史事件。

我们注意到，关于八十年代启蒙的被迫退场，小说后半段曾经借用一个特别形象的细节进行过辛辣的讽刺性描写。在一家已有三十年历史却不得不面临被拆迁命运的书店里，"应物兄想起，九十年代初他再次来到这里的时候，八十年代那批启蒙主义的书籍，已经被论斤卖了。有一套书，曾经是他最喜欢的书，是李泽厚先生主编的，叫《美学译文丛书》。当年为了把它配齐，他曾不得不从图书馆偷书。"然而，应物兄根本不可能想到，当年被他视若珍宝的另外一套曾经产生过极大影响的书籍，到这个时候，竟然变成了一副惨不忍睹的千疮百孔模样："那捆'走向未来丛书'，他曾视若珍宝，可在这个旧书店里，老鼠竟在上面掏了个窝，在里面留下了自己的形状。"一方面，这种描写是一种真切的写实。时间久了，书籍难免会被老鼠糟践。但在另一方面，这哪里又仅仅是一种写实呢？！与其说是写实，不如说是象征。从一种象征的角度来说，这套"走向未来丛书"与其说是被老鼠噬咬，不如被理解为是其所承载的启蒙主义思想到了市场经济时代之后被迫边缘化，乃至于不得不退场。

事实上，正是因为"不合时宜"的"多嘴多舌"曾经给他招来过祸端，所以，乔木先生才会借用孔夫子的看法来告诫应物兄一定要学会少说话："起身告别的时候，乔木先生又对他说了一番话：'记住，除了上课，要少说话。能讲不算什么本事。善讲也不算什么功夫。孔夫子最讨厌哪些人？讨厌的就是那些话多的人。孔子最喜欢哪些人？半天放不出一个屁来的闷葫芦……君子讷于言而敏于行。要管住自己的嘴巴。日发千言，不损自伤.'"紧接着,乔木先生又以俄语为例做了进一步的告诫:"俄语的'语言'和'舌头'是同一个词。管住了舌头,就管住了语言,舌头都管不住,割了喂狗算了。"一方面固然是因为有导师乔木先生的谆谆告诫,另一方面更是因为有来自现实的深刻教训,应物兄决心尽可能做到"讷于言而敏于行"。但一个无法否认的问题是,他的心里面有那么多话想说。没想到,应物兄再三自我克制的一种结果,却是一件奇怪事情不期然间的发生:"但是随后,一件奇怪的事在他身上发生了:不说话的时候,他的脑子好像就停止转动了;少说一半,脑子好像也就少转了半圈。"怎么办呢?难道就这样眼睁睁地看着自己的脑子失去思考能力吗?经过了一番不无艰巨的努力之后,一种语言的奇迹竟然在应物兄身上不期然间发生了:"他慢慢弄明白了,自己好像无师自通地找到了一个妥协的办法:我可以把一句话说出来,但又不让别人听到;舌头痛快了,脑子也飞快地转起来了;说话思考两不误。有话就说,边想边说,不亦乐乎?"常言说,上帝在关上一道门的时候,也往往会给你打开一扇窗。我想,应物兄自言自语行为的生成情形,可以说庶几近之也。就这样,伴随着应物兄表面上的日渐沉默寡言,"他还进一步发现,那些原来把他当成刺头的人,慢慢地认为他不仅慎言,而且慎思。但只有他自己知道,他一句也没有少说。睡觉的时候,如果他在梦中思考了什么问题,那么到了第二天早上,他肯定是口干舌燥,嗓子眼冒火。"这样一来,应物兄也就奇迹般地成了一个特异功能的具备者,尽管说这种特异功能并不为人所知。从一种象征的意义上说,应物兄由"多嘴多舌"变为沉默寡言,其实隐喻了身为高级知识分子的应物兄某种思想功能的被强行阉割。与此同时，假如我们把应物兄"自言自语"习性的生成与时代背景联系起来，那么，作家所真切写出的，恐怕也正是一个时代的社会政治形态究竟会在怎样的一种程度上深刻地影响到知识分子精神世界的构建。更进一步说，借助于如此具有原创性的艺术构想，李洱不动声色地写出了知识分子自我精神世界一种巨大的撕裂感。由于在我个人的理解中，鸿篇巨制《应物兄》最不容轻易忽视的思想主旨之一，就是对现代知识分子精神世界的深度勘探，所以从这个角度来说，李洱所精心设计的小说开篇方式，自然也就拥有了足以涵盖全篇的象征隐喻意味。

但不管怎么说，既是核心事件，同时又以结构主线的方式贯穿了《应物兄》始终的，却是那个后来被命名为"太和"的济州大学儒学研究院的成立。假若我们要以一句话来概括《应物兄》的主体故事情节，恐怕也就是，一个名叫"太和"的儒学研究院的成立过程，以及在成立过程中那些包含有政界、商界和学界等在内的社会各界人与事的种种纠葛。在当下时代的中国，一所如同济州大学这样的高校，酝酿成立一个儒学研究院，本来是寻常不过的一件事情。这一事件之所以会在《应物兄》中，如同一枚石子被投入水中后泛起一波又一波涟漪一般，最终成为一件波及面极大，甚至还引起了省委领导高度重视的大事件，一个根本原因在于海外儒学大师程济世先生的介入。依照常理，中国不仅是儒家文化的发源地，而且世世代代也已经形成了积累真正可谓深厚的儒学研究传统。如此一个国度的一所大学要成立儒学研究院，要聘用一个在学界有影响力的学者做院长，却放着国内众多的学者不管不顾，偏偏要不惜千里迢迢地去聘请一位美籍学者,作家的这种艺术设定本身,便有着非常突出的反讽意味。反讽之一,假若程济世先生的儒学研究水平,的确在全球范围内处于领先状态,那自然会对中国当代的儒学研究构成莫大的讽刺。反讽之二,假若我们国内的儒学研究水平远远超过国外,那如此一种行为的讽刺意味就更耐人寻味了。而且,从作品中关于程济世先生言语行状的描写来看,也很难说他比其他研究者高明。在这种情况下,葛道宏校长仍然坚持一定要想方设法把程济世先生延请至济州大学出掌儒学研究院,恐怕就功夫在诗外,别有所图了。说到底,葛道宏的如此一种强烈诉求,与当下时代中国高等教育界一味地强调全球化、强调与国际接轨、强调创办国际一流水平高校的总体氛围紧密相关。如此一种举措,带给读者的一种错觉就是,似乎只要能够把程济世先生引进来,济州大学马上就会摇身一变成为国际上有影响的一流大学。唯其如此,葛道宏才会在讲话中特别指出:"但是,有一点是不能再拖了,那就是不惜血本引进人才,尤其是引进国外的名师,尤其是享誉世界的大师。建一个与国外相媲美的自然科学的实验室,往往要花费巨资,所以,人文领域的研究院可以先建一两个。总而言之,有名师方为名校,名师为名校之本,堂堂济大岂可无本?无本则如无辔之骑,无舵之舟也。"葛道宏之所以授权正处于上升期的儒学界知名学者应物兄牵头组建这个儒学研究院,根本出发点正在于此。在获知程济世先生的高足、海外巨富黄兴(又被戏称为子贡)即将来到济州的消息之后,济州大学曾经为此专门成立了"黄兴先生接待工作小组",由葛道宏校长亲自担任组长,应物兄担任副组长。之所以要大张旗鼓地高规格接待黄兴一行,葛道宏的一段话道出了其中奥秘:"我们都知道,校友捐赠是目前国内外主流大学排行榜、国家双一流建设高校和地方高水平大学建设的主要指标，是彰显学校综合实力、办学水平、校园文化、社会影响和国际影响力的标志。黄兴先生虽然不是我们的校友，但黄兴先生的老师程济世先生是我们的校友，这次黄兴实际上是代表他老师给我们捐助的，所以也可以看成校友捐款。"由葛道宏的这番话可见，他之所以特别看重黄兴的到来并期盼着黄兴的捐款，根本的出发点，也是为了能够实现所谓国际化的高校建设目标。

然而，应物兄自己，甚至包括葛道宏在内，恐怕都不可能想象得到，如此一个特别郑重其事的儒学研究院成立事件，由于在筹备过程中各种社会力量的强势介入，到最后竟然会演变为一场真正可谓是"乱哄哄你方唱罢我登场"的闹剧。首先介入其中的，是资本甚至是国际资本的力量。国内资本力量的代表人物，是桃都山连锁酒店的女老板铁梳子。由于在赴美访问时不仅结识了程济世先生的弟子黄兴，并且进一步了解到黄兴一直在资助儒学研究，所以在回国之后，铁梳子就准备效仿其例，也给予国内儒学研究相关的资助。因此，她才会对应物兄说："黄总就是我的榜样，而榜样的力量是无穷的，所以我也想资助儒学研究。你不是研究孔子的吗？这笔钱花到你身上，可不就是花到了正地方？"当应物兄对此表示拒绝时，铁梳子反驳说："怎么？还有人跟钱过不去？我说的是设立一个儒学研究论文奖。不是捐给你的，是给儒学研究院的。葛道宏都给我说了，你们要成立研究院，专门研究孔子。"事实上，只有到后来，伴随着故事情节的发展演进，我们方才会发现，不仅铁梳子提出的设立儒学研究论文奖的承诺未曾兑现，而且她还会有更深的介入与利益图谋。

当然，与国际资本的代表，同时也是程济世先生得意门生之一的黄兴也即子贡的所作所为相比较，铁梳子恐怕只能算得上是大巫面前的小巫。"在程先生所有弟子中，黄兴的脑袋瓜子最灵，考虑问题最为周全，生意做得最大。不过直到这个时候，我们的应物兄还没有想到，程先生会提出让黄兴捐资修建研究院。"大约也正因为黄兴特别会做生意，所以，应物兄才会给他起一个叫作"子贡"的绰号："子贡是他给黄兴起的绰号。黄兴对这个绰号很满意。他曾对黄兴说，人们以后会说，历史上有两个子贡：一个是孔夫子的门徒，姓端木，名赐，字子贡；另一个是儒学大师程先生的门徒，姓黄，名兴，绰号子贡。这个绰号传开以后，有人认为，他这样说其实是'一石二鸟'，既恭维了黄兴，又恭维了程先生，而且主要是恭维程先生：世上能带出子贡这样的徒弟的，只有孔夫子和程先生。其实我还没有这么想过。我只是认为，黄兴跟当年的子贡一样，都是大富豪。"按照小说中的介绍，这位很是有一些怪癖的黄兴也即子贡（在现代社会，竟然把一头驴子或者一匹白马作为自己的宠物，当然可以被看作是他怪癖的突出表征之一）的发家，乃是沾了岳丈的光："黄兴的首任妻子是台湾一个海运大王的千金。黄兴为自己的集团取名为黄金海岸（Gold Coast，简称'GC'）就与此有关。"没想到，他的妻子和岳丈竟然在很短的时间内均撒手人寰。人死固然是不幸的事，"但从商业角度看，黄兴的命却足够好，因为他继承了一笔遗产。后来黄兴的财产就像雪球越滚越大，生意遍及北美、北欧以及东南亚，然后就变成了当代子贡。"尽管说关于黄兴也即子贡更进一步的发迹史，小说并无具体描写，但只要看一看这位当代子贡后来在济州的所作所为，我们即不难想见他那其实充满着血腥味的发迹史。

不管怎么说，如同黄兴这样一位国际资本大鳄，之所以能够与应物兄他们筹划的儒学研究院发生关联，乃是因为程济世先生从中周旋的缘故。依照常理，黄兴既然是程济世先生的入门弟子，那程先生对黄兴该当有相对深入的了解才对。而这，实际上也就意味着在某种程度上，他应该为黄兴后来那些实在上不了台面的行径负相当的责任。虽然断言他们沆瀣一气或许有点过分，但失察之过却无论如何都推诿不得。关于黄兴那种简直可以说是唯利是图般的精明，为安全套起名字一事，就是再恰当不过的一个细节。当副省长栾庭玉的秘书邓林转达领导旨意，想让黄兴把安全套的生产基地放在济州的时候，他给出的回答是：" '安全套的事，也得再与蒙古方面商量。GC已在蒙古考察了生产基地，已签了协议，就在中蒙边境。黄某愿意在济州生产，但也需要董事会研究。'子贡开了个玩笑，'你们若能给安全套起个好名字，生产基地就放在这里。' "没想到，邓林很快就借助应物兄的大作《孔子是条"丧家狗"》中的一段话，"广告竟然用孔子的'温而厉，威而不猛，恭而安'来描述性爱过程的三个阶段"，而想出了一个"温而厉"的名字。邓林进一步解释说："这三个字原来说的是温和而严肃，但用到安全套上面，就可以做出另外的解释了，就是既温柔又厉害。然后是威而不猛，所谓有威势但是不凶猛，不是那种蛮干。然后是恭而安，也就是男女双方互相恭敬，心满意足，安然入睡。"在当时，闻听了邓林的一番言论后，黄兴当即有明确的表示："应物兄，邓大人真是你的高足啊。温而厉？What a good idea（好主意）！若能在董事会上通过，我付给邓大人一百万。"这番关于安全套命名的讨论，发生在第 57 节"温而厉",等到第 93 节"敦伦"部分,这一话题再次被捡了回来。因为妻子乔姗姗的归国,应物兄去买安全套,发现果真有一种安全套被命名为"威而厉"。紧接着,就是叙述者的一番感慨与继续交代:"子贡当初可是说过,名字一旦采用,即付一百万 Dollar。子贡的原话好像是这么说的:'我是想把这一百万 Dollar,留在济州的。如今他只是稍加变动,将'温而厉'改成'威而厉',就把一百万 Dollar 省下了。当然了,这个时候,我们的应物兄完全不可能知道,那一百万 Dollar 其实并没有省下,它已经进入了济民中医院的账户。如前所述,金彧就在济民中医院工作。"对于金彧这样一位开篇不久就已经出场,曾经是铁梳子手下得力干将的姑娘,读者应该会有深刻的印象。只不过,这个时候的金彧,不仅已经进入济民中医院工作,而且还与副省长栾庭玉发生了紧密的内在关联。也因此,这个与金彧有关的"威而厉"细节的出现,在充分凸显黄兴贪欲本性的同时,也巧妙地暗示出了某种权钱交易关系的隐然存在。

尽管黄兴这次足够兴师动众地回国,名义上是尊程济世先生之命,要为正在成立过程中的"太和"儒学研究院投资,但我们实际上所看到的,却只是他在利用一切机会以谋取更大的经济利益。我们注意到,当应物兄询问黄兴,要不要签一个捐款协议的时候,子贡的回答是:"我给陆空谷说了,先给一个整数。把太和先建起来。""子贡没有明说一个数是多少,似乎不需要说。和葛道宏一样,他也认为那是一个亿。至于那是人民币还是美元,他们都没有多问。"关键在于,话虽如此说,但一直到小说结束为止,或许与"太和"儒学研究院未能建成紧密相关,我们都没有看到过黄兴那个黄金海岸集团的实际捐款行为。与此相反的一种事实是，在通过一番所谓的专家论证，认定铁槛胡同与皂荚庙一带就是程先生所说的仁德路之后，黄兴与铁梳子他们在栾庭玉副省长的纵容之下，竟然以一种偷梁换柱的方式巧妙地以建"太和"儒学研究院之名，展开了一场堪称掠夺式的房地产开发。对此，应物兄尽管感觉不对劲，却实在无力阻止："但是，他依然觉得，有什么地方不对头。不过，就在那一刻，他没有能够再对这个问题进行深入细致的思考。这是因为另一种感觉突如其来地袭击了他。"一种什么感觉呢？一种与他的妻子乔姗姗紧密相关的一种感觉："几乎与此同时，在我们的应物兄眼前，已经洋洋洒洒地下起了一场大雪。雪的洁白没能把他个人历史的黝黯天空照亮，反而使它更加混沌。那个混沌！不明不白，丑，令人难堪，脏，令人恶心。他妈的，它还有声音呢。在沙沙沙的雪声中，乔姗姗娇喘的呻吟，刺激着他的耳膜。"这种于不期然间猛然爆发出来的特别感觉，联系着的是应物兄个人生活中带有强烈羞辱感的情感记忆。很大程度上，正是它对应物兄的突然袭击，骤然间阻断了他对仁德路问题的进一步思考。但请注意，尽管从表面上看，"那个混沌！不明不白，丑，令人难堪，脏，令人恶心"这些激烈的语词，所针对的是与乔姗姗紧密相关的个人记忆，但认真地想一想，其实这些激烈语词也同样针对着葛道宏他们的肮脏行径。

到了第 80 节"子贡"部分，一开头就是一个高层秘密会议的场景："子贡、葛道宏、铁梳子、陈董，四个人在葛道宏的办公室谈话，其余诸人都在会议室里等着，计有：董松龄、陆空谷、李医生、应物兄、敬修己、汪居常、卡尔文、吴镇、费鸣。汪居常不愧是搞历史的，竟然联想到了分享'二战'蛋糕的开罗会议，把四个人的见面,称为'四巨头会谈'。没搞错吧?开罗会议其实是'三巨头'会议,因为斯大林并没有参加。当然,这话他没说。"参加高层密谈的四个人中,除了身为校长的葛道宏外,其他均属体量有别的资本大鳄。尽管说汪居常将他们的密谈比做"开罗会议"明显违犯了历史常识,但他瓜分切割蛋糕一说,却一针见血地道出了四个人密谈的本质。虽然是典型的第三人称叙事,但我们千万要注意多少显得有点突兀的最后一句话:"当然,这话他没说"。虽然在前面,叙述者已经貌似客观地把应物兄也排列进了人物的序列之中,但此处的"他"却毫无疑问只能是应物兄。更进一步地,从葛道宏的新任大秘乔引娣那里,应物兄方才了解到事关"太和"儒学研究院的最新境况:"乔引娣以为他已经知道的事,有的他其实并不知道。比如,从此之后,'太和'不仅指太和研究院,还指太和投资集团,它是子贡、铁梳子和陈董三方出资组建的投资集团,集团目前的任务是胡同区的改造,以后将参加旧城的改造;从此以后,太和研究院将简称'太研',而太和投资集团将简称'太投'。"从原初的太和儒学研究院,到后来的太和投资集团,你可以发现,黄兴他们的初衷不知不觉间就已经演变为试图通过投资牟取暴利。又或者,我们干脆可以说,这些资本大鳄的初衷就是冲着巨大的市场而来的,尤其是对于如同黄兴这样的国际资本大鳄来说,中国庞大市场的诱人程度,是显而易见的一种事实。

要想认清这些资本力量的本质并不难,后来双渐在与应物兄的谈话过程中,其实有着尖锐的揭示与批判。当应物兄询问铁梳子那些严重危害生态的家具厂还在不在桃都区的时候,双渐给出的回答是:"其中最大的那个家具厂,就是铁梳子的。它还在，只是搬到了更深的后山。我为此找过铁梳子，让她给一个死去的朋友掏一点抚恤金。她说那不是她的，早就转手了。可有一天，她去厂里训话，让我给碰上了。她说，来，双同志，咱们出去走走。出了门，她说，你抬头往天上看，三百六十度，所有的天空都是我的。我想怎么就怎么。"尽管只是在与别人谈话时的片言只语，但从其中我们却不难真切感受到在如同应物兄和双渐这样的知识分子面前，活跃于商界的那些资本大鳄们的狂妄与傲慢。

在商界的资本力量之外，另一种显赫的社会力量，就是来自政界的权势了。毋庸讳言，说到政界的权势，在《应物兄》中最具代表性的一个人物形象，恐怕莫过于副省长栾庭玉了。我们首先注意到，就在刚刚出场不久，栾庭玉曾经有过一个自谦的作秀机会。面对着济州大学校长葛道宏、知名儒学家应物兄，栾庭玉说："宦情秋露，学境春风。在合适的时候，栾某人还是愿意退出官场。一二三四五六七，七六五四三二一，统统都放下，就到高校任教。并且来说，至少图个清静。跟官场相比，高校就是个桃花源啊。"当他再三表示将来的某一天一定要调到济州大学做学问的时候，应物兄不得不推却道："'这玩笑开大了，'应物兄说，'庭玉兄道千乘、万乘之国，仕途正好。"秋露"一说又从何说起呢？再说了，高校早已非净土，岂有桃源可避秦？"春风"一说也就谈不上了。'"如此一番惺惺作态，一旦碰上真格的，栾庭玉的不学无术马上就暴露无遗了。当应物兄无意间提到史学大师陈寅恪的时候，未料栾庭玉的反应却是："银缺？够坦荡的，竟敢在名字里说，自己缺银子花了。"面对着堂堂副省长的无知，应物兄只好委婉地补台："是子丑寅卯的'寅'，陈先生属虎，名字里就带了个'寅'字。"栾庭玉："应物兄是说，把我介绍给陈虎什么寅？"应物兄："世上已无陈寅恪。"栾庭玉："死了？"葛道宏叹了一口气，说："'文革'中死的。"通过以上的一番对话，我们即不难对栾庭玉副省长的文化素质窥其一斑。其中耐人寻味的，是葛道宏叹的那一口气。从表面上看，葛道宏似乎是在为陈寅恪先生在"文革"中的不幸惨死而叹气不已，但究其实质，我以为，葛道宏恐怕更是在为堂堂副省长的无知且无畏长叹一口气。

但就是这样一位无知无畏的栾庭玉，却因为副省长的职位而拥有了对很多事情的生杀予夺大权。这其中，最值得注意的，就是他利用职权对"太和"儒学研究院成立过程的强行干预。事实上，在从应物兄那里获知国际资本大鳄黄兴即将来到济州的消息之后，栾庭玉的内心里就已经打上了自己的小九九。应物兄对栾庭玉意图的最初察觉，是在京港澳高速公路济州出口处迎接黄兴大驾光临的时候。当应物兄忽然发现济州畜牧局局长侯为贵意外地出现在黄兴车队里的时候，栾庭玉的秘书邓林却没头没脑地对黄兴讲了这么一句话："是栾省长让我通知侯先生，悉听黄先生吩咐。"如此一种情形的出现，让应物兄大感意外："怎么回事？这事我没听邓林说过啊？应物兄觉得有些奇怪，但并没有多想。侯为贵是畜牧局局长，可能正好到蒙古谈什么项目，遇上了黄兴先生，然后就有了后来的一路相伴。"只有在后来从栾庭玉看似随意提起的投资话题中，应物兄方才明白过来，侯为贵的意外出现，其实乃是栾庭玉特意安排的结果："有一点是应物兄没有想到的，栾庭玉在随后的谈话中，突然提到了投资问题。这个好像不属于原定的话题范畴。栾庭玉说：

'黄兴先生若在济州投资，或在省里任何一个城市投资，政府一定在税收方面，在土地征用方面，在银行服务方面，给予大力支持，还可以授予黄兴先生'荣誉市民'称号。省里有规定的，凡是获得这个称号的海外投资人，政府还可以在原来优惠的基础上再给予较大程度的优惠。"面对着栾庭玉看似随意地改变话题，应物兄方才突然醒悟过来："陆空谷曾经告诉他，栾庭玉曾让邓林与 GC 联系，探讨 GC 集团在济州投资的可能性。也只有到这个时候，他才明白，子贡为何要以慈善家的形象出现，为什么急着安排一个换肾手术？"无论如何都必须承认，栾庭玉是一位生性固执的人，虽然黄兴满心的不情愿，但他一直到饭桌上都还在强调硅谷的投资问题。他的表现，自然会让应物兄与葛道宏们心生不满："应物兄觉得这顿饭吃得有些不舒服。当然不是对饭菜有意见，而是对栾庭玉有意见。他觉得，因为栾庭玉从中插了一杠子，又扯到了什么硅谷问题，关于太和研究院的事情就不方便再谈了。他觉得，葛道宏也应该有点不满，因为葛道宏对话题的参与度明显降低了，还把椅子往后挪了挪，开始看手机了。"然而，尽管应物兄满心的不情愿，但面对着来自栾庭玉的政治威权，作为文弱书生的他根本就无能为力。至于那位虽然是葛任（李洱长篇小说《花腔》中的主人公，是一位有理想有情怀的中共早期高级领导人形象）的后人，其言行举止早已变得庸俗不堪的葛道宏，尽管一开始也曾经流露过对栾庭玉的不满情绪，然而很快地就因为相关利益的牵扯，而与栾庭玉之流狼狈为奸、沆瀣一气了。不管怎么说，在"太和"儒学研究院被迫无疾而终的过程中，以栾庭玉为代表的政治威权力量为了自身利益从中作梗，无疑也是不容忽略的重要原因之一。

如果说黄兴与铁梳子是商界的代表人物,栾庭玉是政界的代表人物,那么,作为小说主人公的应物兄,就毫无疑问是学界,也即现代知识分子的代表人物。如前所言,在这部并非第一人称叙事的长篇小说中,应物兄实际上承担了非常重要的叙述视角功能。但在承担叙述视角功能的同时,他更是一位值得特别关注的现代知识分子。我们注意到,关于小说创作中人物形象塑造的重要性,杰出作家白先勇曾经发表过极其精辟的看法:"写小说,人物当然占最重要的部分,拿传统小说三国、水浒、西游、金瓶梅来说,这些小说都是大本大本的,很复杂。三国里面打来打去,这一仗那一仗的我们都搞混了,可是我们都记得曹操横槊赋诗的气派,都记得诸葛孔明羽扇纶巾的风度。故事不一定记得了,人物却鲜明地留在脑子里,那个小说就成功了,变成一种典型。曹操是一种典型,诸葛亮是一种典型,关云长是一种典型,所以小说的成败,要看你能不能塑造出让人家永远不会忘记的人物。外国小说如此,中国小说像三国、水浒更是如此。"[1]也因此,倘若我们承认小说创作,尤其是长篇小说创作的一个主要目的,就是建立在人性挖掘基础上的人物形象塑造,那么,应物兄自然也就可以被看作是《应物兄》中最具有人性深度的、颇为立体多面的人物形象之一。

不管怎么说,我们都应该承认,从小说一开篇就已经率先出场的应物兄,是一位不仅学富五车,而且在学界乃至更为广泛的社会层面上都有着不小影响力的现代知识分子。当他的那条

---

[1] 白先勇:《白先勇细说红楼梦》(上),广西师范大学出版社,2017年版,第192—193页。

被命名为木瓜的小狗,在一家动物诊所不慎咬了一条金毛,因而被狮子大张口地索赔高达九十九万元的时候,只因为后来才赶到的卡尔文认出了他就是应物兄,金毛的主人铁梳子,不仅不再让他赔偿,反而还连连向他道歉。别的且不说,单只是这个细节,就足以说明应物兄这个时候那种春风得意的感觉。仅仅只是在电台与主持人朗月做了一次谈话节目,就不无意外地换来了颇有几分风韵的朗月的投怀送抱,也从侧面证明了应物兄的男性魅力所在。尽管说这样一种没有丝毫感情基础作支撑的交媾,并不令他感到快乐:"这就像我书中写到的,做爱之后,我不但没有获得满足,反而有一种置身于冰天雪地的感觉。"虽然感觉如此不爽,但到了后来,应物兄却还是与朗月再一次发生了关系。作家之所以要做这样的一种处理,其实与应物兄的亲密关系紧密相关。因为与妻子乔姗姗的关系非常糟糕,所以,日常生活中的应物兄长期被迫处于禁欲的状态。长期禁欲,对于应物兄这样一位有着正常生理需求的中年男人来说,无论如何都是一件不可思议的事情。因此,面对朗月主动的投怀送抱,应物兄虽然心理上不怎么接受,但他的身体却无法抗拒。"如果说他没有想过拒绝,那显然不符合事实。但事实是他又确实没有把她推开。"如此一种看似矛盾情形的生成,其实正是应物兄身心极端分裂状态的突出表征。

  既然已经谈到了应物兄的情感生活,那我们就不妨停下来多说两句。事实上,应物兄与乔姗姗之间的情感危机,早在二十世纪八十年代的时候,就已经埋下了最初的根由。乔姗姗最早钟情的男人,从来都不是应物兄,还是他研究生时的好友郏象愚。乔姗姗对郏象愚的情有独钟,是在八十年代中国思想界的领袖李泽厚先生到济州大学讲学时,彻底暴露出来的。由于特别喜欢德国哲学,自称为猫头鹰的郏象愚,富有想象力地把自己的女友命名为密涅瓦,即雅典娜——智慧女神。那一次,李泽厚先生来讲演的时候,因为人头攒动过于拥挤的缘故,身为研究生会宣传部部长的郏象愚,不慎被从台子上挤了下来,发出了一声特别凄厉的惨叫。而"紧随着那一声惨叫的,则是一个女孩子的尖叫。"这个女孩子不是别人,正是乔木先生的独生女儿乔姗姗。郏象愚与乔姗姗之间的恋情,就此而正式曝光。令人意想不到的一点是,就在大家以轮流背负的方式护送郏象愚去往校医院的路上,自以为处于绝境中的郏象愚,竟然将乔姗姗托付给了应物兄:"'你是好人,'郏象愚说,'姗姗托付给你,我也就放心了。'""这是第一次有人把他与乔姗姗的命运联系到一起。它出自一个对自己的命运、自己的真实处境毫无感知的人之口,但它是真诚的。"尽管后来看起来,郏象愚的"托付"完全是个玩笑,但谁也料想不到,这个看似玩笑的场景,到最后竟然一语成谶。因为乔姗姗与郏象愚的爱情遭到了乔木夫妇全力反对,乔姗姗遂效仿十二月党人的妻子,竟然不顾母亲的生命安危,毅然追随郏象愚私奔。等到乔姗姗对郏象愚彻底失望而重新回到家里的时候,母亲已经因为病气交加去世了。从这之后,尽管应物兄遵从师命,与乔姗姗结为夫妻,但或许与乔姗姗曾经一度将感情完全交付给郏象愚(也即后来追随程济世先生的敬修己)有关,他们夫妻俩的感情状况一直非常糟糕。糟糕到什么程度呢?"见面就吵,不见面就在心里吵,这就是他们的正常状态。他们都认为对方需要去看精神病医生,同时又认为看医生也白看。"应物兄与乔姗姗之间糟糕感情的描写,在第70节"墙"中表现得非常突出。"一天早上，不知道哪句话说得不对，或者仅仅是口气不对，乔姗姗突然恼了，拿着英语辞典砸了过来，差点把窗玻璃给砸碎了。那块玻璃上有个气泡，他看着那块玻璃，想，她的性格有点瑕疵，就像玻璃上有个气泡，不过并不影响阳光透进来。"莫名其妙地被乔姗姗拿辞典砸过来，对应物兄来说，无论如何都是非常恼火的事情。但李洱关于这个场景的描写却非常幽默，应物兄很快地把玻璃上的气泡与乔姗姗性格上的瑕疵联系在一起。以如此一种充满幽默感的方式自我排解，也可以看作是应物兄某种特有的生存智慧。

同样需要注意的是，在写到应物兄糟糕的情感生活时，李洱提到了乔伊斯的长篇小说《尤利西斯》："那家伙还说，吃羊腰的爱好是向《尤利西斯》的主人公布卢姆学来的。""那家伙"是谁呢？不是别人，正是后来让应物兄戴了绿帽子的那位长江学者。尽管带有明显的反向暗示意味，但一个确定无疑的事实是，正如同乔姗姗给应物兄戴了绿帽子一样，布卢姆也曾经被他的妻子莫莉戴上过绿帽子。在《应物兄》中之所以要特别提及《尤利西斯》的主人公布卢姆，其内在含蕴很显然是要借此暗讽应物兄。到后来，应物兄果然在一个大雪天意外地听到了一对男女做爱的声音："在一个雪天，他提前回到了铁槛胡同。当他从那些煤球、灶台之间穿过的时候，突然听到一阵奇怪的声音，是一个男人和女人激烈的喘气声。哦，有一对男女趁着别人上班在肆无忌惮地做爱。"但"无论如何，他也不可能想到，那个女人其实就是乔姗姗。"等到那个男人后来成为长江学者的时候，应物兄曾经有过这样的一种内心活动："我生气了吗？没有。我不生气。他妈的，我确实不生气。其实那家伙做乔姗姗的情人也不错。据说女人长期不做爱,对子宫不好,对卵巢不好,对乳腺不好。我是不是应该感谢他?感谢他在百忙中对乔姗姗行使了妇科大夫的职能?唉,其实我还有些遗憾。如果他确实爱乔姗姗,我倒愿意玉成此事。但从那个打油诗上看,他们只是胡闹罢了。他问自己:如果对方发来'求之不得,寤寐思服'一类的诗句,我会主动把乔姗姗送上门吗?"一个男人,被自己的女人戴了绿帽子,到底该不该生气呢?在这里,请一定不要忘记,李洱最擅长的一种艺术手法,就是以正话反说或者反话正说进行反讽。也正因此,当应物兄一再强调自己不会生气的时候,恐怕也正是他内心有气说不出的时候。真正泄露他内心秘密的,是那句忍无可忍的国骂"他妈的"。尤其是当他不无戏谑地把那位男人对乔姗姗的行为,理解为是在行使一种妇科大夫职能的时候,那样一种不无苦涩的意味,其实已经流露得特别明显。也因此,在第69节"仁德路"部分,由铁槛胡同与皂荚庙勾起他内心深处一种与乔姗姗紧密相关的痛苦记忆,就是合乎逻辑的一件事情。

  然而,尽管说应物兄与乔姗姗之间的夫妻感情可以说是一团糟,但正所谓"失之东隅,收之桑榆",与感情上的一团糟糕相比较,小说开篇处的应物兄,在他的学术志业也即他的儒学研究以及由此带来的社会影响这一方面,却真正称得上是春风得意马蹄疾。由于他的儒学研究著作《孔子是一条"丧家狗"》在社会上产生了极大反响的缘故,"那两个月,在季宗慈的安排下,应物兄接受了无数次的采访。除了乌鲁木齐和拉萨,他跑遍了所有的省会城市。北京和上海,他更是去了多次。香港也去了两次,一次是参加繁体字版的签约活动,一次是参加香港书展。"

又或者，这种巨大社会影响的生成，正是季宗慈对他进行全方位包装的一种直接结果。一时之间，应物兄显得是那样的炙手可热，甚至多多少少有了一点不可一世的感觉。这种炙手可热，突出地表现在电视媒体对他的强势追踪上。某一天，他意外地在一家商场里发现自己竟然同时出现在几个不同的电视频道里："在生活频道里，他谈的是如何待人接物……而在新闻频道里，他谈的则是凤凰岭上的慈恩寺申请世界非物质文化遗产的意义，那时他穿着唐装；而在购物频道里，他谈的则是建设精品购物一条街的必要性，那是他穿着雨披，身边簇拥着舞狮队，一群相声演员和小品演员将他围在中心。他虽然不是考古学家，但他还是出现在一个考古现场，谈的是文物的发掘和保护在文化传承方面的意义。"毫无疑问，出现在多个电视频道里的应物兄，已经不再是一个纯粹的知识分子，而且很明显带有了学术明星的味道。由自己在多个电视频道的同时出现，应物兄情不自禁产生了相关的联想："他想起了自己曾经在电台讽刺过于丹和易中天，说他们好像无所不知，就像是站在历史和现实、正剧和喜剧、传说和新闻、宗教和世俗的交汇点上发言，就像同时踏入了几条河流。会不会也有人这么讽刺我呢？"事实上，当应物兄扪心自问到底会不会有人因此而讽刺自己的时候，他的这种扪心自问的行为本身，已经构成了对他自己莫大的调侃与讽刺。一方面，应物兄对于丹和易中天们可谓真正地深恶痛绝，但在另一方面，现实生活的逻辑总是扭曲着他自己的意志，在逼迫他成为自己厌恶的那些批判对象。清醒如应物兄者，到头来也不得不屈从于经济时代的市场逻辑。以上情形的出现，所充分说明的，正是市场经济时代知识分子的明星化与时尚化如此一种普遍现实的存在。

　　事实上，也正因为置身于市场经济时代的缘故，即使如应物兄这样一类保持着足够清醒的现代知识分子，也不可能继续清心寡欲或者洁身自好。这一方面一个耐人寻味的细节，就是小说开篇处对应物兄同时拥有三部手机的描写："他有三部手机，分别是华为、三星和苹果，应对着不同的人。调成震动的这部手机是华为，主要联系的就是他在济大的同事，以及他在全国各地的同行。那部正在风衣口袋里响个不停的三星，联系的则主要是家人，也包括几位来往密切的朋友。还有一部手机，也就是装在电脑包里的那部苹果，联系人则分布于世界各地。"如此一种简直可称"豪华"的手机阵容，甚至令他的朋友华学明教授不无形象地说，他竟然把家里搞成了一个前敌指挥部。作为一个本应该专心致志地做学问的大学教授，作为一个儒学界的知名学者，一介书生应物兄却令人难以想象地同时拥有三部手机。如此一种本应该出现在官员或者商人身上的情形，竟然出现在现代知识分子应物兄身上，这充分说明的，正是应物兄的明星化与时尚化，更进一步，也完全可以被看作是潮起云涌的市场经济时代对应物兄精神世界的某种扭曲与异化。然而，尽管受到时代影响的缘故，应物兄身上不可避免地沾染了很多商业化的习性，但从根本上说，小说开篇处，应物兄却依然在竭尽所能地恪守知识分子探索真理的本分。最起码，当他接受葛道宏校长的委托，开始想方设法地筹办济州大学儒学研究院的时候，应物兄的确称得上是一时踌躇满志。他的私心所愿所在，乃是在国际儒学大师程济世先生加盟之后，把未来的儒学研究院创办成为一个名副其实的、纯粹的学术研究机构。

但在筹办儒学研究院的过程中，伴随着以栾庭玉为代表的政界力量，以黄兴也即子贡、铁梳子等为代表的商界力量的逐渐渗透与介入，应物兄却不无惊讶地发现，儒学研究院竟然不知不觉地改变了味道。具体来说，应物兄对这种改变的最早察觉，是在黄兴和铁梳子他们准备联手成立太和投资公司的时候。这点端倪，是从他知道吴镇其人意欲加盟儒学研究院开始的。当应物兄不无担忧地向窦思齐追问吴镇是否要进入太和工作的时候，来自窦思齐的明确回应是："应院长，你是真不知道，还是装作不知道？我们是老朋友了，你用不着在我面前装啊。"在他表示自己对此的确一无所知之后，窦思齐给出了更进一步的解释说："道宏说了，你是常务副院长，他只是个副院长。说白了，他是替你跑腿的……你是君，他是臣。你看，你又不好意思了。你是不是想说，程先生才是君？好吧，如果程先生是君，你是臣，那么吴院长就是佐使。主动权在你手里。"从前面的故事情节中，我们可以知道，在受命筹办儒学研究院的过程中，更多地保留着书生秉性的应物兄，其实并没有考虑到权力的归属与使用问题。但在窦思齐或者说在校长葛道宏的理解中，即将成立的儒学研究院，首先面临着一个权力的归属与分配问题。在应物兄完全不知情的情况下，不仅调入吴镇其人，而且还让他出任儒学研究院的副院长，正是葛道宏使用权术的一种直接结果。关键问题还在于，这位不知道动用何种手段挤入儒学研究院的吴镇，是一个不学无术的家伙。这方面，一个突出的细节，就是吴镇对坐山雕的理解与谈论："吴镇的解释实在不伦不类：'孔子门下有七十二贤人，坐山雕门下有八大金刚。某种意义上，坐山雕相当于九分之一的孔子。'"正是吴镇的如此一种不学无术状况，促使应物兄气不打一处来地在内心里大发感慨："葛校长，你说，这样的人怎么能做太和的副院长呢？"这样一个具有反讽性的细节，与副省长栾庭玉不知陈寅恪为何人的那个细节，很显然相映成趣。但就是如此一位一张嘴就跑火车的所谓学者，却依凭着自身的江湖无赖气在学术界混得风生水起，细细想来，的确对学术二字构成了莫大的讽刺。但关键的问题是，即使应物兄对吴镇的不堪情况早已心知肚明，却无法予以言说："如果我把这些事情告诉董松龄，告诉葛道宏，他们不会怀疑我是嫉贤妒能吧？葛道宏经常讽刺有的院系主任是武大郎开店，他总不会认为我——"

然而，这个时候的应物兄根本就不可能想象到，吴镇意外进入儒学研究院，还仅仅只是一个开始，更令人感到不堪的糟糕状况将会继续出现。先是陈董的长子（尽管这小子自己后来表示说他不来），紧接着是那位养鸡场老板的女儿、他自己的研究生易艺艺（后来才知道，她竟然是董松龄的私生女），然后是敬修己（也即郑象愚）鼎力举荐的男友小颜，还有雷山巴的那两位奇葩女人，都相继以各种不同的方式表示要进入筹办中的儒学研究院工作。面对这一波紧接着一波的突然袭击，应物兄一时间顿觉激愤不已："一对姊妹花，两个姘头。一对神经病，两截朽木。一对女博士，两堆粪土。从她们当中挑一个进太和研究院？这是挑朽木来雕，还是选粪土上墙？"想当初，在是否接纳费鸣进入儒学研究院的问题上，应物兄曾犹豫不决，一度踌躇："要我说实话吗？要不是葛道宏非要你来，要不是程先生也提到了你，要不是乔木先生也推荐了你，我怎么会用你呢？"为什么会是如此呢？却原来，他的严格要求，与他对儒学研究院所持有的信心紧密相关："鸣儿，我已经准备好了，将自己的后半生献给儒学，献给研究院。这不是豪言壮语，这是我的真实想法。我没有说出来，是怕吓着你。我是担心你会觉得配不上我应物兄啊。"唯其因为应物兄对儒学研究院寄托很深，所以面对着一时蜂拥而至的阿猫阿狗，他才会激愤不已。一时的激愤过后，紧接着的便是方寸大乱："一个寄托着程先生家国情怀的研究院，一个寄托着他的学术梦想的研究院，就这样被糟蹋了吗？此刻，两种相反的念头在他的脑子里肉搏、撕咬。一个念头是马上辞职，眼不见为净，所谓危邦不入，独善其身；另一个念头是，跟他们斗下去，大不了同归于尽，所谓杀身成仁，舍生取义。这两个念头，互相否定，互相吐痰；又互相肯定，互相献媚。"明明是一个严肃的学术研究机构，没想到，到头来却是阿猫阿狗都想要通过各种关系拼命地挤进来。面对着如此一种不堪境况，原本对儒学研究院充满信心的应物兄，正如同那位曾经在"生存还是毁灭"这样的问题上犹豫不决的哈姆莱特王子一样，终于陷入到了一种是否应该继续坚持下去的内心矛盾之中。但应物兄自己根本不知道，当太和儒学研究院的筹办工作演进到如此一种地步的时候，根本不是他想不想抽身而退，而是即使他想有所退缩也根本不可能了。事实上，也只有到了这个时候，敏感的读者才会意识到，伴随着故事情节的逐步推进，应物兄在文本中的位置已经不知不觉地就被边缘化了。

既然小说被命名为"应物兄"，那知识分子应物兄其人就应该是作品中的一号主人公无疑。尽管说由于出场人物众多的缘故，小说的叙述视点时有游移，但在小说的前半部分，应物兄一直处于被聚焦的中心位置，却是无可置疑的一种事实。然而，到了小说的后半部分，差不多从国际资本大鳄黄兴也即子贡在济州出现之后，我们就不难发现，应物兄身影出现的次数就越来越少了。取而代之的，不是政界的高官，就是商界的巨贾。以至于在很多时候，应物兄存在的功能，只是剩下了所谓的视角功能。这一方面，一个富有象征性的细节，就是陆空谷的不辞而别。因为与妻子乔姗姗的感情关系一团糟，曾经服务于黄兴的黄金海岸集团的陆空谷，可以说是应物兄内心里最为向往的异性知己。没想到，到头来，却是陆空谷在决定嫁给文德斯之后的毅然离开。陆空谷离开后，"我们的应物兄立即有一种失重的感觉。她不辞而别，还会回来吗？这感觉一直持续到费鸣打来电话。"从根本上说，应物兄此处失重感的生成，不仅仅是因为陆空谷的离开，更是因为他在太和儒学研究院筹办过程中的日渐被边缘化。这一方面不容忽视的一点就是，与太和儒学研究院有关的很多事情，作为主要筹办人之一的应物兄，都已经不知道了。很多时候，只有在既成事实很久之后，一直被排斥在外的应物兄，方才从别处勉力与闻其事。具体来说，无论是吴镇意欲加盟太和研究院并成为副院长，还是那家太和投资集团的成立，抑或是一套"太和研究院丛书"在不知不觉中被编纂，凡此种种，都可以被看作是应物兄日渐被边缘化的突出例证。也因此，如果我们把关注视野由当下时代一直上溯到二十世纪的八十年代，那么就可以发现，这数十年时间，正是作为现代知识分子的应物兄主体性渐次被剥夺的过程。假若我们把应物兄转向儒学研究看作是他启蒙主义立场的被剥夺，那么，他的明星化与时尚化，就意味着市场经济对其精神世界的一种扭曲与异化。然而，应物兄的精神世界尽管在某种程度上已经被扭曲和异化，但这个时候的他被委以重任去筹办儒学研究院,却仍然意味着其主体性价值一定程度的体现。然而,即使是应物兄自己也难以预料,筹办儒学研究院,竟然会成为自身主体性进一步被剥夺的一个过程。这一方面,那位卡尔文在其回忆录"How happy we are"中的相关描述,真正可谓是意味深长:"当然也没有放过应物兄。卡尔文写道:'应物兄还是比较忠厚的,请我吃过鸳鸯火锅。但是,"三先生"说了,大先生说过,忠厚是无用的别名。'"无论如何,我们都不能不承认,作为外来者的卡尔文,目光还是相当犀利的。他回忆录里关于应物兄"忠厚"也即"无用"的评价,可以说一语道出了主体性被剥夺到体无完肤地步的应物兄狼狈不堪的处境。既然自身的主体性被剥夺殆尽,那么,到最后,应物兄的结局,恐怕也就只能是因为遭遇车祸而一时生死未卜了。关于车祸,我们注意到,李洱在后记中也曾经专门提及过:"那天晚上九点钟左右,我完成当天的工作准备回家,突然被一辆奥迪轿车掀翻在地。昏迷中,我迷迷糊糊听到了围观者的议论:'这个人刚才还喊了一声完了。'那声音非常遥远,仿佛来自另一个星球。"①我不知道作家在结尾处关于应物兄车祸的描写在多大程度上移用了李洱自己的车祸体验,但二者之间存在一定的关联,却是毫无疑问的事情。在小说里,车祸发生后,"他听见一个人说:'我还活着。'""那声音非常遥远,好像是从天上飘过来的,只是勉强抵达了他的耳膜。""他再次问道:'你是应物兄吗?'""这次,他清晰地听到了回答:'他是应物兄。'"整

---

① 李洱:《〈应物兄〉后记》,《收获》长篇小说专号,2018年冬卷。

部《应物兄》,从应物兄开始落笔写起,到车祸后应物兄的自问自答结束,以首尾照应的方式完成了一个叙事的圆环。但请一定注意,后来的这个此应物兄,却已经非小说开篇处的那个彼应物兄。倘若说,那个彼应物兄尚且踌躇满志,对未来的儒学研究院充满信心的话,那么,到了后来的这个此应物兄,其主体性却早已经处于丧失殆尽的状态了。尽管从表面上看,应物兄们并没有落到他的老师辈比如乔木先生被迫下放农村劳动改造的地步,但究其实质,如果说当年的乔木先生他们仅仅面对着来自社会政治的压力,那么,到了应物兄他们这一代知识分子,却既面临着社会政治的压力,也面临着更加难以抗拒的市场经济的诱惑。很大程度上,类似于应物兄这样新一代知识分子的悲剧性,正突出不过地体现在这个方面。

然而,应物兄这一知识分子形象固然非常重要,但他也无法取代其他一众知识分子形象的存在。作为一部以中国当代知识分子群体为主要聚焦对象的长篇小说,李洱《应物兄》的一大突出成就,正在于以鲜明的笔触勾勒刻画了包括应物兄在内的一整个知识分子的形象谱系。套用一句流行的社会语来说,就叫作老中青三代知识分子的形象,都在一时间蜂拥至作家李洱的笔端,在李洱所专门设定的这个舞台上,尽情尽兴地表演并凸显着自身的存在。如果说双林院士、乔木先生、何为教授、张子房(也即亚当)、朱三根他们可以被看作是第一代知识分子,如果说应物兄、华学明、葛道宏、芸娘、文德斯、双渐、郏象愚(也即敬修己)、陆空谷他们可以被看作是第二代也即中年一代知识分子,那么,包括张明亮、易艺艺、孟昭华、范郁夫等在内的一批更为年轻者就可以被看作是第三代也即青年一代知识分子。一方面，我们固然承认，由于每一代知识分子所处的具体社会文化语境都不尽相同，所以，很难以统一的标尺来衡量评价这些不同代际的知识分子。比如，第一代知识分子尽管面临着最为严酷的社会政治环境，但他们在当时所承受的精神压力却相对来说是单一的。到了第二代、第三代这里，虽然说社会政治压力似乎没有那么严酷了，但他们却面临着商业社会必然形成的巨大利益诱惑。这种物欲诱惑，看似绵软，实则有着巨大的杀伤力。这就意味着，与第一代知识分子相比较，后面的两代知识分子需要有更大的定力才能够坚守住知识分子的立场。大约也正因如此，尽管极有可能被怀疑为是进化论思维在作祟，但在面对着这三代知识分子形象的时候，我的确生出了"一代不如一代"的类似于九斤老太式的理解与判断。倘若说双林院士、乔木先生和何为教授他们面对着严酷的政治压力，尚且能够恪守知识分子的精神立场，那么，到了应物兄他们这一代，面对着分别来自政界和商界的双重压力，就更多地表现出了一种进退失据的自我矛盾状态，而到了更稍后的张明亮与易艺艺他们这一代，面对着物欲喧嚣的商业时代，干脆不做任何抵抗，缴械投降了。这一方面，那位名为养鸡场老板女儿，实则为董松龄私生女的易艺艺，就可以说是一个典型的代表。仅仅只是陪同程济世先生的公子程刚笃外出了一次，易艺艺就和程刚笃上了床："当然了，多年之后，他才知道那是易艺艺的表演。易艺艺一边抹鼻子，一边说，自己现在已经后悔了，不该喜欢程刚笃。程刚笃也没有原来想象的那么好。她承认与程刚笃上了床。"实际上，易艺艺根本就谈不上喜欢还是不喜欢程刚笃，她之所以煞费苦心地纠缠上程刚笃，不过是看中了他那显赫的家庭身世而已。身为高校的研究生，不仅不做学问，反而把所有的心思都用在了如何使自己的生存利益最大化上，细细想来，的确是莫大的悲哀。在获知易艺艺已经怀上程刚笃的孩子之后，包括程先生在内的所有利益相关者，虽然出发点明显不同，但都对易艺艺表现出了极大的关切。没想到，与珍妮生出一个三条腿的婴儿相仿，尽管叙述者并未做出明确的交代，但易艺艺所生孩子的不健康，却是无可置疑的一种事实："董松龄告诉他，罗总带着易艺艺，已经连夜赶回了济州。董松龄说，大人没什么事，小孩有点问题。"很大程度上，我更愿意把珍妮生下三条腿婴儿与易艺艺所生孩子的不健康这两个细节，在象征的意义上来加以理解。依照我的理解，从象征的角度来说，这些残疾孩子隐喻表达的，既是我们所寄身的这个世界的不正常，也更是人类精神世界在现代社会的扭曲与异化。正是在这个意义上，我们方才能够理解在第 90 节 "返回"这个部分芸娘所说的那句话："一代人正在撤离现场"。紧接着的一段叙述话语是："他不知道该怎么接话。接下来，他听见芸娘说：'我也是听朋友说的。他最后倒向了儒学研究。你看，我可能说错了。不该说"倒向"，该说"转向"。'"其实，当叙述者纠结于"倒向"还是"转向"的时候，作家那种隐含的价值取向就已经凸显无遗了。这个话题暂且按下不表，单只是芸娘的"一代人正在撤离现场"一说，就足以令人倍感震惊。尽管说进化论思维方式的确有其可疑之处，但如果联系我们以上所列三代知识分子差距非常明显的现实状况，芸娘的"一代人正在撤离现场"之说，也还是拥有一定合理性的。无论如何，我们无法把希望寄托在如同易艺艺这样没有责任担当，只知利益精明算计的知识分子身上。

虽然我们肯定可以从不同代际的角度出发对《应物兄》中的三代知识分子形象进行理解分析，但与此同时，却更应该认识到，从根本上说，我们对知识分子的关注与思考，必须着眼于个体的精神层面。关键原因在于，每一代知识分子中，都会有人性堕落者和精神高地的坚守者，笼统地从代际的角度切入，只可能显得简单而粗暴。从人物个体的角度来说，尽管出场的很多知识分子形象都给读者留下了难忘的印象，但相比较来说，其中最值得注意者，恐怕是华学明、何为以及芸娘这样几位知识分子。首先是应物兄的好友，那位研究昆虫最终把自己研究成精神病患者的华学明，大约从应物兄这里得知程济世先生特别喜欢听济哥（一种蝈蝈）的叫声，而且这种济哥在济州已经消失不见的时候开始，华学明就全身心地投入到了济哥的研究过程当中。但包括应物兄，甚至连同华学明自己在内，恐怕也都无法预料到，到最后，华学明竟然因为精神的过于投入，把自己研究成了一个精神病患者。济哥明明没有灭绝，但华学明却坚持认为，济哥的再生乃是他自己的研究成果："这些天来，他一直在整理材料，要向联合国环境规划署递交报告，以证明济哥已经灭绝。正如你知道的，他将济哥的羽化再生，看成他迄今最大的成就，并为此洋洋自得。"一个学者，当然应该全身心地投入到自己的研究对象之中，然而，如同华学明这样，干脆钻进死胡同里，直接就把自己研究成精神病患者，其实也可以被看作是一种学术的扭曲与异化。尽管说如同华学明此类知识分子形象的存在本身，就是对当下时代那些只知道蝇营狗苟的所谓知识分子的一种锐利批判。

同样是彻底寄情于学术研究的知识分子，与华学明有所不同的，是如同何为教授与芸娘这样始终保持着清醒头脑的学术本位立场坚守者。何为教授在《应物兄》中最早的亮相，是在巴别演讲时的不慎摔倒。有一点不容忽视的是，或许正是因为献身于哲学研究志业的缘故，何为教授竟然终身未嫁："作为哲学界德高望重的人，何为教授将自己的一生都献给了哲学。她是'国际中国哲学学会'（International Society for Chinese Philosophy）的创始人之一。"尽管说关于何为教授终身未嫁的原因可谓众说纷纭，但归根结底，却是与她献身于哲学研究志业紧密相关。在济州大学，何为教授的学术辈分极高："老太太与张子房先生、乔木先生以及姚鼐先生，是济大最早的四位博士生导师。他们三男一女，有人私下称他们为'四人帮'。这四个人当中，老太太与张子房先生关系最好。张子房先生没有疯掉之前，一直称老太太为小姐姐。"作为一位一辈子都在心无旁骛地认真做学问的学者，何为教授即使躺在了病床上，也仍然不改初衷地坚持着对学术真理的追求。出现在应物兄视野里的何为教授，是"一个古希腊哲学的女儿。老太太脾气不好，哲学系的老师差不多都被她训过。此时，她却像个婴儿，不哭不闹，乖得很。"然而，一旦涉及严肃的学术问题，何为教授立刻就会认真起来。比如，她与应物兄之间关于恶与善的一种讨论："老太太说：'你在书里说，什么是伪善，伪善就是恶向善致敬。这不对，伪善就是恶。照你的说法，有伪善，就有伪恶。伪恶，就是善向恶致敬？'老太太浑浊的目光突然变得凌厉起来，有如排空的浊浪瞬间被冻结了，又碎了，变成了刀子。老太太说：'同时，还须有历史的眼光。过去的善，可以变成今天的恶。'"正所谓"窥一斑而知全豹"，仅仅只是通过这一个细节，何为教授那样一种疾恶如仇的求真品质，就已经表现得非常突出了。在一个市场经济大潮一时汹涌澎湃的时代，能够如同何为教授这样以极坚定的意志坚持对学术真理的探索，其实是非常不容易的一件事情。也因此，我们千万不能忽视应物兄面对何门弟子文德斯以"启蒙"为主旨的学术新著《辩证》时生出的感慨："看上去单纯而柔弱的文德斯，每天都纠缠于这些问题？不过，这并不奇怪。遥想当年，类似的问题也曾在他的脑子里徘徊，幽灵一般。文德斯提到的人，他都曾拜读过。他熟悉他们的容貌，他们的怪癖，他们的性取向。但他承认，当年读他们的书，确实有赶时髦的成分，因为人们都在读。求知是那个时代的风尚，就像升官发财是这个时代的风尚。"同样是赶时髦，"求知"比"升官发财"其实高尚了许多，很难想象，假若我们的国民都能返回到八十年代去赶"求知"的时髦，那我们这个民族的精神面貌恐怕早就发生根本性变化了。从这个角度来说，应物兄面对文德斯时生出的感慨中，很明显包含着不容忽视的自我批判与反省意味。

在骨子里真正传承了何为教授精神风骨的，是姚鼐先生的女弟子芸娘。首先值得关注的，是芸娘名字的由来。一种说法是，与闻一多先生曾经的"杀蠹的芸香"有关。在一封致臧克家的信中，闻一多先生曾经写道："你想不到我比任何人还恨那故纸堆，正因恨他，更不能不弄个明白。你诬枉了我，当我是一个蠹鱼，不晓得我是杀蠹的芸香。虽然二者都藏在书里，它们作用并不一样。"所谓"杀蠹的芸香"，其实也就意味着闻一多先生是在以一种启蒙的方式对待中国传统文化。另一种说法，则来自应物兄自己："不过，对于'芸娘'二字，应物兄倒有另一种解释：芸者，芸芸也，芸芸众生也；芸娘，众生之母也。这种解释，并非矫情。他确实觉得,在她身上,似乎凝聚着一代人的情怀。"而另外一个人物费边,则干脆直截了当地把芸娘称作了"圣母"。不管哪一种说法,其中所明显透露出的,乃是知识分子芸娘身上所具有的那种非同寻常的精神风骨。没想到,针对后一种说法,芸娘自己却表示拒绝:"随后,芸娘拒绝了这种说法:'圣母,这是一个多么残酷的隐喻。女人通往神的路,是用肉体铺成的。从缪斯,到阿弗洛狄忒,到圣母玛利亚。这个过程,无言而神秘。它隐藏着一个基本的事实:肉体的献祭!'"如果联系芸娘后来的悲剧性人生结局,就必须承认,应物兄和费边以及芸娘自己当年的说法,其实带有非常突出的一语成谶意味。那么,芸娘到底是怎样的一个知识分子形象呢?对此,何为教授与应物兄自己都做出过相应的描述。首先是何为教授。"由于芸娘研究现象学,研究语言哲学,何为教授主编的《中国国际哲学》曾约他写一篇关于芸娘的印象记。何为教授在约稿电话里说:'就像闪电、风暴、暴雨是大气现象一样,哲学思考是芸娘与生俱来的能力。她说话,人们会就会沉寂。嫉妒她的人。反对她的人,都会把头缩进肩膀,把手放在口袋里。人们看着闪电,等待着大雨将至。空气颤抖了几秒,然后传来她的声音。'"这是年轻时候的芸娘留给何为教授的深刻印象。那个时候的芸娘,留在应物兄心目中的印象却是:"如果说她是'圣母',那么她肯定是另一种意义上的'圣母',一个具有完整心智的人,一个具有恶作剧般的讽刺能力的人,一个喜欢美食、华服和豪宅,又对贫困保持着足够清醒的记忆和关怀并且为此洒下热泪的人,一个喜欢独处又喜欢热闹的人,一个具有强烈怀疑主义倾向的理想主义者,一个哲学学生,一个诗人,一个女人,一个给女儿起名叫芸香却又终身未育的人。"

将这么多甚至带有自相矛盾色彩的关于芸娘的描述语词整合在一起，便不难断定，芸娘是一位有着深刻思想的现代知识分子，她不仅生性孤高而且特立独行。小说中的一个细节，是芸娘给已然不幸弃世多年的精神知己文德能的遗作题词："谁见孤人独往来，缥缈孤鸿影。拣尽寒枝不肯栖，寂寞沙洲冷。"这些充满精神孤独意味的诗句，既是写给文德能的，同时更是芸娘一种不自觉的自况。到后来，虽然两个人已经各自走上了不同的人生道路，但应物兄和芸娘却依然称得上是很要好的朋友。这样，也才有了他们围绕乔木先生"太和春煖"的题词而发生的一席谈话："芸娘问：'乔木先生给太和写了一幅字：太和春煖？"春煖"这个词，含自我取暖、独自取暖之意。这本书，就是给学人看的。你发给你的学生吧。得告诉学生怎么读，要带着问题去读。这只是初步整理出来的笔记，就像线团。得有进入线团的能力，还要能跳出来。'"尽管说他们之间的谈话是在车水马龙的大街上进行的，但问题在于，"这是听芸娘谈，跟芸娘谈。芸娘在哪里，哪里就会形成一个学术的场域，就像在荒野里临时支起了一顶学术帐篷：一切都顺理成章，合乎时宜，水到渠成。线团就静静地等在那里，知趣地、静静地等在那里。等着芸娘把它解开，等着芸娘把它织成一块飞毯。"说实在话，在一部不仅篇幅颇为巨大而且充满艺术反讽色彩的《应物兄》中，我们很少能够看到叙述者用如此一种赞美的语调来描述一个知识分子形象。字里行间流露出的，正是对芸娘的高度认同与肯定。与此同时，我们更应该注意到，芸娘曾经以高度认可嘉许的态度来谈论文德能的这部遗作："这是一代人生命的脚注。看这些笔记，既要回到写这些笔记的历史语境,也要上溯到笔记所摘引的原文的历史语境,还要联系现在的语境。你都看到了,这本书没有书号,没有出版社。它只能在有心人那里传阅。可是很多人都睡着了,要么在装睡。你无法叫醒装睡的人。怎么办?醒着的人,就得多干点活。需要再来一个人,给这个脚注写脚注。"首先我们必须承认,芸娘的这一番话语极其犀利地道出了当下中国思想文化界普遍存在装睡的境况。那么,在如此一种严峻的情势下,谁才是芸娘所谓的"醒着的人"呢?芸娘曾经希望应物兄是,但很快就发现,其实一直纠缠于儒学研究院筹办事务中的应物兄并不是。应物兄根本不曾料想到,取代了自己成为"第二把刷子"的写脚注人,竟然是自己曾经心仪的异性陆空谷。事实上,只要我们注意一下李洱关于青年芸娘的形貌描写,就不难从中看出芸娘这一知识分子形象在这部《应物兄》里的重要性了:"芸娘无疑是俏丽的,但俏丽出现在别的女人身上就只是俏丽,而芸娘略显丰满的脸颊以及略显苍白的脸色,在她的身上却发展出了一种混合了不幸的贵族气息的优雅。她无疑是敏感的,她的脸,她的嘴角与眼角,都透露着她的敏感,但她又用一种慵懒掩饰了自己的敏感。"敏感的读者大概早已发现,叙述者关于芸娘形貌的描写,不仅是肯定性的,而且还充满了高度认同的感情色彩。从这个角度出发,芸娘是小说中一个具有理想主义色彩的现代知识分子形象,已是无可置疑的一种客观事实。为什么是芸娘而不是其他人说出"一代人正在撤离现场"的箴言,其根本原因恐怕也正在于此。

毫无疑问,应物兄正是在筹办太和儒学研究院的过程中不仅目睹了学界、政界以及商界的各种丑陋言行而且为此大感失望的情况下，才把关注视野由高层转向了民间。事实上，也只有在转向民间之后，他才不仅发现了程家大院的真正所在地，而且还发现，为程济世先生所难以忘怀的灯儿也即曲灯，竟然还存活在这个世界上。当然，与一个民间世界的发现相比较，第99节"灯儿"这一部分更重要的意义和价值，恐怕还在于某种精神救赎可能的昭示。"他没有俊美的容貌，华丽的衣饰，可使我们恋慕。他受尽了侮辱，被人遗弃。然而他所背负的，是我们的疾苦。他所担负的，是我们的疼痛。""他被打伤，是因了我们的罪恶。因他受了惩罚，我们便得了安全。因他受了创伤，我们便得了痊愈。我们都像迷途的羔羊，各走各的路。他受虐待，仍然谦逊忍受，如同被牵去待宰的羊羔。他像母羊在剪毛人前，总不出声。他受了不义的审判而被除掉，有谁怀念他的命运。他受尽了苦痛，却看见光明。阿门。"在一部以儒学研究院的筹办为主体故事情节的长篇小说中，临到结尾处，伴随着一个民间社会的被发现，不仅出现了诵经的场面，而且还把《圣经》中的这些内容不无巧妙地穿插到文本之中，所强烈凸显出的一种意旨，恐怕就是昭示可能存在的精神救赎。

由以上的分析可见，不管怎么说，李洱的这部《应物兄》都称得上是当下时代一部以知识分子为主要表现对象的优秀长篇小说，大约也正因如此，我才在此前给自己的评论拟定过一个标题，就叫作"乃始有足称充沛丰饶的知识分子之书"。虽然说后来我并没有使用这个标题，却仍然愿意写在这里，与各位读者共享。在一篇关于年度长篇小说创作的综述文章中，我曾经提出过这样的一种看法："细细观察以上这些长篇小说，就不难发现，我们关于长篇小说这一文体的理念其实需要发生相应的改变。依据笔者相当长一段时期以来对于当下时代长篇小说跟踪阅读的感受，同时结合参照中国古典文学与世界文学的长篇小说创作状况，我个人以为，在进入现代社会之后，我们所持有的，应该是一种带有突出开放性质的优秀长篇小说理念。我想，我们最起码可以从文体的角度把这一年度的长篇小说创作划分为'百科全书'式、'史诗性'与'现代型'这样三种不同的艺术类型。所谓'百科全书'式的长篇小说，更多地与中国本土的艺术传统相关联，乃是一种具备海纳百川包罗万象的一种阔大气象，具有类似于'百科全书'性质的长篇小说。所谓'史诗性'长篇小说，我更多地采用洪子诚先生的说法：'史诗性是当代不少写作长篇的作家的追求，也是批评家用来评价一些长篇达到的思想艺术高度的重要标尺。……"史诗性"在当代的长篇小说中，主要表现为揭示"历史本质"的目标，在结构上的宏阔时空跨度与规模，重大历史事实对艺术虚构的加入，以及英雄形象的创造和英雄主义的基调。'至于所谓'现代型'，则是我自己的一种真切体认，从其基本的美学艺术追求来看，这一类型的长篇小说，不再追求篇幅体量的庞大，不再追求人物形象的众多，不再追求以一种海纳百川式的理念尽可能立体全面地涵括表现某一个时段的社会生活。与此相反，在篇幅体量明显锐减的同时，与这种'现代型'长篇小说紧密联系在一起的，就极有可能是深刻、轻逸与快捷这样的一些思想艺术品质。唯其因为这种类型的长篇小说，很明显与现代生活，与现代主义的文学观念相匹配，所以，我更愿意把它界定命名为一种'现代型'的长篇小说。"① 倘若我们承认笔者的上述看法还有那么一点道理,那么,一个顺理成章的结论就是,李洱的《应物兄》,毫无疑问可以被看作是当下时代难得一见的一部优秀"百科全书"式长篇小说。

---

① 王春林:《多种艺术类型的兼备与共存——对2018年长篇小说的一种理解与分析》,《中国艺术报》,2019年1月25日。

精读十：《生命册》

"坐标轴"上那些沉重异常的灵魂

肯定是无意间的一种巧合，当我再次从李佩甫的《生命册》（作家出版社，2012年3月版）中走出的时候，读到了作家夏榆谈论文学与社会关系的一段文字："社会现实是我们存在的场域。了解和认识社会现实，熟悉它的运行方式，洞察它的内在构造和肌理，这是写作者必须做好的功课。写作是个人的，也应是公共的，当个人的写作具有公共意义和普世价值的时候，它的价值会有不同的显现。"① 文学与社会现实之间的关系，可以说是一个老生常谈的话题。然而，在当下这样一个特别强调文学写作个人性特质的时代，如同夏榆这样一种看重个人写作的公共意义与普世价值的写作理念，其实有着不容忽视的现实针对性。尽管很可能会有被别人讥为观念落后陈旧的危险，但我自己还是特别认同夏榆所持有的这种文学观念。也正因为如此，对于如同李佩甫这样一贯坚持以自己的小说创作深度触摸表现时代现实的作家，我一向持有深深的敬意。李佩甫多年来一直从事

---

① 纳兰妙殊等：《全民写作时代的散文》，《人民文学》，2012年第3期。

所谓"平原三部曲"的写作。第一部《羊的门》与第二部《城的灯》早已问世多年,这次推出的《生命册》,乃是这个系列长篇小说的精心收官之作。

小说之所以命名为"生命册",原因当然在于李佩甫在这部长篇小说中成功地展示出了包括"我"(吴志鹏)、骆驼、老姑父、梁五方、杜秋月、虫嫂、春才、蔡苇香、梅村、范家福、夏小羽、卫丽丽、小乔等十多位具有人性深度的生命形态。然而,对于李佩甫来说,尽管这些人物形象早已烂熟于心,但一个必须面对的关键问题,就是采用怎样一种方式才能够把这些不同的生命形态有机地连缀在一起。这里,李佩甫首先必须考虑解决的,实际上也就是长篇小说的结构问题。稍有文学经验的读者都知道,对于一部小说尤其是长篇小说来说,小说结构是一个不容忽视的重要问题。"当我们提到结构的时候,通常想到的是充满奇思异想的现代小说,那种暗喻和象征的特定安置,隐蔽意义的显身术,时间空间的重新排列。在此,结构确实成为一件重要的事情,它就像一个机关,倘若打不开它,便对全篇无从了解,陷于茫然。文字是谜面,结构是破译的密码,故事是谜底。"[①]既然结构问题对于长篇小说如此重要,那么,李佩甫要想更好地为自己的"平原三部曲"收官,也就必得在小说结构的设定上下一番大的功夫才行。事实上,李佩甫为这部《生命册》所设定的结构方式确实堪称精妙。根据我自己的阅读体会,我愿意把李佩甫这种具有相当独创性的小说结构方式称为一种"坐标系"式的结构方式。所谓"坐标系"式结构,就意味着李佩甫以小说叙事的方

[①] 王安忆:《雅致的结构》,《雅致的结构》,上海书店出版社,2011年版,第16—17页。

式在文本中成功地建构了一个类似于数学中的坐标系。具体来说，这部采用了第一人称叙事方式的长篇小说，其坐标系那个相互交叉的轴心，就可以说既是小说的叙述者，同时也是作为小说中一个重要人物的"我"，即吴志鹏。因为"我"经历了一个从乡村走向城市的生命发展历程，所以，以"我"为轴心，李佩甫就能够非常有效地实现把乡村与城市编织为一个有机整体的艺术目标。既然是一个坐标系，那么，也就需要有横向与纵向的两条坐标轴。这一点，落实在李佩甫的小说中，就变成了乡村与城市两条不同的结构线索。首先是小说文本中的单数章，这些部分主要讲述的，是"我"离开乡村进入城市之后的生存历程，也可以被简略地称之为"我"的城市故事。在这些部分，通过对"我"的生存历程的充分展示，李佩甫相当成功地把骆驼、范家福、夏小羽、梅村、小乔等主要生存活动于城市背景之中的人物形象逐一呈现在了读者面前，故而，单数章可以被看作是这个坐标系的纵向轴。接下来就是小说文本中的偶数章，到了这些部分，叙述者"我"的思绪就回到了自己离开之前的故乡无梁村，成了一个乡村生活的回忆者。诸如老姑父、梁五方、虫嫂、杜秋月、春才等乡村人物，都是在这些部分悉数登场的。既然单数章可以被看作是坐标系的纵向轴，那么，这些偶数章也就应该被看作是坐标系的横向轴。就这样，以"我"为轴心，一个乡村的横向轴，一个城市的纵向轴，一个完整的小说坐标系也就得以有效地建构完成。我们此篇文章标题中的"坐标轴"，自然由此而来。需要指出的是，李佩甫的这种小说结构方式，很显然是由中国的本土小说传统转化而来的。说实在话，阅读李佩甫的《生命册》，很容易就让我们联想到《水浒传》。之所以如此，一个重要的原因就在于二者之间人物的出场方式非常相似。《生命册》中的诸多人物,他们的故事并无交叉,具有相当的独立性。《水浒传》的情形也同样如此,众多人物的故事也有着相对的独立性。二者的差别在于,《水浒传》是依靠着所谓的梁山聚义大业把这众多人物整合到一起,而到了李佩甫的《生命册》中,把这些人物整合到一起的,却是作为坐标系的轴心而存在的叙述者"我"。第一人称叙述者的设定对于《生命册》艺术结构的重要性,于此即不难得到有力的证实。按照相关专家的研究考证,第一人称叙事在中国小说作品中的出现,是十九世纪末二十世纪初的事情。[①]从某种意义上说,小说叙事模式上的这样一种变化,意味着中国小说创作的一种现代性转型。既然第一人称叙事可以被看作是中国小说现代性的某种标志,那么,李佩甫在《生命册》中通过第一人称"我"的叙事,有效地把乡村与城市整合在一起的这样一种结构努力,也就完全可以被看作是对于中国本土小说传统一种转化过程中的创造。

实际上,对于中国小说本土传统的创造性转化倒也还在其次,关键的问题在于,小说的结构形式绝不仅仅只是结构形式,李佩甫只有通过如此一种结构形式的创造性运用,方才把那些飘荡在城乡之间的沉重灵魂捕捉在他的小说文本中,并进一步对于这些沉重异常的灵魂进行了足称深入的挖掘与表现。所谓对于沉重灵魂的挖掘表现,换一个角度来说,自然也就是对于人物形象的刻画塑造。在小说美学的层面上,人物形象刻画塑

---

① 参见 M.D. 维林吉诺娃主编的《世纪转折时期的中国小说》(华中师范大学出版社,1990 年版)中的说法,吴沃尧在《二十年目睹之怪现状》中第一次运用了第一人称的叙述模式。

造的成功与否，绝对是衡量一部长篇小说艺术成就的重要尺度。举凡那些曾经给我们留下过深刻印象的长篇小说，大都少不了对于具有人性深度的人物形象的成功塑造。从这一层面来看，李佩甫这部《生命册》一个突出的思想艺术成就，正在于作家以其积累深厚的艺术功力对于他笔端这些沉重异常的灵魂进行了深度的挖掘与表现。最为典型的，当然就是那位最吸引人眼球的知识分子骆驼。身体严重残疾的知识分子骆驼的人生遭遇，在当下时代可以说有着极强的代表性。骆驼本名骆国栋，他之所以被人们称为骆驼，与他身有残疾、背上多了一块类似于"驼峰"的东西有直接的联系。在"我"的印象中，"骆驼是一个有大抱负的人"，"骆驼的身上虽然有点匪气，却是一个具有领袖气质的人。"正因为对于骆驼有着发自内心的信任，所以，当"我"因为无梁村人的不断骚扰终觉走投无路，决计离开学校另谋出路的时候，所想到的自然就是这位曾经在研究生阶段有过不凡之举的同学。没想到的是，等到骆驼与"我"，以及湖北的廖、安徽的朱四个人在北京会面之后，本来想着要编一百本古典文化经典的他们却发现自己上当受骗了。原来，那个姓万的书商其实是要他们四位"捉刀"弄一套关于"男女性关系"的系列小说。于是，四位文化人就这样变成了"垃圾文化"的生产者："我们躲在阴暗潮湿的地下室里，去给老万打工，制造一个虚拟的、号称来自美国的'艾丽丝'……很堕落啊！"但即使如此，他们仍然没有能够彻底摆脱被骗的命运。当他们耗费了两个月的时间和精力，终于炮制完成了老万所要求的"男女性关系"系列小说之后，却被老万以专家审阅不合格为由，拒付稿酬，要求继续修改。面对着如此凄惨的遭际，廖和朱终于无法坚持下去，不辞而别了。只有到这个时候,骆驼才把自己之所以放弃副处级职务到北京来闯天下的真实原因告诉了"我"。原来,"骆驼先是被免了职,又夹在两个女人的中间,实在是待不下去了,这才有了出走北京的'计划'。"需要注意的是,就在骆驼与"我"彻底交心,把"我"当作亲兄弟一般看待的时候,"我仍然隐隐约约地感觉到,就在骆驼醉了的时候,就在骆驼扒肠扒肝地跟我交心的时候,在他醉眼的后边,仍醒着一双眼睛……这也许是我的错觉。"然而,这绝非是错觉,这样的一种描写与骆驼的交心行为结合起来,才初步显示出了知识分子骆驼的心计之深,才凸显出了这一人物形象的复杂性。一方面,骆驼确实有着敢作敢为、侠肝义胆的一面,这一点在终于搞清楚被骗的情况之后,骆驼向老万讨要所欠稿酬的过程中表现得非常突出。但不能忽视的是,骆驼也有着老谋深算、欲望膨胀的另一面。这一点,在此后骆驼日渐发达起来的过程中有着淋漓尽致的表现。

由于手中拥有了从书商老万处以命相拼讨要来的第一桶金,更由于遭逢了一个中国经济顺风顺水大发展的历史时期,胆识过人又一向善于审时度势的骆驼,连带着"我",很快就走出了曾经的困境:"可骆驼不满足。骆驼是干大事的人,骆驼的天分一流。骆驼最伟大之处,就在于他浑身上下的每一个毛孔里都充满着洞察力。他几乎是一个先知先觉者……"实际上,也正是依凭着骆驼惊人的洞察力,依靠着他的先知先觉与强劲欲望,骆驼和"我"二人联手在股市投资,终于在市场上获得了很大的成功:"分手后,按照我和骆驼重新定下的'铁律',我们两人先后躲过了两次股市下跌,又赶上了两拨牛市……于一九九七年的五月,在近六千点的高位登顶,而后,顺利出局!"光"我"独自一人套现取出来的钱就多达四百二十八万。而骆驼本人,一种含含糊糊的说法则是一千多万。从当初身无分文的穷光蛋,到一九九七年的腰缠万贯,身为知识分子的骆驼与"我"终于得以跻身于我们时代的所谓成功人士行列。然而,当"我"向骆驼提出建议,应该适时收手,应该考虑筹划出版一百本文化经典著作的时候,骆驼却断然拒绝了"我"的建议。这个时候的骆驼的精神世界在巨额金钱的强烈刺激之下,其实已经发生严重的倾斜:"我看着骆驼,我在骆驼眼里看到了一种亮光,那光汇聚成一个极亮的、燃烧着的、足以慑服人的亮点,像火焰一样!他刚刚说过一个亿,现在一月不到,他想的是十个亿了!"但实际的情况是,即使已经拥有了十个亿,骆驼也依然是不满足的。当"我"劝告骆驼"双峰公司走到今天,股票市值一百六十七亿,做得够大了。你已经不缺钱了,收手吧"的时候,骆驼的回答是"鸟,收什么手?做得好好的,我为什么要收手?"到了此时此刻,骆驼的欲望已经处于极度膨胀的状态,用他自己的话说,叫作"我现在只信一个字:钱"。用"我"的体会来说就是:"我知道,骆驼心里一直藏着一个字,那是个'抢'字……他揣这个字已经揣了十多年了,他停不下来了。"正是因为怀揣着这样一个实在欲罢不能的"抢"字,所以骆驼才要拼命地做大做强,要无休无止地累积财富。想方设法收购药厂,千方百计通过夏小羽拉副省长范家福下水,即使弄虚作假也要实现上市的目标,费尽心机也要养一两个"官",骆驼的所有这些努力,在根本上也只是为了一个"抢"字,围绕一个"钱"字。说实话,李佩甫的这样一种描写,马上就让我回想起了他曾经的一部长篇小说的名字"等等灵魂"。是的,绝对应该等等灵魂,面对着这样一种极度物欲化的时代现实,骆驼确实已经彻底地迷失了自己的心魂。为什么会如此呢?导致骆驼精神世界极度扭曲变异的一个重要原因,就是他曾经切实体验过极度的贫穷:"兄弟,咱们过去实在是太穷了。……后来,我哥死了。我哥不是饿死的,是害病死的。但肯定营养不良……在我们家,正因为我哥哥死了,我才得到了更多的关爱……"尽管早已时过境迁,但我们却完全能够想象得到,哥哥的死与曾经的极度贫穷,作为一种无法摆脱的精神情结,一直都潜藏在骆驼的内心世界深处,时不时地就会如同毒蛇一般探出头来噬咬骆驼的灵魂。或者也可以说,在后来的物质财富以其巨大的侵蚀力量扭曲骆驼的灵魂之前,极度的贫穷早已经扭曲了骆驼的灵魂。更进一步地说,扭曲骆驼灵魂的力量,绝不仅仅只是现在的物质财富与曾经的极度贫穷,请想一想他的身体残疾吧。一般情况下,越是身有残疾者越是有着过度的自尊心,越是需要通过事业的成功来满足内心过度的自尊需求。骆驼的情况显然就是如此。他之所以形成那样一种过分贪婪的物欲膨胀心态,与他的身体残疾绝对存在着某种不容忽视的内在隐秘关系。

随着财富的日渐积累与增加,骆驼的精神世界逐渐地呈现为一种倾斜状态:"我发现,自从当了董事长之后,骆驼的变化很大,他的声音里有了一种让人很难接受的东西……"这个时候的骆驼不仅已经听不进去朋友的谏言,而且作为一个从底层奋斗起家的知识分子,居然也开始蔑视底层民众了:"我一下子愣住了。在言谈中,骆驼的语气完全变了。在他的话中,已经开始称底层社会的人为'下人'了。"尽管说底层民众肯定存在诸多问题,但当骆驼不无轻蔑地把底层民众称为"下人"的时候,首先就意味着骆驼的精神世界出现了巨大问题。从这个意义上说，李佩甫之所以设定骆驼是一个身有残疾者，就是别有深意的。除了我们前面已经提及过的那样一种过度自尊的心态之外，作家如此一种艺术设定的象征意味也是十分明显的。从象征的角度来看，骆驼的身体残疾绝对可以被解读为他精神残疾的一种隐喻式表达。必须注意到小说关于骆驼身世来历的一种描写："骆驼说：我的祖上，原也是中原人。是当年逃难逃到甘肃那边去的……"如此一种艺术设定，当然是为了更有机地把关于骆驼的故事整合到《生命册》这部长篇小说当中。但既然把骆驼与中原联系在了一起，那我们就不能不注意到李佩甫在小说第四章中关于中原树木的一种传神描写："这里一马平川，雨水丰沛，四季分明，按说应是最适宜植物生长的地方。可坦白地说，这里不长栋梁之材。""在平原，树与风的搏斗是长年的、持久的，也是命对命的，就像是一对老冤家。……平原上的树有一个最可怕的、也是最不易被人察觉的共性，那就是离开土壤之后变形。"接下来，李佩甫不无细致地对于柳树、榆树、槐树、楝树、椿树、枣树等等的扭曲变形状况，一一进行了形象生动的描摹。必须承认，小说中的这样一些文字，包括第六章中关于平原上若干花草的描写，包括第十一章关于平原上各种乡村事物比如牛毛细雨、狗叫声等在内的描写，都是李佩甫这部《生命册》中最动人的文字部分。别的且不说，单只是把这些文字摘取出来，本身就是非常棒的散文作品。我们很难想象，若不是作家对于这些乡村事物有着深厚的感情寄托，有过日复一日的悉心观察，这样动人的文字会从李佩甫的笔下流淌而出。这样一些文字在《生命册》中的出现，一方面固然是要达到真实呈现一个乡村世界的艺术目标，但在另一方面，一种象征意味的存在恐怕绝对无法被忽略。单就小说中对于生长在平原上的这些被扭曲的树木状况的描写来说，象征性色彩的存在就是极其明显的。这样看来，如果说骆驼的远祖也是中原人，那么，李佩甫关于平原上树木扭曲状态的描写，自然也就可以被看作是对于人性被异化的骆驼一种隐喻性描写。更进一步说，作家关于平原上树木的描写，也并不仅仅只是关于骆驼，而且是关于《生命册》中所有灵魂被扭曲异化者们的象征性展示。之所以这么说，关键在于俗话所说的"一方水土养一方人"。那么，究竟何为水土呢？李佩甫在小说中写道："古人云：水有润下助土之功，滋生万物之德；土有化象和水之绩，舒纵欲托之能。四维之中，水为命之象，土为命之基。而这里所说的'水土'是一体的。""在这里，水土又不等同于风俗。风俗是有时间性的，是可以改变的。而水土，则说的是特定的气场和依托，是亘古不变的。这里指的是一个特定的地域的'生气'，或者说是磁场效应。"很显然，只有在如此一种意义上来看待李佩甫关于水土，关于平原上那些树木变形的描写，我们才能够更准确到位地理解其中强烈的象征隐喻意味。

实际上，作为《生命册》非常突出的艺术特点之一，李佩甫对于象征手法的运用，并不只是体现在关于平原上树木变形状况的描写这一个方面。我们注意到，小说第十一章关于"我"遭遇车祸之后，眼睛受伤，在医院里治疗眼疾时基本状况的描写，象征隐喻的意味也同样是非常突出的。从小说的整体艺术结构上说，这一章的出现多少显得有些突兀。对于这一点，多年从事小说创作、有着足够丰富创作经验的李佩甫应该非常清楚。既然存在着与整体小说结构不够协调的问题，那么，李佩甫为什么还要坚持插入这样的一个独立性章节呢？作家的如此一种艺术处理，显然有其特别用意。那就是，他要通过对于当下时代这些罹患眼疾病人状况的一种罗列性描写，在一种象征的意义上说明这个时代的人们眼睛都已经出了问题，都处于不同程度的眼盲状况："上苍赐予了我们一双眼睛，本是看路的，可我们的眼都出了问题。是命运把我们抛在了这里，使我们聚在一起，同病相怜，在眼科病房里，几乎每个人都有一份奇奇怪怪的经历，那眼病也是由各种各样、千奇百怪的原因造成的。""若是走在大街上，你是绝不会看到的。"某种意义上说，正因为在大街上看不到，所以李佩甫才特意地插入了眼科病房这一章节，才把这些形形色色的眼疾状况展示在了广大读者面前。作家之所以要做此种特别描写，当然是要充分凸显传达"我们的眼都出了问题"这样一种隐喻性洞见。是啊，何止是突遇车祸的"我"呢？从十八层高楼上纵身跃下的骆驼，不更是一个眼睛出现了重大问题的自我迷失者吗？

  当然了，说到骆驼，除了一再强调他的精神扭曲与自我迷失之外，我们也还必须同时注意到这一人物侠肝义胆、勇于担当的一面："到今天为止，我仍然不认为骆驼是个十恶不赦的坏人。""骆驼身上虽然有投机的成分，但也还有很传统的东西，有侠肝义胆的部分，还有……"这一点，不仅表现在当年在北京落魄时与"我"之间的兄弟情谊上，更突出地表现在自己企业的问题东窗事发之后，骆驼的跳楼举动上。由于小乔已彻底坦白交代，骆驼非常明白，自己被弄进去调查审讯是迟早都无法回避的一件事情。自己进去倒不要紧，关键的问题是，自己的事情肯定会牵连到曾经帮助过自己的官员："更重要的是，这还会牵连到两个副部级以上的干部。在骆驼眼里，他们都是好人，都是给企业有过很大帮助的人，并不是人们所说的贪官，尤其是范家福。范家福是从乡下走出来的穷人家的孩子，他苦学苦读，从中国读到了美国，读到了博士，而后又回来报效国家，骆驼一旦进去，一旦开了口，就把人家给害了。"当自己面临着如此巨大的人生困境的时候，骆驼不仅仅考虑到自身的安危，而是更多地想到了如同范家福这样曾经给予过自己很大帮助的人，这样的一种情怀不是侠肝义胆、勇于担当又能够是什么呢？应该怎么办呢？"骆驼是个才华过人、绝顶聪明的人。骆驼犯的错误是每一个中国人都会犯的，当时，骆驼承受着巨大的压力。骆驼肯定会想到：他是所有环节中最重要的一环。假如他这个环节断了，那么所有的环节都会在他这一节戛然而止……"当然，骆驼在想到范家福他们的同时，也想到了自己的妻儿："骆驼不想给他的孩子带来灾难。"很显然，正是出于这样一种心理，所以骆驼最后才毅然地从十八层高楼上跳楼身亡。这样的一种决绝行为，所充分凸显出的，正是骆驼人性中的正面因素。某种意义上，我们只有把这样一个侠肝义胆、勇于担当的骆驼，与此前那个四处投机、内心贪婪、物欲极度膨胀的骆驼结合在一起，才能看到一个真实意义上的骆驼形象。我们所谓李佩甫以其犀利的笔触切入并成功地挖掘表现了人物形象的人性复杂性，很大程度上正是落实在如同骆驼这样的人物形象身上。

  作为一部具有展示人物群像意味的长篇小说，李佩甫的《生命册》能够给读者留下深刻印象的人物形象，实际上并不只是骆驼，其他诸如老姑父、梁五方、虫嫂、杜秋月、春才、梅村、范家福、夏小羽、小乔，甚至于身兼小说叙述功能的"我"，这些人物形象都可圈可点，都应该被看作是《生命册》中具有人性深度的人物形象。由于篇幅所限的原因，在这里，我们当然不可能如同剖析骆驼一样，对于这些人物形象展开充分而深入的细致分析，只能择其要者进行相对简略的分析。比如电视台的主持人夏小羽，可以说是一个才貌双全的绝色女子。她不仅天生丽质，而且还出生于有着几代知识分子的书香门第，既有足够的道德修养，也有十足的傲气。但就是如此优秀的一个女孩子，却遭受过两次致命的打击。一次是考大学，"她报考了北京广播学院，却仅以两分之差落榜，不得不屈就了北京服装学院。"又一次是感情受挫："她在北京读书时，谈了一个男朋友，那男朋友是'北广'的，她有'北广情结'。"没想到，她的男朋友在读完博士之后，却一个人悄没声地出国了。这两次打击，尤其是第二次打击，自然也就成了夏小羽内心中永远的痛："一个女人，尤其是品位高的漂亮女人，情感上的缺失是最大的缺失。"实际上，也正因了这种情感缺失的存在，夏小羽被骆驼给盯上了，最终成了骆驼的商业"目标"。精明的知识分子企业家骆驼，要通过这位情感上严重失意的电视台主持人达到拉范家福副省长下水的目的。尽管什么都不缺的夏小羽几经抗拒，终归还是无法抵挡巨额金钱的诱惑，尤其是这金钱还能够给她带来满足情感需求的可能性："是呀，她条件优越，她不缺钱。你说给她一百万，她自己也许就有那么多，她看不到眼里。你给她五百万，她仍然还占据着道德上的优越感，她守着一份矜持，仍然不答应……可你把她的生活'标尺'再次拉高，她一旦拥有了爱情，她的爱人还是留美的博士，双博士，又是副省长……这就有了缺口了。这个'缺口'又是在一日日地诱惑下铺垫起来的，就像天上的火烧云一样，让你眼花缭乱，五内俱焚，可顷刻间又是雷鸣电闪，人生无常啊！况且，她还是个姑娘，你让她怎么办呢？""人在病中，是最脆弱的时候。也许，崩溃就是那一刹那间产生的……"就这样，面对着骆驼强大的攻心战术，被骆驼抓住了根本的情感弱点的夏小羽，终于还是被自己的内心情结所左右，不仅自己最终落得个身败名裂，而且还连带着把自己的爱人——副省长范家福也拖下了水。刻画塑造人物形象时，总是能够准确地抓住其内在一种根深蒂固的情结来大做文章，绝对应该被看作是李佩甫这部《生命册》一个根本的艺术特点所在。骆驼如此，夏小羽如此，其他一些成功的人物形象也同样如此。

比如说，无梁村人生遭际特别悲惨的那位梁五方。梁五方可以说是无梁村里的一个少见的大能人。十八岁的时候，跟着九爷学习泥、木匠活的他，就已经在盖房封顶造脊时，为了与唐大胡子一拼高下，背着师父自作主张，本来要塑龙，结果却塑了一个麒麟的造型出来。按照当地的行内规矩，既然梁五方已经自作主张了，那么九爷也就不能够再承认他是自己的徒弟了。如此一种细节，所凸显出的一方面是梁五方出众的才能，另一方面更是他那突出的个性，用小说中的话语来说，就叫作"傲造"。是的，就是"傲造"："那时候，梁五方常说的一句话就是：你吃过大盘荆芥么？这是多么傲慢的一句话呀！在平原，谁都知道，说'荆芥'不是荆芥，指的是'见识'。就这么一句话，说得一村人侧目而视。在人们心里，老蔡是支书，是村里第一人。他连支书都看不上了，他认为他的'见识'已超过当年的上尉军官了。那么，他还会看上谁呢？就此，村里人就不高兴了，谁见了他都翻白眼。""梁五方实在是太傲造了。那时的梁五方就像是个'红头牛',说话戗人,他几乎把一村人都得罪了。他很忙啊,每日里骑着他自己买零件组装的自行车,日儿、日儿地从村街里飞过,车瓦上的亮光一闪一闪的……很扎眼!可他浑然不觉。"实际上,梁五方性格上的"傲造",与其能力的超强存在着密切的内在联系:"大凡傲造的人,都是有本事的。"这一方面,一个突出的表现就是,在那个政治高压、人们日常生活普遍困难的时代,梁五方居然凭借着一人之力盖起了一座房子:"一个人,不央人,不求人,独自盖起了一栋房子,这已经很让人吃惊了。那年月,更让人眼黑的是:他盖的还是一砖到顶的一间新瓦房!"个性"傲造"的梁五方根本就没有意识到,他这样的一种特立独行早就在有意无意间触犯了众怒,村里人早就对他的所作所为愤愤不平了:"我告诉你,在平原,人要是太'各色'了,就会受到众人的反对。"梁五方无论如何都不可能料想到,自己到最后居然会为了自己的"傲造"而付出特别惨重的代价。因为平时就把村里人得罪光了,所以,村里人便借用"运动"的名义大整特整性格"傲造""各色"的梁五方:"你没见过这种阵势吧?那就像突然刮起一股黑风,'呜'一下几百人一齐拥上去,就像是筛粮食一样,把梁五方当作一个混在麦粒中的'石子',在人群中你推过来,我搡过去……在平原的乡村,这叫'过筹'。""你可以想象人们在庸常的日子里心里聚集了多少怨恨,埋藏了多少压抑!特别是女人,女人需要忍耐多久才有这么一次发疯的机会!""我还看见,几乎是全村的人,都下手了……"

  为什么会有如此这般的深仇大恨呢?生性一贯"傲造"的梁五方就是再得罪人也不可能把全村人都得罪光吧?为什么差不多所有的村里人都会对梁五方下手呢?在这里,其实潜藏着一种极其可怕的"场"效应:"我必须诚实地告诉你,在这种时候,在这种场合里,我也很想上去扇他一耳光。我跟梁五方没有任何仇恨,也没有过节,他甚至可以说是我崇拜的偶像。当偶像倒在地上的时候……我只是、只是兴奋。我的手忍不住发痒,发烫,有一种指甲里想开花的感觉!这是真的。所以,我告诉你,在一定的时间和氛围里,恶气和毒意是可以传染的。"必须承认,李佩甫在这里通过对于"我"一种真实心态的描述,揭示出了一种具有普遍性的"场"效应。那就是,当你处于某种带有狂热性质的时间和氛围当中的时候,你的心理免疫力就降到了最低程度,你内心中潜藏着的人性之恶,往往会借助于这样的机会溜出来为非作歹。梁五方被无梁全村人无端毒打的这一场景描写,肯定是李佩甫的《生命册》中最令人难忘的场景之一。说实在话,也只有在读过这样的一种场景描写之后,你才能够真正明白,当你置身于某种历史狂潮中的时候,你自我控制的意志力会衰弱到何种地步。《生命册》当然不是一部专门描写表现"文革"的长篇小说,但很显然,只要你认真地读过关于梁五方的这个场景描写,你就会真正地理解"文革"期间的全民狂热究竟是怎样形成的。李佩甫在这里,极其深刻地揭示了一种深层内在的群众心理学。如此一种"运动"的结果可想而知,梁五方的精神意志受到了极大的打击,从此之后,这位生性"傲造""各色",曾经不可一世的梁五方就走上了一条上访的不归路,成了平原上一个大名鼎鼎的上访专业户,被称作颍河镇的那个"流窜犯"。请看被残酷折磨成为上访者之后的梁五方形象:"可他仍旧像被捆着似的,显得很滑稽:他走路两只胳膊紧贴着身子,头往前探,动作僵硬,身子佝偻,脖子梗着,往前一蹿一蹿地走,就像根本没有手一样……"从当年那个"傲造"不已、能力极强的青年匠人，到后来这样一位形象滑稽可笑的"流窜犯"，我们完全可以想象得到，在这个过程中，梁五方究竟付出了怎样巨大惨烈的代价。在这个意义上说，梁五方当然也应该被看作是平原上的一位灵魂畸形扭曲者。只不过，由于身处具体时代的差异，梁五方所呈现在读者面前的扭曲状态，明显地不同于我们前面已经展开分析过的骆驼或者夏小羽。

最后不能不提及并进行深入分析的，就是同时身兼叙述者功能的知识分子"我"（吴志鹏）这一人物形象。正如同我们在前面已经强调过的，"我"在《生命册》中的重要性首先体现在叙事层面上。设若离开了"我"这样一个轴心，那么，李佩甫的小说结构坐标系就无论如何都无法建立起来。然而，需要注意的是，"我"不仅仅是故事的观察与传达者、小说的叙述者，同时也还是一位重要的介入者、行动者，是《生命册》中不可或缺的一位重要人物。如果超越小说的艺术形式层面来看，"我"的存在，实际上为整部长篇小说提供了一种殊为关键的叙事哲学，或者叫作基本的叙事立场。要想讨论"我"，就不能不再次提及骆驼。因为，"我"与骆驼在小说中属于同质化的一类人物，具有极其相似的人生轨迹。从基本身份上说，他们都是曾经接受过高等教育的知识分子，后来却都涉足市场，成了所谓市场经济时代的弄潮儿。他们都曾经有过贫困痛苦的幼年生活，都是从乡村世界走向现代城市，都是依靠着自己的打拼奋斗而立足于这个社会。他们虽然内心中不乏善良淳朴的品质，但为了适应时代不得不虚与委蛇，都曾经有过欲望的膨胀与人生的投机。然而，尽管人生轨迹极其相近，他们各自的人生结局却又大不相同。骆驼被迫跳楼自尽,"我"虽然不幸遭遇车祸,付出了一只眼睛的代价,却终归是一个幸存者。之所以如此,与他们各自不同的人生态度有着紧密的内在联系。骆驼如同驰上了人生快车道的赛车手一样,一味地贪求巨额财富的积累,根本不知有度,根本就停不下来,以至于最后只能落得个车毁人亡的悲剧下场。而"我"尽管内心中也有过贪欲,也有过造假投机行为,但与根本就不知有度的骆驼相比较,"我"的难能可贵就在于知道"度"存在。这一点,在他们两人的北京交锋过程中表现得特别明显。在北京,当"我"恳切地奉劝骆驼一定要有自己人生道德底线的时候,骆驼却一点都听不进去。"我说,老兄,还是那句话:咱得有……底线。说句不好听的话,早些年,咱无路可走,不得不投机。说得好听些,那叫抢抓机遇。现在,晚了。已不是投机的年代了。""骆驼说:什么底线?底线在哪里?我怎么看不见呢?鸟。在我眼里,在这样一个时代,必是投机,也就是抢时间。"

为什么会这样呢?"我"为什么就要比疯狂的骆驼多了一份特别难能可贵的清醒有度呢?在小说中,李佩甫对于这一点有着透辟的揭示。请注意,在"我"的叙事过程中,经常会说到"我身后有人"。"其实,到了上海之后我才明白,我是带有黄土标记的,我已经无法融入任何一座城市。在城市里,我只是一个流浪者,并且,永远是一个流浪者。我记得我给你说过,我身后有人。""可我知道我身后有人。""是的,我身后有人。可我无法解释,也不需要解释,就是解释也解释不清楚。"为什么"身后有人"?"我"的身后到底会有什么人呢?"你记住,我只要一提'老蔡',你就要注意分寸了。""再进一步,我会说:'梁五方'来了。这就是说,戏过头了。""再往下,面临危险,要你立即回头的时候。我会说：'杜秋月'，或是'老杜'……"原来，由这些老蔡、梁五方、杜秋月们所组成的，也就是"我"背后的那个乡土世界平原上的无梁村。是这些人，构成了"我"身后的人。正因为如此，所以，在小说的开头处，李佩甫才会这样刻意强调："每个人都是有背景的。一个人的童年或者说是背景，是可以影响一个人一生的。"很显然，正因为"我"身后有人，因为"我"在自己的成长历程中已经目睹过发生在无梁村那么多的人生悲喜剧，所以，才会在关键的时候保持一种相对清醒的认识，才能够及时地抽身而出，急流勇退。说到底，"我"的节制有度与骆驼的贪欲无度，才是导致他们各自不同人生结局的根本原因所在。从某种意义上说，骆驼是一个只知一味贪婪前行而不知有所反省忏悔的知识分子形象，而"我"，则很显然是一个感恩心理与忏悔意识均十分突出的知识分子形象。说到这一点，就不能不注意到李佩甫在小说最后一章中的相关描写："近乡心怯，回村那一天，我的心是抖的。""在我，原以为，所谓家乡，只是一种方言，一种声音，是你躲不开、扔不掉的一种牵扯，或者说是背在身上的沉重负担。可是，当我越走越远，当岁月开始长毛的时候，我才发现，那一望无际的黄土地，是唯一能托住我的东西。"论述至此，就必须说一说李佩甫对于乡村与城市艺术表现的差异了。尽管我们强调李佩甫建立了一个很好的小说结构坐标系，强调其横纵二轴一是乡村一是城市，强调他的这部《生命册》是一部对于乡村与城市的现实与历史进行了深入思考表现的优秀长篇小说，但严格地对比衡量一下，我们却又不能不承认，二者之间的艺术表现力度实际上还是处于不平衡的状态。而这，也就意味着，尽管李佩甫试图打通自己的乡村与城市视域，但从具体的文本状态来说，一种无法被否认的客观情况却是，作家对于乡村世界的表现，明显要比对于城市生活的表现成功许多。导致此种情形的一个根本原因，显然在于李佩甫有着足够丰富深入的乡村生活经验，对于乡村世界有着远胜于城市生活的理解与把握。所以，读过《生命册》之后，关于城市生活，给我们留下的，大概也只能是充满着罪恶与欲望这样一种印象，否则，为什么骆驼、梅村、范家福、夏小羽他们都会成为城市的迷失者呢？这就意味着，李佩甫并没有把现代城市生活的复杂性呈示出来。相比较而言，作家对于乡村世界的展示却是非常成功到位的。请注意，出现于李佩甫笔端的乡村世界，既是温厚的，也是残酷的，既是博大的，也是偏狭的，既是深邃的，也是肤浅的。一句话，李佩甫在广大读者面前呈示出的，乃是一个复杂且真实的乡村世界。某种意义上，也只有从这样的一种前提出发，我们才能够理解"我"对于无梁村、对于乡村世界所持有的那样一种爱恨交加的复杂感情，才能够理解到了小说结尾处，"我"的一种真切忏悔之情："乡人供我上了十九年学，整整十九年哪！我真心期望着，我能为我的家乡，我的亲人们，找到一种'让筷子竖起来'的方法。如果我此生找不到，就让儿子或是孙子去找。""我知道，我身后长满了'眼睛'。可我说不清楚，一片干了的、四处漂泊的树叶，还能不能再回到树上？""我的心哭了。""也许，我真的回不来了。"

是啊，如同骆驼、如同"我"这样一些沉重异常的灵魂真的还能够回得去吗？魂兮归来！

精读十一:《这边风景》

沉郁雄浑的人生"中段"

人都说无独有偶,都说历史发展过程中往往会出现惊人相似的一幕,王蒙长达六十年之久的小说创作史,就可以说是以上说法的一种有力证明。众所周知,王蒙的小说处女作是1953年动笔的长篇小说《青春万岁》。但这部完成于1950年代中期的作品,因为王蒙被错误打成右派,成为政治身份上的"另类"的缘故,一直等到"文革"结束后的1979年,才由人民文学出版社正式出版。《青春万岁》之外,王蒙另外一部出版历程不无传奇色彩的作品,就是由花城出版社正式出版的长篇小说《这边风景》(2013年4月版)。很早之前,我就知道王蒙曾经于多年前创作过一部名为《这边风景》的长篇小说,但因为小说一直没有正式出版,所以,一直都无缘得见。对此,王蒙在"情况简介"中做出了这样的说明:"1978年8月7日,乃成此书的初稿。""同年,由于此稿大情节是以批判'桃园经验'与制定'二十三条'为背景的,最初以此来做'政治正确'的保证,在形势大变之后,原来的政治正确的保证反而难以保证正确,恰恰显示出了政治不正确的征兆。出版社觉得难以使用。"既然政治不正确,既然无法出版，那么，也就只能够束之高阁了。束之高阁不要紧，关键是，或许是因为搬家之类变故的影响，当年的手稿在漫长的岁月中竟不知所踪，销声匿迹了。用王蒙自己的话说，叫作"此稿连同那诡异的时代，再见了，永别了，呜呼哀哉尚飨！"但同样不无诡异色彩的是，到了2012年3月21日，"在妻子崔瑞芳去世前二日，旧稿被王山、刘颋发现"。在尘封将近四十载之后，《这边风景》手稿被发现，只能够被看作是一个奇迹。虽然在王蒙自己看来，这部明显残留着时代痕迹的旧稿"已经逝世"（见后记），已经失去了存在的价值，但身为文学编辑的王山与刘颋在通读了全稿之后，却认为这部书稿不仅"仍然活着，而且很青春。"（见后记）于是，王蒙也就投入了对此稿的重新校订工作之中。校订所坚持的原则是："基本维持原貌，在阶级斗争、反修斗争与崇拜个人的气氛方面，做了些简易的弱化。"不仅如此，王蒙还别出心裁地在每一章正文后面添加了所谓的"小说人语"，站在今天的角度对小说有所评述。在经历了如此一个堪称曲折的过程之后，方才有了我们这里所具体谈论着的这部篇幅多达七十万字的《这边风景》。在已经有过《青春万岁》的出版曲折之后，再有《这边风景》的出版曲折，此之谓无独有偶者是也。

尽管王蒙是十分优秀的作家，尽管对于王山、刘颋他们的艺术评断能力，笔者也非常信任，但说实在话，对于一部创作完成于1974—1978年，差不多尘封达四十年之久的长篇小说，其思想艺术品质究竟如何，在没有读到作品之前，也真的不敢轻易做出自己的判断。于是，在拿到作品的第一时间，我就全身心地投入到了阅读之中。但谁知一读之下，还真就被深深地吸引住了。在一个星期的时间内前后读过两次之后,我终于坚定了自己的看法,这部穿越将近四十年时空而来的《这边风景》,确实是一部具有突出思想艺术价值的优秀长篇小说。某种意义上,一部完成于1970年代中后期的长篇小说,一直到现在才正式出版,这种跨越时代鸿沟的出版历程,实际上也意味着作品接受了将近四十年的残酷时间检验。"仍然令作者自己拍案叫绝,令作者自己热泪横流,令作者惊奇地发现:当真有那样一个一心写小说的王某,仍然亲切而且挚诚,细腻而且生动,天真而且轻信。呵,你好,我的三十岁与四十岁的那一个仍然的我!他响应号召,努力做到了'脱胎换骨',他同时做到了别来无恙,依然永远是他自己。"王蒙在后记中的这种说法,在很大程度上道出了读者真切的阅读感受。一方面,这确实是一个不一样的王蒙,但在另一方面,这个不一样的王蒙,又仍然是那同一个王蒙。而且,更重要的是,《这边风景》的出版,也还明显具有一种填补空白的意义。对于这一点,王蒙在"情况简介"中也已经说得非常清楚:"林斤澜曾经打趣,我们这些人如吃鱼肴,只有头尾,却丢失了肉厚的中段。意指我们有二十世纪五十年代的初露头角,然后是八十年代后的归来。五十年代后期至七十年代后期的中段二十年呢?不知何往矣。""然而我是幸运的。我找到了我的三十八岁到四十七岁,找到了我们的二十世纪六十年代,即清蒸鱼的中段。"能够在自己的耄耋之年,意外地找回业已不知所踪许多年的小说手稿,自然是令人激动的事情。能够以这样一部长篇小说,凸显作家王蒙人生中段也即所谓"清蒸鱼的中段"的写作面貌,无论对于王蒙自己的小说写作历程来说,还是对于整体意义上的中国当代小说史来说,毫无疑问都有着十分重要的意义。在这里,我们无法回避的一个重要问题是,在业已发生了天翻地覆变化之后的当下时代文化语境之中,到底应该如何评价、看待王蒙这部创作完成于"文革"结束前后的长篇小说呢?

首先,要想充分地厘清王蒙的《这边风景》的思想艺术价值,就必须把它纳入作家长达六十年的小说创作谱系之中加以衡估。反顾王蒙迄今为止的小说写作历程,如果从创作方法的角度来看,他的小说作品大约可以被切分为三种不同的类型。一种是典型的现实主义小说。写作于1950年代的长篇小说《青春万岁》、短篇小说《组织部来了个年轻人》,完成于1980年代初期的系列小说《在伊犁》,都属于这一类型。第二种是具有明显的探索实验色彩的现代主义小说。1980年代曾经在文坛引起强烈反响的,包括短篇小说《春之声》《海的梦》《夜的眼》与中篇小说《蝴蝶》《布礼》《杂色》等作品在内的所谓"集束手榴弹",以及后来的中篇小说《一嚏千娇》、短篇小说《来劲》等,皆可以被归入到这一类型之中。王蒙在中国当代小说史上之所以一度被视为先锋作家,根本原因显然在此。第三种,则是介乎于现实主义与现代主义之间的,所谓现代现实主义小说。一方面,王蒙以一种开放的心态吸收着西方现代主义的艺术营养;另一方面,一种强烈的社会责任感与艺术使命感却又从根本上决定着作家的现实主义底色。以上两方面因素有机结合的一个必然结果,就是如此一种现代现实主义小说的出现。长篇小说《活动变人形》、"季节"四部曲以及一度被称为"后季节"的《青狐》,都属于这一类型。倘若就作品产生的实际影响而言,以上三种类型中影响最大的,恐怕是第三种——现代现实主义。这一方面,一个突出的例证,就是洪子诚的那部有着广泛影响的《中国当代文学史》。洪子诚一方面强调王蒙小说的基本主题,"是个体(大多是青年时代投身革命的知识分子)与他所献身的'理想社会'之间的复杂关系",另一方面则认为王蒙所采用的主要小说体式有两种。一种是"类似西方'意识流'小说的方法,以主要人物的意识流动来组织情节,结构作品",另一种"运用的是戏谑、夸张的寓言风格"。总之,"他似乎有意离开了规范的'写实'小说的路子,放弃了专注于典型情节的构思和人物性格的刻画。他更关心的,是对于心理、情绪、意识、印象的分析和联想式叙述。这形成了一种变动不居的叙述方式:语词上的变化和多样组合,不断展开的句式,对于夸张、机智、幽默才能的充分展示,等等。"① 非常明显,洪子诚这里所得出的一些具体结论,都是相对于王蒙的那些现代现实主义小说而言的。尽管我们也承认洪子诚以上分析的有效性,但与此同时,我们也不得不指出,相对于王蒙整体小说创作来说,洪子诚的上述分析确实存在着某种以偏概全的弊端。其中一个重要问题,就是对于王蒙现实主义小说类型的忽略。这一点,早在若干年前,我在一篇文章中就曾经有所涉略。② 在当时,我所主要面对的,还只是系列小说《在伊犁》。到现在,在王蒙的《这边风景》终于被重新发现并正式出版之后,我觉得,自己若干年前的那种看法,自然也就得到了更强有力的事实支撑。

之所以这么说,原因在于,在王蒙的小说写作谱系中,《这边风景》自然应该归属于现实主义小说类型。已经有《组织部来了个年轻人》、系列小说《在伊犁》与长篇小说《青春万岁》之

---

① 洪子诚:《中国当代文学史》,北京大学出版社,1999年版,第262—263页。
② 参见王春林:《被遮蔽的文学存在——重读王蒙系列小说〈在伊犁〉》,《中国作家》文学版,2009年第8期。

后,《这边风景》的加入,再一次凸显出了现实主义小说在王蒙小说创作谱系中的重要性。在王蒙曲折坎坷的人生历程中,被他自己戏称为"故国八千里,风云三十年"的自我放逐新疆的那段生活经历,无论如何都是非常重要的一段。然而,在《这边风景》出版之前,这段长达十七年之久的生活经历,却只是与系列小说《在伊犁》密切相关。换言之,系列小说《在伊犁》完全可以被看作是王蒙新疆生活的产物。但即使是《在伊犁》,除了作家王安忆等个别独具慧眼者给予赞赏之外,没能够引起文坛足够的注意。关于《在伊犁》,王安忆曾经做出过这样一种评价:"他的作品我最喜欢两个,一个就是《组织部新来的年轻人》①,第二个就是《在伊犁》。""我就觉得《在伊犁》吧,王蒙完全放下对政治的意见了。这也许和环境有关系,他就是在很底层,这些人就是吃饭睡觉还有爱,除此,什么事都和他们不相干,这样,就潜到了方才说的汪曾祺所安身立命的生活里;还有一个文化影响,伊犁么,就是有波斯的语言风格,装饰性特别强,很华丽的,它就是阿拉伯过来的,是一种装饰文化,你看《在伊犁》里面人物说话,全都是废话,但是那么华丽的废话,我觉得他这个写得非常好。我觉得他,利也好弊也好,就是他对什么事情都有意见,非常尖锐的意见。可是如果少点意见呢?曾经在青岛开了一个王蒙的讨论会,最后一个项目是漫话王蒙,让我们每个人都说一段王蒙,我就说王蒙太聪明了,能不能稍微不那么聪明一点,我觉得他真的是太锐利了,写作要钝一点,钝的话你的面

---

① 此为 1956 年发表于《人民文学》9 月号时的标题。

就宽了。"① 请注意，王安忆在肯定《在伊犁》的同时，也给出了自己的理由。一个是"王蒙放下对政治的意见了"，另一个就是"钝"。关于"政治"的问题，我们稍后展开，这里且先来说一下"钝"的问题。王安忆关于"钝"的说法，让我联想到了作家夏商最近的一个观点。夏商的长篇小说《东岸纪事》近来引起文坛普遍关注，在一次关于《东岸纪事》的采访中，夏商特别强调了"拙"的重要性："写完《东岸纪事》最大的感触就是觉得小说是个笨活，小说家写到后来，拼的是'拙'，而不是小聪明。我觉得《东岸纪事》是我最好的作品，不是能力的增长，而是以前小聪明太多。对于一部伟大的小说来讲，才气不是最重要的，甚至可能是有害的，反倒是笨拙的、像手艺人一样的写作才是真谛。就好比打绒线，最难的是四平针，正反都要打，看似很平整，有点像写实主义，而棒针衫打起来很容易，却花里胡哨图案很多。"② 夏商曾经有过先锋小说的写作经验，由这样一位曾经的先锋作家来强调"写实"和"拙"的重要性，自然显得格外意味深长。把王安忆的"钝"与夏商的"拙"联系在一起，再来看待王蒙的小说创作。一个顺理成章的结论就是，《在伊犁》的思想艺术价值，正突出地表现在"钝"与"拙"上，尤其是对于如同王蒙这样一向以智慧著称者来说，能够做到这一点显然更加难能可贵。既然《在伊犁》已经是一部"钝"与"拙"的重要作品，那么，同样源自王蒙新疆生活经验的《这边风景》就更应该当得起如此一种评价了。作为一部现实主义长篇小说，其思想艺术成功的真

---

① 王安忆、张新颖：《谈话录》，广西师范大学出版社，2008年版，第206页。
② 夏商、河西：《小说家写到最后，拼的是"拙"》，《文艺报》，2013年5月。

正的支撑，显然只能是作家深厚扎实的写实功力。

理解评价《这边风景》，一个无法回避的问题，就是究竟应该怎样看待其中的"政治"处理。王安忆说《在伊犁》的一个突出特点在于"王蒙放下对政治的意见了"。王安忆之所以这么说的一个重要前提，就是王蒙的大部分小说总是会和政治紧密缠绕在一起。然而，如果说写作《在伊犁》的时候，王蒙还有可能避开政治，有可能"放下对政治的意见"，那么，作家在写作《这边风景》的时候，就无论如何都不可能避开政治因素的缠绕与介入。之所以如此，关键原因在于，王蒙的写作时间1974—1978年，本身就是一个极端政治化的时代。在那样一个泛政治化时代，任何一个作家的写作都不可能规避得开政治因素。或者也可以这么说，在那样一个泛政治化的时代，每一个作家写作的逻辑起点，都是现实政治。对于这一点，王蒙自己也毫不讳言："这篇小说很注意它的时间与空间坐标下的'政治正确性'，它注意歌颂毛主席与宣扬千万不要忘记阶级斗争，它注意符合在'文革'中吹上天的'文艺新纪元'的种种律条。"那样一个泛政治化的时代，即使在小说的标题上也留下了鲜明的痕迹。所谓"这边风景"，显然是从毛泽东的诗句"风景这边独好"套用而来的。王蒙套用毛泽东诗句，其意也就是要强调小说中的故事发生地新疆伊犁，是一个自然风光与人文情致都非常美好的地方。这部小说之所以被长期束之高阁，原因显然也在于其中的政治因素："我本人承认无计可施：此稿因政治可疑而被打入另册。因汲取了教训而在政治上拼命求根据，因此根据不符合新时期的时宜而前功尽弃。"（见"情况简介"）这部小说现在得以正式出版的一个主要原因，显然在于时代的更加文明与开放。用王蒙自己在"情况简介"中的话说,叫作"总算到了可以淡化背景的文学写作与阅读时代了。"所谓"淡化背景"云云,实际上也意味着我们不再简单地以"政治正确"与否作为衡量评价文学作品的基本标准了。但即使是到了这样一个业已摆脱了"政治正确"缠绕的时代,对于《这边风景》这样一部作家在写作时就已经特别注重所谓"政治正确性"的小说文本,我们也首先必须给出一种合乎情理的评价。

首先,《这边风景》的主要情节设定就充满了政治色彩。作为王蒙故事情节最曲折、矛盾冲突最尖锐的一部长篇小说(请注意,王蒙小说写作为文坛所公认的一大特色,就是故事情节的极度淡化),作家这部小说的基本构思,就是围绕当时的现实政治而进行的。由于当时的实际情况是所谓阶级斗争理念的一统天下,所以,如此一种理念的贯穿始终就是必然的事情。具体来说,《这边风景》的情节结构可以被切割为三大部分。第一部分是从第一章开始,一直到第二十一章,集中展示描写1962年伊犁边民被境外势力裹挟,外逃事件发生之后的状况。小说主人公,那位刚刚从乌鲁木齐的工厂重新回到故乡伊犁农村劳动的优秀共产党员伊力哈穆(伊力哈穆所遭逢的如此一种人生变故,在共和国历史上同样有据可查。1962年,不知是否因为城市生活过于吃紧的缘故,一批产业工人离开了工厂,回到了农村。历史上,把这种现象称之为"62压")一回到跃进公社爱国大队,所面临的主要任务,就是如何采取积极有效的手段平息这一事件造成的严重影响。这一部分的中心事件,就是那桩一直到小说结尾处才彻底揭开谜底的大队库房小麦盗窃案。第二部分是从第二十二章开始,一直到第三十八章,这个部分带有明显的过渡性质。尽管小麦盗窃案还没有告破,但由于伊力哈穆会同里希提等人进行了一系列行之有效的积极工作,爱国大队前此阶段人心惶惶的状况已经有了明显的改观。这一部分开头描写县委书记赛里木到爱国大队下乡蹲点了解情况,首次提及即将大规模展开的"四清运动"。结束处,则是爱国大队的社员们满腔热情地准备迎接"四清"工作队的到来。一种山雨欲来风满楼的态势,被王蒙营造得虎虎有生气。第三部分是从第三十九章开始,一直到最后的第五十七章,所集中展示表现的,是爱国大队尤其是伊力哈穆重新担任队长之后的七队"四清运动"的开展状况。到了这个部分,整部小说的故事情节也就进入了高潮,此前铺叙的各种矛盾冲突空前激烈起来。正如王蒙自己在"情况简介"中坦言:"此稿大情节是以批判'桃园经验'与制定'二十三条'为背景的,最初以此来做'政治正确'的保证",作家在创作之前为自己设定的思想主旨,就是要浓墨重彩地描写表现那场可谓声势浩大的"四清运动"。具体来说,王蒙初始正式动笔的1974年,"文革"尚未结束,与刘少奇夫人王光美密切相关的所谓"桃园经验"正处于被批判否定的风口浪尖上。当此形势之下,王蒙把小说中章洋在运动中的错误做派与"桃园经验"联系在一起,并且站在"二十三条"的立场上对其进行一种否定性的描写,就是自然而然的事情。然而,等到小说初稿完成的1978年,"文革"结束也已两年。尽管刘少奇还没有平反,但政治形势确实已经发生了根本性逆转,刘少奇当年的政治盟友邓小平已经出来工作,刘少奇的平反只是时间问题。到了这个时候,写作之初的"政治正确",就已经变成了"政治不正确"。作品的不合时宜,是显而易见的事情。在文学与政治存在着密切关系的情况下,《这边风景》的出版受阻,是一种必然的结果。从这一角度来说,小说横跨将近四十年时空,只有到时过境迁的现在,方才获得正式出版机会,不管怎么说,依然合乎事理逻辑。但在强调小说故事情节设定上具有突出的政治性色彩的同时,我们也须得注意到,《这边风景》情节结构的丰富跌宕与曲折有致,在王蒙的小说中的确非常罕见。不仅各种矛盾冲突错综复杂、盘根错节,而且整个故事的发展演进过程也堪称是一波三折、风生水起。尽管在一般意义上,一种充满巧合意味的戏剧性与王蒙的小说无缘,但到了《这边风景》中,戏剧性的存在却是显而易见的。单只是戏剧性的具备这一点,就足以证明小说的情节结构确实达到了丰富跌宕与曲折有致的程度。

总体故事情节的设定之外,小说展开过程中也有许多政治化的描写。其中有三点值得注意。其一,阶级斗争对立面的设定。此处的具体所指,也就是小说关于地主婆玛丽汗与地主依卜拉欣的描写。一方面,按照当时的阶级斗争理论,如同玛丽汗这样失去了天堂的阶级敌人总是会不甘心地进行各种破坏活动,以期颠覆现行政权。但在另一方面,从生活实际出发,早已被边缘化了的玛丽汗们根本就没有可能有所作为。于是,你就会发现,王蒙其实是颇为煞费苦心地编造着所谓地主分子竭力破坏社会主义革命和建设的那些故事情节。正所谓巧妇难为无米之炊,即使是才气纵横如王蒙者,在构想此一方面情节的时候也显出了自己的捉襟见肘。除了热衷于传播一些流言蜚语之外,玛丽汗们实际上根本就无所作为。其二,若干人物阶级出身的设定与构想。一方面是阶级斗争的对立面,比如那位后来成为农民的麦素木科长。麦素木之所以会成为阶级敌人,一个非常关键的因素在于他的出身。麦素木的父亲阿巴斯，是绥定县著名的富豪，拥有过大量的土地与资产。什么样的家庭出身就会有什么样的现实举动，依循此种阶级逻辑，麦素木到处煽风点火的行为也就不难理解了。另一方面是意志坚定的革命者，比如伊力哈穆，比如里希提。伊力哈穆不仅母亲被地主残害致死，而且自己幼年时也曾经亲身体验过地主的皮鞭，而里希提，则有过给地主扛活遭受压迫的人生经历。说到底，正如同麦素木的家庭出身决定着他对新政权的敌视一样，也正是伊力哈穆们的苦大仇深决定了他们革命意志会特别坚定。尽管是敌对的双方，但作家在进行艺术构思时的内在思维方式却是一致的。必须承认，以上两种政治化的处理方式，都是王蒙受控于那个特定时代，把先验的政治理念形象化的具体结果，时代局限性的存在显而易见。因为缺乏生活经验的强有力支撑，所以不仅谈不上什么艺术感染力，而且还显得特别虚假、生硬、苍白，这毫无疑问应该被看作是王蒙的《这边风景》中的艺术败笔。其三，是关于主要人物在关键时候学习政治文件的描写。比如，第三十七章中就有关于伊力哈穆夜读毛主席起草的中央文件的场景描写。"这是最严肃、最激动、最幸福的事情，是解放以后数亿中国人民每天都要认真做的一件大事，是旧中国和国外从来没有的一件规模最大的盛举，这个盛举的名称就叫做'学习'。""真理是锐利的。真理也是质朴的。毛主席的锐利而质朴的语言，照亮了这间小小的房子。"哦，我已经多么久没有读到过这样的一种场景描写了呀。隐隐约约地，在我少年时代的阅读中，类似的场景描写可以说是司空见惯。在今天的读者看来，如此一种场景描写大约只具有令人喷饭的幽默效果。殊不知，王蒙笔下的这种场景，其实是当年现实生活的一种真实写照。更为关键的是，在中国，文件还往往会对社会走向和人的命运产生决定性影响。对于这一点，小说曾经借晚年的章洋之口有所揭示："……我终于想明白了。咱们党的威信太高了，你们不服不行。咱们的文件创造着历史，打造了生活，还有阶级斗争或者不斗争而且和谐。一切是非真伪功过长短，都要看文件。如果你的文件是前十条啊，后十条啊，还有'经验'哩，那个伊力什么来着，他的定性就是残害贫下中农、新生资产阶级分子。他的处理应该是剥夺政治权利，交群众管制。如果你的文件换了说法，他就时来运转喽。"非常明显，我们这里所引述的这个段落，属于王蒙重新发现小说手稿之后增补的部分。尽管如此，作家所揭示出的文件在社会生活中决定性的影响力，至今在中国都是无可否认的一种客观事实。在这个意义上，对于《这边风景》中关于主要人物学习政治文件的描写，我们所持有的评价态度就是，一方面承认王蒙的相关描写保留了当年的生活真实，另一方面却也得明确意识到，从艺术性角度来衡量，这种描写不仅毫无诗意而且还有大煞风景之嫌。从根本上说，这样的一种政治化描写只能够让王蒙失分而不是得分。

好在以上这些读来让人倍感枯燥乏味的政治化描写，仅仅只是《这边风景》中的一部分内容。假若充斥于全篇的都是这些政治化描写，那么，这部曾经不知所踪很多年的小说手稿当然就没有什么重新出版的价值。《这边风景》之所以仍然具有很高的出版价值，之所以在时隔多年之后读来依然能够让读者心潮澎湃，从根本上说，依赖于作家对于超越现实政治之外的新疆伊犁边地生活进行了堪称入木三分的细腻描写。唯其如此，王蒙才会在后记中发出如斯浩叹:"虽然有过了时的标签,过了时的说法,过了时的文件,过了时的呐喊,过了时的紧张风险",但是,至今读来,却仍然让自己心生感动:"许多许多都改变了,生活仍然依旧,青春仍然依旧,生命的躁动与夸张、伤感和眷恋依旧,人性依旧,爱依旧,火焰仍然温热,日子仍然鲜明,拉面条与奶茶仍然甘美,亭亭玉立的后人仍然亭亭玉立,苦恋的情歌仍然酸苦,大地、伊犁、雪山与大河仍然伟岸而又多情。"实际的情形也的确如此,现在看起来,在有效剥离了那些无论如何都不可能不存在的时代政治印痕之后,《这边风景》最根本的思想艺术价值,就是以一种深厚的写实功力相当真实地记录、表现了1960年代前半期新疆边地那个多民族聚居区域的总体生活样貌。需要特别强调的一点是,王蒙所具体描写展示着的那个时代,乃是共和国的一个农业集体化时代。尽管说社会政治早已从实践到理念都已经否定了那个时代,但这并不就意味着不可以用文学的形式去充分表现那个时代。虽然也有不少作家创作过同类题材的小说作品,比如莫言的《生死疲劳》、严歌苓的《第九个寡妇》等等,但这些作家与王蒙最大的区别在于,他们不仅明显站在了一种否定集体化时代的意识形态立场上,而且他们的艺术描写很明显是出自后来者的一种艺术想象。与莫言、严歌苓他们相比较,王蒙的《这边风景》的独特之处不仅在于对于集体化时代持有一种肯定的意识形态立场,而且作家关于那个时代边地农村生活的艺术描写,很显然建立在曾经身为生产大队副大队长的王蒙自己的坚实的生活经验之上。第五章后面的"小说人语"中,王蒙说:"本小说里,多有应时应景的却也是事出有因的政治宣扬与实实在在的日常生活的间作。政治的宣扬难免没有明日黄花的惋惜,生活实感则用它的活泼泼的生命挽救了一部尘封四十年的小说。理论、主张、条条框框是灰色的,生活之树常绿,生活万岁!"诚如斯言,在超越了所谓的"政治正确"或者"政治不正确"之后,衡量评价小说作品一个重要的标准,就是要看它在多大程度上真实再现了一个时代的总体生活样貌。如果从这样一个阅读角度出发,那么,王蒙的《这边风景》自然应该得到相应的高度评价。

首先应该引起我们高度关注的,乃是出现于王蒙笔端的那些极富诗意特质的集体化时代的劳动场景。是的,就是劳动场景,是只有那个集体化时代才可能出现的劳动场景。初读王蒙的《这边风景》的时候,正值2013年的五一劳动节,一个以劳动为主题的节日。在这样一个劳动者的节日,阅读王蒙这部展示集体劳动场景的长篇小说,的确别有一种意味在心头。比如"打钐镰"的动人场景:"打钐镰,这是农村的一项重活。乌甫尔干起来却不显吃力。他两腿劈开,稳稳站住,不慌不忙,腰向前倾,伸直右臂,左手辅助把握着长长的镰柄,从右到左一挥,随着镰弓带风的嗡嗡作响,'沙'的一声,划过了一道两米多长的弧线,一大片苜蓿被齐齐割了下来,并在镰弓的带动下茎是茎,梢是梢地排列在一堆。……步子的大小、腰背的倾斜,挥臂的幅度和下镰的宽窄,都是一定的,像体操动作一样地严格准确,像舞蹈动作一样舒展健美。"乌甫尔与里希提他们俩的"打钐镰"动作过于优美,以至于看到的社员们都会连称"漂亮"。"漂亮,什么叫做漂亮呢?他们根本不会想到自己的姿势漂亮与否,他们忠诚地、满腔热忱而又一丝不苟地劳动着;他们同时又是有经验、熟练的、有技巧的。所以,他们干得当真漂亮。也许,真正令人惊叹的恰恰在这里吧！忠诚的、热情的和熟练的劳动，也总是最优美的；而懒散、敷衍或者虚张声势的、拙笨的工作总是看起来丑恶可厌。"在我个人有限的记忆里，如同王蒙的《这边风景》中"打钐镰"这样富有诗意的、格外清新动人的劳动场景描写，确实已经是"大雅久不作"，很久都没有读到过了。唯其如此，读来才特别能够打动人心。在这一章后面的"小说人语"中，王蒙写道："截至现在，唯一读到的对于钐镰割草的描写见于列夫·托尔斯泰的《安娜·卡列尼娜》。又，这是唯一的一种劳动，其动作略似挥杆打高尔夫球。我国只有在新疆，农民是使用钐镰这种工具的，壮哉新疆！""而到了崭新的世纪，农业机械化的迅猛发展，使得这威武雄强的钐镰也成为稀罕物了。人们会忘记钐镰与砍土镘吗？像忘记人民公社、四清运动、反修防修……"必须承认，王蒙的说法并非杞人忧天，从中国当下迅疾无比的城市化进程来看，不要说如同"打钐镰"这样一种农业集体化时代的劳动场景，即使是农村社会本身，也已经处于一种土崩瓦解、四分五裂的状态之中。其实，也并不仅仅是"打钐镰"，其他诸如割麦、扬场、打场、挖渠、装粪，甚至包括打馕，这些劳动场景都在王蒙的《这边风景》中得到了形象生动的描写与展示。伴随着城市化进程的加快，以上种种劳动场景恐怕都会渐次变成为遥远的记忆。别的且不说，单只就对于集体劳动场景的记录保留而言，王蒙这部长篇小说的价值就不容低估。

然后，是王蒙关于那个农业时代爱情篇章的动人书写。在当下时代，爱情早已成为一种俗烂的话题，很多作品中，所谓爱情描写其实已经变成了对情欲的展示。当此文化语境之中，忽然在《这边风景》中重睹那样一种极富生命诗意的，古典主义色彩特别鲜明的爱情描写，真的是让人倍觉心旌摇荡，有难以言表的荡气回肠之感。实际上，回到王蒙具体写作的1974—1978年那个特定时间场域，文学中的爱情描写尚且属于人性禁区，绝大部分作家都不敢越雷池一步。在当时，王蒙在小说中对于爱情的书写行为本身，就需要绝大的勇气。尤为难能可贵者，是王蒙的爱情书写居然如此节制而又打动人心。明眼人其实早已看出，我这里所说的，就是《这边风景》中关于艾拜杜拉与雪林姑丽、泰外库与爱弥拉克孜这两对情侣的爱情书写。王蒙关于这两对情侣，尤其是关于艾拜杜拉与雪林姑丽之间爱情过程的展示与书写，完全应该被视为中国当代文学中最诗意最感人的爱情篇章之一。艾拜杜拉是小说主人公伊力哈穆的一位表弟，他是那个农业时代最勤勤恳恳、诚实劳动的优秀社员。当然，艾拜杜拉的优点无须多说，关键是雪林姑丽曲折坎坷的身世。这位心地特别善良，性格温柔坚韧的维吾尔族姑娘，本来有一个温暖的家庭。没想到的是，不幸的灾祸居然接踵而至，先是父亲病逝，然后是母亲难产而死。母亲去世后，继父又取了一个凶悍的继母："从此，你变成了一个既有父亲又有母亲，既没有父亲又没有母亲的孩子了。"失去了正常家庭的温暖之后，雪林姑丽命运的糟糕与心境的凄凉可想而知。十六岁那年，雪林姑丽被迫把年龄往上虚报两岁，奉继母之命与泰外库结婚。"啊，可怜的雪林姑丽，你像是躺在继母脚下的羔羊……后来，你的继父继母都迁走了。"就这样，雪林姑丽开始了与泰外库并不幸福的婚姻生活。然而，尽管雪林姑丽与泰外库都属于好人，却缺乏必要的感情基础，所以，他们的婚姻生活就特别寡淡无味。用雪林姑丽的话说："我知道，你们会说，他是好人。就说是吧，这又和我有什么相干？为什么要我和他在一起？那时候我年纪还小，还不到十八岁，是继母假报的年龄啊……"于是，在无奈忍受三年之后，遭遇泰外库酒后将她推搡倒地之后，雪林姑丽终于鼓起勇气，从这不幸的婚姻生活中挣脱出来。之后，雪林姑丽发现自己已经在不知不觉中爱上了艾拜杜拉。当然了，这种不无神奇色彩的爱，居然是被蛮不讲理的库瓦汗在吵架时无意间揭破的。吵过架之后，雪林姑丽感觉特别难受："但是她想不通，她不能明白，为什么库瓦汗会对艾拜杜拉口出不逊，肆意诬陷，譬如一个洁白的瓷碗，难道一定要往上面抹锈斑？譬如一桶洁白的牛奶，难道忍心往上面啐口水？为什么要这样呢？"如此一段话语，一方面说明雪林姑丽心地善良，另一方面，就连雪林姑丽自己也不知道，当她不由自主地怜惜艾拜杜拉的时候，内心深处早已萌生出了对艾拜杜拉的爱意。请注意，雪林姑丽对于艾拜杜拉心生爱意的时间，是在夏夜一个美好的晚上："在夏日的夜晚，田野上还弥漫着一种香气，有青草的嫩香，有苜蓿的甜香，有树叶的酒香，有玉米的生香，有小麦的热香，还有小雨之后的土香，凉风把阵阵变化不定的香气吹到雪林姑丽的鼻孔里，简直使人如醉如痴。""光辉、声响和气息，都是亲切的、质朴的、舒展的。雪林姑丽来伊犁十六七年了，怎么好像第一次发现这夏夜的美丽呢？第一次发现自己与周围的世界是这样靠近，第一次发现生活是这样可以愉悦人的心灵……"是的，这夏夜的一切都太美好了，之所以如此美好，是因为雪林姑丽内心中已经萌生了一种美好的爱情。借助于夏夜美景的细腻描写，展示一位姑娘内心中爱情的美好。这样一种洋溢着诗意的醉人的爱情描写，我们真的许久许久都没有读到过了。

尤其值得注意的，是王蒙在第二十九章中关于雪林姑丽与艾拜杜拉婚后的一个细节描写。"此后，雪林姑丽与艾拜杜拉小夫妻之间，有一句核心私密的情话。当艾拜杜拉回家很晚，饭后又滔滔不绝地与雪林姑丽大谈大队民兵连的工作与学大寨、蚂蚁啃骨头……一系列美好的指示时，雪林姑丽只消轻轻说一声'大寨……我想大寨……'或者是当艾拜杜拉情致盎然、热火点燃，而雪林姑丽忙于清扫清洗清理清洁'四清'工作的时候，艾拜杜拉就会提醒：'快点过来吧，我要给你说大寨……'底下的风光，就不再需要语言文字的努力了，庄子说得好：得意而忘言，得鱼而忘筌。如果得意又得鱼呢？会不会忘了整个世界，除了——大寨？"大寨也罢，"四清"也罢，皆属于那个泛政治化时代的流行语汇，王蒙能够巧妙地把这样的政治语汇与年轻人的私密爱情生活结合起来加以表现，就是谑而不虐，别有一番滋味在其中了。当然，更加不容忽视的，恐怕是小说的第四十五章。某种意义上，这一章完全可以被称为"雪林姑丽咏叹调"。"雪林姑丽，你丁香花一样的小姑娘，你善良、温和、聪明而又姣好的维吾尔女子。笔者在边疆的辽阔的土地上，第一个见到了的，第一个认下了的，不正是你吗？"或许正因为雪林姑丽是王蒙在新疆认识的第一个维吾尔女子，而且此后在日常生活中与雪林姑丽夫妇结下深厚友谊的缘故，到了这一章，王蒙不惜违背小说写作的基本规律，干脆跳身而出，以第一人称的口吻直接描写起了雪林姑丽这个美丽善良的维吾尔女子。本来，《这边风景》是一部采用第三人称的方式完成的长篇小说，按照叙事学的原理，在一部第三人称叙事的小说作品中，无论如何都不允许作家以第一人称"我"的方式进行插入式叙事。这样一种意外的插入，会在总体上影响小说的叙事格局。但可能真的是因为雪林姑丽留给作家的印象过于深刻美好了，所以，王蒙才情不自禁地跳身而出，以"我"的面目出场，大发感慨议论。某种意义上，这一章文字甚至可以被看作是穿插于长篇小说中的，一篇带有强烈抒情意味的散文短章。"问君何事到人间，繁花寻觅是春天。雪林姑丽应难忘，丁香满天香连天。哦，亲爱的雪林姑丽！我的如雪的白丁香与如玉的紫丁香还有波斯的草丁香啊！"这样一种富有诗情的优美文字，不是散文又是什么呢？！然而，就我个人的阅读感觉而言，尽管王蒙的这一章文字有明显的叙事越界嫌疑，读来却不仅未见突兀，反倒使得作品本身显得更加摇曳多姿、别具风采。

接下来，则是王蒙关于新疆边地多民族聚居区域民俗风情的渲染与展示。其实，系列小说《在伊犁》的一大根本特色，就表现为对于民情风俗的关注与展示上。[①] 到了这部字数多达七十万言的长篇小说中，这一方面的描写性文字，的确可谓比比皆是了。这一点，首先表现在小说殊为别致的开头方式上。尽管主人公伊力哈穆在第一章就已经出场，但小说的开头却是一个多少有点话痨的米吉提采购员对伊犁滔滔不绝的赞美式介绍。具体来说，米吉提采购员主要是通过与其他一些地区比如上海、广州等地的对比凸显出了伊犁独有的风情地貌。一部旨在描写表现伊犁多民族聚居区域总体社会生活风貌的长篇小说，以这样一种方式开头，所体现出的，自然是王蒙的艺术智慧。除开头

---

① 参见王春林：《被遮蔽的文学存在——重读王蒙系列小说〈在伊犁〉》，《中国作家》文学版，2009年第8期。

部分之外，其他渲染表现民俗风情的文字也处处可见。比如第二章一开头，王蒙写到，一见到从乌鲁木齐远道归来的伊力哈穆，他的外婆巧帕汗就哭了，为什么呢？"维吾尔族的风习就是这样：妇女们乃至男子们和久别的（有时候也不是那么久）亲人相会的时候，总要尽情地痛哭一场。相逢的欢欣，别离的悲苦，对于未能在一起度过的，从此逝去了的岁月的饱含酸、甜、苦、辣各种味道的回忆与惋惜，还有对于真主的感恩——当然是真主的恩典才能使阔别的亲人能在有生之年获得重逢的好运……都表达在哭声里。"再比如第十三章中，队长穆萨派他的妻妹给伊力哈穆送来了雪白的羊油，王蒙写道："这是一件很简单的事情，然而确实是一件难办的事，乡间是经常互相帮助、互通有无的。伊斯兰教更提倡施舍与赠送。然而，赠送的情况和性质各有不同。农民们大多数也比较注重情面，哪怕是打出一炉普普通通的馕，他们也愿意分一些赠给自己的邻居和朋友。拒受礼物，这就够罕见的了，原物退回，这便是骇人听闻。穆萨毕竟不是四类分子，送羊油的动机又无法进行严格的检查和验证。你很难制定一个标准来判断何者为正常送礼，何者为庸俗送礼，何者为非法行贿啊！但是，制度这样一个标准困难，并不等于这样一个标准是不存在的。不，它是存在的；每个人的心里都有一把尺。"一方面，是关于民情风俗的介绍描写，另一方面，则是借此凸显伊力哈穆与穆萨之间的矛盾冲突。能够把民情风俗的描写与故事情节的展开有机结合在一起，有效推进故事情节的合理铺展，自然是作家一种非同一般的出色艺术表现能力。我们注意到，在第六章后面的"小说人语"中，王蒙说："请问，谁能摧毁生活？谁能摧毁青春？谁能摧毁爱、信赖和友谊？谁能摧毁美丽的、勇敢的、热烈的中国新疆各族男男女女?"实际的情形确也如此,通过遍布整部小说的民情风俗描写,王蒙所突出表现出的,正是一种不可摧毁的、永恒的日常生活力量。

小说是人性的艺术,能否对于复杂真实的人性世界进行深入挖掘剖析,是衡量一部长篇小说是否优秀的重要标准。而对人性世界的挖掘表现,在小说中却又往往会凝结体现为人物形象的刻画塑造。当我们从这样一个角度审视王蒙的《这边风景》的时候,就不难发现,除了生动地展现时代总体生活样貌,这部长篇小说另一个突出的艺术成就,正体现为若干具有人性深度的人物形象的成功塑造。《这边风景》中,林林总总先后出场的人物形象超过了八十位,其中很多人物都给读者留下了深刻的印象。伊力哈穆、乌尔汗、泰外库、里希提、米琪尔婉、库图库扎尔、穆萨、雪林姑丽、热依穆、再娜甫、吐尔逊贝薇、麦素木、古海丽巴侬、尼亚孜泡克、库瓦汗、阿卜都热合曼、艾拜杜拉、杨辉、廖尼卡、阿西穆、帕夏汗、库尔班、爱弥拉克孜、尹中信、章洋、何顺等人物,皆位列其中。一部七十万字的长篇小说,出场人物达八十多位,其中超过二十位的人物被作家刻画塑造得栩栩如生,确实非常难能可贵。说实在话,在阅读《这边风景》之前,我曾经产生过一些畏难情绪。为什么呢?一方面,我知道这是一部人物众多的长篇小说,另一方面,我也知道包括维吾尔族在内的边地原住民族的人名都很长很难记忆。没想到的是,小说不仅读起来极其流畅,而且那些看似不好记忆的人物名字,居然读来也特别朗朗上口,别有一番韵味。之所以如此,一个重要的原因,就在于王蒙以其深厚的艺术功力把这些人物形象都给写活了。唯其如此,其中的很多人物才能够使我们过目难忘。

篇幅原因所限，我们自然不可能讨论更多的人物，而只能集中分析伊力哈穆、库图库扎尔、章洋等有限的几位。

首先，当然是身为小说主人公的伊力哈穆。既然是主人公，王蒙就会在这个人物身上倾尽自己的全部心力。应该说，伊力哈穆是《这边风景》唯一一位行迹贯穿始终的人物。他之所以能够离开伊犁前往乌鲁木齐当工人，就因为他是一位优秀的农民共产党员。唯其优秀，唯其思想品质高尚，所以当国家遭遇困难，当他自己成为"62 压"对象的时候，他才毫无怨言地回到了故乡务农。伊力哈穆思想的先进，一出场就表现得非常明显。"在一阵标志着客运汽车到站的铜铃声中，汽车拐了几个弯停下了。米吉提采购员到了目的地以后，顾不上新结识的旅伴了，兴冲冲、急匆匆下车离去。伊力哈穆与赛里木道了再见，便爬到车顶行李架上，帮大家取行李。越是妇女和老人，行李就越大、越重。伊力哈穆吃力地拎起一个个行李包，再走到扶梯上，一一交到主人手里。"伊力哈穆登场亮相之后的所作所为，与那位米吉提采购员形成了鲜明的对照。王蒙如此设定的意图，显然就是要借助于米吉提的存在，更好地映衬伊力哈穆助人为乐行为的高尚。小说一开头，王蒙实际上也就奠定了伊力哈穆这样一位大公无私的、全身心地扑在了工作上的党的优秀基层干部的性格基调。从后面故事情节充分展开之后的相关描写，我们也完全可以看得出，伊力哈穆的的确确是一位工作能力很强且总是替别人着想的农村干部。无论是第一部分刚刚返回爱国大队，面对着小麦盗窃案所造成的人心惶惶局面，伊力哈穆通过耐心细致的说服谈心，最终稳定了躁动不安的民心，还是第三部分在"四清运动"中遭受冤屈之后，伊力哈穆不消极、不气馁、不退缩，坚持领导完成七队的农业生产任务，所有这些，都充分地证明着这一点。除了在发现了库尔班的不幸遭际之后，夜闯乌尔汗家的不冷静行为之外，你几乎找不出一点伊力哈穆的人性缺点。就此而言，伊力哈穆的近乎"完美无缺"，的确可以在某种程度上让我们联想到"文革"中英雄人物的"高大全"。单就这一点来说，王蒙对这一过于理想化的人物形象的刻画塑造，当然难言成功。但如果我们自人物塑造中跳出，而从小说主题的设定这一角度来看，却又可以发现伊力哈穆这一人物的存在自有其另外一种特别的意义。非常明显，尽管作家在小说中遵循当时的所谓阶级斗争逻辑，设计了诸如玛丽汗与依卜拉欣这样一类地主形象，但只要细读文本，你就可以发现，实际上小说最根本的矛盾冲突，并没有发生在这些地主与伊力哈穆这样思想先进的农民之间。与其说残余的阶级敌人与农民之间的矛盾构成了小说的基本冲突，倒不如说是伊力哈穆、里希提、赛里木等一批具有实事求是精神的基层干部与库图库扎尔、章洋、穆萨等一批总是满足于浮夸虚假工作作风的、具有极左倾向的干部的矛盾冲突。我们注意到，在第三章后面的"小说人语"中，王蒙写过这样一段话："这是'文革'后期的作品，并无大智大勇大出息的小说（不是大说）人，在拼命靠拢'文革'思维以求'政治正确'的同时，怨怼的锋芒仍然指向极左，其用心亦良苦矣。"在第三十一章后面的"小说人语"中，则是"难得小说人在那个年代找到了一个抓手，他可以以批评'形左实右'的'经验'为旗来批'左'。至于'经验'一事的真相与实质，更不要说背景与内幕了，完全无可奉告，更无意旧事重提。这里提到了'经验'，同样是惹不起锅就只能惹笊篱的文人路子。"结合王蒙的这两段自白，反顾《这边风景》的基本主题，我们就完全能够认定，这部长篇小说的真正主题内涵，实际上是强调着一种脚踏实地、实事求是精神的重要性。尽管伊力哈穆这一人物形象不无"高大全"艺术思维的嫌疑，但对于小说实际的潜在主题表达而言，这一人物形象的重要意义却是不言而喻的。

正因为主人公伊力哈穆这一形象存在着过于理想化的"高大全"艺术缺陷，所以，严格说起来，王蒙的《这边风景》在人物塑造上更具人性深度和美学价值的，反倒是如同库图库扎尔、章洋、穆萨这样一些思想"落后"的人物形象。小说开始的时候，库图库扎尔刚刚与里希提更换了位置，担任着爱国大队的党支部书记。库图库扎尔与里希提是多年共事的老搭档，一九四九年以来，他们就在一起工作，互为一、二把手，一段时间，库图库扎尔是村长，另一段时间，村长就会成为里希提。尽管多次互换位置，但相对来说，还是里希提担任一把手的时间更长一些。假如说里希提的特点是生性耿直、坚持原则、眼里揉不得沙子，那么，库图库扎尔的特点就是"不论领导和群众说了什么，不论流年对于库图库扎尔是否吉利，库图库扎尔的老马识途、驾轻就熟、俯仰盈缩，全天候不败纪录同样是无与伦比。"你当然不得不承认库图库扎尔拥有相当的行政能力，否则也就无法理解为什么中华人民共和国成立后多年来他会一直担任爱国大队的主要干部。但在看到库图库扎尔行政能力的同时，我们却更应该看到这个干部内心中一种极端的自私心理。很多情况下，他的所作所为都是以自我利益的最大化为基本主旨。善于察言观色，习惯左右逢源，适时上蹿下跳，往往颠倒是非，可以说是库图库扎尔突出的性格特征所在。"库图库扎尔就是这样不可捉摸。他一会儿正经八百,一会儿吊儿郎当;一会儿四平八稳,一会儿亲热随意。有时候他在会上批评一个人,怒气冲冲,铁面无私,但事后那个人一去找他分辩,他却是嘻嘻哈哈,不是拍你肩膀就是捅你胳肢窝。不过,下次再有什么机会说不定又把你教训一顿。伊力哈穆和库图库扎尔打交道也不是一年半载了,总是摸不着他的底。听他说话吧,就像摆迷魂阵,又有马列主义,又有可(古)兰经,还有各种谚语和故事,各种经验和诀窍,滔滔不绝;你分不清哪些是认真说的,哪些是开玩笑,哪些是故意说反话。有时候他对你也蛮热情,而且对你诉一诉苦,说一些'私房'话,向你进一些'忠言',态度诚恳,充满善意。有时候他又突然在人多时候向你挑衅,开一个半真半假的分量很重的玩笑,使你下不来台。"唯其因为库图库扎尔具有以上所描述的特点,所以才被村人们赐予了"鸭子"的绰号:"库图库扎尔的绰号叫做'鸭子',维吾尔人在这里是取鸭子入水而不沾水的特点,这样的绰号是指那种做事不留痕迹的人,这当然不是一个好绰号……"库图库扎尔"鸭子"般的精明与狡猾,非常突出地体现在他和麦素木的关系处理上。表面上,当麦素木本人去他们家送茯茶砖的时候,他不仅义正词严地拒绝,而且还板起脸来把麦素木批评了一通,但实际上他又让妻子帕夏汗与麦素木的妻子古海丽巴侬暗通款曲,让帕夏汗出面接受了古海丽巴侬再度送来的礼物。既获取了礼物,同时却也获取了相应的官声,这可真正是吃了东西却不脏嘴。那么,库图库扎尔为什么会形成这样一种性格特征呢?王蒙的难能可贵之处在于,他联系库图库扎尔的人生经历对此进行了相对深入的探究。一方面,库图库扎尔的性格形成受过父亲的影响:"坎加洪性格的两个方面,分别被他的两个儿子继承下来：在库图库扎尔身上是善于交际、取巧骗人、贪婪，在阿西穆身上是劳碌终身、一毛不拔、多疑善怕。"另一方面，则与他曾经的经商经历有关："库图库扎尔觉得自己像一个自己与自己下棋的人，一会儿拨动一下红子，一会儿拨动一下黑子。这对于他是一个危险的，却又是大大有利可图的游戏，他为自己的才智和手段而感到骄矜。他的获自经商生涯的投机取巧，左右逢源的本领，竟得到这样高级的发挥，连他自己也不能不惊叹。"必须承认，在王蒙的小说写作史上，对于库图库扎尔这一形象的描写，有着作家对于生活深刻的发现与领悟。类似于库图库扎尔这样的人物，其实在中国社会现实中一直都没有绝迹，一直到现在为止，此类人物不仅活跃于现实生活之中，而且还往往会立于不败之地。在这个意义上，断言库图库扎尔是一个跨时代的典型形象也一点都不为过。回顾王蒙的小说写作历程，可以发现，诸如《组织部来的年轻人》中的刘世吾、《活动变人形》中的倪吾诚、姜静珍，都属于人性内涵极其丰富复杂，刻画塑造特别成功的人物形象。据我个人的阅读经验，《这边风景》中的这位库图库扎尔实际上也完全可以被纳入这一行列之中。这一形象的出现，无论如何都应该被看作是中国当代文学在人物形象塑造方面的一个新收获。别的且不说，单只是能够发现并成功塑造库图库扎尔这一人物形象，王蒙的《这边风景》的突出思想艺术价值就不容小觑。

某种意义上，章洋这个人物形象，能够让我们联想到赵树理的《李有才板话》中的那位章工作员。章工作员是赵树理笔下一位颇为生动的、犯有主观主义与官僚主义错误的干部形象，他没有经过深入的调查研究就先入为主地开展工作，结果自然构成了阎家山减租减息工作的绊脚石,但或许是因为篇幅所限未能够充分展开的缘故,相比较而言,王蒙笔下的同类人物形象章洋,其人性深度显然要超过章工作员。王蒙写道:"章洋属于这样一种人,他们主观自信,惯于使别人服从于自己的意志,他们特别是在激动的时候,在极其自信的时候,认为把自己的意志强加于别人是十分自然的、毋庸置疑的事情。他们没有和旁人商量,照顾和迁就旁人的习惯。"先入为主、盛气凌人,往往是章洋一类主观主义者的特质所在。章洋本来就是携带着上面印发的"经验"中某些比"左"更"左"的提法来到爱国大队七队进行"四清运动"的,而伊力哈穆已经重新担任队长之后的七队,却又偏偏是一个各方面的表现都属于先进的生产队。正因为了解真实情况之前章洋已经戴上了有色眼镜,所以,在他的眼里,伊力哈穆的七队就怎么看怎么都是问题成堆:"伊力哈穆追着他汇报情况,他认为这是四不清干部企图左右他的视听。伊力哈穆感情上对他们很亲切,生活上很照顾,他认为这是四不清干部的糖衣炮弹。伊力哈穆对队里工作抓得很紧,依旧敢于负责,他认为这是四不清干部抓权不肯松手。他常常听到社员对伊力哈穆的称道,他认为这是四不清干部严密控制的征兆。伊力哈穆的举止镇静乐观,他认为这是四不清的干部不肯低头,向他挑战。尹中信、基利利、别修尔不同意他的做法,他认为这说明了他们右倾,换句话说,说明了他章洋的难能可贵、出类拔萃的正确性。"以至于,当类似于尼亚孜泡克挨打的真相明明已经摆在了面前,章洋却硬是不愿意相信。尤其值得注意的是,因为召开会议对于伊力哈穆进行"小突击"受挫的缘故,章洋居然恼羞成怒,居然把本来没有什么过错的伊力哈穆硬是当成了自己的"敌人":"现在,我们的亲爱的章洋同志,便进入了这样的精神境界。他不管前提,不问目的,要和伊力哈穆'斗争',要把伊力哈穆斗倒,这就是他当前全部思想感情、心计行动的轴心。"到了这种意气之争的地步,事实的真相究竟如何,对于章洋来说已经不重要了,关键问题在于,"小突击"的失败让他利令智昏,干脆把伊力哈穆当作了自己最大的"敌人":"如果说,开初,章洋对伊力哈穆只是一般的咋咋呼呼,摆摆工作组长的架子,打一打生产队长的威风,并且心怀侥幸地试图用自己的冷淡和粗暴压出伊力哈穆的一些'问题',那么现在,在'小突击'失败之后,章洋感到的是对伊力哈穆的刻骨的仇恨。他恨伊力哈穆,因为他如此辛辛苦苦却仍然没有抓住什么材料,没有抓住伊力哈穆要命的地方,伊力哈穆的缺点错误越少,他对伊力哈穆就越恨……他已经把自己摆在与伊力哈穆势不两立的位置。"应该注意到这种心态变化的陡然与微妙。本来还想着认认真真地做一点事,但由于一种先入为主的极左理念作祟的缘故,工作受挫的结果反而促使章洋走向了人性的另一个极端。关键问题在于,类乎章洋的这种异常表现,并非只是个案,实际上有着普遍的人性基础。对于这一点,王蒙在小说中也已经说得很清楚:"人类总是在一定的前提下,为了确定的目的而从事某种活动的。但是,很可能这种活动是这样的丰富多彩、挑战撩拨、曲折惊险,这样的引人入胜同时令人发狠,占有了人们的心力以致人们忘记了前提,抛却了目的,为活动而活动,把手段当成了最高原则和最终目的。"非常明显,章洋的根本问题,就在于他已经把手段当成了目的本身。真正可怕之处在于,按照小说中的描写,章洋居然终其一生都没有能够从这样一种思维的窠臼之中超拔摆脱出来:

"章洋对于这些事情的发生,对于他所认定的七生产队阶级斗争形势的'逆转'始终感到无法理解:一会儿说东,一会儿说西的泰外库的话如何能够相信?明明是参与盗窃并且叛逃未遂的伊萨木冬,怎么可以不追究刑事责任?库图库扎尔遭遇了复杂的情况,正像阿卜都热合曼与热依穆、莱依拉夫妇遭遇了复杂情况一样,为什么受到了那么严重的处理?如果当时不发布'二十三条'文件,而是坚持原先的文件的话,这一切事情是不是会有不同的解释和结局?这太混乱了也太偶然了。原来太阳可能是从东边,也可能是从西边升起的。原来,好人是可以被解释为坏人而坏人也是可能被解释为好人的。"从这一角度看来,我们也就完全可以说,就其本质而言,章洋实际上乃是一个被极左政治思维扭曲异化了自身正常人性的人。能够如此深入骨髓地挖掘、表现一个人的人性内涵,充分说明王蒙在刻画塑造人物形象方面有着深厚的艺术功力。

总而言之,有了对于那个泛政治化时代总体生活样貌的真实呈示,有了诸如库图库扎尔、章洋、穆萨、伊力哈穆等一系列人物形象的深度塑造,王蒙这部横越将近四十年巨大时空而来的长篇小说就可以被看作一部显示了浑厚写实功力的新疆边地生活变奏曲。因此,还是让我们以王蒙在后记中的一段话语为这篇文章作结吧:"万岁的不是政治标签、权力符号、历史高潮、不得不的结构格局;是生活,是人,是爱与信任,是细节,是倾吐,是世界,是鲜活的生命。可能你信过了头,然而信比不信好,信永存。可能你的过了时的文稿得益于这个后来越来越感到闹心的世界的一点光辉与真实与真情,得益于生命的根基,所以文学也万岁。"

精读十二:《一句顶一万句》
围绕"语言"展开的中国乡村叙事

说实话,自从几年前读过刘震云那部为读者制造了明显接受障碍的,篇幅长达一百多万字的先锋长篇小说《故乡面和花朵》之后,我便很少阅读刘震云的小说了。其中一个关键的原因在于,此后的很长一段时间,刘震云的小说创作总是和影视缠绕在一起,甚至干脆就是为了影视制作而量身定制的。在这一方面,《手机》与《我是刘跃进》就是非常突出的例证。我虽然没有冬烘先生到反对文学与影视发生关系的地步,但总以为当下时代的影视剧创作是较为恶俗的,充斥于其中的往往是过于迁就大众市场的庸俗性因素。所以,对于那些主动与影视剧结缘的作家,我便总抱有一种敬而远之的态度。很显然,这些年来我对于刘氏有意无意的疏远,其根本原因也正在于此。正因为如此,尽管在阅读他的这部《一句顶一万句》之前,我就深知文学界有很多人士对此作评价甚高,但鉴于当下时代炒作成风且炒作手段越来越高明的这样一种文化现实,我对于刘震云这部长篇新作,还是抱了一种颇为犹疑的姿态,唯恐一不小心就上了别人的当。然而,让我多少有点始料未及的是,这一次对于《一句顶一万句》的阅读,居然让我着实地生出了一种欲罢不能的感觉。在先后两次认真地阅读过刘震云的这部《一句顶一万句》之后,我不得不承认,刘震云真的已经进入了一种新的思想艺术境界。虽然我也并不想很简单地得出一些诸如刘震云已经实现了对于自我的一种艺术超越这样不无轻率的结论,但客观公允地说,刘震云的这部长篇小说的确已经抵达了相当的思想艺术高度,作家在其中透露表现出的诸多小说艺术追求,确实具有值得我们认真探讨一番的意义和价值。

阅读刘震云的《一句顶一万句》,首先给我留下的一种强烈印象就是作家对于叙事语言的操持和运用。小说是语言的艺术,这是众多小说家都熟知的一条艺术真理,然而,知道这条真理的存在,却并不意味着能够在小说实践中很好地实现这一点。很多小说家的毛病,就是眼高手低,就是明明知道该怎么办但在具体的文本操作中根本做不到。而刘震云在他的这部《一句顶一万句》中,则很显然已经很好地做到了这一点。"杨百顺他爹是个卖豆腐的。别人叫他卖豆腐的老杨。老杨除了卖豆腐,入夏还卖凉粉。卖豆腐的老杨,和马家庄赶大车的老马是好朋友。两人本不该成为朋友,因老马常常欺负老杨。欺负老杨并不是打过骂过老杨,或在钱财上占过老杨的便宜,而是从心底里看不起老杨。"这是这篇小说的开头,类似的语言风格极明显地贯穿了全篇。此种语言的特点是朴实而日常,且又特别的及物。凭借着这种语言方式,作家就可以很顺利地进入到中国农民的生活世界与精神世界之中。而且,很显然,这是一种对我们来说并不陌生的语言风格。中国现代文学史上,那位以对农民生活的表现而著称于世的作家赵树理的语言风格不就是这样的吗?"有个农村叫张家庄。张家庄有个张木匠。张木匠有个好老婆,外号叫个'小飞蛾'。小飞蛾生了个女儿叫'艾艾',算到一九五〇年阴历正月十五元宵节,虚岁二十,周岁十九。庄上有个青年叫'小晚',正和艾艾搞恋爱。故事就出在他们两个人身上。"这是赵树理的短篇小说名作《登记》中的一段叙事话语。试将赵树理的叙事话语和刘震云的叙事话语搁置在一起,其总体风格的一致性不就昭然若揭了吗?一样的平实,一样的日常,一样的及物。究其原因,则自然与刘震云对赵树理语言的悉心揣摩存在着紧密的联系。我们注意到,在与采访者的一次谈话中,刘震云曾经专门谈及对于赵树理的一种看法。当采访者询及他对山西的印象时,刘震云说:"我喜欢赵树理的作品,喜欢他的幽默和乡土气。还有,山西话听起来很舒服,我还爱听上党梆子,还有山西的面食非常好吃。"① 要想很好地切入中国当代农民的生活之中,选择一种恰切的语言方式是一件至关重要的事情。由于对于赵树理作品的喜欢,更由于赵树理曾经被誉为表现中国农村生活的"铁笔圣手",所以,当刘震云思考寻找自己的语言方式的时候,赵树理自然也就成了一种重要的参照坐标系。

其实,并不只是在阅读这部《一句顶一万句》的时候,甚至在更早一些时候,早在1990年代初期阅读刘震云的那部《故乡天下黄花》的时候,我就产生过刘震云的语言与赵树理的语言存在着某种内在关联的明显感觉。并且,我还更进一步地以为刘震云的《故乡天下黄花》与赵树理的《李家庄的变迁》(我至今都一直认为,其实赵树理最好的小说作品之一就是《李家庄的变

---

① 董昕:《刘震云的孤独与从容》,《太原晚报》,2009年4月。

迁》,遗憾的是,这种看法并没有能够成为共识)可有一比。说到赵树理的小说叙事话语,或许会有人不屑一顾地讥之为不登大雅之堂的村言村语,认为赵树理的小说语言带给读者的肯定是一种土得掉渣的感觉。这种感觉认识其实是极端错误的。严格地说起来,在中国现代白话文学史上,在小说语言的运用境界方面,真正地能够达到如同赵树理这样,既通俗又典雅,并且口语及物地步的作家,实际上是非常少见的。可以说,赵树理是中国现代白话文学史上能够被称为语言大师的少数几位作家中的一个。对于赵树理在语言运用方面所具有的造诣,汪曾祺先生有着清醒的认识。根据采访者的记录,"他(指汪曾祺)说据语言学家称,赵树理的语言是绝挑不出一点儿毛病的,盖过了鲁迅。那小说是山西味很醇的普通话,而现在的许多乡土文学作品,怎么写怎么看,都觉得是城里人在说乡下话。汪先生边说边琅琅地背起来:'八月十五月儿圆,挂在村头小树边……'谁有赵树理这样懂农民?有谁像赵树理这样细研过地方戏和曲艺?"[①]赵树理的语言造诣超过了鲁迅,这当然只是汪曾祺先生的一家之言,但他说赵树理在小说语言的运用上抵达了现代很多作家都没有能够达到的艺术境界,却应该是文学界的一种共识。这样看来,刘震云在《一句顶一万句》中的语言运用,能够让我们联想到赵树理,实际上已经是很不容易的一件事情了。当然,说刘震云的小说语言与赵树理的小说语言存在着内在的关联,并不就意味着刘震云只是对赵树理语言的一种简单重复。

[①] 红药:《话说赵树理和沈从文——记汪曾祺先生一席谈》,《赵树理研究文集》(上卷),中国文联出版社,1996年版,第256页。

与赵树理的小说语言总是依循着故事情节的演进方向向前推进形成鲜明区别的是，刘震云在《一句顶一万句》这部小说中的语言却是在某种自我缠绕的过程中形成了一种螺旋式的上升。打个比方，如果说赵树理小说的语言始终在依照着同样的频率行进的话，那么，刘震云的语言则是在踏步前进的过程中不时地改变一下频率。而且，细细地体味刘震云在《一句顶一万句》中的语言，我们还可以发现其中存在着一种鲜明的音乐节奏感。在很大程度上，这种音乐节奏感不仅给刘震云的语言增添了美的色彩，而且也使得刘震云的小说语言更加富有弹性力度。

我们之所以从小说语言的角度剖析刘震云的长篇小说《一句顶一万句》，从根本上说，是因为语言在作家的这部作品中占有着十分重要的位置。如果说，在一般的小说中，语言只是具有形式载体的意味的话，那么，在刘震云的这部长篇小说中，语言既是一种形式载体，同时也是作品所集中表现的中心内容。通读全篇，不难发现，对于人与人之间的说话沟通这一现象进行一种简直可以说是不厌其烦的描写表现，正是刘震云这部小说最主要的内容。这样看来，刘震云的《一句顶一万句》与其他小说相比最明显的一个特征，就是以语言的方式去描写表现人与人之间的言语活动。具体来说，人与人之间的言语活动，又呈现为说得来与说不来这样两种不同的表现形态。而说得来与说不来这两种情形，又分别是围绕着上下两部的主人公杨百顺和牛爱国充分展开的。如果说这两位主人公都可以在某种意义上被看作带有明显悲剧意味的人物形象的话，那么，他们共同的悲剧点，就是最后迫不得已和自己好不容易才碰到的说得来的人擦肩而过。杨百顺来回折腾了大半生，唯一能够说得来的人，就是他的继女吴巧玲。然而，他和巧玲好不容易才得来的舒服日子才刚刚开了个头，就因为巧玲的失踪与被拐卖而告终了。我们注意到，在巧玲失踪之后，杨百顺曾经产生过这样一种特别强烈的感受："猛地醒来，眼前仍是一片河滩；不闻巧玲唤'叔'声，但闻黄河流水鸣溅溅。仰起头来，满天星斗，都眨着眼睛看吴摩西。吴摩西想起自己这些年的遭遇，从做豆腐起，到杀猪，到染布，到信主破竹子，到沿街挑水，到去县政府种菜，到'嫁'给吴香香，到吴香香和老高出事，没有一步不坎坷；但所有的坎坷加起来，都比不上巧玲丢了。"可以说，杨百顺的人生经历的确充满了苦难与坎坷，他本来一心佩服着的，是喊丧的罗长礼，他一心想体会一下喊丧的滋味。正因为有着这样一种强烈的愿望，他才不安心跟着父亲老杨去磨豆腐。然而，如同罗长礼一样的喊丧毕竟又当不得饭吃。就这样，想喊丧喊不成，不愿意磨豆腐却还得磨豆腐，杨百顺心里那种不舒服的滋味是可想而知的。好不容易，在得知了"抓阄"的真相之后，杨百顺终于有充分的借口离开老杨不再磨豆腐了。但是，让杨百顺自己也始料未及的是，从此之后的他就开始了一种只能被动承受而毫无任何主动意味可言的痛苦生活。不难发现，此后杨百顺的所有人生经历，在遇到能与自己说得来的巧玲之前，都是为了维持自我的生计问题而迫不得已地承受下来的。原本想跟老裴学剃头，却被老裴借故介绍去跟老曾学杀猪。谁知杀猪学到半拉的时候，又因为师娘的挑拨而被师父赶走。不得已的情况之下，他又只好投奔自己念私塾时的同学小宋，由小宋介绍来到老蒋的染坊染布。没想到的是，在染坊挑水挑得好好的，这杨百顺却又偏偏要去撩逗那只不老实的猴子，结果自然丢失了好不容易才搞到手的染坊的活计。万般无奈之际,他只好信了自己其实本不相信的意大利人老詹的"主",原因是老詹给他介绍了一份到老鲁的竹业社破竹子的工作,付出的代价除了每天晚上都必须得听老詹布道之外,还有改名为杨摩西。然而,一个天生就缺乏宗教感的中国普通老百姓杨百顺,又哪里能够真正地成为"主"的信徒。很快地,杨百顺就又因为破竹时的打瞌睡而丢掉了破竹的活路。破竹不成的杨百顺从此就不再有固定的职业,他只能靠着沿街挑水出卖苦力维持一种饥饱无常的生活状态。好在天无绝人之路,看似倒霉透顶的杨百顺倒也还有"时来运转"的时候,他因为元宵节闹社火时偶然扮演了一下阎王,不仅被县太爷看中,进了县衙门专门替县太爷种菜,而且还因此成了家,以倒插门的形式"嫁"给了吴香香,只不过这次付出的代价是改姓,又由杨摩西变成了吴摩西。然而,也正所谓祸福相依,就在杨百顺的人生看起来进入了一种顺风顺水状态的时候,新的更大的灾难却早已潜伏在了他行进的前方。一个偶然的机会,杨百顺发现了妻子吴香香与邻居老高之间的奸情,这样的发现自然也就再次打破了生活的平衡,使得杨百顺再次不由自主地陷入了生活的漩涡。虽然从杨百顺内心真实的感觉来说,他不仅意识到自己和继女吴巧玲能够说得来,而且也发现了吴香香之所以和老高发生奸情正是因为他们两个同样能说得来,所以,他只想与自己的继女相依为命,一直厮守下去。然而公众的舆论却迫使他不得不作出一副找人的样子来,但谁知这一找却又事与愿违地把唯一跟自己说得来的巧玲给找丢了。本来是要找不想找的人,谁知这找人的结果居然是把不想丢的人给丢了。这样的一种愿望与结果之间的悖反,就使得杨百顺的人生遭遇更加充满了悲剧的意味。

值得读者充分注意的是，刘震云在呈现杨百顺上述人生苦难的过程中，自始至终都是围绕人物之间的言语活动来展开艺术描写的。说到底，杨百顺之所以辗转多种职业都不安生，无法形成一种固定的生活，其根本原因还在于他与他先后遭逢的这一系列的人物，比如老曾、老蒋、老詹、老鲁、老高，甚至包括自己的父亲老杨在内，全部都无话可说，或者说与他们说不来。从某种意义上来说，他们之间表面上说的话越多，互相之间的隔膜或者敌意就会更深。好不容易遇到了能够跟自己真正说得来的巧玲，结果又很不幸地把她给找丢了。丢了巧玲对于杨百顺来说，就等于是丢了自己的魂。没有了巧玲，其他的一切存在自然也就没有了任何意义。不用说丢了巧玲无法向巧玲的爷爷外公他们交代，即使能够交代得过去，杨百顺实际上也无法再面对过去的记忆了。巧玲失踪之后，杨百顺之所以不再返回延津，之所以要更名为罗长礼最终落脚陕西的咸阳城了此残生，其根本的原因也正在于此。很显然，对于杨百顺来说，将唯一能够跟自己说得来的巧玲丢失，无疑是更大更严重的一种悲剧。应该注意到，在杨百顺可谓是颠沛流离的大半生中，他的名字发生了好几次变化。先是由杨百顺变成了杨摩西，然后又变成了吴摩西，最后居然还变成了罗长礼。就这样，因为对罗长礼喊丧的羡慕向往而开始了的杨百顺的人生，最后居然以他自己的名字变成了罗长礼而宣告结束。其中所充满着的自然是一种十分强烈的荒诞意味。由此看来，刘震云这部长篇小说一个特别值得肯定的地方，就在于通篇皆是对于进入现代社会以来中国乡村里的老百姓日常生活状貌的逼真摹写，其中没有一处出现过稍微带有一些哲理思考意味的叙事话语。无论是叙述者的叙事话语,还是人物之间的对话,均是乡村生活中的日常语言。然而,正是在这看似由日常话语展开的庸常人生中,却又明显地凸显出了刘震云对于国人生存境遇的一种形而上的深入思考。比如杨百顺其实充满了苦难坎坷的悲剧性人生,作家虽然无一字精神或者哲学意义上的渲染表现,我们却不难从中体会到某种异常强烈的存在主义式的人生况味。按照存在主义哲学的解释,作为一种生命存在的人是"被抛到这个世界上来的",不仅生命的诞生身不由己,而且生命的存在本身也是身不由己的。总之,"被抛"和"被动承受"正是理解存在主义哲学与文学不可或缺的关键词。以这样的理解对比一下小说中所展示出来的杨百顺的苦难人生,说刘震云对于杨百顺的描写与表现中也明显地表露出了一种存在主义的意味,就应该是一件无可置疑的事情。虽然存在主义哲学与文学思潮在西方的鼎盛时期是1960年代,但从更为开阔的一种视野来看,则自从存在主义的基本观念形成以来,存在主义思想就已经成了西方诸多现代文学作品的底色。放眼当下时代的世界文坛,许多真正优秀的小说作品都强烈地表现出了一种存在主义的思想色彩。诸如奈保尔、库切、耶利内克、大江健三郎、帕慕克、凯尔泰斯、村上春树等一批拥有世界性影响的作家,他们的那些代表性作品中,都十分鲜明地具有存在主义的思想内涵。即使是我们大家非常熟悉的鲁迅先生,在他的好多小说作品中,实际上也都多少表现出了一些后来被称为存在主义的思想况味。虽然,在鲁迅的那个时代,作为一种思潮的存在主义还并没有形成。然而,从当下时代中国文学界的基本状况来看,却很少有作家可以在他们的文学作品中自觉地表现出某种存在主义的色彩来，这多少是一件令人感到遗憾的事情。说到底，当下时代也已经是一个世界文学的时代。而在世界文学的时代，关于究竟怎样的作品才算得上是真正优秀的文学作品，实际上存在着一种普适性的共识。从这样一个角度看来，刘震云的这部主要通过对乡村世界中人与人之间日常言语活动的描写凸显出一种形而上的存在主义意味的长篇小说，当然就应该得到充分的肯定。

刘震云的《一句顶一万句》一个非常突出的特点，就是作家以一种极端的方式将故事发生的政治意识形态背景剥离得异常干净。阅读这部小说，除了能从其中一些物事场景的描写中（比如，小说上部在写到杨百顺带着巧玲住在新乡的时候，曾经出现过杨百顺看到火车的描写。而火车则很显然是只有在现代中国才可能出现的事物。再比如在下部中，无论是关于牛爱国受雇于河北沧州崔立凡的描写，还是关于李昆在路边开了一个"老李美食城"的描写，都明显地暗示出此时故事的时代背景已经是当下的市场经济时代了）隐约判断出这是发生在现代中国的故事之外，对于其他的社会政治因素，作家采取的乃是一种绝对规避的态度。虽然在小说的上部曾经出现过关于延津县几任县太爷的描写，但作者描写这些官员的根本意图却并不是要展开对于社会政治现象的透视表现，而是一方面凭此彰显出故事背景的现代性，另一方面则是因为离开了这几位县太爷就无法完成对于小说中若干人物的命运展示。小说所充分展示出的固然是如同杨百顺这样底层百姓的苦难人生，但这些苦难人生却很显然与这些县太爷没有什么关系。这样看来，刘震云之所以要彻底地剥离掉小说中的社会政治因素，正是为了能够更加充分地集中自己的笔力来展开对于乡村世界日常言语活动的描写。然而，仅借助小说上部中的描写，还不足以展现刘震云透视、剖析国民精神心理状态的创作意图，因此，自然也就有了小说的下部。如果说小说上部中的主要人物是杨百顺，那么，下部中的主要人物则无疑可以说是牛爱国。而且，更进一步地说，小说下部的基本框架与上部相同，主要讲述的也是牛爱国如何找人的故事。当然，下部中主要围绕牛爱国展开的也是关于人与人之间说得来和说不来这两种言语状态的艺术描写。虽然牛爱国根本没有可能与其实是自己姥爷的杨百顺谋面，但他的命运却与数十年前杨百顺的人生遭际有着惊人的相似性。杨百顺不仅被自己的老婆吴香香给戴上了绿帽子，而且还被迫装出一副找人的姿态；牛爱国则是先后两次被自己的老婆庞丽娜戴上了绿帽子，然后同样被迫装出了外出找人的姿态。刘震云之所以要设计这样的一种多少有点儿重复的小说结构模式，其目的很显然就是试图以这样一种方式将人类生活无法回避的悲剧性充分地表现出来。中国文化的基本观念始终无法摆脱一种循环论观念的缠绕。中国传统的"天干地支"式的所谓六十年一个甲子，六十年一个轮回的说法背后，所闪现着的正是一种循环论观念的光芒。《三国演义》中所谓的"天下大事，分久必合，合久必分"，强调的也无疑是这种循环论的观念。说到底，这种观念是中国人带有鲜明民族特色的世界观与人生观。从这样的一个层面来看，刘震云的小说（当然不只是这部《一句顶一万句》，相比较而言，他的《故乡天下黄花》和《故乡相处流传》就更是集中地体现了这一点。我们甚至也可以说，循环论观念已经成了刘震云小说一贯的思想底色）当然应该被看作是相当典型的"中国式"小说。

然而，刘震云的小说下部也并非就是对于上部故事一种简单的循环重复，如果是那样的话，那么，他的这部《一句顶一万句》，无非也就只能被看作是对于此前诸如《故乡天下黄花》《故乡相处流传》此类作品的再度复制，其思想的意义价值当然也就是有限的。同样是被戴绿帽子，同样是找人，数十年之后的牛爱国与他的姥爷杨百顺却已经有了很大的不同。如果杨百顺在某种意义上可以被看作是一位命运的被动承受者的话，那么，毫无疑问地，牛爱国则已经开始以主动姿态面对命运的挑战了。与杨百顺的不同之处在于，明明已经知道妻子庞丽娜给自己戴上了绿帽子，牛爱国却只能一再地隐忍。为了解闷把苦恼讲给了自以为说得来的朋友冯文修，没想到冯文修却把他的这些想法全部张扬了出去，弄得牛爱国再无颜面在沁源县城待下去了，最终让牛爱国被迫开始了一段漂泊的生活。然而，也正是漂泊在河北的时候，牛爱国在沧州泊头结识了"老李美食城"老板李昆的小媳妇章楚红。结识了章楚红并不要紧，关键在于他们俩还于无意间发生了私情。就这样，被妻子背叛了的牛爱国，自己也与别的女性发生了婚外恋。而牛爱国与章楚红之间感情的发生，从根本上来看，也是因为他们两个能够说得来："牛爱国与谁都不能说的话，与章楚红都能说。与别人在一起想不起的话，与章楚红在一起都能想起。说出话的路数，跟谁都不一样，他们两人自成一个样。"对于牛爱国来说，也只有在发现了章楚红的存在，意识到自己和章楚红说得来，并且和章楚红发生了婚外恋之后，牛爱国才最终明白过来什么叫说得来，什么叫说不来。也只有到了这个时候，当牛爱国自己也成为婚外恋者的时候，他才对自己妻子的出轨行为有了一种"同情之理解"。然而，也正是因为有了这样一种"同情之理解"垫底,才有了牛爱国最后毅然地要去寻找章楚红的行为选择。且看刘震云关于牛爱国"觉醒"的一段传神描写:"院中有一棵大槐树,牛爱国搬一个凳子,坐在大槐树下。低头想了一阵心思,猛地抬头,一个大月亮,缺了半边,顶头在半空中。虽是半个月亮,却也亮得逼人。一阵风吹来,槐树的叶子'索索'地响;脚下树叶的影子,也随声'索索'晃动。牛爱国突然想起八个月前,他在河北泊头'老李美食城',也碰到这么一天,头顶的月亮,比今天还大。"就这样,在近乎相同的场景中,四处追寻当年吴摩西对于巧玲讲的话的牛爱国,触景生情般地回想起了八个月前章楚红曾经对他说过的,"我就有一句话要给你说"。于是,很自然地,牛爱国也就产生了突然的顿悟:"现在触景生情,突然觉得章楚红没说出的话,和吴摩西临终前要对巧玲说的话一样重要。吴摩西对巧玲说的话,就是到广东找到,也未必能解牛爱国心中的烦闷;章楚红要说的话,却能打开牛爱国心头的那把锁。"必须承认,能够产生这样的一种认识,对于牛爱国来说,绝对意味着人生观念的一种重大飞跃。牛爱国与他的姥爷杨百顺之间最大的区别,也自然由此显示了出来。"七个月前他胆小闪了章楚红,现在从沁源到滑县,从滑县到延津,从延津到咸阳,一路走来,人走瘦了;今天晚上,胆子却突然长大了。在那件事情上胆小了;七个月后,却从别的事情上,胆子又长大了。胆子大了的牛爱国,就成了敢带庞丽娜一起出走的老尚。"就这样,牛爱国从当年只是一味隐忍退缩的缩头乌龟,一下子就变成了敢作敢为、勇于承担的行为主动者。也只有到这个时候,我们才意识到,其实我们自己也应该换另一个视角来重新看待评价庞丽娜、老尚、小蒋,甚至也应该重新看待评价当年私奔了的吴香香与老高。

很显然,他们几位之所以会在合法的婚姻之外又对他人生出另外的情愫,而且也还有足够的勇气担当自己的人生选择,从根本上说,恐怕也存在着一个说得来或者说不来的问题。原来,我们中国人之所以绝大多数都长期处于一种压抑、孤独的状态之中,正是因为我们根本就没有意识到其实还存在着一种说得来说不来的问题,更何况这里面也还有一个胆量与勇气的问题。事实上,也正是凭借着这一点,牛爱国才得以从他姥爷杨百顺的命运悲剧性逻辑中挣脱了出来。而作家刘震云,当然也就实现了对于循环论叙事逻辑的某种自我超越。虽然我们也还无法断定牛爱国就一定能够找到章楚红,或者,当牛爱国真的找到章楚红的时候,情况又会发生怎样的变化,但很显然,光是他的这种寻找行动本身就应该得到我们的充分肯定。牛爱国之所以辗转来到咸阳,是为了找到杨百顺也即吴摩西临终前的一句话,而他后来之所以又萌生了要去寻找章楚红的念头,其意图则很显然也是为了找回章楚红要对他说的那句话。那么,他们两人各自的这句话到底是什么呢?一直到小说结束为止刘震云都没有给读者明确的交代。但从另外一个角度来说,我们又完全可以说他已经给出了必要的交代。只要结合小说的全部叙事内容,结合小说的标题"一句顶一万句",我们就不难明确地意识到其实这没有公示于众的"一句话",也正是小说标题中那个可以"顶一万句"来用的一句话。正所谓酒逢知己千杯少,话不投机半句多,如果两个人之间能够说得来的话,那么也就肯定会是"一句顶一万句",如果两个人之间根本说不来的话,那么自然就是"一万句"也顶不上"一句";或者说,话越多,人与人之间就越是隔膜,越是无法沟通。非常明显,刘震云小说的标题也正是由此而得来的。

既然是小说,当然也就少不了对于人物形象的刻画与塑造。刘震云这部《一句顶一万句》的一大值得肯定之处,正是对于若干人物形象成功的点染与塑造。对于小说中的两位主要人物杨百顺和牛爱国,我们在之前的分析过程中实际上已经有所涉及。作家对他们两位的塑造自然是成功的,也的确能够给读者留下相当深刻的印象。特别值得引起我们注意的是,在主要人物之外,对于出现在自己笔端的若干次要人物,刘震云仅以不多的笔墨点染,却能够使人物都顿时活灵活现起来,留给读者的印象同样是难以磨灭的。比如那位与牛爱国相好的章楚红,作家虽然使用的笔墨很少,出现在他笔下的不过是她与牛爱国之间的相爱过程,以及通过他人之口转述的她跟丈夫李昆之间毅然决然的分手过程,但一个热情似火、敢爱敢恨、处事特别干脆利落的青年女性形象已经跃然纸上了。再比如小说一开始就已经登场了的那位卖豆腐的老杨,虽然很早就退出了读者的阅读视野,但刘震云主要通过他与几个儿子之间关系的描写,他与所谓的"老朋友"老马之间关系的描写,只用了寥寥数笔,就把一个遇事总是优柔寡断、缺少主见而又患得患失、目光短浅的农民形象鲜明生动地塑造成功了。除了以上特别提到的这些人物之外,小说中其他的一些人物形象,比如老詹、吴香香、老高、庞丽娜、曹青娥等,也都给读者留下了难忘的印象。这些人物形象的成功塑造,所充分凸显出的,一方面是刘震云对于乡村中复杂微妙人性世界的精到把握,另一方面则是作家深厚的艺术功力。

最近一段时间以来,中国的小说理论界热衷于讨论的一个问题,就是所谓"中国经验"的问题。我们注意到,对于究竟何为"中国经验",不同的论者有着殊为不同的理解与分析方式。在这里,我们当然也不可能提供关于这一问题的准确答案。但是,我想,如同刘震云的《一句顶一万句》这样一部充分运用乡村世界中的日常语言,主要通过对于人与人之间说得来与说不来这样两种言语活动的描写,从而相当有力地表现出作家对于国人生存问题的一种形而上思考的长篇小说,无论如何都应该被看作是一部凸显表达"中国经验"的优秀作品。

精读十三：《天行者》
良知是高尚者的墓志铭

当代诗人北岛在其《回答》中有句名言："高尚是高尚者的墓志铭，卑鄙是卑鄙者的通行证"，在这里，我"篡改"北岛的名句，用以评价刘醒龙的长篇小说《天行者》。长篇小说《天行者》，是对中篇小说《凤凰琴》修改、扩张的结果。《凤凰琴》是一部只有五六万字左右的中篇小说，发表于1990年代初期。那个时候，小说中所描写表现的民办教师还是一种以实体形式客观存在着的一个知识分子群体。那个时候，刘醒龙就曾以他的这一曲"凤凰琴"感动过无数人，震撼过很多人的心灵世界。然后，到了2009年，刘醒龙在《凤凰琴》的基础之上，扩张推出了同样是以民办教师为主要表现对象的长篇小说《天行者》。到《天行者》问世的时候，曾经以实体形式存在过的民办教师，由于国家相关政策影响的缘故，已经不复存在，变成了一种历史的遗存物。虽然被描写的对象已经进入了历史之中，《天行者》的思想艺术影响力却丝毫没有减弱。着力于表现民办教师坎坷命运的《天行者》，在2009年，在这样一个消费主义观念早就占据了上风的市场经济时代，依然能够感动许多人，就不能不说是一种文学的、精神的奇迹。尽管我自己在1990年代初期阅读刘醒龙的《凤凰琴》时，就曾经被感动得一塌糊涂，尽管这一次对《天行者》的阅读已经有了足够的心理准备，但无法自控的泪水还是潸然而下，我的心灵世界再一次被刘醒龙的笔触深深地打动。

《天行者》之所以依然激动人心，原因当然首先在于小说充分展示的那些民办教师们苦难的命运遭际、坚韧的生存姿态、崇高的精神境界。余校长、邓有米、孙四海、明爱芬等这样一些几十年如一日地坚守在偏僻贫瘠的界岭小学的民办教师们，虽然生存条件十分的艰难，虽然只有极其微薄的工资收入，但为了让这些身处穷乡僻壤的孩子们能够得到受教育的机会，他们却硬是以自己十分单薄的身架，承担起了教育孩子健康成长的重大使命。虽然这些民办教师并没有什么豪言壮语，虽然他们之间也还是避免不了会发生一些蝇营狗苟、你蹬我踹的矛盾冲突，但是，在以一种兢兢业业的姿态对待神圣的教育事业这一点上，他们却表现出了惊人的一致性。关于这一点，我们只要品味一下余校长朴实的话语，就可以有特别真切的体会。余校长说："当民办教师的，什么本钱都没有，就是不缺良心和感情，这么多孩子，不读书怎么行呢？拖个十年八载，未必经济情况还不会好起来么？到那时候再享福吧！"好一个"不缺良心和感情"，在某种意义上，我觉得余校长的这一句话，完全可以当作《天行者》的思想主旨来加以理解。阅读《天行者》，我们读到的，不正是如同余校长这样，几十年都一直未能摆脱民办教师身份之人的"良心和感情"吗？真可谓是，一把辛酸泪，满纸良心在。说到底，余校长、邓有米、孙四海他们，之所以能够表现出如此突出的自我牺牲精神，从根本上来说，也的确只能是这样一种发自内心的"良心和感情"作祟的缘故。

按照《天行者》封底的介绍："中国农村的民办教师，一度有四百万人之多。他们在极其艰苦的环境里，担负着为义务教育阶段的一亿几千万农村中小学生'传道授业解惑'的重任，将现代文明播撒到最偏僻的角落，付出巨大而所得甚少"。时过境迁之后的现在，虽然就连"民办教师"这个名词都已经进入了历史，现在的年轻人根本就不知道中国的当代教育史上还曾经存在过民办教师这样一个特别的知识分子群体。实际上，在一个相当长的历史时期内，真正承担"传道授业解惑"的职责，真正把现代文明传播到广大农村世界的，却真的就是如同余校长这样特别不起眼的普通民办教师。笔者就是从中国最普通的农村走出来的，到现在，我都还清晰地保留着关于自己小学、初中时候许多老师的记忆，而他们当中的许多人，就是民办教师。我之所以能够在后来升入大学，走入城市，从根本上说，与这些民办教师们付出的巨大心血是分不开的。正因为自己有过亲身接受民办教师教育启蒙的经历，所以，无论是此前的《凤凰琴》，还是现在的《天行者》，我都读得津津有味，都读得特别认真，而且还产生了分外真切的感动。从这个意义上说，我特别感谢刘醒龙，感谢他能够注意到民办教师这个特定的知识分子群体的存在，感谢他能够先后两次以小说的形式为民办教师树碑立传。敏感的读者应该已经注意到，我已经几次把民办教师称作是一个知识分子群体了。或许有人会对这一点不以为然，会认为民办教师的知识水平其实很低，不应该被当作知识分子来看待。我的看法是，这些民办教师的知识水平，或许真的不太高，但他们身上所表现出来的那样一种崇高的精神境界，那样一种纯粹的道德水准，其实是我们很多所谓的高级知识分子都不具备的。从这样一种道德精神水准的层面上说，称他们为一个特定的知识分子群体，我认为，是一点都不为过的。我想，刘醒龙之所以两次涉足民办教师的题材，与他内心中对于民办教师这一知识分子群体的深切敬意，绝对存在着紧密的联系。也正是在这样的意义层面上，对于刘醒龙把民办教师称为"20世纪后半叶中国大地上默默苦行的民间英雄"，我是深表赞同的。我自己，之所以要以"良知是高尚者的墓志铭"这样一种话语方式来评价刘醒龙的这一部《天行者》，其根本原因也正在于此。

虽然刘醒龙的《天行者》深深地打动了我们的心灵世界，虽然读《天行者》可以读得我们泪流满面，但作为一位文学批评的从业者，我却清楚地知道，对于一部真正优秀的长篇小说来说，仅有感动绝对是远远不够的。换言之，能够使读者的心灵世界产生感动的心理反应，仅仅只能被看作衡量长篇小说优秀与否的诸多标准之一。我们都知道，《天行者》是一部以《凤凰琴》为基础，进一步扩张形成的长篇小说。如果说，刘醒龙只是想达到让读者感动的目的的话，那么，他早在《凤凰琴》中就已经实现了这个目标，完全没有必要在2009年的时候，用《天行者》重新感动读者一把。尽管大概所有的读者在认真读过《天行者》之后，都会为小说中的那些民办教师而心生感动。但就我自己的阅读感受而言，我觉得，刘醒龙之所以要在中篇小说《凤凰琴》的基础上扩张完成《天行者》，就是试图使这部长篇小说产生某种震撼人心的效果。而这样一种艺术效果的取得，其实与小说的文体特征存在着格外紧密的关联。或者也可以进行这样的追问,那就是,为什么说《凤凰琴》是一部中篇小说,而《天行者》就变成了一部长篇小说?中篇小说与长篇小说之间,究竟存在着怎样的思想、文体差异?请不要以字数的多少以及篇幅的大小来指责我的无知。因为我同样清楚地知道,中篇小说的字数一般在三到五万字左右,而长篇小说,按照茅盾文学奖的规定,则最起码应该在十三万字以上。字数的多少与篇幅的大小,当然是衡量小说文体的一个重要指标,但是,仅有字数或者篇幅的差异,肯定是远远不够的。无论是思想内涵,还是具体的艺术形式,中篇小说与长篇小说这两种小说文体都是很不相同的。那么,中篇小说与长篇小说之间的差异究竟何在呢?我在这里当然也无法一下子完全说明,但有一种说法,我觉得是有一些道理的。这种说法认为,中篇小说讲故事,长篇小说则呈现命运,也就是说,作为一部中篇小说,只要能够把一个故事相对完整地讲述清楚就可以了。在一部中篇小说中,一般不需要有很多的人物,也不需要在相对长的时段中呈现曲折复杂的故事情节。相较而言,一部长篇小说不仅有更多的人物,而且还有更加曲折复杂的故事情节,更重要的是,它还得通过所有人物的故事传达出某种深沉的命运感来。

《凤凰琴》采用的虽然是全知全能的第三人称叙述方式,但视角性人物张英才实际上是明确而固定的。张英才高中毕业,当年差三分未能考上大学,于是就又补习了一年,没想到补习一年的结果居然是不进反退,离分数线差了四分,比去年还要多一分,这样当然就没指望上大学了。因此,张英才只好在舅舅万站长的帮助下,来到全乡最贫穷的界岭小学,当了一名民办教师。然而,界岭这样一个只有三个民办教师(准确地说应该是四个,因为除了余校长、邓有米、孙四海之外,还有同样身为民办教师的余校长的妻子明爱芬,而她早已瘫痪在床)和二三十个学生,办学条件极其恶劣的小学,自然让心高气盛的张英才感到万分失落。除了对于界岭小学日常艰难办学状况的展示之外,《凤凰琴》实际上只是重点描写了两个事件。一个事件,是县里派检查团来调查了解义务教育法的贯彻执行情况。不知内情的张英才在发现了余校长和万站长他们瞒天过海的行为之后,写信给上级机关,把事情的真相捅了出来。结果自然是学校的先进奖和八百元奖金因此全部泡汤,余校长准备用这笔钱来维修教室的愿望也就落空了。另一个事件,就是对于民办教师来说简直比自己的生命都要重要的转正事件。由于张英才把自己来到界岭小学之后的所见所闻,写成了一篇名为《大山·小学·国旗》的文章,并把文章投寄给了省报,结果不仅文章见报,而且上级部门还格外开恩,专门给了界岭小学一个民办教师转正的指标。算上明爱芬,界岭小学目前有五个老师,而转正指标只有一个。那么,这唯一的指标应该属于谁呢?余校长他们这几位民办教师的高尚人格,在这样的试金石面前,也就自然熠熠生辉了。先是张英才主动让出了这个指标,然后,又是大家一致同意把指标留给早已对转正望眼欲穿的明爱芬。多年的愿望终于实现,瘫痪多年的明爱芬溘然长逝,这唯一的指标最后还是落到了年轻的张英才身上。从以上的分析不难看出,虽然作家通篇的笔墨多停留在张英才身上,但小说的重心显然并不在此。借助张英才的独特视角,主要通过转正指标事件,将余校长他们这些民办教师发展教育事业的自我牺牲精神充分地表现出来,恐怕才是刘醒龙多年前创作中篇小说《凤凰琴》真正的艺术意图所在。不过这部小说虽然写到了几位人物,但作家对这几位人物却都没有进行充分的艺术描写。而且,小说的中心事件,说到底,也只是所谓的转正事件。如此看来,《凤凰琴》自然也就只能是一部中篇小说了。

到了长篇小说《天行者》中,情况就发生了很大的变化。首先,张英才在转正之后,要到省教育学院去进修学习,这个视角性人物的离开,就迫使刘醒龙不得不在张英才之外思考设计另外一个视角性人物。否则,他就无法继续完成界岭小学民办教师故事的后续了。因此,从《天行者》的第二部《雪笛》开始,视角性功能就悄无声息地被转移到了小说核心人物之一余校长身上。在此后的小说叙事过程中,除了偶尔还借用张英才的视角外,基本上都是依循余校长的视角进行叙事的。如果说,由于篇幅、文体的限制,余校长、邓有米、孙四海他们,在中篇小说《凤凰琴》中只是作为富有良知的民办教师代表而出现,成为张英才人生成长历程中一种带有启蒙性质的界碑式人物。那么,到了《天行者》当中,由于篇幅的明显增大,随着叙事视点的变化,小说的叙事重心也从张英才的成长历程转向了对于余校长、邓有米、孙四海这几位民办教师人生历程更为充分的艺术展示。那么,怎样才能极有效地展开关于这几位民办教师人生历程的叙事过程呢?不难发现,刘醒龙还是紧紧围绕"转正"的问题而大做文章。之所以如此,是因为对于民办教师而言,只有早日转正,才有可能从根本上改变自己的人生走向。所以,对于每一个民办教师来说,他们最基本的人生理想就是能够得到一个转正的机会。既然要全面真实地表现民办教师的生存状况,那就不可能离开转正这个关键性事件。然而,需要特别注意的是,虽然同样是对转正事件的叙述,《天行者》与《凤凰琴》却有着明显的不同。《凤凰琴》只写了一次转正事件,这次转正事件的描写拥有着十足的正剧意味,而且,这种描写很显然是为了凸显余校长他们的崇高精神服务的。但到了长篇小说《天行者》中,却先后出现三次关于转正事件的叙述。在某种意义上,我们甚至可以说,"转正"已经成了横贯刘醒龙的《天行者》的一条基本叙事线索。小说分别由《凤凰琴》《雪笛》《天行者》三部分组成,每一部分所描写的中心事件都是转正。

  关键的问题在于,这三次对转正的描写叠加在一起所产生的文学意味,与中篇小说《凤凰琴》中一次描写的意味是绝不相同的。如果说,《天行者》的第一部《凤凰琴》中第一次关于张英才转正的描写还具有崇高的正剧意味的话,那么,到了第二部《雪笛》中关于蓝飞转正的描写就已经带有了明显的闹剧意味,而到了第三部《天行者》中关于余校长、邓有米、孙四海他们最后的转正描写,所表现出的干脆就是带有突出荒诞色彩的悲剧意味了。这种突出的悲剧意味,就表现在余校长他们总是如同盼星星盼月亮一样地期盼着能够有一个转正的机会,然而,富有讽刺意味的是,当这种转正的机会终于降临到他们身上的时候,他们却居然由于自身的贫穷而转不起正了。多少年来一直孜孜以求转正的机会,希望能够通过转正的方式改变自己贫穷的生活。然而,令余校长他们根本无法预料的一点是,与转正机会同时来临的,居然是要求民办教师们必须首先缴纳一万元左右的所谓工龄购买费。如果不能够按时缴纳这一笔对民办教师来说特别昂贵的费用,那么,所谓的转正自然也就成了肥皂泡。转正本身是为了从根本上改变自己的贫穷状态,但转正的前提又是必须缴纳自己根本拿不出来的昂贵费用。这如果不是悲剧,那么你说,还能是什么呢?我以为,如同余校长他们这样充满悖反意味的人生遭际,只能被看作是彻头彻尾的一出人生悲剧。这样看来,虽然余校长、邓有米、孙四海这几位人物形象同样在《凤凰琴》中出现过,但到了《天行者》中,在他们身上所体现出来的,已经是一种曲折深沉的命运感了。值得注意的是,当小说第三次叙述描写余校长他们转正悲剧的时候,我们在感受命运捉弄余校长他们的同时,体会刘醒龙的强烈的悲悯情怀的同时,也特别真切地感受到了他批判社会的锋芒。因为,归根到底,余校长他们的这种人生悲剧,正是当下这个未必完全合理的社会机制一手造成的。

当然,作为一部长篇小说,《天行者》与《凤凰琴》的区别,并不仅仅体现在以上所述的这一个方面,其他方面也有着十分明显的表现。比如在人物形象的塑造方面,如果说出现在《凤凰琴》中的诸如余校长等人物形象都相对单薄模糊的话,那么,到了《天行者》中,这些人物形象就显得丰满厚实得多。刘醒龙是刻画塑造人物形象的高手,这一点,早在他那部曾经名噪一时的厚重长篇小说《圣天门口》中,就已经得到过充分的证明。《天行者》中人物形象的塑造,虽然很难说已经能够望《圣天门口》之向背,却依然给读者留下了相对深刻的印象。

比如,那位一心扑到了乡村教育事业上的余校长,虽然品格是一样的高尚,但到了《天行者》中,因为作家有了更大的叙事空间可以展开关于他个人日常生活的描写,尤其是关于他和蓝小梅之间爱情故事的细致展示,所以,余校长那样一种既想和蓝小梅结合,但又觉得对不起早逝的明爱芬,既想向蓝小梅表达,但又实在鼓不起勇气来的患得患失、犹豫矛盾的心理特点,就得到了相对充分的展现。有了这样的描写,余校长这一人物自然就丰满生动了许多。

再比如孙四海,他其实是一条疾恶如仇、铁骨铮铮的汉子,他的性格特征也在《天行者》中得到了充分有力的艺术表现。说到孙四海,最令人同情的,就是他难得所爱的凄苦爱情悲剧。孙四海爱王小兰,王小兰也爱孙四海,但关键的问题是,王小兰已经是一个有夫之妇,而且她的丈夫李志武还是一个因上山采药不慎摔断了腰的、常年瘫痪在床的残疾人。王小兰要想与这样的一个丈夫离婚,很显然是不可能的。王小兰一方面离不了婚,另一方面却又和孙四海爱得死去活来。于是,他们就只能维持这样一种看似违背婚姻道德的地下爱情了。小说中曾经反复写到一个细节,孙四海用笛子把那首本来很欢快的乐曲《我们的生活充满阳光》吹奏出了许多悲凉,这其中,除了民办教师本身的苦难遭际之外,孙四海与王小兰之间的凄苦爱情,也不能不说是一个十分重要的原因。既然是如此畸形的一种感情关系,那么,其最后的悲剧性结局恐怕就是无法避免的。最终,王小兰还是惨死于已经被强烈的嫉妒心折磨太久了的丈夫李志武之手。但正是在这个过程中,孙四海这样一个有情有义、敢爱敢恨的血性男儿,给读者留下了极难忘怀的深刻印象。

此外,张英才的形象也格外值得注意。我注意到,曾经有论者认为刘醒龙在《天行者》中对张英才形象的处理不太成功:"正因为作者的思想非常成熟,所以笔下的人物有时候成了思想的代名词,缺乏真实感。在《凤凰琴》中刻画得真实、细腻、复杂,真正做到了所谓'贴着人物来写'(沈从文语)的张英才,在

《天行者》中,人物性格完全没有发展,甚至彻底被放弃,最后只是为了体现作者的理想才让他出现,读来不仅突兀,而且也缺乏可信度"。① 然而,我觉得论者的这种说法很难成立,因为它是建立在误读《天行者》的基础之上。我们必须注意到,小说创作中存在着明写与暗写这样两种描写的手段。如果说,《天行者》中关于余校长他们几位的描写是明写的话,那么,第二部与第三部中关于张英才的描写,就只能被看作是暗写,是一种不写之写。虽然看起来只是蜻蜓点水似的偶有涉及,但如果把这些所有的蛛丝马迹联系在一起,那么,张英才的心理轨迹就不仅是十分清晰的,而且也还具有相当充足的可信度。正因为有过在界岭小学的一段工作经历,所以从省教育学院学成归来之后的张英才,就再也不愿意回到界岭小学去了。然而,一度离开了界岭小学的张英才,之所以最后又回到了界岭小学的具体原因有二。一是,他的爱情理想彻底破灭了,他曾经那么钟情过的女孩子姚燕最终还是投入到了蓝飞的怀抱。二是,在县城工作的过程中,他目睹了许多见不得人的蝇营狗苟和尔虞我诈,这一切,都使他特别怀念界岭小学的纯洁与崇高。当然,张英才的这种人生选择,与其基本的人格构成也存在着不容忽视的联系。应该注意到,小说中孙四海曾经在和余校长谈话时说到过这样一种关于张英才的看法:"懂得愧疚的男人和晓得害羞的男人是一样的,只要愧疚之心还在,张英才离开界岭小学的时间越长,感情上的距离也就越近"。很显然,张英才的最后回归,也正是这样一种愧疚心理发生作用的缘故。张英才最后的回归事实,充分证明

---

① 严迎春:《深刻体察乡村知识分子的命运》,《文汇读书周报》,2009年第10版。

了孙四海和余校长预见的高明与准确性。从以上的分析不难看出,张英才的回归,不仅并不像论者所说是"突兀"的,是"缺乏可信度"的,反而具备着情感与心理方面相当的合理性。

在人物形象的塑造之外,需要提及的,还有叙事结构线索增多的问题。中篇小说《凤凰琴》的结构是单一的,它只是沿着张英才的视角而一路叙述过来的。到了长篇小说《天行者》中,单一的视角与叙事线索就显得有些不够用了。因为,单一的视角与叙事线索难以支撑起一部长篇小说相对宏大的结构。所以,到了《天行者》当中,除了增加余校长这个叙事视角之外,还增加了若干条看似草蛇灰线的叙事线索。这些叙事线索的增加,不仅更加丰富了小说的叙事结构,同时还有制造叙事悬念的作用。比如,关于叶碧秋和张英才之间的情感故事。张英才一出场,从叶碧秋对待他的异常态度中,我们就已经感觉到了这位情窦初开少女的情感秘密。然后,就是第110页,叙述叶碧秋差点掉到水塘里淹死,正好被张英才救了起来。之后,在第156页,又叙述叶碧秋之所以掉到水塘里,是因为看到了张英才与一个漂亮的女孩子在一起。一直到小说结尾处,失恋后的张英才,终于与叶碧秋形成了志同道合、心心相印的一种感情联系。再比如,曾经来到界岭小学支教的漂亮女孩夏雪留在宿舍里的那首诗歌,虽然在叙事的过程中最起码被提及了七八次,但作者始终都没有透露它的内容。一直到小说快要结束的第251页,我们才知道了,这首诗原来就是爱尔兰诗人叶芝的那首十分著名的与炉火有关的情诗。同样地,小说中对于叶碧秋写在黑板上的那道难解的数学题,以及李子在母亲去世后,悲痛异常时写下的那首关于炒油盐饭的诗歌,采取的都是类似的艺术处理方式。从此中见出的，正是作家刘醒龙在叙事结构上的匠心独运。事实上，也正是凭借着这样一种叙事线索的增加，才使得《天行者》的结构变得繁富复杂了起来，才使得《天行者》成了一部名副其实的长篇小说。

最后，有一点不成熟的想法，想与醒龙兄商榷一下。这就是，关于小说结尾处故事以及人物最终命运安排处理的问题。邓有米为了余校长和孙四海能够转正，不惜向建筑公司索取两万元的贿赂，以致盖起的教学大楼出现问题，在没有投入使用之前就已经坍塌了。幸亏余校长早有警觉，采取了必要的防备措施，这才最终避免了一场大祸的降临。刘醒龙进行这样的设计，当然有其合理性。但我认为，为什么不可以写得更惨烈些呢？比如说，可不可以让大楼倒塌后，酿成更严重一些的事故，再比如说，关于邓有米这个形象，是否可以写得更"坏"一些呢？假如把小说的结局处理成更为惨烈的人生悲剧，小说所产生的思想艺术震撼力，或许就会大得多。然而，作家采用的为什么会是这样一种处理方式呢？我想，其根本原因，或者是作家过于钟爱自己笔下人物的缘故，或者是刘醒龙受到了当下时代所谓文学"温暖"论影响的缘故。说实在话，我以为，当下的中国文学界，在某种意义上，已经陷入了某种温情主义泛滥的状态。那种尖锐透辟的，能够给读者带来极大思想艺术震撼力的文学作品，已经很难看到了。打心眼里说，我不希望曾经写出过《圣天门口》如此重要长篇小说来的刘醒龙，也有意无意地参与到这场温情主义的大合唱当中去。

精读十四:《额尔古纳河右岸》

哀婉悲情的文化挽歌

出生于1960年代中期的迟子建今年虽然只有四十五岁①,但她的创作生涯却已经有二十余年之长。被人们习惯于称为"东北才女"的迟子建是一位不仅创作数量巨大,而且一直保持着相当高的艺术水准的实力派女作家,是当下时代女作家群体中的佼佼者。此前,她已经先后获得过两次鲁迅文学奖。迟子建可以说也是长、中、短篇各体兼擅的一位全能型小说家,这次她的《额尔古纳河右岸》之所以能够获得第七届茅盾文学奖,我想,与当下时代方兴未艾的多元文化形态的形成有很大的关系。或者,我们也可以说,迟子建这部作品的写作本身,就与多元文化形态之间存在着密切的关系。小说具体描写表现的是我国东北一个差不多已经彻底消亡了的鄂温克族的生存状态与精神世界,选择这样一种表现对象首先就充分凸显出了作家的艺术智慧。从某种意义上说,迟子建的这部长篇小说如同贾平凹的《秦腔》一样,也可以被看作是一曲哀婉沉痛的文化挽歌。只不过,

---

① 此篇文章发表于2009年。

贾氏哀叹着的是中国历史中格外悠久漫长的乡土文化，而迟子建所痛惜着的则是一种在生态文化的意义上具有突出价值的原住民文化，在作为现代化象征的汉族主体文化的挤压与逼迫之下，最终无奈地消亡这样一种我们必须正视的客观事实。

阅读《额尔古纳河右岸》，让我们产生极深印象的既有作为游牧民族的鄂温克人对于自己赖以为生的大自然那种敬若神明般的敬畏与崇拜，也有鄂温克人面对频繁降临的死亡时那种达观而超然的姿态，更有鄂温克人在极其艰难的生存困境中被激发出来的那种坚韧的生存意志与生存能力。在小说中，作家对于鄂温克人复杂的人性同样进行了一种堪称悉心细腻的描摹与展示，作家那种格外宽厚广博的悲悯情怀足以打动每一位读者的心灵。小说的第一人称叙述者"我"是一位历经世事沧桑的九旬老人，是鄂温克最后一位酋长的女人。叙述者自称是鄂温克最后一位酋长的女人，所暗示的正是鄂温克民族与鄂温克文化的完全消亡。一个以部落生存为基本特征的民族居然连酋长都不再产生，它所预示着的当然是这样一个有着悠久历史的游牧民族的彻底解体。迟子建是一位擅长表现底层普通民众生存状态的优秀作家，她小说的艺术形式就鲜明地体现了这一点，例如她在一部名为"伪满洲国"的长篇小说中依然没有将自己的视点更多地投注到政治之上，而是把自己的关注视野主要投射向了在底层挣扎生存着的芸芸众生。作为一位汉族作家，迟子建能够如此贴近并进入鄂温克人的生存状态，能够如此富有艺术智慧地将这样一个行将或者说已经消亡了的少数民族的命运历程与文化特质鲜活灵动地呈示于读者面前，的确突出地体现了她卓绝的艺术才华。

作为一位擅长表现底层普通民众生存状态的优秀作家，迟子建始终相信："真正的历史在民间，编织历史的大都是小人物。因为只有从他们身上，才能体现最日常的生活图景，而历史是由无数的日常生活画面连缀而成的。"① 在反映东北沦陷区普通人生活的长篇小说《伪满洲国》中，便可以看到这一鲜明的特征。然而，与《伪满洲国》不同的是，这一次，迟子建将笔触伸向了一个完全不同的文化群落——鄂温克。尽管作者声称，她非常"熟悉那片山林，也了解鄂温克与鄂伦春的生活习性"②，但她毕竟是一位汉族作家，民族文化之间固有的差异和隔膜不可能因作者的主观意愿而瞬间改变，因此，小说中的鄂温克民族必然带有"他者"的印记，是一个异族人眼中的鄂温克。那么，我们不禁要问，一个异族人眼中的鄂温克会是怎样的呢？还是真正意义上的鄂温克吗？迟子建似乎也意识到了这一不利因素的客观存在，所以在小说中，她才打破了传统的写作思路，选取第一人称"我"作为叙述者，而"我"又是鄂温克最后一个酋长的女人，九十岁高龄的"我"经历了鄂温克民族近百年的历史沧桑，是鄂温克历史的真实见证人。对于鄂温克族百年来的历史变迁，可以说，"我"应该是最有发言权的，从"我"的口中叙述的历史当然也就具有相当的真实性。这里，作者巧妙地将读者的视线从作者（隐性叙述者）转移到"我"（显性叙述者）的身上，试图打消读者的疑虑，可谓用心良苦。事实证明这种叙述策略的确取得了较为理想的效果。小说中的鄂温克族差不多可以被看作是

---

①② 胡殷红：《人类文明进程的尴尬、悲哀与无奈——与迟子建谈长篇新作〈额尔古纳河右岸〉》，《艺术广角》，2006 年第 2 期。

一个已经消亡了的民族。叙述者自称是鄂温克最后一位酋长的女人，所暗示的正是鄂温克民族与鄂温克文化行将消亡或已然不复存在的事实。一个以部落生存为基本特征的民族居然连酋长都不再产生，那么离它彻底解体的日子定然为期不远了。但是，也正是在这个根据所谓的"丛林法则"应该被淘汰的民族身上，我们却看到了一种奇特但同样真实且迸发着无穷魅力的文化形态。

在"额尔古纳河右岸"那片繁茂广阔的原始森林中世代繁衍生息的鄂温克民族，在一次次的迁徙和游猎中同样创造了具有自身特色的文化形态，或者我们可以称之为"鄂温克原住民文化"。从外在表现上来看，它涉及鄂温克人生活的方方面面：他们住在一种叫"希楞柱"的用松木杆搭建的简易帐篷里，以放养驯鹿和狩猎为生，有储藏食物的专门仓库——"靠老宝"；他们高兴了就跳"斡日切"舞（一种"圈舞"或"篝火舞"）来庆祝；部落里的人得重病时，会请萨满来"跳神"以祛除病魔，人死了要举行风葬仪式；斯特若衣查节是他们庆祝丰收的传统节日，每到这时，人们就会聚集在一起唱歌跳舞，交换猎品，有的氏族之间还会联姻；他们信奉"玛鲁"神……这些鄂温克人奇特的生活方式和风俗习惯为我们展示了一种完全不同于汉族或草原游牧民族的文化形态，使我们这些习惯于生活在工业文明包围中的"现代人"感受到了边地原住民文化中那种悠远、神秘的远古气息。当然，作者写作的目的不止于此，或者说，这些呈现于读者面前的生存图景仅仅是作者为了表达其思想主旨的道具而已，"借助那片广袤的山林和游猎在山林中的这支以饲养驯鹿为生的部落，写出人类文明进程中所遇到的尴尬、悲哀和无奈"才是作者真正的目的之所在。①这里，有鄂温克人对于自己赖以为生的大自然敬若神明般的敬畏与崇拜，有鄂温克人面对频繁降临的死亡时达观而超然的姿态，也有鄂温克人在极其艰难的生存困境中被激发出来的坚韧的生存意志与生存能力，更有鄂温克人在强大的现代文明侵入时奋力挣扎却无可奈何的尴尬悲凉。尤其是在近一百年的历史变迁中，无论是外族人的入侵还是瘟疫、饥饿的折磨都没有使他们放弃对本民族文化的坚守和信仰，这个多灾多难的民族始终保持并发展着自己独立的文化特性，直到现代工业文明一步步蚕食着他们赖以栖息的广袤森林时，他们还在试图做最后的抗争。然而，这种抗争毕竟是脆弱而无力的，越来越多的人选择了离开，选择了山下物质产品更为丰富的生活。小说中，鄂温克人向新的猎民定居点的大规模搬迁可能是这个民族的最后一次迁徙了。一百年前，他们因俄国人的驱赶从额尔古纳河左岸逃离到右岸的森林中；一百年后，即便是这么一块小小的家园也被无情地剥夺了。当激流乡新上任的古书记上山动员"我"搬入定居点时，这位饱经沧桑的老人不无悲愤地表示："我们和我们的驯鹿，从来都是亲吻着森林的。我们与数以万计的伐木人比起来，就是轻轻掠过水面的几只蜻蜓。如果森林之河遭受了污染，怎么可能是因为几只蜻蜓掠过的缘故呢？"是啊，由汉人造成的人为灾难为什么偏偏要让无辜的鄂温克人来承担呢？要知道，他们一旦放下猎枪，走出森林，他们也就失去了可以维系民族文化命脉的土壤，也就意味着这个民

---

① 参见胡殷红:《人类文明进程的尴尬、悲哀与无奈——与迟子建谈长篇新作〈额尔古纳河右岸〉》,《艺术广角》,2006年第2期。

族会无可挽回地消亡。可是，谁又能听到这弥漫着哀怨的声音呢？处于边缘地域的民族连带他们的文化在强大的主流文化面前从来都是弱者，从来都是被同化、被吞噬的对象。正因为如此，当迟子建让一个九旬鄂温克老人叙述他们民族的历史时才更多了一份抗争的悲壮，多了一份悠远的悲悯，多了一份彻骨的悲凉。

小说中，多次出现"火"的意象。对于鄂温克人来说，"火"既是一种用来烧烤食物、取暖以及获得光明的具体可感的事物，又是深入部族民众内心的一种至高无上的神灵，它同时具有具象和抽象的双重特征。在汉族和其他某些民族的意识中，火和暴力、灾难、革命等概念时常纠结在一起，人们一旦提及它，就会产生莫名的恐惧抑或无端的冲动，所以在许多小说作品中，火要么是革命、暴力的化身，要么被赋予破坏者或毁灭者的角色。像《额尔古纳河右岸》这样直接将"火"作为一种自然状态的生命意象而顶礼膜拜还是非常罕见的，这源于鄂温克民族所独有的"火"文化。小说开头，当"我"发现达吉亚娜他们下山定居没有带去火种时，曾感慨道："他们告诉我，布苏的每座房子里都有火，再也不需要火种了。可我想布苏的火不是在森林中用火镰对着石头打磨出来的，布苏的火里没有阳光和月光，那样的火又怎么能让人的心和眼睛明亮呢！我守着的这团火，跟我一样老了。无论是遇到狂风、大雪还是暴雨，我都护卫着它，从来没有让它熄灭过。这团火就是我跳动的心。"可见，鄂温克人对火的崇拜已经到了无以复加的地步。他们用火塘烤熟食物、照明取暖，在篝火旁跳舞嬉戏，无论搬迁到哪里都要郑重其事地将火种放在驯鹿身上一起带走，任何人都不得往火里吐痰、洒水、扔不干净的东西，母亲送"我"的新婚礼物就是一团火，甚至母亲达玛拉和伯父尼都选择死亡的方式也都是跳入火中。火在温暖他们身体的同时，也温暖着他们孤独而顽强的心灵，鄂温克人既然从大自然中获取了神圣的火，那么将心灵连同肉体毫无保留地投入火中，也就成为这个民族至高无上的死亡仪式。在鄂温克人的心目中，这种"森林中用火镰对着石头打磨出来的火"不容许任何玷污，它已经融入了鄂温克人的生命之中，和"玛鲁"神具有同等的尊严和地位。保存和守护火种成为每个鄂温克成员不可推卸的责任和使命。而异族的"火"不是战火就是山火，它们是诞生在异族土壤中并给鄂温克人带来不幸的罪魁祸首，与纯洁神圣的"鄂温克之火"比较起来，它们具有完全相反的品性。因此，下山的鄂温克人不再需要火种，也同样意味着这个民族正面临着火文化可能彻底消失的窘境，而"没有火的日子，是寒冷和黑暗的"。小说中，几代鄂温克人对火从膜拜、守护到无意识地放弃的过程，也恰恰喻示了一种古老文化几近衰亡的无奈结局。表达了作者对鄂温克文化与鄂温克民族悲壮旅程的无限同情和惋惜。

阅读《额尔古纳河右岸》，需要特别予以关注的还有其中一再出现的死亡场景描写。小说中之所以一再出现死亡场景，一方面当然是鄂温克人的游牧方式本身具有这样的客观特征，但在另一方面，我们却必须注意到这样一种场景描写与作家迟子建个人精神世界之间的内在关系。在谈到迟子建的中篇小说《世界上所有的夜晚》的时候，作家蒋子丹曾经格外深入地论述过死亡与迟子建小说写作之间的关系："说到迟子建，二〇〇二年五月的那次车祸是绕不过去的，她的丈夫在车祸中罹难。"丈夫的意外死亡当然是迟子建心头永远的痛，它当然会影响到作家的小说写作，然而"个人的伤痛记忆对一个作家是财富也是陷阱。它可能是一把钥匙，能替你打开伤怀之锁，释放出大善大美的悲心，赠予你悲天悯人的目光。在更多情境下，它却是自哀自怜的诱饵，让你误入自恋的沼泽，……所幸迟子建靠着她的悟性远离了陷阱，在危险真正到来之前，将自渡之船撑出了哀思之海，《世界上所有的夜晚》的白纸黑字可以作证。""作者对个人伤痛的超越，使透心的血脉得以与人物融会贯通，形成一种共同的担当。"① 如果说对《世界上所有的夜晚》中的死亡景观可以作如上的理解，那么对于《额尔古纳河右岸》中更加密集的死亡描写，我们也完全可以作这样一种理解。此外，从文本的艺术表现形式来看，《额尔古纳河右岸》一个不容忽视的艺术特征乃是作家关于叙事时间与故事时间的极其巧妙的处置方式。故事的时间差不多有一个世纪之长，而小说的叙事时间却只有短短的一天。以一天的叙事时间讲述长达一个世纪的、一个游牧民族由盛而衰的消亡故事，而且其中具体标明的"早晨""正午""黄昏"以及作为尾声的"半个月亮"还表现出了极鲜明的象征隐喻意味，充分证明的也正是作家迟子建超人的艺术智慧。

---

① 蒋子丹：《当悲的水流经慈的河》，《读书》，2005 年第 10 期。

精读十五:《抉择》
——一部优秀的政治长篇小说

在张平的所有文学作品中,社会影响最大的应该是1997年8月由群众出版社出版的长篇小说《抉择》。

说实话,真的没想到一部《抉择》会给自己带来这么多荣誉:《啄木鸟》文学一等奖,全国公安系统文学类作品一等奖,全国优秀畅销书奖,中宣部"五个一工程"入选作品奖,建国50周年国家重点献礼长篇小说,直至今天的"茅盾文学奖"。

另外,这部作品还被改编为电影、电视连续剧、广播剧、话剧、戏曲、曲艺、连环画等多种艺术形式。截至目前,这部作品已经被上百家报纸转载连载,被上百家广播电视台连播,除数十种盗版外,这部作品已经发行到20多万。中央人民广播电视台对这部作品已经连播过六遍。根据《抉择》改编的电影《生死抉择》,除了上上下下的社会反响外,目前票房已经突破

了 1.3 亿……①

在某种意义上,张平的《抉择》也可以被看作是一部"变脸"之作。在此之前,张平作品的表现视域基本上是局限于农村领域的。这一点,与作家曾经长期生活于乡村世界,与作家相对丰富的乡村生活经验存在着直接的联系。但是,在《抉择》中,张平却把自己的艺术笔触伸向了自己从未涉足过的工业领域。虽然《抉择》肯定不能被称为工业题材的小说作品,但对于张平来说,第一次在长篇小说中大规模地描写展示工人的生活,的确还是需要有相当艺术勇气的。

《抉择》这部作品的出现,并不是偶然的。去年,我和几位同仁在采访国有大中型企业时,根本没有想到工人们对我们的采访反应会那样强烈。这同那些似乎早已被采访腻了的厂长经理们根本不同,工人们一听说我们要采访他们,而且是要他们实话实说,情绪激动的他们竟然蜂拥而至,需要采访什么,他们就会满足你什么。他们说了,这么多年,已经很少有人来采访他们工人了。有时候来些采访的人,大都是想在企业界弄点钱的,或者是那种属于广告性质的象征性的采访。……从来也没有人真正地问过我们工人究竟需要什么,究竟在想什么。好多人一遍一遍地问着我

---

① 张平:《既注意形式,更注重内容》,《我只能说真话》,解放军文艺出版社,2002 年版,第 55—56 页。

们,你们为什么就不能写写我们工人呢?那么多的编剧、导演、作家、艺术家,为什么就只把眼睛盯在那些厂长经理和大款们身上?我们工人不是国家的主人吗,不是国家依靠的对象吗?为什么你们会把我们给忘记了抛弃了!为什么你们就不能写一些反映我们工人让我们工人看的作品?①

应该说,采访时工人们的话语对张平的触动确实很大,作家的本能反应就是"惭愧和内疚之余,我无以应对。"虽然并没有可能对当下的文学作品做总体的了解阅读,但我却相当佩服这些工人们的敏感直觉。并非职业读者的他们相当尖锐地指出了当下文坛存在着的一大缺陷,那就是缺乏表现一线产业工人的文学作品。一方面,我们固然不能简单地苛求作家,毕竟每一位作家都有可供自己的艺术想象力驰骋的、自己相对熟悉的创作领域。如果生硬地要求作家一定要表现某一领域的生活,那产生的结果很有可能就是不成熟的夹生饭。但在另一方面,文坛缺少关注表现一线产业工人的作品又是一种客观的事实。在这一点上,工人们的阅读诉求其实具有相当的合理性。那怎样才能够解决好这样的一种"供求矛盾"呢?这就需要有张平这样的艺术勇气了。作为一位有强烈社会责任感的作家,张平深知忠实地记述时代的发展变化乃是自己绝对应该承担的艺术使命。他深知,面对着工人们强烈的阅读诉求,自己并无丝毫理由逃

---

① 张平:《永生永世为老百姓写作——代后记》,《抉择》,人民文学出版社,2004年版,第32—33页。

避,绝不能以所谓的"对你们的生活不熟悉不了解"为理由搪塞推诿。对于张平而言,一种可能的选择就是,迎难而上,直面生活的挑战,直面工人们的强烈阅读诉求,去尽可能地了解自己既往所"不熟悉不了解"的生活领域,用手中的笔去关注表现一线产业工人的生活,去积极地回应工人们的阅读诉求。

这回应的结果便是长篇小说《抉择》的产生。从张平的创作谈来看,《抉择》的诞生过程与《对面的女孩》正好相反。如果说《对面的女孩》的创作曾经经历过一个"十年磨一剑"的漫长过程,那么《抉择》就可谓是一种急就章式的创作了。

> 《抉择》并不是一部很精致的作品,也不是一部很艺术的作品,当初进行创作时,甚至没有时间细细地进行修改。一部40多万字的作品,只写到十几万字的时候,就开始连载了。然后每个月必须以十万字的速度交稿,否则刊物的连载就得泡汤。所以它真的很粗糙,甚至还有明显的硬伤。何况这部作品所表现的都是自己并不熟悉的生活,故事和人物包括大量的细节基本上都是靠采访得来的。也就是说,这部作品的反响完全来自它的内容,并不是因为它的形式。再进一步说,读者、听众和观众关注的也是这部作品的内容,并不是它的形式。①

---

① 张平:《既注意形式,更注重内容》,《我只能说真话》,解放军文艺出版社,2002年版,第55—56页。

张平一向是一位低调谦虚的作家。这样,对于他的创作谈,我们便需要做出自己的辨析与理解。首先,我们应该承认,《抉择》的确是急就章式的创作,但作品的成功与否与是否是急就章之间却没有必然的联系。一方面,我们总在强调作家不要急躁,要以"十年磨一剑"的耐心来面对文学创作,但另一方面,又拿不出足够充分的证据来证明只有这种写作方式才能够保证艺术精品的诞生。事实上,许多急就章式的文学创作未必就不能产生优秀的文学作品。这一方面,一个鲜明的例证便是莫言的《生死疲劳》。这部刚刚获得香港第二届"红楼梦奖"的长篇小说的具体写作时间,不过只有短短的四十三天。张平的《抉择》,不也获得茅盾文学奖了吗。

必须提及的还有关于形式与内容的关系问题。按照张平自己的说法,"这部作品所表现的都是自己并不熟悉的生活,故事和人物包括大量的细节基本上都是靠采访得来的。也就是说,这部作品的反响完全来自它的内容,而不是因为它的形式。再进一步说,读者、听众和观众关注的也是这部作品的内容,并不是它的形式。"这段话带给我们的一种直接感觉就是,《抉择》似乎是一部只有内容而没有形式的长篇小说。那么,这样的说法合理吗?是否真的存在着只有内容没有形式的小说作品呢?答案自然是否定的,既不存在只有内容没有形式的小说作品,也不存在只有形式没有内容的小说作品。或者也可以这样说,所谓的形式、内容正如同一张纸的两面一样,二者是相互依存的。没有了内容,也就没有了形式,反过来亦然,没有了形式,也就没有了内容。再或者,内容与形式其实是混存于小说作品之中的,在作家原初的写作意义上,根本不存在内容形式之别。所谓的内容、形式云云,不过是伴随着文学理论的发展,批评家出于分析作品的必要而创造出来的概念而已。所谓的内容更多地偏重于作品的思想内涵层面,而所谓的形式则更多地偏重于作家所运用的创作方法、艺术表现方式的层面。在这个意义上来理解看待张平的创作谈,我觉得,作家的意思其实是强调在创作过程中,自己的注意力更多地放在了对于内容因素的思考上,而没有在小说的形式因素方面做更多的思考与努力。然而,没有在形式因素上做更多的思考,却并不意味着《抉择》就不具备形式因素。说普通读者只是注重作品的内容还可以理解,说茅盾文学奖的评委这样的专业的读者也不考虑形式因素,那就无论如何也无法说得通了。

事实上,长篇小说《抉择》当然是有形式的,而且从文本的接受效果来看,张平在《抉择》中对于长篇小说最为重要的结构形式问题的处理,还是相当成功的。一般意义上,在一部长达四五十万字的长篇小说中,作家大约总是要设置若干条相互联系着的结构线索的。即使是张平那部大约只有十五万字左右的《凶犯》中,也明显存在着狗子个人的心理活动与公安人员以及各级领导调查处理案情这样两条情节结构线索。但在《抉择》中,作家却并没有按照常理出牌,没有如此清晰地设置出几条鲜明的情节结构线索来。然而,没有循常规设置几条鲜明的情节结构线索,并不意味着《抉择》就没有结构线索。与其说作家没有在《抉择》的结构方面耗费更多心思,倒不如说张平在小说的结构方面其实是有所创新,有所突破的。

具体来说,我认为张平在《抉择》中采用的是一种我们姑且可以称之为中心人物聚焦辐射式的结构方式。一方面,张平的确没有对于他采访过的工人师傅食言,他在《抉择》中的确以不小的篇幅展示表现了当下时代产业工人们的生存状况。在已经很少有人关注工人生活的当下文坛,张平的努力当然应该得到充分的肯定。然而,尽管张平以不小的篇幅描写展示了产业工人们的生活,《抉择》却不能简单地归类于我们通常所谓的工业题材小说之中。原因在于,对于当下时代产业工人生存状况的展示固然是张平的《抉择》重要的表现内容之一,但作家更为根本的创作主旨却在于对于总体时代面貌的一种勾勒与描写。或者也可以说,《抉择》是张平一部充满着极大的"艺术野心"的长篇小说。对于充满着丰富复杂的矛盾冲突的时代生活做一总体性的概括呈示,正是这"艺术野心"的具体落脚点所在。这样,小说中最为核心的人物,就不可能是某一个具体的产业工人,而只能是曾经长期担任中阳纺织厂(现中阳纺织集团公司的前身)厂长,现任某省会所在地市长的李高成。因为只有通过这样一位人物,作家的表现视野才可能由一个中阳纺织集团公司拓展至全市、全省,拓展至城市生活的方方面面,从而达到作家扫描再现一个时代的根本艺术目标。细读《抉择》,不难发现,这是一部对于1990年代的中国城市生活中错综复杂的矛盾冲突进行着艺术的概括与表现的长篇小说。大型国有企业中干群之间尖锐的矛盾冲突,政治生活场域中正直的官员与腐败者之间的矛盾冲突,乃至于李高成个人内心中存在着的矛盾冲突,这所有的矛盾冲突最终都聚焦落脚到了主人公李高成身上。我们所谓中心人物聚焦式的结构方式,正是对于这样一种文本事实的描述与概括。这也就是说,一方面,小说文本中所有错综复杂的矛盾冲突都聚焦在了李高成身上,另一方面,这所有的矛盾冲突又从李高成这个中心人物身上辐射到了文本的各个侧面和角落。

这样看来,《抉择》其实并不是一部只注重内容而对小说的形式因素有所忽略的作品。最起码,从对于长篇小说而言最为重要的结构角度来看,作家张平这样一种中心人物聚焦辐射式的结构模式还是极为成功的。倘若没有这样的一种结构存在,那小说中的诸多矛盾冲突也就无法被有效地整合为一个完全的艺术整体。张平创作谈中的说法或者是作家的一种谦辞,或者也的确是一种实情,就是说张平自己的确没有在小说的形式方面做过多的思考。但从小说的文本实际来看,根据我们如上的分析,《抉择》实在不能被看作是一部形式不成功的长篇小说。小说问世后之所以能够形成很大的社会反响,继而获得茅盾文学奖,绝不是一件偶然的事情。在其中,小说的形式因素很显然也发挥着至关重要的决定性作用。

如前所言,《抉择》非常值得注意的方面,就表现为对于底层工人生存状况的真实再现。在自己的创作谈中,张平曾经不无愤激地强调表达过自己为老百姓写作的意愿:

> 我们似乎很少有人这样去想去做:我这一部作品就是要写给最普通最底层的老百姓看,写给这近十亿的农民和工人看。面对着市场和金钱的诱惑,我们的承受能力竟显得如此脆弱和不堪一击。或者只盯着大款的钱包;或者放弃了自己的尊严和职责;或者把世界看得如此虚无和破碎;或者除了无尽的愤懑和浮躁外,只把写作作为一场文字游戏……写作如果变成这样的一种倾向,那么老百姓的生活也就不再显得那么

重要；处处都有生活，处处都有素材，处处都能产生语言游戏的欢欣和情欲，时代和生活也就没了任何意义。于是我们的作品离老百姓的生活越来越远，读者群也越来越小。到了这种地步，我们却又拿出"边缘化""多极化"的理论，以印证文学的备受冷落和读者群的减少势在必然。①

张平的观点与立场非常明确，当下时代之所以会出现所谓的文学"边缘化"现象，一个根本的原因就是我们的文学早已远离了时代，远离了底层老百姓的真实生活。因此，对于张平来说，他文学创作的一大根本追求就是要以自己手中的笔去描写展示底层民众真实的生存境况。他在《抉择》中对于产业工人窘迫异常的生存状况的形象展示，正可被看作是对于自己文学理念的一种忠实践行。

且让我们先来看看李高成在春节前夕来到中阳纺织集团公司时所目睹着的一幕幕工人生活的贫困状况。

首先是老厂长原明亮。

> 他做梦也没想到这个曾管理上万工人的中阳纺织厂老厂长的家里会穷成这个样子。
>
> 已经做了祖父和外祖父的原明亮，和他最小的儿子住在一起。加上儿媳和老伴，一家五口人挤在一套

---

① 张平：《永生永世为老百姓写作——代后记》，《抉择》，人民文学出版社，2004年版，第30页。

不足五十平米的单元房里。说是两室一厅,其实那个厅只有六平米左右,而这六平米左右的厅竟然就是他家的会客室!两个十多平米的房间,一个小点的做了自己和老伴的卧室,一个大点的做了儿子媳妇的卧室,还有一个四平米左右的储藏室,则做了他十三岁的孙女的卧室!

其实老厂长的家里还多着两口人,那就是老厂长的一个外孙,一个外孙女也住在家里,白天在这儿吃饭,晚上在这儿睡觉,只有在星期天的时候,女儿才把孩子接回家去。这就是说,老两口的卧室里,晚上要住进去四口人!

然后,是曾经在中纺当了三十多年模范标兵的范秀枝老人:

一间只有二十平米多点的又矮又黑的平房,被隔成了三个小格子,在这三个格子里,竟然住着一家三代十一口人!

而这家人在这样的屋子里已经整整住了将近三十年!

做饭的地方几乎就在街面上,因为这个所谓的"厨房",撑死了可能也就是一平米多点。如果不把"厨房"伸到街面上,那么这个"厨房"里根本就没法转过身来。

一个七八平米大小的格子,既是会客室,又是这家主人的卧室。一张老大不小的木板床,就几乎占满了整个格子的空间。特别引人注目的是,这张大床上竟然放着两大三小五床被褥！这就是说，这样的一张小床上，晚上大大小小的要睡上去五个人！

尤其让人感到震撼的是中纺高级技工胡辉中的人生遭遇："他之所以对胡辉中印象深刻，就是因为他当时是一个考上了中专，同时又是一个被中纺招了工的插队生。在这两者之间，胡辉中选择了招工而没有去上学。"在本来可以去上中专的情况下，胡辉中却毅然地选择了招工，这在1980年代的中国，的确应该算是一件新鲜事，多少带有一点逆时代潮流而动的意味。而胡辉中之所以会做出这样一种人生选择，一个很重要的原因就是出于对于中纺的高度信任。"……因为中纺是个好厂子，国家的企业，铁饭碗，待遇高，好多人走后门都进不来的……"，这是在回答李高成的询问时，胡辉中所发出的肺腑之言。

果然，在进入中纺之后，兢兢业业的胡辉中曾经取得过人生的辉煌与成功。

1985年，他亲自给胡辉中争取了一个名额，让他在纺织部举办的高级技工培训班培训了一年零三个月，成为中纺高级技工中的骨干。

1986年，胡辉中在全国纺织系统技工大赛中，获得第一名。

1987年，胡辉中在全国纺织系统技工大赛中，再次获得第一名。

也就是在这一年，胡辉中同一名纺织女工结了婚，是中纺女工中非常漂亮的一个。李高成当时应邀参加了胡辉中的婚礼,他甚至还在小伙子的婚礼上讲了几句话,认为胡辉中选择了一条属于自己的道路,他在这条路上走得非常实在和成功。

然而,与当年曾经的辉煌与成功相比较,胡辉中当下的生存境况就可谓是斯文扫地、一落千丈了。因为厂里停工停产,这位徒有一身本领的高级技工,英雄无用武之地不说,自己曾经引以为骄傲的漂亮妻子也和自己离了婚,"厂里停工停产,发不了工资,没有积蓄,没有住房,又没有别的收入,也看不到任何希望……没吃没喝的,那日子还能过得下去……"。就这样,失去了妻子的胡辉中只能一个人带着自己的女儿过活了。高级技工胡辉中于是也就变成了出现在李高成眼前的钉鞋匠,而且,他的小摊还只能摆在臭烘烘的厕所旁边。

当然,还有与李高成一家有着颇深的渊源关系,曾经给他的孩子做过将近五六年奶妈的纺织女工夏玉莲:

屋子里比他想象的还是小得多,主要是乱七八糟的东西太多了,哪儿也塞得满满的,于是本来就小的空间就更显得小了。

一个只剩了二三平米的小院落,则成了做饭的地方。

大白天家里还亮着电灯,但光线还是出奇地暗。一来是家里太黑,二来是灯泡瓦数太低。可能是为了省电,灯泡顶多只有十五瓦。难怪她刚才走到外边时,会感到那么刺眼。

主房看来是已经让给媳妇住了,但这个所谓的主房也一样小得可怜。除了那张双人床和一小溜简单的家具外，就几乎再没什么空间了。

夏玉莲住的地方竟是在原来的那个露天的小厨房里！其实也就是两个屋子之间的一个小缝隙，只有一米左右宽，不到两米长，原来露天的地方，竟然用一大块塑料膜撑着！

这还只是夏玉莲一家的居住条件。更要命的是，虽然已经五十四五岁退休在家，但夏玉莲为了一家人生计却不得不到私人承包的纺织分厂干临时工：

夏玉莲活脱脱就是一个"白毛女"，头上、脸上、衣服上全都厚厚地长了一层长长的白毛，以至于让李高成好半天也认不出来眼前的这个"白毛女"到底是不是夏玉莲。

她正在费尽全力地干着活，看不清她的脸，只看得到她的背是那样的弯，她的身板是那样的单薄，她喘气喘得是那样的厉害。

老厂长原明亮、老模范范秀技、优秀高级技工胡辉中、老工人夏玉莲，当下时代产业工人极其艰难的生存境况就这样以一种令人触目惊心的方式出现在了读者面前。面对这样的一幕幕情景，作家张平终于按捺不住地借助李高成的视角，发出了深深的慨叹："一家一家的都是这么小，都是这么窄，都是这么贫困，都是这么室如悬磬，一贫如洗。""这些本应是国家中流砥柱的工人们，他们本身的抗灾能力竟会是如此的微弱，如此的不堪一击。""为什么会这样？为什么？"

与这些一线的产业工人们形成鲜明对照的，则是中阳纺织集团公司现任领导层十分严重的贪污腐败行为。

首先是变相的轮番出国旅游：

> 他们给你汇报时可能会说，他们从来也没有带着自己的老婆一块儿出过国，这正是他们玩弄的一个小花招。是，他们并没有自己带着自己的老婆出去过，实际情况是，这个领导出国时带着那个领导的老婆，那个领导出国时，带着这个领导的老婆。

正是因为主要的领导都出国或者游玩去了，所以也就耽误了棉花的采购日期，自然也就酿成了购买两千多吨劣质棉花的事件：

> 你让人问问他们，1995年9月份、10月份他们都到哪里去了？真像他们说的那样到全国各地采购棉花去了？正因为他们一个个地出国的出国，游玩的游玩，才延误了棉花的采购期，直到他们一个个回来后，才匆匆作出决定，抓紧时间采购棉花。但那时棉花已大幅度涨价，而且各地的棉花也已经被采购一空。

既然这样，那么中阳纺织集团公司也就只能从几乎不产棉花的江西一个县份买回了两千多吨劣质棉花。至于这些干部在

向李高成汇报时振振有词的与国外资本合作的事情,就更纯粹地是一个骗局:

他们说的那些搞什么合资的事,以我个人的看法,都只能是个设想。截至目前,他们吵吵着要同尼日尔、尼日利亚进行合作,这些我都清楚,根本都是没影的事情。甚至也可以这么说,这也同样是个骗局。他们的目的,我觉得无非就是想靠这个稳定人心,无非是为他们的出国找借口,或者想以此向领导和群众表白他们出国确实是为了公司,而且也可以以此把中纺找不到出路的责任推到银行身上。他们也确实同银行谈过同外方合资的事情,银行也确实不同意他们的方案,其实,他们要的就是这个结果:那是你们不同意并不是我们找不到办法,并不是我们没有能力。

如果说中阳纺织集团公司的现任领导不作为还罢了,关键的问题是他们还干着吃里爬外的卑鄙勾当,在巧妙利用手中的权力尽可能地把国家的财产装进个人的腰包里,进而转化为个人的财产。

如果说前边的几张条子还让李高成感到有些吃惊的话,那么另外的几张条子就实实在在地让人感到不寒而栗了。

今收到:

高城县河西纺织机械配件厂织布机技改配件

八千五百件。

> 收领人：四分厂二级库管员马振海
> 1991年10月18日

一个县级的纺织机械配件厂，在前后不到一个月的时间里，刚从一个超大型国有企业里拉走织布机废品九千二百件，紧接着又运来属于技改新产品的织布机成品配件八千五百件！这种连任何手脚都不做的勾当，于光天化日、众目睽睽之下就这么干了出来！

十七张这样的收据！这就是说，就这么一车钢材，在中纺大大小小的库房里转了这么一圈，就等于卖给了中纺十七次！也就等于卖给了中纺十七车！就像玩戏法一样，十吨钢材一转眼间就变成了一百七十吨！

还有一车沙子卖了十二次，一车石料卖了九次，一车水泥卖了十四次！

真是今古奇观，闻所未闻！

而更加严重的，则是这些领导成立的所谓新潮公司：

李市长，不说别的，就只说他们成立的新潮公司，前前后后一共用国家的贷款投进去了几千万，然而三年过去了，究竟交回厂里多少？新潮公司下面一共有几十个分公司，遍及省内和全国各地，这些分公司的经理和负责人基本上全是他们的亲属和亲信。他们打的是公司的旗号，用的是国家的资金，却在为他们自己大捞特捞。亏了是国家的，赚了是个人的，还挣着国家的工资，顶着国家的干部头衔，坐着国家的汽车，享受着国家的福利，然而所干的一切都只是为了个人。无本万利，却不担任何风险！你想想职工们心里怎么会没有气？

而这所谓的新潮公司的分公司中，就包括与省委副书记严阵有着密切联系的特高特运输公司！包括由李高成妻子的亲侄儿担任经理的青苹果娱乐城！

更有甚者，还居然形成了领导干部讲条件才退休的这样一种不成文的规矩：

而如今可真是不一样了，像前年中姚让公司里的总会计师退休时，去年让公司的副总经理和党委书记离退休时，每个人都拨给了相当于一百万款物的投资，让他们去搞第三产业。名义上当然是为公司去搞，其实这在社会上也是相当普遍的事情。离休了退休了，干了一辈子领导，总不能就这么一走了之，总得让再找点活儿干干，说白了也就是明退暗不退。

其实，我们只要看一看现任公司总经理郭中姚的生活方式，也就可以对中纺干群之间的巨大差异有一种直观的认识了解：

超豪华型是独门独院的小楼，豪华型是两户一院的小楼，一般豪华型则是一百平米以上，带有阁楼的单元房。

郭中姚住在一幢独门独院的超豪华小楼里。

李高成走到客厅里，立刻就明白了郭中姚为什么会用这样的一副眼神看他。

在这个暖烘烘的客厅里，在那张宽广的沙发上，还坐着一个打扮得妖艳入时，一身珠光宝气的年轻女人！

看这女人张扬放肆的样子，李高成立刻就知道这绝不是一般的女人，她不会是客人，也不会是妻子，更不会是子女和亲戚。客人不会就像在自己家里一样，衣服穿得这么少，拖着一双只有在卧室里才会穿的软鞋，几乎像是睡着了一样懒洋洋地躺在沙发上；妻子则不会有这样一副娇滴滴而又满不在乎的表情，她对郭中姚吃惊的神情似乎根本就没有觉察到，或者是觉察到了也根本没往心里去；而子女和亲戚，在自己的长辈面前，绝不会有这样的一副浓妆艳抹，放浪不羁的媚态。

请原谅，我在这里摘引了太多张平在《抉择》中的场景描写。我以为，我们通过小说中的这些场景描写，通过这些对比鲜明、反差极大的场景描写，的确可以见出当下时代贫富两极分化的真面目来。就我个人的阅读视野所及，能够将这样一种大约形成于1990年代初期，到现在为止都没有明显改观的时代现实，以如此鲜明形象的笔触再现在读者面前的，张平可能是作家中的第一人。正是通过这样的一种不乏尖锐的，对于时代现实的真实描写，张平在忠实地兑现着自己的承诺，在忠实地履行着百姓生活和百姓利益代言人的职责。从某种意义上说，张平的这样一种姿态也同样可以被看作是一种"抉择"，体现着张平个人小说艺术抉择的思想与精神高度。

事实上，也正是由于有了总经理郭中姚以及副总经理冯敏杰这样一帮吃里爬外、胡作非为的蛀虫，所以中阳纺织集团公司的破败溃烂也就成了十分自然的一种结果。

> 截至1995年年底。除去外欠的款项，中阳纺织公司累计亏损和负债额已达到四亿五千万元人民币！而最近的亏损和负债额还没有结算出来，预计总外债额将接近六亿元！从1995年2月份开始，公司便已发不出一份工资。到1995年7月份为止，离退休工人和干部每人每月二百元的生活费也全部停发。从1993年1月份开始，公司的一些分厂便开始停产。1994年底，公司的大部分分厂分公司基本上都处于停产状态。1995年10月份，摇摇欲坠的中阳纺织集团公司终于垮了下来，公司全线停产，往日红红火火、震耳欲聋的中纺公司，顷刻间一片死寂。
>
> 这么大的一个国营大型企业，停工停产，加上离退休职工，近三万工人干部没有事情可做，而如今年关在即，再过几天就是春节，公司的职工们已经十多个月没领到工资了，天寒地冻，没吃没喝的，物价又是这样的高，想想怎么会不出事！

是啊，这样的一种情况又怎么会不出事呢？一方面是普通产业工人生存境况的极度恶化，一方面是工厂领导的贪污腐化、为非作歹，一方面又是大型国营企业长时间停工停产，你说，这干群矛盾能不激化吗？而干群矛盾激化的一个直接结果就是中阳纺织集团公司三四千工人群众准备到市委门口去集体请愿。这样，也就自然有了小说开头处市长李高成凌晨四点钟接到的那个关于工人要闹事的电话。从我们前面的分析已经可以看出，作家张平可谓是一位制造艺术悬念的高手，这一点在《抉择》中同样得到了鲜明的体现。现有两万多一线产业工人的中阳纺织集团公司的一大批工人要到市委门口去闹事，这本身就构成了一大艺术悬念。那么，中纺公司的这么多工人为什么要去市委门口闹事？导致他们闹事的深层次原因又是什么？面对着这么多群情激愤的工人群众，前任中纺厂长、现任市长李高成又该采取怎样的方式去解决问题平息事端呢？可以说，这一系列问题，一方面成了推动小说故事情节前进的基本动力，另一方面却也对读者形成了极大的吸引力，吸引着读者伴随着小说叙事逐渐地将自己的注意力延伸到了小说的纵深处。在某种意义上，我们也可以说，如何面对并解决中纺公司的问题的这一条线索，从始至终地贯穿了《抉择》这部小说，小说中其他的矛盾冲突均是由这一种矛盾冲突牵引而出的。

面对着中阳纺织集团公司这样一种极其糟糕的状况，李高成的第一个感觉是始料未及。作为市长的他，根本没有预料到自己的根据地——中纺公司的情况居然会严重到这样一种地步。由于在中纺工作过很长时间，长期在中纺担任领导职务，李高成对于中纺有着极深的感情。一个明显的标志就是，中纺的现任领导班子，正是李高成在离开中纺升任副市长时，不顾老厂长原明亮以及总工程师兼副厂长张华彬等人的坚决反对而一手安排的。小说题名为"抉择"，从小说文本来看，这"抉择"其实更多的是对于主人公李高成而言的。从小说的情节发展历程来看，李高成曾经面对过多重的抉择。这第一重抉择，首先就是应该如何对待中纺公司工人群众的请愿行动。

一方面，李高成对于中纺的普通工人群众有着极深的感情。当他驱车来到中纺公司，面对着站立在凛冽寒风中的好几千群众的时候，他首先感到的是良心的不安："市长说到这里时，鼻子禁不住阵阵发酸。说句良心话，工厂的这种现状，工人们的这种处境，能同自己这个当市长的没有关系吗？把一切原因都归于市场经济、归于深化改革带来的，从根本上讲，这也同样是一种没有任何责任心的腐败行为！""而让他心里感到极为震撼、极为痛心的是，在中阳纺织集团公司这个地方，干群关系怎么会紧张到这个地步？真让人难以置信，这里的领导怎么还能在这样的环境里开展工作？还怎么当领导？还怎么领导得下去？在这样一个大公司里，究竟还会有多少人听他们的？""还有一点强烈地戳着他的心扉的，便是老工人对公司领导的那种态度！他相信老工人的话不会有假，但有一点还是让他无法接受，经他一手提拔起来的这个领导班子，真会这么腐败，真会让工人们这么无可奈何吗？"

但在另一方面，当他面对着郭中姚这样一批自己一手提拔起来的领导干部，当他听取了这些领导干部带有明显自辩色彩的情况汇报之后，他情感的天平就又开始向这些领导干部倾斜了。"他不能相信，也真的无法相信。整整的一个班子，怎么能全部变坏了？这可能吗？当初他在中纺的时候，他们都是多好的干部啊！在那样困苦的环境里，在那样艰辛的日子里，他们都经受住了考验。实践证明他们确实是一批好干部，至少在品质上完全可以证明他们都是好干部。然而,这才多长时间,他离开中纺满打满算也就几年啊,这些干部怎么就一下子全变坏了?就算是变坏,又怎么能变得这么坏,坏得又这么多?""李高成突然感到,自己是不是也正是陷在这种特殊的人际关系里不可自拔?事情才刚刚开始,就先自手软了,心软了。看来自己的感情早就有了偏向,屁股也早就坐歪了。"

面对着工人群众与公司领导各执一词的说法,李高成产生的是一种极大的困惑情绪:

> 他不禁又想起了昨天在公司小会议室里听汇报时的那种感觉,自己不也曾为他们的工作和努力而深受感动吗?对他们所做的一切也抱以理解和认可的态度吗?然而为什么一听到另一方面的议论时,自己的情绪和感觉一下子就会全变了,而且是变得这么彻底?是不是所有的领导都是这样?或者所有的人都是这样?遇到这一方时,感到这一方全对;听到另一方时,又会感到另一方也没错。

一方面,对立双方肯定都会本能地维护强调自身的利益,因此,在自己没有能够彻底地调查了解事实真相之前,李高成出现这样的感觉是十分正常的事情。但具体到中纺事件上,情感的作用还是从一开始就影响着李高成。虽然数千群众聚集闹事这件事本身,就直观地告诉李高成现任公司领导班子肯定有问题,但因为这些领导干部都是李高成一手提拔任用的,可以说都是李高成的人,所以仍然对他们抱有某种情感期待的李高成,并不愿意相信这些干部有问题。

事实上,也正因为这样一种情感偏向存在的缘故,所以李高成的这次"抉择"便自然而然地偏向了公司领导干部这一边。所以当市委书记杨诚建议应该下决心处理这个领导班子的时候,李高成就成了这种建议的反对者。这种反对的主张让李高成自己也感到十分惊讶:

> 在来这儿之前,他还想着如何说服市委书记下决心解决中纺的问题,尤其是想说服市委书记应该尽快成立一个比较大的专案调查组,马上到中纺进行全面的审核与清查,与此同时再组成一个暂时性的工作班子,全面接管中纺的领导工作。然而不知为什么,来到杨诚这儿还不到一刻钟,自己的情绪和立场好像一下子就全变了,就仅仅是因为杨诚的那些话刺激了自己的自尊心,或者是让自己感到无法下台吗?他突然觉得,原来在自己感情的深处,还是容不得别人对同自己有关的情感和事项上的任何伤害。所以在自己的下意识里,对中纺的那个领导班子,更多的只怕还是爱怜和袒护。

然而,市委书记杨诚的坦言相告,以及后来他亲自了解到的情况都明白无误地告诉李高成,在这样一个极其复杂的、到处都充满了诱惑的市场经济时代,由他所一手提拔任用的、他特别信得过的公司领导班子真的已经全部腐烂掉了。到这个时候,李高成所面对的就不只是处理不处理中纺公司这些领导干部的问题了。他所必须面对的新的"抉择"就是,怎样处理已经涉嫌腐败的妻子吴爱珍与省委副书记严阵。

李高成的妻子吴爱珍本身也是国家干部,是市东城区检察院的检察长兼反贪局长。吴爱珍不仅比李高成年轻十一岁,而且人还长得挺漂亮。夫妻俩的生活一向甜蜜和美、一帆风顺:

> 在婚后的二十多年里,他不仅深深地爱着妻子,也时时处处竭力维护着自己的妻子。平日里不管在外头多么的叱咤风云、说一不二,一回到家里,大大小小的事情总是让着妻子三分。当然,他们之间也从来没有出现过,也不可能出现什么大的原则性的问题,行业的不同,地位的差别,再加上他大了十一岁的年龄,以及妻子的娇柔和温润,使得他们之间很少会为什么事情产生争执,别别扭扭。

一个是市长,一个是反贪局局长;一个刚健威武,一个娇柔温润,而且还有一男一女两个孩子,现在都在大学里读书。虽然由于他们各自身担要务,平时在一块沟通交流的机会越来越少,但家庭的和美却还是肯定的。

> 家里有两个卧室,自从李高成当了市长后,他同妻子更多的时候是各睡各的卧室,以免相互打扰,无法安睡。其实妻子的工作比他也轻不了多少。妻子是市东城区检察院检察长兼反贪局局长,常常忙得不可开交。卧室里各有各的电话,妻子的卧室里整日电

话不断，有时候甚至半夜三更还有电话打进来。妻子还有一个BP机和一个移动电话，就是吃饭时也时常有人不断地呼她和找她。案子多的时候，她晚上很少十一点以前回来过。加上是市长的夫人，所以也就更加忙了几分。平日里两个人见面的时候，大都是在早餐时和晚饭以后。尤其是这一两年以来，夫妻俩在一个卧室里休息的时候也越来越少了。

李高成最早察觉到妻子发生变化，是在中纺事件发生之后。差不多一直"井水不犯河水"的反贪局局长忽然对市长丈夫的工作产生极大的热情，忽然开始向丈夫吹起了"枕旁风"。

"最好别查，宁可撤掉一个两个，也别去查。中纺是你起家的地方，查中纺其实就等于在查你，一查中纺，即便是查不出问题来，你在市里的威信也要打一个大大的折扣。一旦查出什么问题来，你可就会完了。在这个问题上你没有任何回旋的余地，一定得顶住。"

不仅阻止李高成去全面调查中纺的问题，而且，吴爱珍居然还这样评价自己的市长丈夫：

"你呀，我们在一起过了二十多年了，我还不了解个你。你这个人就是责任感太强，这既是你的优点，也是你致命的缺点。你现在已经是市长了，也该长长心眼了。趁着年龄还不算大，再想办法往上走一走。

不要成天只会谋事,不会谋人,你也该成熟了。"

虽然这个时候的李高成还不知道妻子已经滑入了腐败的深渊,但妻子的这样一番论调却还是让他感到大为震惊:

> 他像不认识似的看着妻子,再也说不出一句话来。
>
> 他无论如何也没想到妻子竟会说出这样的话来,更没想到妻子的变化竟会这么大。
>
> 他仿佛有点不了解自己的妻子了。
>
> ……
>
> 妻子的这种变化究竟是从什么时候开始的?她甚至都已经开始在"纠正"和"引导"自己了,而这种家庭的"纠正"和"引导",也同样是令人恐怖和极具诱惑力的。

这个时候的李高成自然而然地把妻子的变化归因于当下时代的影响,他根本没有想到的是,此时此刻的吴爱珍其实早已蜕化成了一名腐败分子。一直到从市委书记杨诚那里了解到新潮公司下属的特高特运输公司与青苹果娱乐城有限公司的真相,了解到青苹果娱乐城的老板是自己的内侄吴宝柱的时候,李高成方才明白了为什么杨诚会一再对着他强调:"老李,我唯一担心的就是中纺的问题也许只是冰山一角。等到这座冰山全都露出来的时候,我们这市长书记也许才会面临最严峻的考验。到了那时候,我也不知道你我能不能顶住,你我还能不能这样坐在一起……",才知道自己的妻子其实早就蜕化变质了。

更为可怕的是，吴爱珍居然还振振有词地坚持认为自己的所作所为全都是合情合理、清清白白的：

"……我知道，你今天一直在生我的气。你认为我在许多地方瞒了你，没有告诉你，你还会以为我不知吃了多少红利、挣了多少昧心钱。我并不是不想告诉你，更不是想有意隐瞒你。因为有些事情你根本用不着知道，你知道了又有什么用？你是个市长，犯得着为这些小事分心？更何况，这又是合理合法的事情，我的侄子在一个歌厅当经理，又有什么不可的？有文化，又有能力，又从未干过什么违法乱纪的事，清清白白，正正派派，哪儿写着他不能当经理？他又违反了哪里的规定？……"

……

"是，咱们挣了一些钱，可咱们挣的钱清清白白，一分一厘也没违法乱纪，咱们问心无愧。我跟了你半辈子，你的为人我比谁不清楚，什么时候多拿过人一分钱的东西。市里的干部们也是有口皆碑，送不进礼的领导里头，头一个就是李高成！这么多年，多吃了还是多占了？……而如今的社会，一没权，二没钱，你让孩子靠啥？就算不为自己想想，也不为孩子们想想？违法乱纪的钱我们一分也不沾，可干干净净的钱我们为什么不挣？"

面对妻子这样一种"巨变"，李高成感到的是无比震惊，如果说中纺一帮领导干部的腐化变质已经大大出乎了自己的意料，那么每天都生活在一起的妻子的变化就更是他所始料未及的。

  根本无法相信，却又不得不信，最害怕的就是这个局面，这个局面偏就是铁一般的事实，直觉早就告给他这一切都是真的，然而，当这一切真的出现在他面前时，则又是让他那样的无法接受和难以承受。

  没想到跟自己恩爱如初，一往情深、朝夕相处、心心相印地生活了二十多年的结发妻子，竟然会这样彻头彻尾地欺骗了他，欺骗得这样处心积虑、不留余地！……

  李高成自顾自地只管吃着，由着妻子在耳旁长篇大论在诉说。他没有反驳，也不想反驳。因为今天一天来的遭遇，使他对妻子的认识已经有了一个天差地别的变化。这个巨大的变化给他的感觉是这样的强烈和如此的痛心疾首，他甚至觉得至少在目前他们之间已经没了对话的基础。他实在没法对她说，也实在不想对她说，就像眼前她说的这些话，给他的感觉是那样的陌生，离他又是那样的遥远。

面对着这样一种根本不可能料想到的突然变故，一贯以清白刚直自许的李高成顿时陷入了一种"跳进黄河也洗不清"的恐惧之中：

  所有的人都瞒了你，你什么也不知道，所以也就根本没有发言权。如果你的妻子确实参与了此事，而你仍要坚持说你不知道，那么在别人眼前可就地地道道地变成了一个大笑料!

你自己批准的公司,你老婆又是这个公司的主要董事,你怎么能说你不知道?这岂不是太荒唐、太荒谬了?

只怕连鬼也不会相信你说的是真话!

他默默地注视着自己的妻子,妻子却始终没有看他。瞅着妻子秋波流媚的样子,给他的感觉却是从来没有过的憎恶和愤怒!

行文至此,一个十分重要的细节问题就有必要被提出来加以讨论了。这就是,既然自己的妻子已经背着自己干了这么多无耻的勾当,那么身为丈夫的李高成居然真的会对此一无所知吗?这样的一种情节设计难道是合理的吗?应该说,在电影《生死抉择》放映后,也曾经有人提出过这样的质疑。对于这种质疑,作家张平给出过直接的回应:

> 对于影片人们有种种质疑和困惑,李高成的老婆背着丈夫干了那么多的事情他怎么就会不知道?观众的疑惑不是没有道理,因为在普通人家里,这事不太可能发生。但是在高级干部家中,却是完全有可能的,因为他太忙了,家里的一切事情都交给妻子,所以,<u>有些事他真的有可能不知道</u>。所以我常说,生活会纠正你的想法,生活就是真理。①

---

① 张平:《电影〈生死抉择〉的里里外外》,《我只能说真话》,解放军文艺出版社,2002年版,第198页。

事实的真相可能真的如此。一方面，身为市长的李高成的确是太忙了，每天都有着千头万绪的事情等着他去处理，以"日理万机"来形容他的工作状态应该是相当准确到位的。另一方面，身为妻子的吴爱珍虽然貌似振振有词，但她其实自知自己所干的都是一些上不得台面的事情，所以，自然也就会刻意回避隐瞒丈夫李高成。这样，一面是事绪繁多、无暇旁顾，另一面却是心怀鬼胎、刻意隐瞒，身为市长的丈夫李高成对于妻子的所作所为全然不知情也就是完全可能的。我想，不论是对于电影《生死抉择》，还是对于小说文本《抉择》，我们都应该持有这样的一种理解态度。

既然一切都已经毫无遮蔽地袒露了出来，那么，李高成与吴爱珍这一对夫妻之间爆发激烈的冲突也是不可避免的了。在激烈的冲突爆发的同时，李高成更多的却是在深刻地思考着自己当年清纯的妻子是怎样一步步地堕落到这样一种地步的。

> 当时自己介绍她入党时，根本想也没想过这个单纯善良、美丽可爱、活泼欢快的姑娘有朝一日会成为自己的妻子。
>
> 然而，就是这样一个清纯的姑娘，在成为自己的妻子之后，在成为一名市长的夫人之后，却会变成了一个连自己也不相信、连自己也快不认识了的如此世故的女人！
>
> 是社会的变化让人改变了，还是地位的变化让人改变了？
>
> 容貌还是那么俏丽、性情还是那么娇柔、嗓音还

是那么清脆的妻子,蒙蒙眬眬、混混沌沌之中,给他的感觉似乎跟二十年以前的那个姑娘并没有什么两样,而这么多年来,他好像仍然一直沉浸在这种蒙蒙眬眬、混混沌沌的感觉里。然而就在今天晚上,就在这几十分钟的时间里,就像当头一棒一下子把他敲醒了时,才发觉眼前的这一切同他所想象的竟是这样的判若云泥、天悬地隔!他们之间居然横隔着这样一条深深的鸿沟!

正因为由中纺集团公司的问题连带出了自己妻子的问题,所以李高成才更加感到了问题的棘手。如果说,那些由自己一手提拔任用的领导干部已经让他饱尝了下决心处理亲近者的艰难,那么,在面对着二十多年来一直朝夕相处的妻子时,他就更加体会到了这种"抉择"的不易:

  你妻子挣的钱其实也就是你挣的钱!
  这就是说,这里的钱其实是被你给挣走了,你还在这里装疯卖傻地发什么脾气!像你这样的人谁会怕你!
  你要处理这件事其实就是要处理你妻子,也就是要处理你自己!
  你会处理你自己吗?
  你能处理得了吗?
  你敢处理吗?
  他突然又想到了杨诚的那句话:
  中纺的问题解决得好解决得不好,关键就在一个人身上,这个人不是别人,那就是你!

然而，李高成面对的难题，还并不仅仅只是自己的妻子吴爱珍，更有提拔任用自己的恩人，可谓权倾一时的省委常务副书记严阵。

不过平日里李高成对严书记的这种口吻早已习惯了，官大一级压死人，何况李高成几乎可以说是严阵一手提拔起来的。李高成在中阳纺织厂当厂长时，严阵则是当时的市长。当时如果没有市长严阵的支持和举荐，李高成的副市长是根本没有可能的。李高成当了副市长不久，严阵便被任命为省委组织部部长并成为省委常委。于是有人就说，李高成命大福大，有了严阵做后台，真是福星高照、如登春台，仕途顺畅、一路绿灯。……再后来，便是李高成的被举荐为市长，一般的人认为，这也一样主要是由于省委组织部长严阵的作用，假如没有严阵的支持和信赖，一个由基层顶上来的企业干部，是不可能当上副市长，尤其是根本不可能当上一个省会市的市长的。

所以所有对李高成有所了解的人都是这么一致地认为，李高成如果没有严阵在后边撑腰，第一，不可能当上副市长；第二，不可能当上市长；第三，不可能任用和选拔那么多干部。

再后来李高成在市委书记一职的竞争中之所以失利败北，人们说了，主要还是由于严阵的缘故。因为当时省委研究市委班子人选的时候，严阵正在中央党校学习，再加上由于干部年轻化的力度加强，还有市里的经济形势并不稳定等种种原因,于是李高成便仍然一以贯之,原封不动地还是当着他的市长。

以上当然都还只是社会上对于李高成与严阵之间特殊关系的一种理解与看法,李高成自己却并不是这么理解的:

  作为李高成自己,从来也没有在这件事上有过什么怨天尤人的想法,但是他对严阵却从来都是非常敬重的。因为李高成觉得严阵这个人绝不像别人议论的那样,好像在提拔用人问题上有什么三六九等的事情。他觉得严阵这个人正派、实在、认真、细致、谨言慎行、严气正性,而且看人很准。……他之所以被严阵看好并最终被提拔,李高成觉得主要还是由于工作上的原因。那时的中阳纺织厂名气有多大,腰杆有多硬,势力有多雄厚,名声有多显赫!而那时的李高成又是多么的超然物外、宠辱不惊、临危受命,所有的这一切又都靠的是自己的努力和能力,因此他也就没想过此生此世还要去当什么政府领导而要放弃自己的本行,同时也就根本没想过得去找什么关系、找什么背景、找什么靠山,更没想过必须得从这方面付出自己更多的精力和物力。

但是,让李高成所始料未及的是,他自以为自己完全是依靠着自己的努力和能力上来的这样一种情况,在后来却被证明并不是这么回事。当然,这一切都是在李高成单独面见郭中姚时,被郭中姚捅破的。

"说句实话,在认识你以前,我们就已经认识严阵了。因为严阵那时候需要一个给他脸上贴金的人,也就是需要一个干才,于是就选中了你。我们当时就已经清楚,只要你走了,我们就有希望了。我们那时的希望并不是想捞什么钱啦、东西啦一类的好处,我们就是想在你走了以后能尽快升一格。说实话,我们是通过你才认识了严阵,而没有严阵也就不会有我们的今天,当然没有严阵也没有你的今天。……你可能到现在也不明白,那时候,我们瞒着你,曾给严阵送了多少东西!"

面对如此一种残酷的事实真相,李高成的心灵世界就更是震颤不已,"最最让他感到震惊和没想到的是,当初自己竟是被他们用金钱给送走的!他的位置竟是用金钱买来的!"李高成是一个十分自负的人,他一直自信自己能够走到今天市长的位置上,完全靠的是自己的"努力"。但事实证明,原来他自己今天的位置,竟然也是肮脏的金钱交易的结果。这样的一种事实,对于李高成这种性格的人来说,其实是最致命的一种打击。当然,这一切都还只是后话。且让我们先来看最初得知贪污腐化的特高特运输公司居然与自己一向敬重的严阵副书记有密切关系之后,李高成当时一种真切的心理感受。

如果这一切都是真实的话,就难怪严阵会在常委会上把他和杨诚都叫了出来,而且会用那样一种口气同他说话!

　　一切都清楚了,严阵的意思就是不想让人插手中纺的事情,最好不要去查!班子一个也不要去动!

　　严阵的那些话又说得多么义正词严、光明磊落!什么要警惕一些人借机闹事;什么要防止一些人趁机搞自由化、大民主;什么如今的一些人就是爱告状,动不动就是一大堆揭发材料……

　　原来是这样!

　　但严阵要的却是让你挂帅来处理中纺的问题,为什么?就因为你是他提拔起来的,所以也就觉得你在这个问题上不会对他构成什么威胁、带来什么麻烦?自己圈子里的人用起来当然也就感到放心?

　　或者,是不是还会以为你在这里面也一样有不干不净的地方?

正所谓道不同不相与谋,李高成实在想不明白,身为省委副书记的严阵需要这么多钱干什么:

　　就像对自己的妻子难以理解一样,他对他向来非常尊重的严阵书记也一样无法理解。

　　就只是为了钱吗?

　　如果只是为了钱,那他要那么多的钱干什么?

　　……

　　如果确实是为了钱,他挣那么多钱究竟要干什么?

如果这一切还是解释不了他目前的所作所为,那么,他挣这么多钱的意图或者目的大概就只剩下了一个:为了留一条后路。

照常理说,既然已经发现并证实了严阵副书记的问题,那李高成放心大胆地去处理就是了。关键的问题在于,他生活在中国,处于一种浓厚的中国传统文化氛围的笼罩之中。在这样的一种文化氛围中,要想不无道德负担地对于曾经提拔任用过自己的严阵做出处理,恐怕就不是一件简单的事情了。

提拔干部是组织的需要,并不是你个人的需要,因组织的需要而考核和提拔干部,你干的就是这份工作,凭什么对被提拔的人指手画脚、颐指气使,甚至终生以恩公自居!

话可以过么说,理也是这么个理,但在实际生活中,你敢这样议论,你敢这样表示吗?

如果你敢这样,别说你的提拔马上就会遇到问题,而且你的为人、你的品质、你的形象也一样会受到损害。即便是在一般人中间,你也一样被人看不起。连提拔你的人都反对,那你还能算个什么东西!

忘恩负义、恩将仇报,几乎就等于是六亲不认、毫无人性,这样的人连人都不是!

也许这就是中国的文化,你真的没办法。

就这样,面对着与自己朝夕相处共同生活了二十多年的妻子,面对着曾经提拔任用过自己且又权倾一时的省委副书记,市长李高成必须作出自己的"抉择"。正是在这个时候,李高成感觉到了自己内心中一种真实存在着的矛盾冲突,感觉到了"抉择"的真正艰难:

> 发生在妻子身上的那么多事情,直到现在他还拿不定主意究竟该怎么办。
>
> 同省委常务副书记严阵有着直接关系的如此重大的经济问题,一直到现在仍然让他四顾茫然、无从下手。
>
> ……
>
> 作为一个市长,他可以抉择任何事情,也可以对任何属于他领导范围和权限内的决断予以抉择,然而唯一让他感到难以抉择的事情,就是对属于他自己的事情无法作出决断。
>
> 他可以选择别人,却无法选择自己。
>
> 一个是提拔过自己的老领导、老上级。
>
> 一个是相依为命了二十多年的妻子、自己孩子的母亲。
>
> 这绝不是一个一般的选择,更不是一个跟自己毫无关系的选择。
>
> ……
>
> 处理他们其实就等于是处理自己!惩处他们也就等于是惩处自己!
>
> 何况这些事情的后果将是不可收拾的,等待着他们的结局也一样是不堪设想的。李高成连想都不敢

想,一想就让他不寒而栗、毛骨悚然,一想就让他黯然神伤、五内如焚,一想就让他心慌意乱、六神无主。

这几乎就等于是自己要亲手把自己的妻子和上级送上断头台!

一个是朝夕相处了二十多年的结发妻子,一个是两次提拔了自己的老上级,而如今,他们将会在你的选择下,说得更确切一点,将会在你的告发下,生发出一个震天撼地而又谁也无法预料的后果,等待着他们的将会是严厉的处分、撤职、判刑、入狱,甚至会是……

他不敢往下想了,一想到这儿心里就会止不住地发出一阵阵疼痛和战栗。

……

你自己呢?只怕也一样全完了。在一些人眼里,且不说你这个人不仁不义、不伦不类,只从另一点上来看,你也绝不会得到任何好评:这样的一个领导提拔了你,这样的一个女人做了你的妻子,你会是个好干部、好领导?还有,在你手里冒出了这么大的一个腐败贪污集团,你的上级领导又将会怎样看你?这岂不是你在给党和国家的脸上抹黑?这一切又岂能跟你没有任何关系,没有任何责任?

你不是个好领导,不是个好下级,不是个好丈夫,不是个好父亲。领导不会赞同你,群众也一样不会认可你!任何一个阶层都不可能接纳你,所有的人也都不可能理解你,等待着你的将会是孤独、寂寞,将会是人们的蔑视、诅咒,将会是一生的耻辱、嗤笑!

请原谅，我从《抉择》中摘引了如此长一段描写李高成内心激烈矛盾冲突的文字。张平的这段文字实在是太精彩了。作家深深地潜入了人物的心灵深处，将主人公李高成内心中的法律焦虑、道德焦虑以及自我焦虑非常生动形象地展示在了读者面前。所谓的法律焦虑，指的是李高成从心底为自己的妻子，为自己的老上级担心，因为他们的所作所为很显然已经触犯了刑律，他们必将为此受到法律的严惩。所谓的道德焦虑，则是指李高成担心自己将会因举报、处理自己的妻子和自己的老上级而陷入千夫所指的道德困境之中，背上难以清洗掉的骂名。要知道，对于一个亲手将自己的妻子和提拔任用过自己的老上级推上法庭的人，中国的公众一般会持有指责。所谓的自我焦虑，指的是李高成一方面担心自己清正廉明的形象将会因妻子与老上级事件的存在受到很大的影响，另一方面也担心自己在举报、处理妻子与老上级之后可能招致的公众责难。正是因为存在着以上三方面的深层焦虑，所以李高成才倍感孤独寂寞、困惑茫然，才深深地陷入了自我的激烈思想斗争中而难以自拔。设身处地地想一下，任是谁，在陷入如同李高成这样极端艰难的境地时，都会像他一样感到孤独无助的。正所谓人同此心，情同此理，能够将李高成此时此刻真实的矛盾冲突心理如此真切地展示在读者面前，一方面，说明作家张平的笔触的确已经深深地探入了人性的深邃处，另一方面，却也说明张平具备不凡的艺术表现功力。即使仅仅只是从小说的艺术表现层面来看，张平的这一番心理描写也称得上是淋漓尽致、力透纸背。

然而，尽管李高成内心中充满了激烈的矛盾冲突，但他却又非常清楚自己面对着的是"一个真正的抉择，是一个真正需要付出巨大代价的抉择。"并且,他还清楚地知道:"在这个问题上,没有第三条道路可走。他必须作出抉择,必须尽快作出抉择。否则,他将不再拥有抉择的权利和机会。"正所谓机不可失,时不我待者是也。

这之后,紧接着便发生了李高成住院事件。李高成住院,一方面固然是他去私人承包的纺织分厂探望夏玉莲时被保安殴打的结果,但在另一方面,也未尝不可以理解为是其内心的矛盾冲突长期积郁,难以排遣而导致的结果。而他因病住院,又马上牵引来了众多关注的目光。

关注李高成的,明显可以分成两个阵营。第一个阵营是那些自己存在着腐化劣迹的领导干部,第二个阵营则包括了市委书记杨诚以及中纺许多普通的干部群众。

按照妻子吴爱珍的病床记事,在李高成昏睡不醒的两天时间里,先后有严阵、郭中姚、钞万山、陈永明、吴铭德、冯敏杰、王力嘉、王义良、张德伍、吴宝柱等人前来医院看望过他。这其中除了吴宝柱与王力嘉之外,清一色全部是与中纺事件有关的贪官污吏。

这一帮人的相继探访以及吴爱珍的病床记事,明显地透露出试图将李高成拉回到他们这个阵营中的意向:

> 尽管是一个小小的笔记本,但却像一张无形的柔柔软软的情网,铺天盖地向他压了过来。面对着这样一张大网,似乎让你根本无法抗拒,不知不觉便让你丧失了一切抵御能力,甜甜蜜蜜、浑浑噩噩、心甘情愿、情不自禁地便被俘虏了过去。

……

一切的一切,就是这么明显,就是这么露骨,就是这么毫不遮掩。

退一步天阔地宽,山清水秀,所有的一切都还会像以前一样。天色还是那么湛蓝,太阳还是那么红亮,你还是你,朋友还是朋友,上级还是上级,领导还是领导,闺女是闺女儿是儿,爹还是爹来娘还是娘,你还是你前呼后拥、万人敬仰的市长,你的家也仍然还是让无数人艳羡不已、向往不已的家庭,依旧是享不尽的荣华富贵,依旧是蜜一般的温柔之乡……

……

一切的一切,就看你怎么走,就看你怎么选择了。无非就是在告诉你,你的命运其实是掌握在你自己的手里。

真的就是这么明显,就是这么露骨,就是这么毫不遮掩。

虽然在吴爱珍的笔记本里没有丝毫的记载,但事实上,在李高成昏睡不醒的两天时间里,前来看望他的,还有市委书记杨诚,还有纺织女工夏玉莲,当然,更有多达一两千人的中纺普通干部工人。

李高成明白,工人们在这个时候来看望他,是有其更深一层的含义的。工人们是在以一种道义上的关怀,来向社会和政府表示他们的立场和好恶:我们工人支持李高成这样的市长;反过来,这里头当然还包括有另一层含义:那就是希望你这个市长也能同他们站在一起,希望你能顶住,希望你不要改变你的立场,也不要改变你的态度……

很显然,对立的两个阵营都明显地意识到了市长李高成的存在价值,都试图以自己的方式来干预影响李高成对于中纺问题的态度。因为,作为主管全市经济工作的市长,李高成的态度对于中纺问题的解决有着至关重要的作用。

> 他们之所以这么处心积虑、小心翼翼地在这儿设下这么多埋伏和罗网,无非就是这么一个目的,就是要把你给稳住。稳住你也就稳住了一切,得到你也就等于得到了一切。
> 同样没有别的,就因为你对他们还拥有权力,你还能制约他们。一句话,因为这会儿只有你能除邪惩恶、止暴禁非!也只有你能削株掘根、以儆效尤!
> 因为你还是个市长!

正因为意识到自己还是一个为贪官污吏所惧怕的市长,正因为清醒地认识到自己的所作所为可能给贪官污吏们造成的巨大打击,正因为明显地感觉到了以省委副书记严阵为首的那个腐败官员阵营来势汹汹的进攻态势,所以李高成最终作出了自己的"抉择"。他终于绝地反击,终于以积极的进攻姿态来回应严阵阵营的挑战了。但难能可贵的是,在这个过程中,张平再一次以生动的笔触探寻再现过李高成的人性软弱处：

> 而你却这么患得患失，思前想后，每走一步都这么斤斤计较，心事重重，是不是就是因为你得到的太多了？所以你自己也就想得太多了？
>
> 说到底，还不就是一个怕字。怕失去你的家庭，怕失去你的名声，怕失去你的身份，怕失去你的位置。一句话，怕失去你的既得利益，怕丢掉你的乌纱帽！

能够将李高成曾经有过的自私心理揭露出来，将他一度患得患失的心态展示在读者面前，正说明李高成并非不食人间烟火的圣贤，而是一位同样具有七情六欲的普通人。因为从某种意义上说，李高成面对着的挑战丝毫不亚于我们的战士在前线面对着敌人的枪口。而这，也就意味着李高成同样有可能如同前线的战士一样牺牲自己，只不过这种牺牲看似无形罢了。李高成能够在经过一番紧张激烈的心理斗争之后，毅然作出与腐败分子坚决斗争到底的人生"抉择"，其实是相当难能可贵的，带有一种极其悲壮的色彩。正是因为有了这样一番真实的心理斗争描写做坚实的铺垫，所以李高成的这样一番豪言壮语才是真实可信的。李高成义正词严地对郭中姚说：

> 你错了，我现在就明明白白地告诉你，我宁可以我自己为代价，宁可让我自己粉身碎骨，也绝不会放弃我的立场！我宁可毁了我自己，也绝不会让你们毁了我们的党！毁了我们的改革！毁了我们老百姓的前

程!这就是我同你们不一样的地方!也是所有有良心的中国人跟你们不一样的地方!也是一个真正的共产党人跟你们不一样的地方……

曾经有人以为张平的小说"总有一个光明的尾巴。不管正面主人公的遭遇多么坎坷,黑社会的关系多么复杂,恶势力多么嚣张,最后总能云开雾散,逢凶化吉。"①这样一种看法貌似有一定道理,其实却是一种皮毛之见。对这一问题,我们在这儿不可能进行充分的论述,只能就《抉择》来谈一下对这个问题的看法。表面上,《抉择》中的李高成这一人物取得了道义上的胜利,他既取得了省委主要领导万书记与魏省长的信任,也赢得了广大人民群众的热烈拥护。从故事情节的总体发展走向来看,正义力量得到了充分的肯定,腐败分子遭受了沉重的打击,似乎的确在证实着那位论者关于张平的小说总有一个光明尾巴的观点。但如果我们在更深的层次上来分析理解李高成这一人物形象的话,其实他更应该被看作是一个个性十分鲜明的悲剧英雄形象。要想充分地理解这一看法,我们就必须首先引入小说中的人物吴新刚,这位对于李高成了解甚深的他的秘书,对于这位市长的一种中肯评价:

> "李市长,我什么也不担心你,什么经济问题呀,作风问题呀,政治问题呀,我想也不想,这一点我清

---

① 参见张平:《作家应该代表社会的良知》,《我只能说真话》,解放军文艺出版社,2002年版,第91页。

清楚楚,你什么问题也没有,你是一个真正的好干部。我最担心的就是怕你查出了问题,但也把自己赔了进去。李市长,你回头好好想一想,凡是真正惩治腐败、大力整顿不正之风的人又有几个被提拔被重用了?反腐败是要付出代价的,有时候会是一生一世的代价。"

我觉得,吴新刚的这样一段话,对于我们更加准确到位地理解把握李高成这一人物形象,有着不容忽视的重要意义。这段话清楚地告诉我们,如同李高成这样坚定的反腐败者,必然会为自己的行为付出惨重的代价。这种代价对于李高成而言,一方面固然是自己的妻子被送上法庭,自己的家庭生活因而必然陷入混乱的状态。但更为重要的一个方面在于,李高成自己的政治前途也将因此而宣告终止。虽然在小说中,李高成的辞职要求被省委万书记断然拒绝了,但从现实生活的角度来看,如同李高成这样的"问题"干部很显然已经不会再有升迁提拔的可能。不仅如此,李高成要想保住自己的市长位置恐怕都是不可能的。对于李高成这样的领导干部来说,其最大的人生悲剧就莫过于自己政治前途的非正常被中止。从这个意义上来看,《抉择》的主人公李高成当然就只能被看作是一个市场经济时代背景下的现代悲剧英雄了。

张平的《抉择》一个非常重要的艺术成就,正在于以鲜活灵动的笔触,生动形象地塑造出了李高成这样一位既具有坚定的人生信仰和难能可贵的理想主义精神,同时又别具人性深度的人物形象。正如同我们已经指出的,1990年代之后的市场经济时代是一个理想与精神信仰被排斥、挤压的物化时代。在这样一种时代背景下，流波所及的一种结果是，即使是在我们的小说作品中，也出现了一种非常明显的，人物精神侏儒化、世俗化的倾向。面对如此一种普遍的人物精神状况，如同《抉择》中李高成这样既带有理想主义色彩而又相当真实可信的人物形象的出现，也就既构成了对于这样一种创作倾向的有力反拨，也形成了对于市场经济时代世俗化倾向的深入批判。因此仅从这一点来看，张平的长篇小说《抉择》也应该得到充分的肯定。

最后必须提及的，是《抉择》对于当下时代中国社会政治生态状况的描写与展示。虽然早在《凶犯》中，甚至早在《血魂》的创作中，张平就已经明显地表现出了探究表现中国社会政治状态的浓厚兴趣，虽然我们也把《血魂》《凶犯》看作是一种社会政治小说，但说实在话，《血魂》也罢，《凶犯》也罢，其实都属于对于社会政治进行侧攻的小说作品。所谓侧攻，就是说这两部作品的思想着眼点虽然都在于对一种社会政治状况的揭示表现，但作家抵达这一目标的方式却是迂回曲折的，都是通过一桩凶杀案件的描写而抵达写作目标的。与《血魂》《凶犯》相比较，张平的《抉择》就属于那种把社会政治生态状况撕开了写的，对于社会政治状况进行着毫不掩饰的正面强攻的长篇小说。一迂回曲折，一正面强攻，一旁敲侧击，一撕开了写，后者的写作难度由此可见，类似于《抉择》这样一种写作方式对于张平的巨大挑战性也显而易见。作为张平第一部正面强攻社会政治生态的长篇小说，《抉择》能够达到如此一种思想艺术境界，其实是相当不容易的。

细读《抉择》，不难发现，所谓的中纺事件，其实只是作家一个十分巧妙的文本切入点而已。通过这样一个事件，借助主人公李高成的视角,作家张平更为根本的思想艺术旨趣,其实在于对当下中国社会政治生态的描写与剖析。可以发现,小说的绝大部分篇幅所呈现着的都是当下时代的社会政治生活图景。作家之所以将一个省会城市的市长设定为自己的小说主人公,也正是为了能够有效地实现自己的这样一种艺术抱负。因此,作家在小说中虽然也写到了一些普通的工人群众形象,但占据文本中心位置的,却很显然是如同李高成、严阵、杨诚、郭中姚、吴爱珍、冯敏杰这样一些各阶层的领导干部形象。

《抉择》是一部优秀的社会政治小说。除了占据着文本中心地位的,以市长李高成为聚焦点而逐层展示出来的一幕幕鲜活社会政治图景之外,我们还必须注意到小说文本中专门谈论社会政治状况的大段叙事话语的频繁穿插出现。

比如,在市委书记杨诚出场之前,一种对于党委与政府部门之间普遍矛盾的谈论:

> 人们都说如今的体制,让省长和书记,市长和书记,县长和书记以及乡长和书记成了天生一对矛盾。一般来说,党政部门和政府部门很少有不闹矛盾的。书记管干部,市长抓经济,一个管人,一个理财。想想并没什么可冲突的地方,但在实际工作中一接触,可就处处是矛盾,时时有抵触。比如市长抓经济,抓企业管理,首先的问题就是要有一批懂经济、会管理、有市场意识的企业领导人才。但如何起用这些企业人才的决定权却不在市长手里,而是在书记手里。这一根本的矛盾,就决定了这两方面矛盾的长久性、尖锐性

和广泛性。

再比如，在写到面对着负责调查中纺公司问题的财政局副局长与审计局局长的留言时，李高成一种情不自禁的感慨与顿悟：

> 如果这一切都不是，那就只剩了这一种可能：是这些人，是这些经过你严格筛选，全都认为是靠得住的人，在别人眼里全都是你自己的人的人，完完全全地领会错了你的"精神"和"意图"，从而按你的这种"精神"和"意图"，虽然很难，很费周折，但还是竭尽全力、非常努力地完成了这个任务！
>
> 也许正因为你所选的都是"自己人"，所以这些"自己人"在完成你布置的任务时，就必然要从各方面来猜测、"理解"和"领会"你的"精神"和"意图"，当他们觉得"真正""理解"和"领会"了你的"精神"和"意图"时，当然也就会非常努力和竭尽全力地全面"落实"你的"精神"和"意图"，并最终让你放心、让你满意地完成你布置的这一任务。
>
> 这也许就是唯一的合理解释！

翻检《抉择》，可以发现类似的叙事话语还出现了很多。可以说，这些叙事话语的适时穿插运用，对于《抉择》批判性地洞穿并表现当下时代社会政治生态的根本创作意图，同样起到了十分重要的作用。

精读十六:《北上》

以运河为中心的现实与历史书写

　　时下的中国文坛,盛行所谓的代际观念。以如此一种代际观念来看,徐则臣毫无疑问可以被看作是所谓"70后"一代作家的领军人物。一般认为,包括"70后"在内的年龄相对轻的作家,较之于更早一些的所谓"50后""60后"作家,一个重要的差异在于,他们的长篇小说创作普遍处于不成熟的状态。尽管说能否写出优秀的长篇小说并非衡量作家创作成熟与否的唯一标准,尽管说如同鲁迅、沈从文、汪曾祺这样的经典作家也没有写出过优秀的长篇小说,但从文体不平衡的角度来说,长篇小说的普遍更受重视是无法否认的一种事实。别的且不说,单只是一部诺贝尔文学奖的颁奖史,就足以证明这一点。反顾早已超过了百年的诺奖颁奖史,一个显而易见的事实就是,其中超半数以上的作家获奖,所依凭的均是长篇小说这一文体。以我愚见,倘若说出生于1970年代之后的那些年轻作家与"50后""60后"作家之间存在着一定的差距,那么,这种差距恐怕就突出体现在是否写出了足够优秀的长篇小说文本这一方面。我们之所以强调徐则臣在"70后"一代作家中处于领军人物的位置,正与他这些年来在长篇小说写作领域所做出的积极努力紧密相关。虽然偶尔也会有零星的中短篇小说发表问世，但无法否认的一点却是，最近差不多十年来，徐则臣最为倾注心血和精力的一种文学文体，就是长篇小说。从那部曾经入围第九届茅盾文学奖，旨在挖掘书写"70后"一代人生命与精神历程的《耶路撒冷》，到稍后一些借助于"京漂"的书写而巧妙切入时代现实的《王城如海》，再到这一部将自己的笔触由现实进一步探入历史深处的《北上》（北京十月文艺出版社，2018年12月版），徐则臣真正可谓一步一个脚印地显示出了自己在长篇小说这一特定文体上的不俗的创作实力。

说到当下时代的长篇小说创作，我以为，从一种多元开放性的艺术理念来看，最起码存在着"百科全书"式、"史诗性"与"现代型"这样三种不同类型的长篇小说。所谓"百科全书"式的长篇小说，正如我曾经在一篇关于王安忆的文章中谈到的："在我的理解中，理想意义上的长篇小说应该具备海纳百川包罗万象的一种阔大气象。复杂与丰富这两个语词，天然地应该与长篇小说写作联系在一起。虽然在别人看起来我的这种想法可能会有陈旧落伍的感觉，但我还是要特别强调，理想的长篇小说无论如何都应该具备一种'百科全书'的性质。"[1]所谓"史诗性"长篇小说，我更多地采用洪子诚先生的说法："史诗性是当代不少写作长篇的作家的追求，也是批评家用来评价一些长篇达到的思想艺术高度的重要标尺。这种创作追求，来源于当代小说作家那种充当'社会历史家'，再现社会事变的整体过程，

---

[1] 王春林：《闺阁传奇，风情长卷》，《文艺争鸣》，2011年第12期。

把握'时代精神'的欲望。中国现代小说的这种宏大叙事的艺术趋向,在30年代就已存在。……这种艺术追求及具体的艺术经验,则更多来自19世纪俄、法等国现实主义小说,和20世纪苏联表现革命运动和战争的长篇。……'史诗性'在当代的长篇小说中,主要表现为揭示'历史本质'的目标,在结构上的宏阔时空跨度与规模,重大历史事实对艺术虚构的加入,以及英雄形象的创造和英雄主义的基调。"① 至于所谓"现代型",则是我自己的一种真切体认,从其基本的美学艺术追求来看,这一类型的长篇小说,不再追求篇幅体量的庞大,不再追求人物形象的众多,不再追求以一种海纳百川式的理念尽可能立体全面地涵括表现某一个时段的社会生活。与此相反,在篇幅体量明显锐减的同时,与这种"现代型"长篇小说紧密联系在一起的,就极有可能是深刻、轻逸与快捷这样的一些思想艺术品质。唯其因为这种类型的长篇小说很明显与现代生活,与现代主义的文学观念相匹配,所以,我更愿意把它界定命名为一种"现代型"的长篇小说。如果用以上三种长篇小说的观念来衡量,那么,徐则臣的这部时间跨度超过了百年的《北上》,毋庸置疑地可以被看作是一部具有高远阔大思想艺术追求的"史诗性"长篇小说。更进一步说,倘若我们以洪子诚先生所提出的"史诗性"长篇小说诸要素来具体衡量徐则臣的《北上》,会心者就不难发现,其中最引人注目的一点,就是所谓"在结构上的宏阔时空跨度与规模",也即徐则臣在小说结构方面的煞费苦心,以及煞费苦心之后的匠心独运。

---

① 洪子诚:《中国当代文学史》,北京大学出版社,1999年版,第108页。

具而言之，徐则臣的《北上》除了开头处作为序言存在的《2014，摘自考古报告》之外，共由三部分构成。其中，第一部主要包括了《1901年，北上（一）》《2012年，鸬鹚与罗盘》《2014年，大河谭》，以及《2014年，小博物馆之歌》这样的四部分内容。第二部主要包括了《1901年，北上（二）》《1900年—1934年，沉默者说》，以及《2014年，在门外等你》这样的三部分内容。而第三部，则只有《2014年6月：一封信》这样一部分内容。数年前，笔者在关于《耶路撒冷》的一篇批评文章中，曾经专门谈到过作品章节处理上一种对称性特点的具备："假若把初平阳的那十篇专栏文章去除，剩下的便是以小说人物名字命名的另外十一个章节。细察这十一个章节的安排，你就可以发现徐则臣同样是煞费苦心的。具体来说，前五个章节的顺序是'初平阳、舒袖、易长安、秦福小、杨杰'，第六个章节是'景天赐'，后五个章节的顺序则变成了'杨杰、秦福小、易长安、舒袖、初平阳'。前五个章节与后五个章节的名称完全一致，但排列顺序则来了个大颠倒。'景天赐'虽然只是出现过一次，但却毫无疑问地处于整个叙事文本的中心位置。以'景天赐'为轴心，你自然会意识到前后五个章节安排上那样一种惊人对称性的存在。"①正是由于有过关于《耶路撒冷》一种真切的阅读经验，所以，在阅读《北上》第一部的过程中，一看到徐则臣如此一种章节组构方式，我便本能地以为，小说的第二部或第三部将会再一次以对称性的方式出现。没想到的是，实际的阅读过程彻底打破并颠覆了我的这种预期。第二部不仅只有三部分，而且其中后两部

---

① 王春林：《小说格式塔与一代人的精神分析》，《新文学评论》，2015年第1期。

分，明显是两条全新的故事线索。到了第三部，则干脆只是剩下了篇幅特别短小的一个部分。如果说所谓对称性，所谓不同章节之间均衡感的具备，更多地带有古典美学的趣味，那么，到了这部《北上》中，徐则臣对于章节对称性与均衡感的毅然打破，就使得作品拥有了非常鲜明的现代性特点。

对于徐则臣《北上》的艺术结构，具体来说，我们其实可以从以下两个方面展开进一步的分析。首先，从大的时间关节点来说，整部《北上》，可以说主要由历史与现实这样两条结构线索组合而成。这里，需要特别说明的一点是，我们对于所谓历史与现实的一种理解与界定，其具体的分水岭乃是1949年中华人民共和国的成立。举凡发生在1949年之前的故事，就属于历史的范畴。而发生在1949年之后的故事，则属于现实的范畴。依照这样的一种标准来衡量，《北上》中的历史这一条结构线索，就主要包括第一部中的《1901年，北上（一）》、第二部中的《1901年，北上（二）》以及《1900年—1934年，沉默者说》这样共计三个部分。更进一步说，历史这一部分又可以被进一步划分为主次不同的两条结构线索。其中，前两个都被命名为"北上"的，旨在描写意大利人小波罗于1901年从杭州出发，一路沿着大运河乘船北上的部分，可以被看作是主要的结构线索；而另外一个被命名为《1900年—1934年，沉默者说》的，旨在交代描写小波罗的弟弟，另一位意大利人费德尔·迪马克也即马福德在中国一段充满传奇色彩的人生经历的部分，乃可以被看作是相对次要的一条结构线索。同样不容忽视的一点是，我们这里所强调的小波罗乘船北上的那两个部分，不仅可以被看作是历史这一部分中最主要的一条结构线索，而且即使与线索更为繁多的现实部分相比较,徐则臣这部长篇小说的书写重心,也很明显地落到了历史中的小波罗北上这一部分。质言之,徐则臣之所以执意要把这部长篇小说命名为"北上",其根本原因恐怕也正在于此。

历史的结构线索之外,另外一条结构线索就是现实这一部分。具体来说,现实部分主要由第一部中的《2012年,鸬鹚与罗盘》《2014年,大河谭》《2014年,小博物馆之歌》这样三部分,加上第二部中的《2014年,在门外等你》这一部分,以及第三部中唯一的《2014年6月:一封信》,加起来共计五个部分的内容组成。这其中,四条更次一级的结构线索之间(《2014年,大河谭》与《2014年6月:一封信》这两个部分,很显然可以被看作是同一条结构线索。尽管说后者相对于全篇来说带有非常突出的综合性结局意味,但我们却仍然坚持把它们归结为同一条结构线索。一个重要的原因在于,这两个部分都采用了第一人称限制性的叙事方式。以第一人称"我"出现的叙述者,都是电视节目《大河谭》的制片与编导谢望和)虽然互有巧妙的指涉,但严格说来,却都可以被看作是相对独立的不同结构线索。对了,说到小说的叙事方式,不能不强调的一点,就是徐则臣对于第一人称限制性叙事方式与类似于上帝式的第三人称叙事方式的交叉性巧妙混用。具体来说,除了历史部分中的《1900年—1934年,沉默者说》与现实部分中的《2014年,大河谭》和《2014年6月:一封信》之外,小说的其余部分所采用的,全部都是类似于上帝式的具有全知全能特点的第三人称叙事方式。

除此之外,还有一点不容忽视的是,徐则臣实际上是采用了一种巧妙的家族传承的方式,把看起来毫不相干的历史与现实这两大部分扭结编织成为一个有机的艺术整体。具体来说，《2012年，鸬鹚与罗盘》中的邵秉义与邵星池父子，乃是历史中"北上"那一部分中邵常来的后代；《2014年，大河谭》中以第一人称叙述者"我"出场的谢望和，以及那位与谢望和发生了感情纠葛的大学女教师孙宴临，分别是历史中"北上"那一部分中谢平遥与孙过程两位人物的后代；《2014年，小博物馆之歌》中，除了再度登场的邵秉义与邵星池父子之外，"小博物馆"系列旅馆的创办者周海阔，实际上是"北上"那一部分中的小轮子也即周义彦的后代。第二部中的《2014年，在门外等你》这一部分中的胡问鱼、马思艺、胡静也以及胡念之，则是《1900年—1934年，沉默者说》这一部分中小波罗的同胞兄长费德尔·迪马克也即马福德的后代。至于最后单独被徐则臣处理为第三部的《2014年6月：一封信》，则很明显带有某种数条线索集聚的意味。一方面，如同历史部分中的《1900年—1934年，沉默者说》与现实部分中的《2014年，大河谭》一样，这一部分采用了第一人称的叙事方式。第一人称的叙述者，是那位《大河谭》的制片与编导谢望和。另一方面，曾经在前面现实部分不同结构线索中登场的人物形象，绝大多数再一次出现在这一部分。比如，孙宴临、胡念之、周海阔、邵秉义与邵星池父子等。这些人之所以能够汇聚在一起，盖因为大运河的缘故。更进一步说，他们的集聚，是因为谢望和所编导创作的历史纪实类节目《大河谭》的缘故。这一部分的第一人称叙述者之所以不是别人，而是谢望和，根本原因显然在此。与此同时，我们也不能不注意到，这些人交谈过程中的中心话题，其实是很多年前曾经与中国的大运河发生过紧密关联的两个意大利人。这样一来，不只是现实的数条结构线索，而且连同历史的两条结构线索，也都被作家巧妙地汇集在了一起。从这个角度来说，"第三部"完全可以被看作是故事情节的一种大归结。

事实上，"第三部"的重要性，除了现实与历史两方面结构线索的大汇集之外，更重要的一点，是艺术地给出了大运河书写的意义和价值。"我？这一节的《大河谭》，雪球已经越滚越大——那好，老子就冲着最大的来。我要把所有人的故事都串起来。纪实的是这条大河，虚构的也是这条大河；为什么就不能大撒把来干他一场呢？老秉义说得好，'都在了这条河上'。在饭桌上，我再次向各位发出邀请，包括胡念之。我以为一位考古业的学者，虚构必是他过不去的坎儿，没想到胡老师极为支持。'强劲的虚构可以催生出真实，'他说，'这是我考古多年的经验之一。'他还有另一条关于虚构的心得：虚构往往是进入历史最有效的路径；既然我们的历史通常源于虚构，那么只有虚构本身才能解开虚构的密码。我放心了。"细细品味这一段叙事话语，我们便不难发现，其中毫无疑问有着一种作家徐则臣"夫子自道"的意味。我们都知道，作为纪实类电视节目的《大河谭》本身，应该说是不允许虚构的。作家之所以要刻意地借助考古学家胡念之之口，不仅强调纪实与虚构的手段可以同时使用，而且还特别强调"强劲的虚构可以催生出真实"。在我看来，作家借助于胡念之如此一种明显背离考古学家职业操守的"妄言"，其根本意图其实是试图为自己以大运河为关注中心的长篇小说《北上》"张目"。唯其因为长篇小说属于一种不仅允许虚构，而且很大程度上更看重虚构与想象的文体，所以徐则臣才会通过人物之口，特别强调虚构的方式对于呈现大运河的重要性。到了小说的结尾处,正当谢望和为电视片《大河谭》后续资金问题所严重困扰的时候,突然传来了大运河申遗成功的喜讯。如此一个利好消息的传来,一下子就解决了电视片《大河谭》资金短缺问题的燃眉之急。到这个时候,第一人称叙述者"我"也即谢望和格外清醒地意识到:"《大河谭》肯定没问题了。当然,还有更重要的。我突然意识到,对眼前这条大河,也是攸关生死的契机,一个必须更加切实有效地去审视、反思和真正地唤醒它的契机。一条河活起来,一段历史就有了逆流而上的可能,穿梭在水上的那些我们的先祖,面目也便有了愈加清晰的希望。"在这里,徐则臣更是以"夫子自道"的方式点明着身为大运河之子的自己,到底为什么一定要完成《北上》这样一部长篇小说书写的缘由。原来,单行本封ира上那格外醒目的"一条河流与一个民族的秘史"这句话的渊源,乃是这段叙事话语。更进一步说,也正是从作品结尾处的这段叙事话语中,我们方才能够彻底琢磨明白作家到底为什么一定要将这部同时关涉历史与现实的长篇小说命名为"北上"。从写实的层面上说,"北上"的标题固然源于历史部分小波罗他们一行的沿大运河北上之举,但如果从象征的层面上说,我们就更应该注意到大运河的实质不过是自打隋炀帝开凿起始便一直流淌至今的一脉流水。面对这条从遥远的历史深处流淌至今的大河,我们无论如何都不能遗忘孔子面对大河时发出的"逝者如斯夫"的那声浩叹。孔子的创造性天才表现在,他把那浩浩荡荡不停地流淌着的河水,与看不见摸不着、有着突出抽象意味的时间,紧密地联系在了一起。这样一来,抽象的、无形的时间便获得了一种形象化的可能。如果说河水与时间之间的确存在着如此一种互通性的话,那么,小波罗他们沿大运河北上,其实也就拥有了某种回溯时间的意味。进一步说,假若我们把如此一种回溯时间的象征意味与徐则臣《北上》中现实与历史相交织的书写结合在一起,那么,这"北上"很显然也就拥有了某种沿着时间的河流上溯的意味。如此一种时间层面上的上溯,具体到《北上》之中,也就可以被看作是由现实的部分而进一步追溯到了一百多年前的晚清义和团时代。

  推论至此,一个无论如何都绕不过去的话题就是,既然自打隋炀帝开凿大运河起始,迄今已有长达一千五百年之久的历史,那么,徐则臣在《北上》中为什么要把他的上溯时间确定为1901年的义和团运动前后的那个时间节点呢?要想理解作家的这一选择,首先必须充分认识到这一时间关节点在中国历史上的重要性。众所周知,十九世纪末二十世纪初,乃是中国社会由传统形态向现代形态转型的一个关键时期。换言之,这个时候,也正是以"后发""被动"为突出表征的中国"现代性"发生并潜滋暗长的一个重要时刻。梁启超之所以会把这个时期中国所发生的变化称之为"数千年未有之大变局",根本原因正在于此。具体来说,徐则臣《北上》中曾经涉及的诸如"戊戌变法"、义和团以及八国联军等,都是中国"现代性"生成过程中发生的主要历史事件。中国"现代性"发生与转型的一个重要标志,就是只知道有"天下"而不知道有"世界"的中国人,终于打开视野,强烈地意识到在"天朝大国"之外,还有一个更为广阔的"世界"存在。大约也正因为如此,徐则臣才会在《北上》中,特别地写到意大利人小波罗兄弟,写到那些传教士,写到八国联军。所有这些,相对于中国人来说,都是一种异质的存在。所谓的"现代性",正是伴随着这些异质存在的到来而进入古老中国,并在中国开始潜滋暗长的。既然是一种异质性的存在,那他们的到来,就必然会与中国的本土存在发生激烈的碰撞与冲突。清王朝、义和团与八国联军这几种不同的社会政治势力之所以会生发出各种盘根错节的矛盾纠葛,其根本原因显然在此。只要是关注徐则臣的朋友就都知道,他是一位拥有突出"世界"意识的作家。这一点,在他几部有影响的长篇小说中都留下了鲜明的痕迹。《耶路撒冷》中,不仅主要人物之一初平阳,心心念念想着要去耶路撒冷留学,而且小说的标题也明显地凸显着作家的"世界"意识。《王城如海》中的主人公之一,高级知识分子余松坡,曾经在美国有过长达二十多年的生活经历。他从美国回到雾霾严重的北京工作,所携带着的,无疑是一种"世界"性的生存经验。到了这部《北上》,诸如小波罗、传教士以及八国联军这样一些"世界"性因素的存在,干脆就与那个特定历史时期所谓"现代性"在中国的发生紧密联系在了一起。从这个角度来看,与其说《北上》是一部书写大运河的长篇小说,反倒不如说作家的根本主旨更在于对中国"现代性"发生的关注与书写。徐则臣真正的着眼点,其实是梁启超所谓的"数千年未有之大变局"。在这样一种地理与时间微妙转换的过程中,"现代性"在中国的发生悄然无声地取代了大运河,成了《北上》真正意义上的主人公。而这,也正是徐则臣把自己的上溯时间最终确定在晚清时期的1901年这个时间点上的根本原因所在。与此同时,我们既无法遗忘中国古代诗人白居易的名言"文章合为时而著",也无法遗忘意大利美学家克罗齐的名言"一切历史都是当代史"。之所以强调这一点,其实是在强调历史书写中具备一种现实感的重要性。很多时候,我们可以发现历史发展演变过程中惊人相似一面的存在。不知道是不是与中国人的轮回与循环观念有关,反正在我个人的一种理解中,我们所置身于其中的当下时代,与徐则臣所重点书写的晚清时期,某种程度上的确存在着惊人相似的一面。就此而断言《北上》是一个有着强烈现实感的小说文本,这一结论可以说有着相当的可信度。

通过以上分析,我们即不难确证,徐则臣的《北上》这部时间跨度超过了一百年的长篇小说,的确称得上是在艺术结构上具备了"宏阔时空跨度与规模"的特点。关键问题在于,徐则臣设计如此一种堪称宏阔繁复的艺术结构,究竟意欲达到怎样的艺术目标呢?要想很好地理解这一点,我想,我们首先需要对徐则臣的思想价值立场或者说叙事动机有真切的了解。这一方面,无论如何都不容忽视的地方,便是作家在小说故事尚未开始时便给出的两条"题记"。具体来说,徐则臣给出的,是分别来自中外两位作家的"题记"。一个,是曾经创作过《拉丁美洲被切开的血管》的拉丁美洲著名作家爱德华多·加莱亚诺。他说:"过去的时光仍持续在今日的时光内部滴答作响。"加莱亚诺的这句话,毫无疑问是在强调现实与历史之间那样一种无论如何都不可能被切断的紧密内在关联。正因为历史与现实之间关系紧密,所以,徐则臣才可以依凭如此一种叙事语法,借助于现实中的电视片《大河谭》而去叩击、打开历史的大门。另一个,则是中国清代杰出诗人龚自珍《己亥杂诗》中的第八十三首:"只筹一缆十夫多,细算千艘渡此河。我亦曾縻太仓粟,夜闻邪许泪滂沱。"对于这首诗,龚自珍给出的自注内容是:"五月十二日抵淮浦作。"具体来说,龚自珍的这首诗创作于1839年。那一年,诗人在北京与杭州沿大运河的往返途中,曾经创作了三百一十五首绝句,后来结集为《己亥杂诗》。其中,第八十三首,是诗人抵达淮浦也即清江浦时目睹繁忙的漕运(此处之"漕运",专指狭义上的"运河漕运")景象时的有感而发。一方面,诗人看到漕运动用了大量的人力(指拉船的纤夫)物力(指运粮的船只),另一方面,他由纤夫们劳作时所发出的"邪许"声而联想到了自己身为享受者的内心愧疚。尤其是最后的"泪滂沱"三字,更是写出了诗人一种同情普通民众苦难的人道主义情怀。如果我们把文本中谢平遥曾经那么专注于龚自珍《己亥杂诗》的阅读,与小说的这一题记结合在一起,那我们从中所真切感受到的,恐怕也正是作家徐则臣面对历史与现实中围绕大运河所发生的种种人生苦难时那样一种格外难能可贵的人道主义悲悯情怀。九九归一,说到底,那位禁不住"泪滂沱"者,既是晚清时的龚自珍,更是当下时代的徐则臣自己。很大程度上,正是因为徐则臣拥有如此一种思想与情怀,所以他才能够写出如同《北上》这样一部对现实与历史进行双重审视与反思的、沉雄厚重的长篇小说力作。

  首先进入我们关注视野的,是徐则臣在"现实部分"对当代社会现实做出的深度揭示与批判。这一方面,最值得注意的两个人物形象,一个是孙宴临的小祖父孙立心,另一个是周海阔那位身为大学教师的祖父。先让我们来看孙立心。他的人生劫难,与他祖上孙过程传承下来的那款便携式箱式照相机紧密相关:"她的小祖父孙立心也见过,且对孙立心产生过重大影响。因为家藏一件老古董,孙立心打小就对相机不陌生,又因为跟郎家(即摄影大师郎静山的祖居地)做邻居,年轻时自然就玩上了这个时髦的东西。"不感兴趣不要紧,一旦感了兴趣,孙立心就把自己玩成了一位人像摄影的发烧友:"孙立心对风景和合影兴趣不大,用它对准一个个人,拍出了一系列出色的人物肖像照。"因为人像摄影拍得好,所以在他们那个艺术圈里,孙立心的名声渐响:"拍人体艺术照没得说。所以谈恋爱的找他拍照,结婚了找他拍照,亲戚朋友来了也请他拍照,艺术照当然更是题中应有之义。然后出事了。"仅仅只是拍个人体艺术照,孙立心为什么会出事呢?关键问题在于,那是一个禁欲的畸形政治时代。在那个不允许有人体模特存在的禁欲时代,孙立心却偏偏有两位热衷于人体画的男女画家朋友。因为不可能拥有人体模特,所以他们两位便只能互相画对方:"两个资源奇缺的异性画家决定相互画对方。不是面对面画,而是对着照片画。这就需要拍下对方的裸体,以艺术的名义,艺术地拍。"这样一来,人像摄影的发烧友孙立心自然也就派上了用场。尽管心存畏惧,但到头来,对于"创作"的浓厚兴趣还是在犹豫不决中占了上风:"孙立心也颇为踌躇了一阵,拍男人的身体他不怕,拍女人,有点怵。但他想拍,对一个摄影艺术家来说,这叫'创作'。他需要创作。"就这样,明明知道自己身处于一个禁欲的畸形政治时代,但孙立心却迫于对人像摄影的强烈兴趣而"明知山有虎,偏向虎山行"了。既然孙立心敢于公然"犯忌",那最终一种可怕的结果,自然也就可想而知了:"男画家被抓了。顺藤摸瓜,孙立心也被揪出来。他的罪名甚至更大,男画家只是照着照片画,他是亲自对着一具活生生的女人裸体拍,显然他更流氓。两个人以流氓罪被判入狱,有期徒刑五年。'上海58—2'相机也被当作罪证没收。了解内情者,知道他们因艺术而成为流氓犯,不知道的,完全把他们当成流氓看了。"一方面,如此一种人生劫难的确对孙立心产生了严重的负面影响,构成了终生都无法解脱的一种精神情结:"孙立心说,他的后半生一直很瘦,大夏天穿衬衫也要把扣子扣到顶。"但在另一方面,孙立心们的行为,在那个禁欲的畸形政治时代却有着非同寻常的重要意义和价值:"二三十岁的十来个年轻人,对兵荒马乱的外面世界闭目塞听,批斗游街、敲锣打鼓一概不理,自己关起门来,业余画画的、玩乐器的、搞摄影的、唱声乐的、练习舞蹈的,自己跟自己玩。"在那样一个人类文明遭到明显践踏的兵荒马乱时代,以孙立心为代表的这些热衷于艺术追求的年轻人,所一力坚持的,其实是一种难能可贵的人类文明的底线。尽管孙立心因此而惨遭劫难,但他却以这样一种追求艺术的文明行为向那个践踏文明的畸形政治时代提出了强有力的抗议。

另一个具有类似人生遭遇的人物,是周海阔那位身为大学教师的祖父。肯定与先祖周义彦的言传身教有关,世代都是文化人的这个家族,每一代都会说意大利语。正常时代还好,一旦遭逢不正常的畸形政治时代,周家人就会为此而付出惨重的代价。这一方面最具代表性的,就是周海阔的祖父。"周海阔当然知道原因。在波诡云谲的百年历史中,说中国话都屡屡惹祸,何况洋文。比如他祖父,一个教意大利语的大学老师,真是一觉醒来就成了反动派。一大早祖父起来,刷完牙洗过脸,习惯性地在早饭前大声朗诵一段原版的《神曲》,一群年轻人闯进家门,将祖父两只胳膊往身后一背,祖父就被迫'坐了飞机'。白纸糊成的高帽子也给他准备好了,前面写着'反动学术权威',后面写的是'里通外国',左边写着'汉奸',右边是'间谍'。"在"现代性"已经成为普遍存在的现代社会,不同文化之间的交流,其实是寻常不过的一种文明事实。仅仅因为会讲意大利语就被打入政治另册而惨遭折磨批斗，现在看起来，只应该被看作是那个畸形政治时代自身的耻辱。从这个意义上说，徐则臣通过周海阔祖父不幸人生遭际的描写，在把批判矛头隐隐然地指向那个不合理政治时代的同时，也充分体现出了作家坚守文明价值底线的坚定思想立场。

然而，与现实部分的描写相比较，正如同小说标题"北上"所明显预示的，徐则臣更多的还是把关注点集聚到了十九世纪末二十世纪初的那个历史部分。正如我们在前面已经提到过的，在那个"现代性"这一异质性因素初始进入中国并对中国本土文化形成强有力冲击的时代，中土大地先后发生了诸如戊戌变法、义和团以及八国联军这样一系列重要事件。徐则臣的值得肯定处在于，他以细针密线的方式格外巧妙地把这些历史事件有机地编织进了《北上》的故事情节之中。其中，与戊戌变法紧密相关的一位人物形象，就是那位怀才不遇的晚清知识分子谢平遥。精通英语的谢平遥，曾经是江南制造总局下属翻译馆的职员。或许与他身为译员，能够领风气之先地接触感受西方异质性文化有关，谢平遥明显属于那个时代更多地认同西方思想文化观念的先进知识分子群体中的一员。也因此，虽然身为译员，但却把更多的精力用来关注时事政治，自然也就成为谢平遥突出的性格特质："李赞奇还记得这个小兄弟喝多了就说，大丈夫当身体力行，寻访救国图存之道，安能躲进书斋，每日靠异国的旧文章和花边新闻驱遣光阴。"正因为率先接受了西方的先进文化理念，所以谢平遥才会更多地引龚自珍为自己的思想同道："洗漱之后，谢平遥坐在窄小的床上看龚定庵的《己亥杂诗》，灯火如豆,他得凑到油灯前看。定庵先生在一首诗里写:'少年击剑更吹箫,剑气箫心一例消。谁分苍凉归棹后,万千哀乐集今朝。'此诗乃定盦先生自况:少年时期舞剑吹箫样样来得,如今全都干不了了。现在乘船南归故里,情绪苍凉,万千哀乐,一起奔至而来,实在是没料到啊。悲凉黯淡又夹杂了挫败之伤痛的中年心境跃然而出,看得谢平遥不由得心也沉下去。定盦先生自况而况人,说的不也正是在船上的他么。"我们都知道,关于龚自珍,梁启超曾经给出过这样的一种高度评价:"晚清思想之解放,自珍确与有功焉。光绪间所谓新学家者,大率人人皆经过崇拜龚氏之一时期。初读《定庵全集》,若受电然。"[1] 唯其因为龚自珍乃是晚清时期一位致力于改良维新的思想先驱,所以,谢平遥之引龚自珍为同道之举,方才可以被看作是对谢平遥自身基本思想价值立场的一种折射表现。究其根本,谢平遥之所以会特别关注发生在遥远京城里的康梁变法,正与他内心里一种救国图存的远大志向紧密相关:"三年后,他从来淮巡察的京城官员那里得知,京城果然变法了,领头的果然是那个姓康的,还有他的弟子梁启超……他给李赞奇写信:真想去京城看看,见证一个伟大时代的到来。李赞奇回信波澜不惊:老弟,矜持点,伟大的时代不是煮熟的鸡蛋,剥了壳就能白白胖胖地蹦出来。又被李赞奇的乌鸦嘴说中了。再次得到变法的消息,谭嗣同、杨锐、刘光第、林旭、杨深秀、康广仁已经被推到菜市口砍了,康有为和梁启超的通缉令也沿运河贴了一路。"就这样,在巧妙地旁涉叙述戊戌变法的同时,徐则臣更是以简洁的笔触成功地勾

---

[1] 梁启超:《清代学术概论》,中华书局,2010年版,第114页。

勒塑造了谢平遥这样一位忧国忧民的失意知识分子形象。当然，说到谢平遥这一知识分子形象的塑造，《北上》中特别精彩的一笔，就是他在扬州逛妓院时意外发生的那场多少带有一点戏谑色彩的打斗事件。在扬州的众姑娘教坊司里，谢平遥与"瓜皮帽"和"丝绸马褂"两位守旧派之间，围绕龚自珍的《己亥杂诗》与康有为的《日本书目考》这两本书的雕版发生了激烈的争执。不料，争执的结果却是"城门失火"，最终殃及的反倒是小波罗这个"池鱼"。正在温柔乡里享受温存的小波罗，竟然莫名其妙地挨了"瓜皮帽"和"丝绸马褂"的一顿打："众姑娘教坊司开业以来大概从没遇到过此种荒唐事，嫖客打着民族大义和家国情怀的旗号干起来了。"亏得小波罗身板结实，很快反应过来，放倒了两个人，才最终扳回了一度落败的打斗局面。我们之所以特别看重徐则臣借助于谢平遥这一晚清失意知识分子形象而对戊戌变法的艺术折射，关键就在于最终夭折了的那场戊戌变法运动，其实就是试图在中国这块古老的土地上实现"君主立宪"的社会政治理想。强调这一点，在当下这样一个可以说满街都是没有辫子的清朝人的时代，不管怎么说都有着极其重要的意义和价值。

接下来，就是义和团与八国联军。与这两个历史专有名词紧密联系在一起的人物形象，分别是意大利人费德尔·迪马克也即马福德，与孙过路和孙过程兄弟他们三位。费德尔·迪马克也即马福德，是另一位意大利人，一位历史名人马可·波罗的崇拜者。他之所以不惜千里迢迢地从意大利跑到中国，正是为了能够像马可·波罗那样认真地考察并观赏包括大运河在内的中国的锦绣河山："我对中国的所有知识，都来自马可·波罗和血脉一般纵横贯穿这个国家的江河湖海;尤其是运河,我的意大利老乡马可·波罗,就从大都沿运河南下,他见识了一个欧洲人坐在家里撞破脑袋也想象不出的神奇国度。"然而,对中国与中国文化满心向往的马福德无论如何都想象不到,到头来,自己竟然成为所谓八国联军的一员,竟然会以如此一种形式成为中国的敌人。尽管说战争的缘起乃是各国的驻华公使馆受到了民族主义气焰特别嚣张的义和团的严重威胁,然而,一旦战争真正爆发,就会把人内心里潜藏着的某种恶极大地激发出来,即使是一向以文明人自我标榜的西方人,到最后也难以幸免。这一点,突出不过地体现在英国人大卫信件的相关描述中:"我以为战争到此结束。没想到屠杀和抢劫才刚刚开始。十五日,慈禧太后挟光绪皇帝出紫禁城西逃,第二天我们占领了各大宫门。从这一天开始,城墙下就堆满了清兵和义和团民的尸体,古老华美的建筑物开始燃烧,成为和即将成为废墟。我们开始搜查和射杀义和团。义和团曾任意指认他人为教民,我们也开始任意指认无辜者为拳民。看谁不顺眼,或者想从他那里捞点东西,我们就会伸出手指,理直气壮地说,你是义和团。刀跟着砍过去。美国的一个指挥官说,他确信,每杀死一个义和团,就有五十个无辜的人陪葬。"如此一种残暴的场景,就连身为联军一员的大卫自己都难以理解和接受:"向以文明自居的欧美人,怎么就突然失掉了廉耻、良善和尊严,残暴如禽兽?亲爱的迪马克先生和夫人,我真希望能够否认这一切,但我不得不承认,这都是事实。"唯其因为大卫深感自己罪孽深重,所以他才会进一步写出以下的文字,才会如此明确地表达自身的一种自遣与忏悔意识:"必须承认,这是我在这场浩劫中看见的唯一动人的人性之光。我也是罪恶的参与者。正因为如此,我才更加痛恨自己。我们以文明之名,我们以正义之名,我们以尊严之名,我们以救援之名,又做了一回屠杀者和强盗。"尽管大卫自己并没有实际参与到这些如同禽兽一般的暴行之中,但由于置身于其中的缘故,他还是深深地为此而倍感痛悔。

但其实,应该受到谴责批判的,又何止是八国联军,作为八国联军对立面的义和团,其所作所为同样有着非人的极端残暴一面。关于义和团毫无理性可言的残忍,单只是从他们如何处置教民这一细节中就可以看得非常明白。首先,当然是指认教民的极端随意:"看谁不顺眼,就鬼鬼祟祟递张纸条上去,那家人就成了教民,轻则被批斗,运气不好就被拉出去砍了。"具体来说,后来嫁给意大利人马福德的如玉一家,就是因为被杨柳青年画生意上的竞争对手袁家诬指为教民而惨遭劫难的。一旦被诬为教民,一种可谓是惨绝人寰的劫难就无法逃脱了:"风起淀一带的义和团里有一个小分队专管砍人,还发明了一种'猴子上树'的砍人法:把罪大至死的'教民'的辫子吊在树枝上,为了不让辫子把头皮揭下来,受刑者必须双手抓住树枝,猴子似的把自己吊在树上,刽子手就对着他腰和腋下之间的部位,双环大砍刀用力一挥,胸部以下掉落在地。'猴子上树'砍人法的发明者甚为得意,因为砍完了,内脏不会哩哩啦啦挂下来,很干净;受刑者死前一定会牢牢抓住树枝,所以长久地吊在树上示众也不必担心掉下来,也不需要后期再作处理,比如把手捆在树上等。因为辫子也吊在树上,受刑者就像欧洲流行的半身像,端端正正地垂挂在树上。"如果把砍人这一实质剥离出去,那么,这"猴子上树"还真是很有一些美学的意味。从这个意义上说,能够把杀人的行为上升到"艺术"的层面，也可以说是很不容易的一件事情。但问题的实质在于，一种杀人的行径，愈是"艺术"，愈是"审美"，就愈是会凸显出行为本身的残忍性来。就此而言，徐则臣仅只是通过这一个细节就已经淋漓尽致地写出了当年义和团运动非理性残暴一面的存在。大约也正因为如此，所以意大利人马福德方才以这样充满矛盾性的语词来描述评价他所看到的义和团团民也即拳民："这群手持简陋冷兵器的中国人，竟如此狂热，他们视死如归的进攻勇气让我们恐惧。在此后多次与义和团的正面战斗与侧面摩擦或观察中，我越发糊涂，看不明白这究竟是怎样的一群人。他们勇敢又怯懦、精明又愚昧、真诚坦荡又虚伪投机、吃苦耐劳又溜奸耍滑、正大庄严又猥琐乖张、秉持公心又贪图私利、热情友爱又冷酷阴险、目力长远又狭隘短视，等等。这些优劣完全背反的品质可以无限罗列下去，他们照单全收，装进同一个身体里。"尽管徐则臣借助马福德之口，看似不无辩证地表达着对义和团的评价，但明眼人却不难体会到作家的一种国民性批判意识的存在。既然强调国民性批判，那就意味着徐则臣的着眼点还是更多地落脚到了二元中的负面因素上。

关键的问题在于，无论是对于来自西方的异质性文化，还是对于本土的义和团，徐则臣更多地注意到了其中的复杂性，在进行批判的同时，也做出了正面的肯定。其中，现代文化的代表性人物，自然是先后赴华的小波罗与马福德兄弟。因为通过服兵役的方式来到中国，所以马福德不得不成为后来所谓八国联军的一名成员。虽然身为八国联军的一员，但马福德对中国所持有的一直都是非常友好的态度。在战场上，"见到每一具尸体我都绕着走，碰到那些残缺的肢体，我会觉得是我杀了他们。大卫认为我是劳累导致的幻觉，就像长达六个多小时的耳鸣。我不认为是幻觉，他们的死就是跟我们有关。如果一群高鼻深眼的家伙不是以这样的方式到来，中国人会像落叶一样大片大片地死去吗？"一个士兵，在两阵对垒的战场上，竟然以这样的一种自谴性话语来谈论自己的军队，所充分表现出的，也正是他对中国的友好情感。马福德之所以不惜克服各种艰难险阻，不仅坚持要和如玉结合，而且最后果然留在中国，与爱妻如玉一起度过了坎坷跌宕的一生，究其根本，恐怕正是这种美好情感充分发挥作用的缘故。与马福德相比较，更应该被看作是西方"现代性"代表的，其实是他的同胞兄长小波罗。虽然从表面上看，小波罗来到中国的目的，是要全方位地考察大运河："小波罗此行专为考察运河来中国，决意从南到北顺水走一遍，时间紧，任务重。"但其实，真正对大运河充满浓厚兴趣的，乃是小波罗的弟弟马福德。小波罗之所以专门跑到中国沿运河走一遭，考察运河是个幌子，他真正的意图其实是要寻找那位总是喜欢玩"消失"的弟弟马福德（虽然说在这个过程中，小波罗实际上也已经如同他的弟弟马福德一样，对大运河、对中国都产生了浓烈的兴趣）。说到小波罗身为西方"现代性"的代表，一个极具象征意味的细节，就是在他不幸因病身故之前，把自己身上携带着的那些物事都分散送给了周围照料自己的一众中国友人："孙过程拿了柯达相机和哥萨克马鞭。邵常来要了罗盘和一块怀表。大陈喜欢那杆毛瑟枪，帮弟弟小陈做主拿了勃朗宁手枪。老陈要了石楠烟斗。陈婆要了剩下的五块墨西哥银洋。小波罗问谢平遥，谢平遥说，如果可以，他希望能留下小波罗跟此次运河之行有关的书籍和资料，包括小波罗的笔记本。当然，要是涉及不愿示人的个人隐私，他可以根据小波罗的意愿作相关的处理。"请一定注意，这些后来被作为传家宝一直传承到后世的物事，在那个特定的历史时期，都可以被看作是西方"现代性"的产物。从这个角度来说，它们被分散送给小波罗的中国友人，实际上也就隐喻表现着"现代性"这一事物在中国的传播过程。在很大程度上，正是依凭着西方"现代性"的流播传沿，才有了以"后发被动"为突出特征的中国"现代性"最后的生成。

不只是来自西方的小波罗兄弟，曾经是义和团的孙过路与孙过程兄弟身上，也一样有值得肯定的良善品质存在。这一点，表现在孙过路不惜牺牲自己的生命，也要放走无辜的"洋大人"小波罗的故事情节中。在北上的途中，小波罗不仅曾经一度被以"大胡子"为首领的一群被打散了的义和团团民抓获，而且还差一点成为"大胡子"业已死去的爱子的祭品。"大胡子"之所以要把小波罗作为祭品，乃因为自家儿子死于八国联军之手的缘故。正因为儿子死于高鼻深眼的外国人之手，所以"大胡子"才不管不顾地要以虽然同样高鼻深眼，实际上却非常无辜的小波罗来祭奠儿子的亡灵。值此生死攸关之际，正是孙过程的大哥，那位在战争中不幸失去了一条胳膊的孙过路，意识到不能随随便便地滥杀无辜。正因为有他的拼死相救，所以小波罗才侥幸保住了性命。毫无疑问，孙氏兄弟如此拼死呵护"洋大人"小波罗的行为，正可以被看作是其内在善良品质的充分证明。但问题在于，孙过路的如此一种自我牺牲精神又从何而来呢？原来，孙过路的如此一种良善的人道悲悯情怀，乃是受到一位名叫戴尔定的比利时传教士影响的结果。虽然在日常生活中，戴尔定曾经救过周遭很多中国人的命,但在那样一种格外"仇洋"的时代氛围中,戴尔定自知难逃一劫,所以便在疯狂的拳民赶到之前自杀身亡。临死前,竟然还留下了一篇毫无怨气的平静遗言:"在这穷乡僻壤能够寻到另外的羊,是何等的喜乐。我带领的少量西药和我仅有的皮毛医护常识,全部都派上用场了。真的,看到他们那样的苦,跟我第一次见到他们时一样,我非常难过。这一天的工作完毕了,时针正指着那个时辰。我让工人们回家休息了。我已经准备好了。若这是主的美意,我死而无憾。我没有后悔来中国,唯一遗憾的是,我只做了少许。永别了。"明明是被迫自杀弃世,但戴尔定不仅毫无怨言,而且还一味地遗憾自己没有能够做更多的事,拯救更多的羔羊的灵魂。徐则臣笔下这样一位充满人道主义悲悯情怀的传教士形象,的确可以让我们联想到雨果《悲惨世界》中那位引领冉阿让走上人生正途的米里哀主教。假若我们把戴尔定、孙过路,以及那位因为目睹了战场上过多的残酷死亡场景而一个人逃离了战场的马福德联系在一起,从其中我们所能充分感受到的,事实上正是作家徐则臣那样一种特别难能可贵的人道主义悲悯情怀。世界上任何一位伟大的作家,都必须首先是一位伟大的人道主义者。徐则臣到底是不是一个伟大的作家我们尚不敢轻易断言,但最起码我们可以肯定,他无疑是一位具有突出人道主义悲悯情怀的作家。

《北上》毫无疑问是一部以大运河为潜在主人公的长篇小说,因为确定了大运河的主人公角色,所以徐则臣自然会不惜篇幅地从历史到现实,全方位地展开对大运河"百科全书"式的书写。而且更进一步说,作家的如此一种努力,也有着突出的文化意义。但相比较而言,我还是坚持认为,《北上》更是一部以大运河为书写中心的,对现实与历史进行着双重审视与反思的,力量沉雄厚重的长篇小说力作。从根本上说,如此一部力可扛鼎的长篇力作的问世,更进一步巩固夯实了徐则臣作为"70后"一代作家领军人物的地位。

精读十七:《许茂和他的女儿们》
对一种小说观念与书写方式的反思与检讨

志忠先生为刊物主持栏目,要在新世纪的文化语境之下,重新回顾审视第一届茅盾文学奖的获奖作品,蒙他不弃,一定要我参与其中。回想起来,第一届茅盾文学奖的评选是1982年的事情,距今恰好整整三十年时间。尽管在时间长河中,三十年不过一瞬,或许是因为世事变迁太大的缘故,现在说起1982年来,已经似乎有一种恍如隔世的感觉了。三十年来,在中国的政治、经济、文化等方面发生巨大变化的同时,我们的文学写作,我们对于文学的理解和认识,我们的艺术审美观念,其实也已经发生了很大的变化。在这样的一种情形下,重读周克芹创作于三十多年前的长篇小说《许茂和他的女儿们》,确实感慨良多。第一次阅读这部小说,应该是当年上大学期间的事情。由于过去了这么多年,关于人物和故事的诸多记忆,实际上已经很模糊了。这次有机会重读,所得的体验确实是陌生而新奇的。别的且不论,单就最表层的叙事趣味来说,《许茂和他的女儿们》与时下刊物上刊载的小说就已经有了很大的不同。由于社会政治以及文化产品的印制等外在条件的限制,第一届茅盾文学奖进行评奖的时候，国内长篇小说的数量肯定非常有限。现在，中国长篇小说的数量，最保守的估计，每个自然年度都有两千部以上。尽管缺乏精确的数字统计材料，但我完全能够推想得出，三十年前的长篇小说与现在相比，数量一定少得可怜。在这数量较少的前提下，依照周克芹的《许茂和他的女儿们》所达到的思想艺术水准，它获奖应该说是当之无愧的。尽管说由于时代制约局限的缘故，小说本身在思想艺术上确实留有不少遗憾，但即使在三十年之后的今天看来，这部作品却依然有它值得肯定的地方。本文的主旨，即在于通过对于周克芹的《许茂和他的女儿们》的重读分析，对于三十多年前的一种小说观念与书写方式做出必要的反思和检讨。

一部优秀的长篇小说，肯定少不了人物形象的深度塑造。只有刻画塑造出了生动丰满、栩栩如生的人物形象，一部长篇小说才可能较为长久地留存在读者的记忆中。重读，首先一个突出的印象，就是周克芹对于若干人物形象相对成功的刻画塑造。其中诸如金东水、郑百如、许琴、齐明江、许秋云、许贞、龙庆、颜少春等人物，尽管作家所用笔墨不多，有些人物只是偶作点染，却给读者留下了较深的印象。当然，最具人性深度，最具艺术审美价值，最耐人寻味的两个人物形象，恐怕还应该是许茂与四姑娘许秀云。先让我们来看看许茂老人。好的人物形象的塑造，首先要求作家必须对于该人物有新的发现。许茂老人的情形，即是如此。这是一个对于土地有着深深的眷恋，从内心里热爱着农业生产劳动，朴实厚道中又不无狡黠自私的老农形象。小说的故事发生在1975年第一次"农业学大寨"会议召开之后，已经到了一个时代转换的关节点上，地点是四川省一个偏僻的乡村葫芦坝。故事的时间跨度并不长,小说开头从许茂老人准备"祝生"写起,到小说的结尾处,许茂的生日终于到来,但原先的"祝生"计划却没有变成现实。周克芹把小说的矛盾冲突不无戏剧性地集中在较短的时间之内,显得特别凝练精悍。许茂是葫芦坝一个家境不错的普通老农,已经去世的妻子先后给他生养了九个女儿。对于传宗接代观念甚强的许茂来说,唯一的缺憾就是少了一个儿子:"旧的传统思想压力曾使他痛苦得咬牙切齿,然而,现实主义者的许茂却并不因此悲观厌世,他不久就习惯了,他把老九当儿子看待。……他要寻一个'上门女婿'。"在那样一个土地早已集体化的时代,许茂对于土地的深情非常令人感动。"许茂在他的自留地里干活。从早上一直干到太阳当顶。他的自留地的庄稼长得特别好。青青的麦苗,肥大的莲花白,嫩生生的豌豆苗,雪白的圆萝卜,墨绿的小葱,散发着芳香味儿的芹菜……一畦畦,一垄垄,恰好配成一幅美丽的图画。精巧的安排,不浪费一个小角落,细心的管理,全见主人的匠心。只有对庄稼活有着潜心研究的人,才会有这样的因地制宜、经济实效的学问。许茂这块颇具规模的自留地,不是一块地,简直就是一件精美的艺术品!这是他的心血和骄傲。这些年来,他所在的生产队的庄稼越种越不如前几年,而他的自留地的'花'却是越绣越精巧了。"只要是本本分分的中国农民,就都会把土地看作是自己的命根子,容不得任何糟害土地的行为。正如同小说所描写的,作为一个土地情结严重的农民,许茂老人"也曾走在合作化的前列,站在这块集体的土地上做过许多美好的梦。"然而,由于当时农村政策的极大失误,集体化的道路不仅没有能够很好地发展生产力,反而极明显地暴露出了大锅饭的弊端,以至于集体的土地总是一片不理想的荒芜景象。正因为眼看着属于集体的土地无端地被人糊弄,所以,万般无奈的许茂老人才会倾全力于自留地之上,居然把自留地侍弄成了"一件精美的艺术品"。在那样一个不正常的时代,许茂老人本来正常的行为,反而被看成了不正常。按照当时的通行观念,老人之被看作是思想"落后"的农民,就是顺理成章的事情。周克芹的可贵之处,正在于敏锐地发现了这一点,并且把这种发现凝结表现在许茂老人身上,才使得许茂成了上承糊涂涂(赵树理《三里湾》)、亭面糊(周立波《山乡巨变》)、梁三老汉(柳青《创业史》)等人物形象余绪的农民形象。尽管更严格地说,许茂老人的人性审美内涵还是无法与以上几位相提并论的。

需要注意的是,周克芹并没有把许茂完美化,在充分肯定其眷恋土地、热爱劳动的同时,作家也有力地揭示了其人性中短视、狭隘、自私的一面。许茂老人的短视,主要表现在他和大女婿金东水之间的关系上。"不久,倒霉的金东水又遭了一场祸事:火灾毁掉了他的住房。当时,身为大队长的龙庆跑来找许茂商量:要老汉把他宽敞的房屋腾出两间来给老金夫妇和两个孩子暂住。许茂先不吭声,进到自己屋里独个儿召开了一次紧张的'形势分析会'。这位精明的庄稼人思前想后,竟得出了一个目光短浅的结论,他断定金东水摔了这一跤之后,是永远也爬不起来了。"以至于,当自己的亲生女儿不幸落气之后:"当九姑娘领着几个社员来到家里椿木料去为死者做棺材的时候,老汉却巍然站立在大门口,不让人们进去,九姑娘气得大哭也不顶用。"许茂老人何至于如此冷酷无情呢?难道他内心中就没有对于女儿一家的亲情吗?问题的答案,很显然只能到当时那样一种不合理的政治现实中去寻找。那是一个阶级斗争的弦绷得过紧的时代,大女婿犯了政治错误而被迫下台,就意味着被打入了另册。为明哲保身计,从根本上与大女婿划清界限,不失为一种明智的选择。很显然,正是在此种思维逻辑的主导之下,许茂老人最终做出了后来被证明是短视的决定。

但是,与许茂老人的短视行为相比较,更能凸显其人性缺陷的,却是他对于卖油农妇的市场欺诈行为。眼看着卖油的农妇急着要把油卖掉,好给怀里发烧的孩子看病,精明的许茂老人居然趁火打劫,以明显低于市场价的一元钱把油买下,然后再以大约一元五角左右的高价卖掉,好赚取其中的差价。而且,这已经是许茂老人的日常行为了:"许茂老汉这几年来在乱纷纷的市场上,学到了一些见识,干下了一些昧良心的事情。像今天,他做出怜悯的神情,用低于市场价格的钱买下那个女人的菜油,然后再以高价卖出去,简单而迅速地赚点外水,这样不光辉的事情在他已不是第一次了。"对于许茂老人的此种行为,我们可以剥离为不同的两个层面来加以评价。一个层面,是具体到小说中许茂老人对于卖油农妇的趁火打劫行为。在农妇面临着极大困难的时候,"从前也曾窘迫过、凄惶过的"许茂,无论如何都不应该欺诈农妇以谋取自身的利益。另一个层面,则要从具体的小说细节中抽离出来,在当下的意义上来重新理解看待周克芹的相关判断。我们在这里的实际所指,就是"昧良心"与"不光辉"这样的价值判断。按照正常的商业逻辑,许茂的行为不仅谈不上"昧良心"与"不光辉",而且还很有一些超前于时代的商业意识。因此,从根本上说,真正思想滞后的,其实并不是许茂老人,反而是创造出许茂老人形象的作家周克芹自己。在自己笔下的人物已经挣脱时代枷锁奋然艰难前行的时候,作家自己的思想反倒停滞不前,此种情形着实耐人寻味,值得引起我们的深入思考。

在许茂老人的九个女儿中,周克芹用力最多、刻画最成功的,当数命运遭际异常悲惨的四女儿许秀云。作为小说中最主要的一位女性形象,许秀云身上最突出的性格特点,就是善良柔弱中的坚韧与隐忍顺从中的抗争精神。先来看她的柔弱隐忍:"十年前,那个只读了半年高中就被学校开除回来的郑百如,那个使葫芦坝上每一个诚实的待嫁姑娘都讨厌的花花公子,是怎样在一个夏日的黄昏,趁着她在河边洗衣服的时候,将她拖到芦蒿丛里,强奸了她。而软弱的四姑娘只能饮泣吞声,不敢向家庭、向组织透露一点儿声息……"遭此巨大打击,居然一声不吭,许秀云之软弱自然令人印象深刻。从小说的情节发展可以看出,尽管恶棍郑百如在家庭生活中对于许秀云百般折磨,许秀云却以顺从的姿态长期隐忍。如果不是郑百如自己试图在掌握葫芦坝的大权之后想着要换一个老婆,恐怕一贯软弱隐忍的许秀云根本就无法逃脱郑百如的魔掌。然而,即使许秀云和郑百如已经离了婚,但郑百如巨大的阴影却仍然笼罩在她的身上。郑百如一旦预感到自己有可能陷入困境,就马上施展各种手段,试图迫使许秀云答应复婚以摆脱危机的困扰。需要引起我们注意的是,许秀云的人生困境,不仅来自郑百如,还同样来自自己百般眷恋着的大姐夫金东水:"她曾经经历了那么多痛苦和折磨,都忍受过来了;今晚上遭到大姐夫的冷淡,比过去从郑百如那里遭到的全部打击,更加使她痛苦和悲伤!仇人的拳头和亲人的冷眼,二者相比,后者更难受得多。"不仅如此,许秀云还面临着种种流言蜚语的缠绕，面临着来自老父亲和自己同胞姐妹的误解。面对着这么多的压力，一贯软弱隐忍的许秀云的确曾经产生过沉水自尽的念头并付诸过行动。但到了最后，还是她内心中沉潜着的一种强韧的母性发生作用，把她从死亡线上拉拽了回来。

难能可贵的是，许秀云并没有一味地软弱隐忍到底，正如同非常了解她的老父亲早就洞察到的，在她软弱隐忍的背后，其实也还有着不屈和执着的一面："他知道每一个女儿的脾气。四姑娘虽然心慈面软，可要真坚持一桩事情，那是一定要坚持到底的；不像三女儿，那个'三辣子'虽然肝经火旺的，吵闹之后还容易说服一些。他就怕四姑娘使那个'闷头性'——你吵她、骂她，她埋着脑壳不开腔。以往的经验证明，吵闹的结果，十回有十回是老汉失败的。"真正是知女莫若父，许秀云的性格中确实存在着不屈抗争的另一面。这一点，极其突出地表现在她和大姐夫一家的关系上。大姐因病去世，许秀云一方面因为自己婚姻生活的不幸，另一方面也是因为长期照料姐姐孩子的缘故，对于大姐夫早就心生情愫。实际上，在金东水这边，也已经心有所动。但是，在他们之间的情感关系上，一直取主动态势，有情怀有担当的，却是四姑娘许秀云。小说开始不久，顶着流言蜚语的巨大压力，夜里毅然跑到金东水家门外给小女儿长秀送新棉袄的，是许秀云；在集市上，当金东水带着一双儿女因为缺钱而陷入困境时，主动伸出援手的，是许秀云；到后来，面对着郑百如他们的造谣中伤，下决心揭穿事情的真相殊死抗争的，依然是许秀云。由原初的过于软弱隐忍，到后来的不屈抗争，能够把这些对立性的人性因素糅合在许秀云这一形象身上，是周克芹值得肯定的一个地方。假若说周克芹再充分地使用一些笔墨，把许秀云性格转换的内在动力交代表现得更加具有说服力，那这个女性形象的人性内涵与审美价值无疑就会得到更强有力的提升。

人物形象的塑造之外，《许茂和他的女儿们》对于一些人物的描写也有其精妙之处，应该得到肯定。比如，关于许秀云，周克芹就曾经借下乡工作队的颜少春的视角进行描写。"过了一阵，颜少春的注意力不由得集中到一个三十左右、容颜清瘦俊俏的妇女身上去了。因为从一开始，他就留心到这个女人既没有笑，也没有跟人家答白，只是埋头狠命地挖。看那单薄的身子，好像很有一把力气，她挥动着一把大锄头，那么三下五下的，一个树疙兜就给挖起来了。"颜少春没有见过许秀云，并不了解许秀云的基本情况，借助于这样一位陌生人的眼光来看许秀云，可以艺术性地从侧面把许秀云的容貌、气质以及性格特点勾勒表现出来。"容颜清瘦俊俏""单薄"，描写的是许秀云的容貌气质。"很有一把力气"，凸显出的是许秀云身为劳动妇女长期劳作的特质。"既没有笑，也没有跟人家答白"，展示的是许秀云一贯低调内敛却又不失坚韧的性格特点。实际上，也并不只是许秀云一人，对于金东水，周克芹也曾经采用过这种侧面的表现方式。这样的一种人物描写方式，较之于那种直截了当的正面切入，很显然要艺术得多。

尽管以上一些方面都值得我们予以充分肯定，但不管怎么说，作为一部完成于三十多年前的长篇小说，周克芹的《许茂和他的女儿们》还是打下了那个时代的清晰印痕，在思想艺术方面留下了不少遗憾。首先，是思考评价社会历史问题时一种明显的道德化倾向。《许茂和他的女儿们》集中描写的是 1975 年的一段社会历史生活，因此便可以被看作是一部关注表现"文革"问题的长篇小说，既然是一部以"文革"为反思表现对象的长篇小说，那么，作家如何看待评价"文革"，就是一个不容忽视的重要问题。周克芹对于"文革"持一种否定的批判性姿态，这个当然没有任何问题，关键的问题恐怕就在于作家对于"文革"悲剧成因的思考认识上。在这个问题上，我以为，周克芹的思考认识存在着明显的欠缺。按照周克芹的描写，葫芦坝之所以会问题成堆，一个重要的原因，就是道德正直高尚而且能力超群的金东水被罢职，道德行为一向败坏的郑百如取而代之，成了葫芦坝实际上的决策者。那么，郑百如又是一个什么样的形象呢？可以说，周克芹差不多把所有的恶习都赋予了郑百如。出现在读者面前的郑百如，是一个十足的流氓无赖再加恶棍的形象。欺男霸女，横行乡里，简直可以说是无恶不作。他不仅以强奸的方式硬性占有了许秀云，迫使许秀云成为自己的妻子，然后对她肆意侮辱百般蹂躏，而且还以推荐出去参加工作的方式，强行占有了自己的妻妹——七姑娘许贞。为了有效保护自己，他不惜利用自己的姐姐，葫芦坝"闲话公司经理"郑百香去制造谣言，以达到迫使许秀云和自己复婚的目的。"在郑百如瓦房里，经常设酒摆宴，他们那一群家伙，怎样的咒骂共产党，怎样的挖空心思诬陷四姑娘的大姐夫金东水——当时的大队支部书记，又怎样的暗地里偷盗队里的粮食，筹划投机倒把……而郑百如在干下了这一切罪行之后，又是怎样地威胁她：将她绑起来，举着明晃晃的刀在她眼前晃来晃去……"更有甚者，"在'文化大革命'中突然红火起来的郑百如，竟然带了连云场上那个烂污女人回家来睡觉。"以上林林总总，归结在一起，郑百如就端的是一个无恶不作的恶棍了。现在的问题是，这样一个人，有可能真正成为葫芦坝的决策者吗？难道葫芦坝的一切问题，都可以简单地归罪到郑百如身上吗？在这里，周克芹很显然已经陷入了一种思维认识的误区之中。当周克芹把这一切都与郑百如个人的道德问题联系起来之后，其实他已经把社会历史反思追问引领到了一个并非根本的方向上，已经把社会历史问题道德化了。正如同我们后来所明确意识到的，实质上，我们更应该在社会机制的层面上来思考追问"文革"的问题。

其次，小说创作从根本上说应该是一种细节的艺术，如果离开了细节描写，一味地通过概括的方式来进行小说创作，那很显然就犯了小说创作之大忌。但是，在周克芹的《许茂和他的女儿们》这部小说中，此类"犯规"现象却很遗憾地屡屡出现。比如关于许秀云，小说中曾经有过这样的一段交代性叙述："这个手板粗糙，面容俊俏的农村妇女，心有针尖那么细，任凭感情的狂涛在胸中澎湃，任凭思想的风暴在胸中汹涌，她总不露半点儿声色。她细心地拾取着那狂涛过后留下的一粒粒美丽的贝壳，认真地拣起暴风给吹刮过来的一颗颗希望的种子，把它们积蓄起来，藏在心底，耐心地等待着春天的到来，盼望着一场透实的喜雨，贝壳将闪光，种子要发芽。"这里，叙述者明确地告诉我们，许秀云是一个内心细腻，情感丰富内敛，尽管不断遭遇逆境却总是对于未来抱有希望的农村女性形象。把这些特征赋予许秀云当然没有问题，真正的问题在于作家是以什么样的方式呈现这些特征的。在这方面，越是高明的作家，就越是不会像周克芹这样以一种越俎代庖的方式直截了当地把人物的性格特征说出来。一部《红楼梦》，曹雪芹一次也没有让叙述者跳出来，直截了当地告诉读者林黛玉的性格如何如何，贾宝玉的性格又是如何如何，他只是非常耐心地把一个又一个小说细节连缀在一起，充分调动读者的主观能动性，让读者自己去提炼把握人物的性格特征。周克芹的问题在于，关于许秀云的交代性叙述并非偶然现象，除了许秀云之外，在写到诸如金东水、颜少春、许贞、许茂等不少人物形象的时候，也都不同程度地存在着"越俎代庖"，让叙述者直接跳出来说明人物性格特征的现象。

第三，优秀的小说作品当然少不了深刻思想的寄寓和表达，但周克芹的《许茂和他的女儿们》存在的一个问题是，在小说叙事的过程中，叙述者总是按捺不住地要以大段大段议论的方式来表明自己其实也就是周克芹的思想认识。比如："七姑娘啊七姑娘：哭吧，哭吧，你这个无知的女子。你给许茂老汉丢人，你给许家的姑娘们丢脸，你为什么不能像你的众多的姐妹们那样严肃地对待人生？你为什么把你爱情花朵这般轻率地抛向泥淖？你懊悔了么？懊悔吧！痛痛快快地哭一场，让悔恨的眼泪洗净你的虚荣心以后，你也许会知道什么是真正的人生，什么是真正的爱情！"再比如："四姐啊！你的悲哀是广阔的，因为它是社会性的；但也是狭窄的——比起我们祖国面临的深重的灾难来，你这个葫芦坝的普普通通的农家少妇的个人的苦楚又算得了什么呢？是的，这些年来，从天而降的灾难，摧残着和扼杀着一切美好的东西，也摧残和扼杀了不知多少个曾经是多么美丽、可爱的少女！四姐啊，这个道理你懂得的，因为你是一个劳动妇女，你从小看惯了葫芦坝大自然的春荣秋败，你看惯了一年一度的花开花落，花儿谢了来年还开。你亲手播过种，又亲手收获。你深深地懂得冬天过了，春天就要来。你绝不会沉湎于个人的悲哀。"关于小说中的类似议论，我们可以从两个不同的层面展开分析。其一，不同的作家有不同的小说写法，严格地说来，小说创作并没有不可逾越的一定之规。即如小说中的议论问题，尽管我们强调小说本身是一种叙事艺术，但也并不就意味着小说叙述过程中就不能出现议论的片段。然而，小说中的议论，却又不能够过于随意地穿插进来。周克芹此作中议论的问题，有过于随意、过于频繁且不着边际的嫌疑。翻检此作，类似于以上所摘引的非小说化的议论段落，可以说随处可见。不能够让自己所欲传达的思想认识隐含在故事情节中，艺术地表现出来，更多地依赖叙述者公开现身议论的方式来凸显思想认识，正说明了周克芹作为一个小说家艺术表现能力的有限。其二，退一步说，周克芹所发表的这些议论的内容本身，细究起来，也是存在明显问题的。前一段的议论对象是七姑娘许贞。尽管在追求情感的道路上遇到过一些挫折，但严格地说起来，许贞追求真诚情感的行为本身却很难说存在什么问题，更谈不上什么严肃或者不严肃。在这个意义上，周克芹从当时不无陈腐的观念出发，指责许贞，在今天看来其实很难站住脚。后一段的议论对象是四姑娘许秀云。在这段话里，周克芹特别强调国家命运的重要性，依他所见，与同样苦难深重的国家命运比较起来，四姑娘许秀云的悲哀根本就不值得一提。过于强调国家的重要性，严重地漠视个体生命的存在价值，很显然是周克芹这一段议论的致命伤所在。这样一些不仅缺乏小说性而且本身就存在问题的议论性段落的普遍存在，在很大程度上损害了《许茂和他的女儿们》的艺术性。

　　以上，我们尽可能在充分尊重小说文本的基础上，一切从文本出发，在新世纪的文化语境下，依照自己对于小说的基本理解，对于创作出版于三十多年前的《许茂和他的女儿们》进行了一番还算深入的分析探讨。一方面受制于当时的时代局限，另一方能可能更是受制于自身对小说观念理解的局限，现在看起来，《许茂和他的女儿们》，这部在当时曾经获得过第一届茅盾文学奖的长篇小说，虽然也有一些值得肯定的成功之处，但在思想艺术诸方面的确存在着不少需要引起我们认真思考的缺陷和不足。才过去了三十多年的时间，一部当年享有盛誉的长篇小说，如今已面目全非，由此可见真正的经典产生之难。一部划时代经典的形成，不仅需要克服时代的局限，更需要我们作家自己有着足够的艺术天赋。稍有不慎，我们就很可能会陷入这样或者那样的思想艺术泥淖之中。在这个意义上说，那些仍然有志于继续从事于文学创作的作家们，敢不慎乎？！能不慎乎？！

精读十八：《黄雀记》
象征、隐喻与时代精神困境

　　作为曾经名噪一时的先锋作家，苏童的长篇小说《黄雀记》（载《收获》杂志，2013年第3期）无论如何都应该引起我们的高度关注。苏童属于典型的江南才子型作家，创作至今，苏童始终都未曾偏离过一种现代主义的书写方式。其他一些先锋作家，在写作过程中差不多都发生过艺术转型。余华由《十八岁出门远行》转向《活着》《许三观卖血记》，格非由《迷舟》转向《人面桃花》《山河入梦》《春尽江南》，都在从先锋写作转向现实主义的书写方式。但苏童的情形却并非如此，假如我们一味地沿着现实主义的方向理解苏童，那肯定只能够变成一种文本的误读。实际上，所谓的现代主义也并非与现实无关，也同样要面对现实发言，只不过作家进入现实的方式与现实主义迥然不同而已。如果说，现实主义更多地强调通过对现实生活的逼真摹写而抵达生活真实的话，那么，现代主义则认为，只有通过诸如夸张、荒诞、变形、反讽等一些艺术手段的运用，通过一种必要的象征寓言方式，才能够抵达生活更为本质，也更为内在的真实。与此同时，也应该看到，一部中国现当代文学史，长期占据主流地位的，始终是现实主义的写作理念。即使是已经进入更为多元开放时代的新时期文学之中，如此一种状况也未发生明显改观。现实主义的一元独大所导致的一个必然结果就是现代主义被抑制。在如此一种文学语境中，如同苏童这样能够一直坚持现代主义书写方式的作家，就显得非常难能可贵，理应获得我们充分的敬意。

就小说文体而言，苏童更多地以短篇小说的创作著称于世。虽然作家也创作过为数不多的，包括《我的帝王生涯》《米》《河岸》等在内的长篇小说，但如果从更严苛的文体标准来看，那么，苏童的这些作品最起码在深厚思想内涵方面存在明显缺陷。苏童的艺术表现能力自然无可置疑，但一部篇幅庞大的长篇小说，若缺少对于生活的独到发现，缺少了耐人咀嚼的深刻思想意蕴，那无论如何都是一件无法想象的事情。在这样一个前提下，《黄雀记》的出现就具有重要的意义。在我看来，作为苏童迄今为止最成功的一部长篇小说，《黄雀记》的思想艺术价值主要体现为，通过一种象征寓言和精神分析的方式对诸如现实、历史、罪恶、人性等进行了不乏深入的思考与表现，对于当下时代人们普遍的一种精神困境进行了极富艺术性的形象呈示。

其实，《黄雀记》的故事情节与人物关系一点儿都谈不上复杂。细细琢磨，这部小说中与作品题旨密切相关的人物形象，大约不过保润、柳生、仙女（白小姐）、祖父以及那个无名婴儿等寥寥数人而已。小说的主体故事情节设计，与"黄雀记"的题名，与那个"螳螂捕蝉，黄雀在后"的成语之间，存在着特别紧密的关联。尽管苏童对于时间并未做明确的交代，但根据故事的基本内容不难判断出，故事的时代背景大约是二十世纪的八十年代起迄今的二三十年时间。故事的主要发生地点,依然是苏童那个带有自我标志性的香椿树大街。其中的一些人物,比如王德基,甚至干脆还曾经在苏童以前的作品中出现过。香椿树大街的少年保润是少女仙女的私心恋慕者,在另一位名叫柳生的少年的帮助下,保润竭尽全力地接近着仙女。但仙女心性颇为孤傲,保润根本就入不了她的法眼。为了报复仙女欠钱未能及时还清,保润一气之下把仙女钟爱的两只兔子偷藏到了井亭医院的水塔之中。仙女前来寻找兔子未果,与保润发生激烈冲突。保润一时怒极,施展拳脚,以莲花结的方式把仙女结结实实地捆了起来:"莲花开放在幽暗的水塔里,闪烁着金属特有的尖利的银光。他顺利地把仙女拴在铁梯上,掸了掸手说,等着柳生来救你吧,现在你不欠我了,我们清账了。"然而,但凡是账,就没有那么好清的。保润根本想不到,自己捆绑仙女居然为柳生提供了作恶的方便。柳生进入水塔,趁机强奸了仙女。事情发展的吊诡之处在于,强奸者是柳生,但承担罪责锒铛入狱者,却是保润。这样一场变故的发生,自然与仙女的指证存在直接关系。而仙女之所以指鹿为马,一方面固然出于对保润的怨恨,另一方面是柳生的父母在此间做了大量的工作。多年之后,保润服刑期满出狱,世事已然发生了天翻地覆的变化。这个时候的柳生已经下海开始做生意,承担着井亭医院日常的菜蔬肉食供应的业务。仙女则摇身一变成为白小姐,不仅给千万富翁郑老板当过秘书,而且还做过歌厅酒吧夜总会里的小姐。虽然三位主要人物的社会身份与生存状态各有变化,但他们之间互相纠结缠绕的关系却一如既往。白小姐意外怀孕,没想到,委托柳生租下的房屋,居然还在香椿树大街,居然是保润的房子。而且,就在柳生终于服从母命,要和崔小丽结婚的洞房花烛夜,保润去闹柳生的洞房:"喝多了酒,捅了柳生三刀。"柳生被捅,性命自然不保。问题在于,死者柳生的母亲竟然把账记到了白小姐身上:"她口口声声说这是清账,说你指使了保润,你们三个人的旧账,我们其实都知道,现在我们这边的人都相信你,街东边的人都相信邵兰英,都说你是幕后凶手啊。"一直到柳生被保润捅死之后,我们才弄明白了"黄雀记"这一题名的来历。原来,所谓的"螳螂捕蝉,黄雀在后"中的"黄雀"既可以解作保润,更可以解作吊诡的命运。从根本上说,人都无法逃脱命运罗网的捕捉,当年的强奸者柳生,看似逃脱了法律的惩处,到头来却仍然不得不付出应有的代价。用现在流行的一句话说,就是"欠了的终归还是要还回来。"就此而言,苏童这部《黄雀记》的一大值得肯定处,就是通过主体故事情节的设定,传达出了命运的诡异与神异。

理解《黄雀记》的关键词之一,就是"罪恶",是围绕"性"产生的一种强烈罪恶感。一部与"罪恶""罪恶感"密切相关的现代小说,往往少不了对人性的揭示。苏童的这部小说正是如此。比如,白小姐与当年的强奸者柳生之间,曾经有过一番富有意味的对话。柳生说,"我喜欢的是你,又不是你,我对你好,其实是对仙女好,他说,这个复杂性,我家里人不懂,你懂吗?"白小姐回复:"你说不清楚我替你说,仙女是我,白小姐也是我,是我让你逍遥法外这么多年,你内疚罢了,还债罢了,有什么不好懂的?"柳生说:"不,很复杂的。不是内疚,不是还债,我的情况比这个复杂。他停顿了一会儿,眼睛在黑暗中放射出诚挚的光芒,你承认不承认,我各方面的条件不算差?知道我为什么到现在不结婚吗?实话告诉你,这些年我睡过不少女人的,好几个美女呀,有比你更漂亮的!可我觉得,谁也不如仙女干净,谁也不如仙女刺激,谁也不如仙女性感,我也不知道自己着了什么魔,睡过了就觉得没意思,你帮我分析一下,这是为什么?""他与她讨论仙女,就像谈论另外一个人,他与她谈论仙女,就像她是另外一个人。"然后,仙女回复:"我告诉你为什么,人渣!因为她被绑着,因为她是处女,因为她只有十五岁,因为你们这些男人都是强奸犯!"一个强奸者,一个被强奸者,两个人之间居然可以在多少年之后面对面讨论当年的强奸事件。这一细节的设定本身,就带有突出的匪夷所思意味。但更关键之处在于,苏童通过这场对话揭示了强奸者柳生的复杂性。柳生到底为什么无法忘怀当年的仙女呢?仅仅"因为她被绑着,因为她是处女,因为她只有十五岁,因为你们这些男人都是强奸犯"吗?我们当然不能断言白小姐的说法没有道理,但实际的情形恐怕也未必真就这么简单。某种程度上,柳生对于仙女的过度迷恋,他那种无法释怀的仙女情结,与这一事件发生在青春期,发生在他的成长关键阶段有很大的关系。从精神分析的角度来看,这种状况的出现,说明柳生的情感状态其实一直长期处于停滞阶段。或者说,因为某种强烈精神创伤的缘故,柳生的心智干脆就拒绝成长了。虽然从表面上看,是柳生强奸了仙女,但如果转换一个角度,考虑到人物精神世界遭受惊吓的程度,那么,苏童所描述的这种状况的心理真实性就是毋庸置疑的。

当然,对于苏童的《黄雀记》这部精心之作来说,更重要的艺术特质乃在于一种象征寓言表达方式的纯熟运用。从根本上说,《黄雀记》正是一部具有鲜明现代主义色彩的象征寓言体小说。我们只有结合中国的现实与历史,沿着作家所设定的那些极富象征意味的物象，方才能够更到位地理解和把握小说内在的丰富思想含蕴。具体来说，作品中富含象征意味的物象主要有井亭医院、绳索与捆绑行为、水塔、丢失了的"魂"与手电筒，等等。虽然《黄雀记》号称属于苏童一贯的"香椿树"系列之一，而香椿树大街也确实是故事的主要发生地所在，但相比较而言，对于《黄雀记》的思想主旨表达来说，更重要的一个故事场域，恐怕是井亭医院。井亭医院并不是一般的医院，而是一所精神病院。居住在这所医院里的，都是类似于保润的爷爷、千万富翁郑老板、离职后的康司令这样的精神病人。必须注意到这三位精神病人的设定背后作家苏童的苦心孤诣所在。假若说保润爷爷的设定指向了遥远的过去，那么，郑老板与康司令的设定，就与中国当下时代的现实社会密切相关了。拥有千万资产的郑老板，毫无疑问是一个经济狂热时代的象征性产物。他的颐指气使，他的为所欲为，他的横行霸道，凸显出的正是资本在当下时代的强势地位。作品中，为了庆贺自己的生日，郑老板居然要求白小姐找三十名小姐来井亭医院搞祝寿派对。没想到，这些小姐们的狂欢行为，感染了医院里的其他病人："郊外寂静的空气就这样被欢乐点燃了，这是井亭医院历史上亘古未有的欢乐。欢乐向着四周蔓延，趋向白热化，欢乐中荡漾着性的暗示，有的奔放，有的忸怩，有的是西方风格，有的是传统风格，它们有效地感染了某些性欲亢进患者，从二号楼三号楼冲出来很多年轻的男性病人，像一匹匹脱缰的野马。"这样一场建基于雄厚资本之上的派对狂欢，毫无疑问应该被看作是当下中国一种再恰当不过的象征性场景表达。很大程度上，我们的当下时代不正处在如此一种迷狂混乱的状态之中吗？

面对着郑老板的嚣张气焰，康司令的登场就是必然的。"喧闹的音乐中突然响起呼的一声脆响，然后是玻璃碎裂的声音"。声音的来源是一支枪，这支枪是由组织上配给康司令的。"康司令曾经冲进院长办公室，用枪指着乔院长的脑袋批评他见钱眼开，丧失党性，纵容资产阶级暴发户在病房里腐化堕落，大搞封建迷信。"与郑老板强力对抗的康司令，显然是权力的一种象征。作品中之所以特别强调那支枪是由"组织"配给的，根本原因正在于此。康司令不仅仅是康司令，他所依仗着的是一个庞大的统治集团。康司令与郑老板的对抗，凸显出的是当下时代中国权力与资本之间的争斗与博弈。把这两位人物放置在一起，一种威权资本主义的味道自然也就得到了强有力的艺术表现。不能忽略的是，威权与资本尽管也有对抗的一面，但在日常生活中，更多的情况却是他们狼狈为奸、沆瀣一气。权力和资本一旦联手，香椿树大街的普通百姓们的生存便日益艰难了。仙女之所以会变成白小姐，正是社会现实的真实写照。假若能够有更为理想的人生出路，仙女根本就不需要去做小姐。如此这般故事情节的设计背后，作家苏童对于当下不合理现实的斥责与批判，就是显而易见的一件事情。

假若说郑老板与康司令的设定与当下现实关系密切，那么，作家关于保润爷爷的设定，所指向的，就是已经消失了的历史岁月。《黄雀记》的开头是从保润爷爷拍照片写起的。"一个人无法张罗自己的葬礼，身后之事，必须从生前做起。这是祖父的信条。每年春暖花开的时候，祖父都要去鸿雁照相馆拍照，拍了好多年"。为什么要坚持拍照呢？"祖父对邻居们说，你们知道我脑子里有个大气泡的，气泡说破就破，我这条命，说走就走的，到时都靠他们,怎么也不放心,趁着身体还硬朗,就为自己准备一张新鲜的遗照吧。"拍照片,就是要以影像的方式留住生命的记忆。保润爷爷与历史之间的隐秘联系,就此得以建立。但在某一年,祖父的照片却出现了意外:垂垂老矣的祖父居然变成了一位豆蔻年华的少女。这个料想不到的失误给祖父带来了致命的负面影响:"破了!祖父满眼是泪,惊恐地瞪着姚师傅,破了,我脑袋里的气泡破了,你看见那股青烟了吗?我的魂飞走了,我要死了,我的脑袋空了,都空了。"魂的存在与否,对祖父具有特别重要的意义。祖父的这种状态,完全可以用失魂落魄这一成语加以说明。丢了魂之后的祖父,一个主要的使命就是想方设法找回自己的魂。因为在祖父的记忆中,他把自己的魂放在了一个手电筒中,埋在了香椿树大街的某一棵树底下,所以他便开始了自己四处搜寻挖找灵魂的过程。

也正是在保润祖父四处搜寻挖找的过程中,小说渐次敞开了历史曾经的存在状况。"看祖父急得脸色发灰,绍兴奶奶心有不忍了,有意舒缓了语气,为他出谋划策,你也是命苦,祖坟刨了也不都怪你,怪那些红卫兵没良心。你家祖宗的阴魂,现在也不知道撵到什么地方去了,天南地北也要把他们喊回来,你家祖宗的照片呢?画像呢?好好供起来,好好喊几天,兴许他们能听见。""祖父垂下头,不敢看绍兴奶奶的眼睛,我爹是汉奸,我爷爷是军阀,我怕那些东西惹祸,都烧光了。"为了寻找手电筒中的魂,祖父拿着一把铁锹在香椿树大街随处乱刨乱挖,挖到了孟师傅的家门口。孟师傅出来阻拦,祖父"后退了几步,借着一阵剧烈的咳嗽,酝酿了勇气,忽然向孟师傅抖出一个历史遗留问题,"我也不是乱挖呀,孟师傅你一定忘了,你家的房子盖在谁家的土地上？这个地方，从前是我家的豆腐作坊，我埋东西，肯定埋在自家的地盘上啊。"只要留心一下保润爷爷和邻居们的对话内容，即可发现其中潜藏着过于丰富的历史内涵。诸如"汉奸""军阀""祖坟""土地"等语词的出现，在读者面前渐渐拉开的，就是历史的帷幕。因此，祖父在香椿树大街的刨挖寻找行为，就可以被理解为是作家苏童对于历史的一种深入追问探究。丢了魂之后的保润爷爷四处刨挖的行为，自然严重干扰破坏了香椿树人家的日常生活秩序，因此被视为一种精神失常的状况。于是，与历史存在千丝万缕联系的保润爷爷被送入井亭医院，就是顺理成章的一件事情。这一过程所凸显出的，正是苏童对于既往历史的一种真切深入的艺术反思。不能忽略的，是苏童关于井亭医院是一家精神病院的艺术设定。为什么一定要把井亭医院设定为精神病院？为什么郑老板、康司令与保润爷爷这样一些与现实、历史都关系密切的象征性人物最后都要进入井亭医院？是不是意味着中国就是一个巨型的精神病院呢？是否意味着现实的与历史的中国事实上都处于一种精神的迷失状态呢？所有这些疑问，恐怕都值得引起读者的三思。

　　问题在于，保润爷爷虽然已经被强制送进井亭医院，却依然不够安分，依然还要挖："不让回家我就挖！挖！挖！我就挖！我还要挖！"怎么样才能够有效地控制爷爷的行为呢？在保润的父亲铩羽而归之后，这个任务就历史性地落到了保润身上。保润所采取的手段，就是用绳索来捆绑祖父的身体："公平地说，保润是在陪祖父散步，只不过他的手里总是牵着一条绳子，绳子的另一头，是祖父被缚的身体。"也正是在不断捆绑祖父的过程中，保润显示出某种超人的才华："他专注于利用祖父的身体，搞革新搞试验,研究最完美的捆绑工艺。春天是保润多产的季节,祖父身上的绳结,最多的一天出现了六种花样,所以,春天的祖父,其实更像一面流动的橱窗,专门陈列保润最新的创造发明。"或许是由于长期实践的缘故,保润居然把自己的捆绑行为提升到了艺术的程度:"保润玩转绳子,每根手指都放射出探索的锋芒。他的绳子是有规划的,他的绳子是有理想的,他的绳子可以满足你对曲线的所有想象。……依靠一根绳子,保润成了一名特殊的艺术家。"具体来说,保润先后发明的花样分别有文明结、民主结、法制结、莲花结、香蕉结、菠萝结、梅花结、桃花结,等等,大约二十种以上。其中,最具现实和历史意味的,我以为是法制结与民主结。"其中法制结的灵感来自五花大绑的死刑犯,线条烦琐,结构厚重,研制起来也较为麻烦。保润几次探索,都无法得到祖父的配合,因为祖父看到绳索出现过多的菱形就会尖叫,保润后来弄清楚了,那种绳结的花型让祖父联想起当年枪毙曾祖父的情景"。就这样,绳结、捆绑也就与历史非常自然地联系在了一起。绳结、捆绑,很容易就能够让我们联想到福柯意义上的规训与惩罚。"看绳索沙沙地切入棉质衣物,咬住那些陌生的皮肤,犹如一条蛟龙游走于草地,从草无声倒伏,他能够觉察到那些肉体从反抗到挣扎,渐渐柔顺,渐渐空洞,最后开始迎合绳子的思想。"这哪里是仅仅在写绳子呢?!在这里,苏童的真正所指其实就是中国的现实与历史。很长一段时间以来,中国人的身体与精神所真切体验到的,不正是苏童在这里通过绳索和捆绑所揭示出的规训与惩罚方式吗?!有了如此一种象征意味极其丰富的寓言式描写,《黄雀记》思想艺术内涵的浑厚与深刻,自然也就可想而知了。

小说中富有象征意味的重要物象，还有那座井亭医院中的水塔。水塔是作品中许多事件的发生地。保润最早用莲花结捆绑仙女，是在水塔；柳生乘虚而入强奸仙女，是在水塔；郑姐要在医院为弟弟供奉菩萨，遭到康司令的坚决反对，万般无奈之下，只好采纳柳生的建议，临时动议把水塔改造成了能够拜菩萨的香火堂；出狱后的保润，坚持要邀请白小姐一块跳当年的小拉之舞的地点，同样是水塔；保润曾经一度的临时居所，是水塔；到最后，走投无路的白小姐实在找不到住所，最后的落脚之地，同样也还是水塔。关于水塔，小说中曾经出现过这样一段文字："水塔里没有了风，但绳阵仍然微微颤动，向她倾诉多年以来的思念之情。她看见了自己一绺一绺的魂，它们在一根粗铁丝上微微颤动。她的魂曾经散落各处，现在被保润收集起来，一绺一绺地挂在水塔里，陈列，或者示众。这座水塔是她的纪念碑，它也许一直在等她，等她来瞻仰自己的魂，等她来祭奠自己的魂。"实际上，这座见证了小说中诸多事件的水塔，又何止是白小姐的纪念碑呢？某种意义上，水塔完全可以看作是苏童为自己的这部小说建构的一座纪念碑。

除了以上这些之外，《黄雀记》中不容忽视的象征性物象，还有小说结尾处的那个无名婴儿。婴儿的母亲，是白小姐。这位红脸婴儿曾经一度被称为耻婴："流传最广的谣言也最简短，几乎接近一个命名，它把红脸婴儿称为耻婴，羞耻的耻，婴儿的婴。耻婴。这是综合了香椿树街居民对那个母亲的不良印象，概括了母子间不可分割的荣辱关系……红脸婴儿的红脸，因为母亲的羞耻而生。"后来，耻婴又变成了怒婴："有一个著名的抒情诗人跟了贴，发表自己对红脸婴儿的观感，他用诗性的语言，称其为怒婴。怒婴。所有见过红脸婴儿照片的网民,几乎都被这个名字所打动,很快,怒婴便取代耻婴,成了红脸婴儿最流行的昵称。"令人称奇处,还在于没过多长时间,红脸婴儿的母亲白小姐居然悄然失踪了。她把自己的孩子留给了保润那位特别长寿的爷爷:"乔院长他们注意到,怒婴依偎在祖父的怀里,很安静。当怒婴依偎在祖父的怀里,他很安静,与传说并不一样。"小说就此戛然而止。所谓"耻婴"与"怒婴",当然与苏童对当下时代的理解和判断有关。婴儿之耻,是时代之耻,婴儿之怒,则是作家对于时代之怒。如此一种象征性的结尾方式,同样意味深长,耐人咀嚼。小说的几位主要人物中,柳生被杀,保润因杀人再度入狱,仙女(白小姐)悄然隐踪。井亭医院依然如故。依然如故的井亭医院,所隐喻说明的,便是时代精神困境的持续存在。

一本书打开一个世界

欢迎订购、合作

订购电话：0571-85153371

服务热线：0571-85152727

KEY-可以文化　　浙江文艺出版社　　京东自营店

关注 KEY-可以文化、浙江文艺出版社公众号，
及浙江文艺出版社京东自营店，随时获取最新图书资讯，
享受最优购书福利以及意想不到的作家惊喜